btb
Aus Freude am Lesen

btb

Buch

Rose Markowitz ist eine kapriziöse alte Dame: die typische jüdische Mamme, die ihre Söhne tyrannisiert, sich mit den Schwiegertöchtern solidarisiert, immer alle Fäden in der Hand hält und sogar noch über die Zukunft ihrer Enkelkinder bestimmen will. Zwar flüchtet sie sich seit dem Tode ihres Mannes immer mehr in die Vergangenheit und schwelgt in Erinnerungen an ihre Kindheit in Wien und London, doch ihren beiden Söhnen bleibt sie dennoch stets auf den Fersen. Sowohl der nach Höherem strebende Familienvater Ed als auch der Junggeselle Henry, Leiter einer Laura-Ashley-Filiale, können sich nur schwer aus der Umklammerung der Mutter lösen... Zwei Hochzeiten, ein Pessachfest und viele Ereignisse mehr: Rose Markowitz, dickköpfig und eigensinnig, aber auch offenherzig und freimütig, steht im Mittelpunkt der Mischpoche Markowitz, einer Familie, die sich trotz heftiger Differenzen immer wieder trifft und versöhnt.

»Mit frischer und unverwechselbarer Stimme porträtiert Allegra Goodman auf witzige und einfühlsame, aber nicht immer schmeichelhafte Weise eine amerikanisch-jüdische Familie. Das ist brillant beobachtet und wunderbar geschrieben.«

(Publishers Weekly)

Autorin

Allegra Goodman, 1967 in New York geboren, wuchs in Hawaii auf und studierte in Harvard. Sie lebt mit ihrem Mann und zwei Söhnen in Cambridge, Massachussetts. Allegra Goodman publiziert regelmäßig im *New Yorker* und ist als Autorin zeitgenössischer amerikanisch-jüdischer Literatur hochgeschätzt.

Allegra Goodman

Zwei Hochzeiten und ein Pessachfest

Roman

Aus dem Amerikanischen von Christa E. Seibicke

btb

Titel der Originalausgabe: The Family Markowitz
Originalverlag: Farrar, Straus and Giroux, New York

Umwelthinweis:
Alle bedruckten Materialien dieses Taschenbuches
sind chlorfrei und umweltschonend.

btb Taschenbücher erscheinen im Goldmann Verlag,
einem Unternehmen der Verlagsgruppe Bertelsmann.

1. Auflage
Genehmigte Taschenbuchausgabe November 1999

Umschlaggestaltung: Design Team München
Umschlagfoto: Photonica/M. Gesinger
Satz: Uhl + Massopust, Aalen
KR · Herstellung: Augustin Wiesbeck
Made in Germany
ISBN 3-442-72582-8

Für David

FANNIE MAE

»ESTHER«, RUFT ROSE durch die geschlossene Nachbarstür, deren Anstrich Blasen wirft und die eine neue Schloßverkleidung hat.

»Wer ist da?« kommt Esthers gedämpfte Stimme zurück.

»Ich bin's, Rose.«

»Wer?«

»Rose Markowitz.« Die Tür geht auf, und sie sinken sich in die Arme. »Wie geht's dir, meine Liebe?« fragt Rose. »Mir war so, als hätte ich dich letzte Nacht auf der Treppe gehört, aber ich konnte ihn nicht allein lassen. Jetzt ist die Frau vom Pflegedienst da. Was fällt dir denn ein, so spät noch ein Taxi zu nehmen?«

»Komm rein, komm rein«, sagt Esther. »Mein Neffe hat mich abgeholt.«

»Wer? Arthur?«

»Komm rein, Rose.«

»Nein, ich kann nicht bleiben.«

»Nur auf einen Sprung. Ich hol dir einen Kaffee. Er ist schon fertig.«

»Aber ich kann wirklich nicht bleiben«, sagt Rose, als sie Esthers Wohnung betritt. »Ich wollte bloß rasch die Post raufholen.« Sie sitzen miteinander am Küchentisch und trinken Kaffee aus Esthers guten Porzellantassen. Sie wohnen seit zwölf Jahren in dem Haus, und die Wohnung der einen ist das Spiegelbild der anderen.

»Ich kann jetzt Hebräisch«, sagt Esther zu Rose. »*Ani midaberet ivrit.*«

»Dann hast du diese Hadassa-Kurse besucht?« fragt Rose.

»Ich war auf Ulpan«, sagt Esther, und es klingt wie: Ich war auf Safari. Rose denkt, daß der Unterschied zwischen der nach sechs Wochen Miami energiegeladenen Esther und ihr einem jeden auffallen würde. Sie ist bleich und erschöpft nach dem langen Winter hier in New York City mit dem kranken Maury und ohne jede Hilfe, so daß sie sich um alles kümmern mußte, auch wenn sie nicht die Kraft dazu hatte. Esther ist groß, mit breiten Hüften und Schultern, sie hat bauschiges, braunes Haar, das allerdings in der Mitte schon ausdünnt. Rose, die von jeher zierlich war, hat abgenommen – obwohl sie immer noch nicht dünn ist. Ihr einst schwarzes, jetzt eisengraues Haar trägt sie kurz. Ihr bleibt keine Zeit mehr für den Schönheitssalon. »Und wen, glaubst du, hab ich gleich am ersten Tag getroffen?«, fragt Esther. »Doktor Medniks Schwester.«

»Der Doktor und ich, wir reden nicht miteinander«, sagt Rose.

»Nein, ich weiß«, bestätigt Esther. »Aber es war schon merkwürdig, seiner Schwester dort zu begegnen. Sie sieht ihm überhaupt nicht ähnlich – daß sie Geschwister sind, kam erst später raus.«

Rose starrt auf die Stelle, an der Esthers Herd stehen müßte, nur daß die Wohnungen spiegelverkehrt sind.

»Und dann, gleich danach, bloß zwei Tage später, bin ich zum Hotel der Kinder gegangen, wo Dougie seine Banker-Tagung hatte, und wie ich am Pool sitze, da kommt aus heiterem Himmel Beatrice Schwartz mit ihm an; er ist operiert worden und spricht künstlich – du weißt schon, mit so einer Voice Box –, aber sie läuft immer noch mit *so* langen Fingernägeln rum, weiß lackiert, und dazu weiße Hosen mit Bügelfalten, messerscharfe Bügelfalten. Und das waren längst nicht die einzigen, die ich getroffen habe. Ich könnte dir endlos Namen aufzählen. Man hat einfach ständig gemerkt, wie klein die Welt ist, weißt du. Aber ich habe mir Sorgen um dich gemacht, Rose.«

»Ach ja«, sagt Rose, »er ist sehr krank.«

»Aber guter Dinge?«

»Quietschfidel.«

»Hoffentlich habe ich in seinem Alter auch so ein glückliches Naturell«, sagt Esther. Maury, Roses Mann, ist dreiundachtzig, zehn Jahre älter als Rose, fünfzehn Jahre älter als Esther.

»Und um das Maß vollzumachen, kommt heute auch noch seine Tochter.«

»Aus Israel?«

»Wir haben sie seit Jahren nicht gesehen, und ausgerechnet jetzt entschließt sie sich herzukommen.«

»Ich kann Hebräisch mit ihr reden«, sagt Esther.

»Und sie wohnt bei uns«, sagt Rose. »Hier in der Wohnung.«

»Für wie lange?«

»Das wollte sie nicht sagen.« Rose senkt die Stimme zum Flüstern. »Sie hat sich den Rückflug offen gelassen, und ich glaube, sie hat vor zu bleiben, bis es, Gott behüte, zu Ende geht.«

Esther schüttelt den Kopf.

»Warum sonst sollte sie ausgerechnet jetzt kommen? Sie hat uns noch kein einziges Mal besucht.«

Unten in der Eingangshalle zerrt Rose die Post aus ihrem kleinen Aluminiumbriefkasten mit der Nummer 5. Es sind Rechnungen drin, Kostenaufstellungen von der Versicherung und ein Kalender vom Mädchenwaisenhaus in Jerusalem mit lauter Halbtonbildern von den lachenden Gesichtern der Mädchen, ihren großen Kulleraugen, dem lockigen Haar und ihren Uniformen. Sie blättert den Kalender durch, während sie die Treppe hinaufgeht. Rose hat eine Schwäche für das Mädchenwaisenhaus und spendet ihnen jedes Jahr eine Kleinigkeit. Sie selbst hatte sich immer ein kleines Mädchen gewünscht, aber sie und Ben, ihr erster Mann, hatten zwei Söhne. Sie hätte Henry und Edward nicht eingetauscht, niemals. Aber sie hat sich immer ein kleines Mädchen gewünscht. Im Sommer hätte sie es mit gestärkten weißen Smokkleidchen herausgeputzt; für den Winter hätte sie ihm Kleider mit Samtschärpen genäht. Man hätte Teegesellschaften gegeben und Puppengarderobe angeschafft; sie hätte Puppenhüte garniert. Sie hat zwei Enkelinnen, das ist wahr, aber die sind weit weg, fast zu alt für Puppen, fast unbändig. Roses Augen sind auch nicht mehr gut genug für solch feine Näharbeiten. Im Mädchenwaisenhaus stehen Nähen und die schönen Künste auf dem Lehrplan; die Mädchen, heißt es im Kalender, »werden strikt nach den Grundsätzen der Tora unterrichtet«. Roses kleine Spenden unterstützen die Schule, die Tischlerei und die Handarbeitsklassen, den Mitgiftfonds für Bräute – »der den Mädchen hilft, einen jüdischen Haushalt zu gründen«.

Als sie in ihre Wohnung kommt, merkt sie, wie muffig es hier riecht; die Luft ist so schwül und stickig. Auf dem Sofa liest die Frau vom Pflegedienst ihre Illustrierten, und Maury schläft in seinem Sessel. Die großgedruckten Bibliotheksbücher sind zu seinen Füßen aufgestapelt, die karierte Decke ist über seine Beine gebreitet, und er döst vor sich hin. Er ist so krank, daß er an Tabletten bekommt, was er will. Rose dagegen verschreibt Mednik gar nichts. Sie ist zu ihm gegangen und hat ihn angefleht, um irgendein Mittel, das ihre Schmerzen lindert. Nichts. Die Sonne, die durchs Fenster scheint, wärmt Maurys emporgewandtes Gesicht, und er scheint zu träumen, er läge in einem Liegestuhl auf dem Deck eines Ozeandampfers. Ach, wie gern sie das täte! Mit ihm davonsegeln aus Washington Heights über den Schneematsch und das Eis und hinaus auf den Hudson und dann über den Atlantik, weit, weit fort. Wenn er nicht krank wäre. Wenn sie die Wohnung verlassen könnten. Sie beugt sich über ihn und sagt: »Maury, ich weiß nicht, was ich tun soll. Wo werden wir sie unterbringen? Auf dem Sofa im Arbeitszimmer? Sollte sie da schlafen?«

Rose kennt Maurys Tochter Dorothy kaum. Sie ist ihr nur ein einziges Mal begegnet. Maury und seine erste Frau wurden 1950 geschieden, als Dorothy noch ein Kind war, und alles, was sie weiß, ist, daß Dorothy mal hier und mal da gelebt hat, bis sie nach Palästina durchbrannte. Sie wuchs praktisch in den Gewächshäusern auf, wo sie Tomaten züchtete. Sie wuchs und wuchs, bis sie ein Riesentrampel von einer Frau wurde, groß und schwer, mit dikkem, kurzgeschorenem schwarzen Haar und einem Flaum auf der Oberlippe. Rose fürchtet sich davor, sie im Haus zu haben. Er ist auch früher schon krank gewesen, und sie ist nie gekommen, aber jetzt zwingt Dorothy ihnen ihren Besuch auf. Was wird sie mit ihr im Haus anfangen? Sie wird sich ständig beobachtet fühlen. Sie wird für den Todesengel kochen müssen. Sie kann es nicht ertragen. Wenn Maury gesund wäre, dann wäre es etwas anderes. Dann würde sie mit Freuden einen jeden an ihrem Tisch bewirten.

Rose und die Frau wecken ihn, damit er seine Medikamente nimmt. Sie bringen ihm sein Mittagessen auf einem Tablett, das sich an seinem Sessel festklemmen läßt, und bemühen sich, ihn zum Essen zu bewegen. Er schiebt die Speisen auf dem Teller herum. »Wenigstens ein paar Bissen«, bettelt Rose.

»Ich sag dir was«, erklärt er Rose mit heller, trockener Stimme; er wiegt fast nichts mehr. »Bring die junge Dame dazu, daß sie runtergeht in die 160. Straße. Ich will die Nummer 11 auf hellem Roggenbrot, extramager, dazu eine Portion Zwiebelringe und eine Cherry-Cola.«

»Das wirst du aber nicht alles schaffen.«

»Die Zwiebelringe wollte ich mit dir teilen«, sagt er galant.

»Aber es wird trotzdem zuviel sein für dich«, prophezeit Rose. Sie schicken die junge Dame andauernd in die 160. Straße. Rose erklärt ihm, diese Kost sei schlecht für seine Verdauung, und er zieht eine Grimasse.

»Was soll schon sein?« sagt er. »Glaubst du, ich sterbe an einem Corned beef mit Zunge auf Roggenbrot?«

»Sprich nicht so«, herrscht Rose ihn an. Sie kann es nicht leiden, wenn er so redet, denn er spottet nicht nur über den eigenen Zustand, sondern auch über ihre mißliche Lage.

Er scheint sie auszulachen, seine durch die Brillengläser vergrößerten Augen funkeln. »Och, mach dir keine Sorgen, meine Kleine«, sagt er zu ihr.

Dorothy ist fünfundvierzig, und sie schläft in einem fort. Sie schnarcht im Arbeitszimmer auf Roses grünseidenem, nicht aufklappbaren Sofa, das Gesicht auf der Nackenrolle und alle Sofaschoner in einem Stapel auf dem Boden. Sie trägt Jogginganzüge, geht aber nie joggen, und morgens verbraucht sie beim Duschen das ganze warme Wasser. Wenn sie aus dem Bad kommt, schüttelt sie das Wasser einfach aus ihren kurzgeschnittenen Haaren wie ein großer schwarzer Bär. Dann sitzt sie tagein, tagaus bloß da, betrachtet ihren Vater im Schlaf und wartet darauf, daß er aufwacht. Sowie er die Augen aufschlägt, bestürmt sie ihn mit Fragen. Wie geht es seinem Herzen, warum diese oder jene Medizin? Sie will alles über den Doktor wissen. Dann erkundigt sie sich nach seinem Leben. Was hat er in der Gewerkschaft gemacht, wie war das mit der Akkordarbeit, damals, als er Stoffe zuschnitt? Aber es ist alles nur List, wie Rose klar erkennt. Sobald Dorothy Maury nach seinem Leben fragt, beginnt sie von ihrem zu erzählen. Und dann schreit sie auf ihn ein. »Vater!« Sie spricht mit tiefer Stimme – nicht bloß tief, sondern schwermütig, und mit einem so dunklen und rauchigen Akzent, daß man sie für eine gebürtige Israeli halten könnte. »Ich bin gekommen, um bei dir zu sein.«

»Was hat sie gesagt?« will Maury von Rose wissen.

»Weil ich dein einziges Kind bin«, fährt Dorothy fort, »darum bin ich hergekommen, um bei dir zu sein, auch wenn ich nie Gelegenheit hatte, dich kennenzulernen. Ich wollte kommen und mit dir reden, damit wir uns wenigstens einmal näherkommen, du und ich. Ich wollte dir von meinem Leben erzählen, was ich gemacht habe …«

»Ich kann dich nicht verstehen, Kind«, sagt Maury.

»Was ich gemacht habe«, wiederholt Dorothy laut.

»Ja, was hast du gemacht?« fragt Maury.

»Ich habe mir folgende Frage gestellt: Was habe ich getan, daß du dich mir gegenüber so lange in Schweigen gehüllt hast? Und daß du mich vergessen hast, mich, deine Tochter.«

»Hör zu«, erklärt Maury, »das war vor langer Zeit. Deine Mutter und ich, wir haben uns natürlich nicht besonders gut vertragen. Sie hat mich rausgeworfen. Wir haben uns scheiden lassen.«

»Aber ich war doch auch noch da.«

»Ja, aber du bist mit ihr gegangen. Deine Mutter sagte, ich sei nicht fähig, ihr Kind zu erziehen. Also gut, schön. Ich wollte mich nicht mit der Frau streiten.«

Er schläft wieder ein; in seinem Zustand überanstrengt ihn das Reden. Rose versucht, Dorothy wegzuscheuchen. Große, schwere Tränen stehen in Dorothys Augen. Es ist entsetzlich, als ob Dorothy, Gott behüte, hier in der Wohnung ein Begräbnis inszenieren würde. Wenn sie gekommen wäre, um sie aufzumuntern, wäre das etwas anderes. Wenn sie gekommen wäre, um zu helfen. Aber weinen und klagen ist alles, was sie tut. Und sie schnüffelt herum, da ist Rose sich ganz sicher. Zweimal hat sie sie nachts schon durch die Wohnung schleichen hören. Sie meint, gehört zu haben, wie sie versuchte, den Sekretär zu öffnen, in dem sie ihre venezianischen Gläser verwahrt, das Teeservice mit dem Eichelzierrat, die Kristallgläser, die sie gekauft hat, als sie noch bei Tiffany arbeitete. Des Nachts bildet sie sich ein, sie könne hören, wie Dorothy die Glastüren öffnet. Und dann, bei Tage, merkt sie, daß es nicht sein kann, weil Dorothy sich überhaupt nicht für die Sachen im Sekretär interessiert. Dorothy hat wahrscheinlich noch nie von einem Ort wie Tiffany gehört, wo Rose einst hinter den langen Glastheken stand und mit Fürstlichkeiten in der Gestalt des Herzogs von Windsor in Berührung kam, wenn der mit seiner Entourage Silber und Schmuck auswählte. Dorothy würde für so etwas kein Verständnis haben.

Dann, eines Morgens, erwischt Rose sie in aller Frühe. Sie betritt das Arbeitszimmer und findet Dorothy vornübergebeugt in die aufgezogenen Schreibtischschubladen spähen. »Das ist Bens Schreibtisch«, ruft Rose. Es ist der Schreibtisch ihres lieben verstorbenen Gatten. Maury hat ihn nie benutzt. Niemand rührt ihn je an. Die Platte ist leer bis auf die R.C. Allen-Schreibmaschine und die ledergefaßte Schreibunterlage.

Stumm erwidert Dorothy Roses Blick.

»Was hast du dir da angesehen?« fragt Rose.

»Das hier«, sagt Dorothy. Sie hat eine Schachtel mit einem Stoß maschinengeschriebener Blätter aufgemacht und blättert darin.

»Die Dissertation«, stößt Rose hervor. Rasch schiebt sie den Deckel auf die Schachtel und schließt die Schublade. Alle in der Familie nennen es *Die Dissertation*. Es ist die Doktorarbeit, an der ihr lieber Mann Ben schrieb, als er 1926 Doktorand in Wien war. Natürlich konnte er sie nicht beenden, wegen der Kriege und der Familie, wegen seiner Emigration nach Amerika und dann wegen seines Berufs als Französisch- und Deutschlehrer an einer Oberschule. Er unterrichtete das ganze Jahr, und während des Sommers war er der Ghostwriter für ein Französischlehrbuch. Der stellvertretende Direktor an der Schule, sein Fachbereichsleiter, war der offizielle Autor, und Ben war der Verfasser. Er verlor nie ein Sterbenswörtchen darüber, denn er wollte seine Stelle nicht gefährden, nicht mitten in einer Wirtschaftskrise. Niemand aus der Familie hat die Dissertation gelesen; die Kinder können kein Deutsch. Rose kann gut Deutsch, aber wenn sie das blauschwarze Typoskript ansieht, kommen ihr nur die Tränen. Außerdem interessiert sie sich nicht für historische und literaturwissenschaftliche Themen. Die Dissertation beschäftigt sich mit dem Werk von Thomas Mann.

Rose funkelt Dorothy wütend an; sie erzählt ihr nichts von alledem. Dorothy erwidert ihren Blick verwirrt und traurig, denkt aber nicht daran, klein beizugeben.

»Sie treibt mich zur Verzweiflung«, sagt Rose an diesem Nachmittag zu Esther. Sie sitzen auf deren goldenem Sofa. Esther schüttelt den Kopf. »Sie ist wie ein Bluthund. Ein Hund, der Blut wittert. Haben wir je zuvor von ihr gehört oder sie zu sehen bekommen? Ein-, zweimal. Jetzt, wo er krank ist, kommt sie für eine Woche, zwei Wochen ...«

»Es ist grade mal eine Woche«, sagt Esther.

»Ich bin nie abergläubisch gewesen«, erwidert Rose.

»Nein, natürlich nicht.«

»Aber sich so ans Bett eines alten Mannes zu drängen, erst zu kommen, wenn der eigene Vater krank ist, und immer wieder die Vergangenheit aufzurühren, wieder und wieder, daß das schrecklich ist, versteht doch jeder. Einfach schrecklich. Wenn sie wenigstens in ein Hotel ziehen würde. Ich habe versucht, mit ihr zu reden, ihr anzudeuten – sie sitzt einfach nur da. Sie merkt überhaupt nichts; sie richtet sich häuslich ein. Übers ganze Arbeitszimmer breitet sie sich aus. Weißt du, was sie macht? Tag und Nacht hört sie sich im Radio die Nachrichten an. Die Verkehrsberichte. Und weißt du, warum? Sie liebt Katastrophen. Das ist alles, was sie macht, dasitzen und unheilvolle Stimmung verbreiten.«

Esther fragt: »Und was sagt er dazu?«

»Er? Er ist rundum zufrieden.«

»Dann ist es gut für ihn, daß seine Tochter hier ist.«

»Gut für ihn? Sie überanstrengt ihn, laugt ihn aus.«

»Was macht sie denn?«

»Sie sitzt da und schaut ihn an, sie spricht zu ihm. Er tut so, als könnte er sie nicht verstehen. Und was glaubst du, soll das, daß sie einfach so den Schreibtisch durchwühlt?«

»Rose«, sagt Esther, »du bist ja ganz außer dir. Ich bin sicher, das war bloß harmlose Neugier.«

»Sie hat mit ihren klobigen Händen Bens ganze Dissertation begrapscht und überall ihre Fingerabdrücke draufgebracht. Was glaubst du, hat sie sich dabei gedacht?«

»Na ja, ich könnte mir vorstellen, daß sie nach alten Photos gesucht hat oder nach Briefen, die Maury in seiner Jugend geschrieben hat.«

»Seine Bilder sind in den Alben in der Chiffoniere«, sagt Rose.

»Aber das konnte sie doch nicht wissen.«

»Wenn sie Photos sehen will, dann sollte sie danach fragen und nicht herumschnüffeln wie – wie ein gemeiner Dieb.«

»Aber sie ist seine Tochter«, sagt Esther wieder.

Rose wirft die Arme hoch. »Darum sage ich ja nichts. Und selbst wenn ich was sagen würde, wo sollte sie hin? Sie könnte sich kein Hotel leisten. Sie ist ohne Geld hergekommen. Sie ist hierher gekommen, um sich einzunisten.«

»Ich nehme an, sie hat ein schweres Leben hinter sich«, sagt Esther. Rose reißt erstaunt die Augen auf. »Na ja, weißt du, wo sie doch aus einem zerrütteten Elternhaus stammt, und sie ist ausgerissen, als sie noch ganz jung war, und mußte drüben ihren eigenen Weg machen.«

»Ich war sieben Jahre alt, als ich nach England kam, und ich war mutterseelenallein und hatte keinen Menschen auf der Welt, der sich um mich kümmerte«, sagt Rose hitzig. »Und sie könnte nie, nie eine Ahnung davon haben, was ich erlebt und durchgemacht habe.« Esther ist nicht sicher, ob Rose recht hat, aber sie ist zu höflich, ihr zu widersprechen. »Meine eigenen Eltern haben mich fortgeschickt«, sagt Rose. »Im Namen der Sicherheit haben sie mich allein in die Fremde ziehen lassen.«

»Wie wär's, wenn du mit Dorothy und Maury zum Abendessen zu mir kommst?« sagt Esther. »Du überanstrengst dich mit der Kocherei.«

»Nein, nein.«

»Weil das einfach zuviel wird für dich. Du müßtet dich nur mal reden hören. Ich mache mir Sorgen um dich, Rose. Hier, sieh dir das an. Ich hab gegrilltes Hähnchen. Schon fix und fertig.«

»Das ißt er nicht.«

»Dann mach ich ihm was anderes.«

Rose muß die Einladung ausschlagen. Esther kommt hinüber in Roses Wohnung, um sie zu überreden, aber Rose muß ihr sagen, daß er wirklich zu krank ist. Rose, Esther und Dorothy betrachten den schlafenden Maury in seinem Sessel am

Fenster, durch das die Sonne hereinscheint. »Das ist meine liebe Nachbarin«, sagt sie, als sie Esther und Dorothy bekannt macht.

»*Schalom. Ma schlomeich?*« Wie geht es Ihnen? erkundigt sich Esther bei Dorothy in ihrem neuen, kindlichen Hebräisch. »*Schmi Esther. Eich ohevet New York?*« Mein Name ist Esther. Wie gefällt Ihnen New York?

Dorothy dreht die Handfläche nach oben wie um zu sagen, sie mache sich nicht besonders viel daraus. »Ich bin nicht hergekommen, um mir New York anzuschauen«, sagt sie.

»*At garah bimoschav? Osah tapuzim baboker? Ovedet maher?*« Was sie sagen will, ist: Es muß furchtbar schwer sein, auf einer Farm Tomaten zu züchten und das Leben eines Farmers zu führen und schon vor Morgengrauen aufzustehen. Was dabei herauskommt, lautet: Leben Sie morgens auf einer Farm? Stellen Sie Orangen her? Arbeiten Sie schnell? Dorothy grinst. »*At mivinah kitsat ivrit scheli?*« Verstehen Sie mein bißchen Hebräisch?

»Ja«, sagt Dorothy.

»Weißt du«, sagt Esther später zu Rose, »noch vor einem Jahr hätte ich nie versucht, mich so ohne weiteres auf Hebräisch zu unterhalten.«

Rose antwortet nicht. Sie verzehrt sich vor Kummer, fühlt sich völlig alleingelassen. Ihre Söhne rufen an und fragen sie, wie es ihr geht. Wie kann sie das per Ferngespräch erklären? »Wenn du hier wärst, wäre es etwas anderes«, sagt sie zu Edward, als der aus Washington anruft.

»Wir waren vor zwei Wochen da, erinnerst du dich? In den Winterferien.«

»Aber das war, bevor das alles losging«, sagt sie.

»Bevor was losging?«

Sie hört Dorothy herumtapsen und wagt nichts zu sagen. »Er ist schwächer geworden«, sagt sie zu Ed. »Viel schwächer als zuvor. Er kann nicht mehr allein aus dem Sessel aufstehen, und ich kann ihn kaum heben.«

»Ma, ich wünschte, ich könnte ins nächste Flugzeug steigen«, sagt Ed. »Aber jetzt muß ich Vorlesungen halten. Ma?«

»Ja.«

»Ich will nur hören, wie's dir geht.«

»Was gibt's da zu sagen?«

»Was meinst du damit, was gibt's da zu sagen?«

Sie sagt nichts. Sie sieht keinen Sinn darin, ihm zu schildern, wie es ihr geht, wenn er doch sagt, daß er nichts daran ändern kann. Was für einen Sinn hat so was per Ferngespräch? Er muß an seine Kurse denken und an seine Familie. Sogar ihre Enkelkinder sind ganz von der Schule in Anspruch genommen; sie gehen auf in Multiplikation und Kunst und Werken. Wie wunderbar fand sie es, als sie noch klein waren und mit hauchzarten Stimmchen über rein gar nichts plapperten.

Dann ruft Henry, ihr ältester Sohn, sie aus Venice, Kalifornien, an, und sie wird von einem Extrem ins andere geworfen. Aus dem Eiskasten ins Schwitzbad, so aufgelöst ist er und so außer sich vor Angst. »Mutter! Wie geht's dir? Wie kommst du zurecht? Versprich mir, daß du auch nicht einen Schritt vor die Tür setzt. Ich hab gehört, es ist furchtbar glatt bei euch.« So ist es schon immer gewesen mit ihren Söhnen. Ed ganz geschäftsmäßig und Henry einfach von Gefühlen übermannt, so daß sie ihn trösten muß, wenn er anruft – oder als erste auflegen. Er hat in Kalifornien eine Therapie gemacht, damit er sich verstehen lernt. Gut. Aber wenn er jetzt anruft, dann probiert er die Therapie an ihr aus. Er sagt ihr, wie er sich fühlt, und wenn sie ihm von Maury erzählt, dann sagt er mit äußerster Empathie: »Mutter, du mußt ja eine solche Angst haben.«

»*Sag* das nicht«, beschwört sie ihn. Rose spürt sie von ihm ausgehen, genauso wie Dorothy sie verströmt, diese ungute Vorahnung – wie ein schwacher, aber unverkennbarer Geruch, wie Schimmel in einem Schwamm.

Die einzige, die sie wirklich tröstet, ist Eds Frau Sarah, ihre geliebte Schwiegertochter. Henry hat nicht geheiratet, obwohl er jetzt schon fünfundvierzig ist. Er lebt in seiner eigenen Welt. Aber eine Schwiegertochter hat Rose, ein wundervolles Mädchen. Sie sagt zu Rose: »Ich verstehe nicht, warum Dorothy immer noch bei euch auf dem Sofa schläft. Das ist doch lächerlich!«

»Was kann ich machen?« fragt Rose dagegen.

»Sie muß doch Verwandte haben, Vettern, Cousinen.« Sarah denkt sich etwas aus, entwirft am anderen Ende der Leitung einen Plan. Rose hat Sarah schon immer lieb gehabt, weil sie wirklich an andere denkt. Ihren eigenen Söhnen fehlt, bei all ihrer hervorragenden Intelligenz, diese Eigenschaft. Sie schlagen Ben nach, ihrem Vater.

Mitten in der Nacht wacht Maury keuchend auf. Er bekommt keine Luft. Rose legt ihm mehr Kissen unter, um ihn aufzurichten; sie macht alle Lichter an. Dann stürmt Dorothy ins Zimmer und bringt das Telefon angeschleppt. Sie ruft einen Krankenwagen und kreischt in den Hörer.

»Nein, nein«, keucht Maury. »Keinen Krankenwagen. Mir geht's gut.«

Dorothy beachtet ihn gar nicht.

»Er will keinen«, sagt Rose. »Er braucht keinen.« Wenn Dorothy ihn nur in Ruhe ließe, wenn sie ihm bloß ein paar Augenblicke Frieden gönnte, würde er sich wieder erholen, davon ist Rose überzeugt. Statt dessen rasen weißbekittelte Sanitäter durch die Wohnung, heben Maury aus seinem Bett und schnallen ihn auf der Trage fest, als wäre er ein Stück lebloses Fleisch.

Sie bringen ihn um, so wie sie mit ihm durch die Straßen holpern und auf seiner Brust herumhämmern. Nicht einmal eine Decke hat er in dieser bitteren Kälte. Die Kälte ist furchtbar und erst der Lärm! »Aufhören! Aufhören!« schreit Rose. Sie attakkieren ihn, schlagen auf seinen gebrechlichen Körper ein. Sie wehrt sie ab, doch die Männer schieben sie einfach unsanft gegen das schwarz getrübte, vereiste Rückfenster. Lichter zucken durch die Nacht. Sie hat nicht mal einen Mantel an. Sie halten mit quietschenden Bremsen und reißen die Türen auf. Beim Aussteigen stürzt sie zu Boden; ein Pfleger hilft ihr auf und bringt sie hinein. Maury wird im Eiltempo in die Aufnahme gerollt.

Dorothy paßte nicht mehr in den Krankenwagen. Sie haben sie nicht mitgenommen. Sie kommt später in die Klinik nach; wie ein Schatten steht sie an Maurys Bett und vergießt traurige Tränen. »Vater«, sagt sie. Still und blaß liegt er da.

Rose kann es nicht mitansehen. Sie macht ihre Tasche auf und gibt Dorothy fast das ganze Geld, das sie bei sich hat. Entschlossen drückt sie Dorothy die Scheine in die Hand. »Bitte«, sagt sie, »ich flehe dich an. Geh zurück.«

»Zurück wohin?« fragt Dorothy.

»Dahin, wo du hergekommen bist. Du mußt gehen, du mußt. Siehst du es denn nicht selbst? Du treibst ihn in den Tod.«

»Was soll der Unsinn?« dröhnt Dorothy.

»Ja, wenn ich dir's sage. Bist du so dumm, daß du das nicht merkst? Bevor du kamst, hat er gegessen und gelesen, ist sogar nach unten gegangen. Du hast ihm seine Kräfte geraubt. Ausgeblutet hast du ihn.«

»Und was habe ich getan, um ihn so zu schwächen?« will Dorothy wissen. »Was habe ich getan, außer daß ich hergekommen bin, um bei ihm zu sein, um mit meinem eigenen Vater zusammenzusein und mit ihm zu reden?«

»Und schau dir an, wo er jetzt ist«, sagt Rose. »Du hast genug getan.«

»Du hast nicht darüber zu bestimmen, wann ich komme und wann ich gehe.«

»Dein Visum ist abgelaufen«, erklärt Rose, schwindlig vor Zorn und Erschöpfung. »Und wenn du dieses Geld nicht nimmst und deine Sachen packst und aus meiner Wohnung verschwindest, dann – dann schick ich dir die Behörden auf den Hals.«

»Ich bin amerikanische Staatsbürgerin«, entgegnet Dorothy stur.

Rose greift wieder nach ihrer Handtasche und holt ihr Scheckbuch heraus. Mit zitternder Hand schreibt sie einen Scheck aus. Für sie ist es eine Frage von Leben und Tod. Maurys Leben steht auf dem Spiel. Es ist ein Scheck über fünfhundert Dollar. Sie legt ihn auf das breite Krankenhausfensterbrett. Weder sie noch Dorothy sehen ihn an.

Drei Tage lang atmet Maury ein und aus, pendelt zwischen Ohnmacht und Bewußtsein. Dorothy spricht zu ihm, aber die meiste Zeit antwortet er nicht. Am vierten Tag nimmt Dorothy den Scheck. »Lebwohl, Vater«, sagt sie zu Maury.

»Lebwohl, Kind«, sagt er mit seiner hellen, trockenen Stimme. Dorothy sieht Rose triumphierend an.

In der Nacht sitzt Rose an seinem Bett. Tagelang schläft sie nicht; sie kann nicht mehr zählen, wie viele Tage und Nächte sie ohne Schlaf zugebracht hat. »Machen wir ein kleines Nickerchen?« fragen die Schwestern sie. Rose macht die Augen auf und funkelt sie an. Sie schläft überhaupt nicht. Wenn sie nur schlafen könnte. Statt dessen schaut sie zu, wie Maury ein- und ausatmet. »O Mutter«, sagt Henry am Telefon zu ihr, »was für ein schreckliches Gefühl, auf der Schwelle eines… eines…«

»Eines was?« fragt sie ihn.

»Ich… ich nehme an, es… es ist, nun ja, das Unbekannte«, stammelt er.

Sie legt einfach den Hörer auf. Es ist keineswegs die Furcht vor dem Unbekannten, die ihr zusetzt, wenn sie an seinem Bett sitzt. Henry kann sich nicht einmal mehr erinnern, daß sie das alles schon einmal durchgemacht hat: mit seinem Vater. Sie beobachtet Maury und leidet zehnfache Qual, weil sie sich daran erinnert. Ben lag zwei Wochen in seinem Bett, und sie wachte jede Minute bei ihm. Darüber war sie selbst krank geworden; tagelang behielt man sie im Krankenhaus. Natürlich ist das viele Jahre her, aber sie hat es nie vergessen.

Ben und Maury hätten nicht verschiedener sein können. Ben war ein ernsthafter Mensch ohne jede Geduld. Er war immer gedrückt, verschanzte sich stets hinter seinen Büchern. Manchmal sprach er tagelang nicht mit ihr. Maury war ein ganz anderer Typ und immer zu Scherzen aufgelegt. Sogar ihr erstes Treffen war eine Art Jux gewesen. Roses gute Freundin Millie überredete Rose, sie eine Anzeige in die jüdischen Zeitungen setzen zu lassen: »Charmante englische Witwe...« So hatte sie Maury kennengelernt. So hatte es sich in Wahrheit abgespielt.

Ob sie glücklich waren miteinander? Sie reisten hierhin und dorthin. Im Gegensatz zu Ben lernte Maury gern neue Orte kennen – sogar später noch, als sein Gesundheitszustand es eigentlich nicht mehr erlaubte. Aber er tat es mit einem Lachen ab, wenn er sich auf einer Unfallstation wiederfand. Sie waren immer beschäftigt, gingen oft ins Theater oder auswärts essen. Und er war leichtsinnig von A bis Z. Trank, rauchte Zigarren, ging nach Einbruch der Dunkelheit auf die Straße, und das Geld rann ihm buchstäblich durch die Finger: beim Wetten, in Restaurants, bei anrüchigen Aktiengeschäften. Zu Rose pflegte er zu sagen: »Mach dir keine Sorgen, meine Kleine, ich habe einen kleinen Notgroschen auf die Seite gebracht.« Aber soviel Umsicht lag nicht in seiner Natur. Er war wie die Grille, die nie an den kalten Winter denkt. Seine einzige Sparmaßnahme bestand darin, daß er keine Steuern zahlte, und das hatte politische Gründe, denn er war überzeugter Sozialist mit ausgeprägtem Hang zum Kommunismus. Über ihren lieben Mann Ben dagegen konnte Rose mit Bestimmtheit eines sagen: Er war eine Ameise gewesen. Mit Maury kabbelte sie sich ständig.

»Maury«, sagt sie zu ihm, als er da zwischen den weißen Laken liegt, »das eine Mal, als du ausgesperrt warst, das werde ich mir nie verzeihen.« Es ist erst ein paar Jahre her, da hatten sie einen Streit, einen furchtbaren Streit wegen seiner Trinkerei, und er rannte ohne Mantel aus der Wohnung. Doch als er auf die Straße hinauskam, merkte er, daß es zu kalt war, um spazierenzugehen, und da machte er natürlich kehrt. Aber er war ohne seinen Schlüssel losgestürmt, und jetzt kam er nicht mehr ins Haus. Er stand unten im Vestibül vor der Eingangshalle und drückte auf den Summer, als er von zwei riesigen Kerlen überfallen wurde. Sie zerrten ihn hinaus auf den Gehsteig. Vom Fenster aus sah sie alles mit an, aber sie konnte nichts tun, sie war ja oben im achten Stock. Sie schrie, sie rief die Polizei, aber als die kam, war es zu spät, die Kerle waren fort, und ihr armer Mann lag übel zugerichtet am Boden. Es war noch ein Glück, daß die Straßenräuber nicht mit Messern oder schlimmeren Waffen auf ihn losgegangen waren. »Ich werde mir das nie verzeihen«, sagt sie jetzt zu ihm.

»Vergiß es«, sagt er. Sie erschrickt, als sie seine Stimme hört. Das weiße Bett hat auch noch den Rest von ihm verschlungen.

Das sind seine letzten Worte. Er stirbt in dieser Nacht, als das blitzsaubere Krankenhaus leer ist und stundenlang kein Mensch mehr nach ihm gesehen hat. Niemand weiß, daß er gestorben ist, außer Rose. Man nimmt es nicht einmal zur Kenntnis. Sie muß auf die Klingel drücken und durch die Gänge laufen. »Haben Sie den Ehrgeiz, hier den absoluten, den totalen Schlendrian einzuführen?« herrscht sie die Nachtschwester an.

Die Kinder kommen. Ed mit der lieben Sarah und Henry aus Kalifornien mit einer zusammengeklappten Sonnenbrille in der Tasche. Ed tigert durch die Wohnung und erteilt Anweisungen; sie müssen sich mit einem Rabbi in Verbindung setzen, sie müssen die nächsten Schritte planen. Rose fühlt sich einer Ohnmacht nahe. Er ist wie ein General, klein und gedrungen, mit eisengrauen Augen, kleinen Händen und Füßen. Bei allem, was er macht, spürt man die Ungeduld – sogar an der Art, wie er eine Tür öffnet, indem er mit einer schnellen Drehung des Handgelenks ruckartig den Türgriff betätigt. Und daneben Henry, der sich groß, schwer und kläglich in den Ecken herumdrückt und die Bilder an den Wänden mustert. Oder er lehnt im Türrahmen und stottert, wie er das immer in den ungünstigsten Momenten tut, und die ganze Zeit hat er Tränen in den Augen. Sie kann es kaum ertragen.

»Er wollte keinen Rabbi«, sagt Rose zu Ed. »Er hielt nichts von ihnen.«

»Schau, Ma, er war Jude, und ich finde …«

»Er hat mir hundertmal gesagt, daß er verbrannt werden will und daß man seine Asche verstreuen soll«, sagt Rose. »Bitte, ich habe nicht die Kraft zu streiten. Bitte, macht es so, wie er es gewollt hat.«

»Mutter«, sagt Henry, »das werden wir.«

»Danke«, sagt sie zu ihm.

»Aber wo wollte er ve-ve-verstreut werden?«

Die Frage gibt ihr den Rest. »Das weiß ich nicht, warum fragst du mich das? Ich sag dir, ich weiß es nicht. Warum nimmst du mich so ins Verhör? Ich hab zehn Tage lang überhaupt nicht geschlafen. Und gegessen habe ich auch nichts, keinen Bissen. Warum kommt ihr daher und quält mich mit Fragen?«

Sarah holt ihr ein Kleenex. Sie sagt: »Mutter, kann ich dir einen frischen Kaffee brühen?« Rose nickt stumm.

Der Kaffee schmeckt wunderbar. Niemand kann so einen Kaffee machen wie Sarah, da sind sich alle einig. »Aber Ma«, legt Ed los, kaum daß sie die erste Wärme spürt. »Du mußt doch anfangen, an die Zukunft zu denken.« Die Zukunft? Ein absurdes Ansinnen. Sie war in der Zukunft, hin und zurück, bis zu den Krankenhaustoren und darüber hinaus. Sie hat die Zukunft gesehen. Das weiße Klinikbett, die silbrigen intravenösen Schläuche. Sie hat das Ende gesehen. Und jetzt kommt er und will, daß sie darüber nachdenkt?

»Du mußt dein Geld investieren«, sagt Henry zu ihr.

»Ich kann mich damit jetzt nicht befassen«, jammert sie.

»Aber du wirst dich damit befassen müssen«, behauptet Ed, der wie immer rasch mit Ultimaten bei der Hand ist. »Du hast genug Geld, um ein angenehmes Leben zu führen, ein sehr angenehmes, selbst wenn du die Steuerrückstände samt den Strafgebühren bezahlst.«

»Ich will das Geld nicht«, sagt sie, an alle gewandt.

»Aber Mutter« – Henry beugt sich zu ihr herunter – »du kannst aus der Stadt raus.«

»Ich soll die Wohnung aufgeben?« stößt sie hervor. All ihre Schätze schwimmen vor ihren Augen – die gerahmten Petit-point-Vögel über dem Sofa, der Sekretär und die Schwarzweißbilder von Ed und Henry in ihren hinreißenden Matrosenanzügen.

»Du kannst dir eine bessere Wohnung nehmen«, sagt Ed.

»Und wo soll ich sieben Zimmer für zweihundertachtzig Dollar im Monat herkriegen?« fragt sie.

»Vielleicht keine Wohnung mit gebundenem Mietpreis, aber dafür in einem guten Viertel«, hält er ihr entgegen. »Wo du draußen spazierengehen kannst. Wo du nicht überfallen wirst, wenn du das Haus verläßt. Mit ein bißchen umsichtiger – ehem – Finanzplanung könntest du ein sichereres und glücklicheres Leben führen.«

Sie ist empört, daß er nur zwei Tage nach Maurys Tod so reden kann. Über Finanzen und Glück und beide im selben Atemzug nennend. Sie steht auf und umklammert ihre Stuhllehne. »Ich *will* kein glücklicheres Leben«, sagt sie mit großem Nachdruck.

Sie will nicht zur Bank, und sie will nicht zu Shearson. Der einzige, den sie sehen will, ist Dick Gorham, weil der Maurys Freund war. Dick war der Anwalt der Gewerkschaft, damals als Maury dort die Buchhaltung machte. Das war in der Zeit, als die Gewerkschaft sich keinen geprüften Buchhalter leisten konnte, und darum nahmen sie Maury, weil der das Diplom nicht hatte und folglich billiger war. Dick ist fast achtzig, aber er ist Anwalt und praktiziert immer noch. Er hat sein Büro in der Achten Avenue behalten, einen einzigen Raum in einem Haus ohne Lift, vollgestopft mit Akten und Papierstößen, mit vergilbten Zeitungen, darunter ein paar jiddische, einem Haufen Taschenbücher und den Gewerkschaftsplaketten. An den Wänden hängen Photos von den Galaveranstaltungen. Dick kommt hinter seinem Schreibtisch vor und umarmt sie. Er fragt, wie es ihr geht, aber da drängen auch schon Ed, Sarah und Henry hinter ihr ins Zimmer. Es sind nicht genug Stühle da. Alle fangen gleichzeitig an zu reden. Sie sollte Investmentzertifikate erwerben, sie sollte steuerfreie Kommunalobligationen kaufen. Ed ist für die Investmentzertifikate und Henry für die Obligationen. Sarah versichert ihr, das wäre eine gute Wahl, weil sie die Zinsen verleben und das Kapital behalten kann. Rose macht den Mund auf, aber sie kann nicht sprechen; die anderen reden alle auf einmal. Ihr ist, als müsse sie ersticken.

»Investmentzertifikate sind eine solide, alterprobte Kapitalanlage«, sagt Ed.

»Aber die Bu-Bu-Bußgelder«, unterbricht Henry.

»Was für Bußgelder? Die sind unerheblich; sie wird sich schon keine zuziehen ...«

»Wie wäre es mit einer Kombination? Oder mit einem Fonds?« schlägt Sarah vor.

»Ich halte nichts von diesen Fonds, und ich will dir auch sagen, warum«, erklärt Ed. »Alles, was die Banken anpreisen, ist so zusammengestellt, daß sie den größtmöglichen Vorteil davon haben, und alles, was sie ...«

»Raus! Raus! Raus mit euch«, schreit Rose. »Ich ertrage das nicht länger.«

»Möchtest du es auf einen anderen Tag verschieben?« fragt Sarah verständnisvoll.

»Nein!« sagt Ed. »Ich kann keinen Tag länger bleiben.«

»Ich möchte mit Dick reden. Allein«, sagt Rose zu ihnen. »Also geht bitte raus. Ich bitte euch.«

Sie zögern. Sarah bedeutet ihnen zu gehen.

»Und wo sollen wir warten? Vielleicht auf der Straße?« knurrt Ed.

Sie und Dick sind allein. Er kommt herüber auf ihre Seite des Schreibtisches. »Rose«, sagt er und nimmt ihre Hand. Er bietet ihr Karamellbonbons aus seinem großen Bonbonglas an. Sie wickelt den Bonbon aus dem gelben Zellophanpapier und steckt ihn in den Mund. Als sie den Karamell auf der Zunge spürt, fängt sie an zu weinen, weil er so gut schmeckt. Das hatte sie vergessen.

»Ich will das Geld nicht«, sagt sie.

»Ich weiß«, sagt Dick. Er hat ernste blaue Augen und eine hochgewölbte Stirn, die rosig ist und leicht sommersprossig. »Aber er hat es nun einmal dir vermacht.«

»Wir haben uns mit all unserem Vermögen gegenseitig als Erben eingesetzt, ist es nicht so?«

»Ja, das stimmt. So steht es in seinem Testament.«

»Wie hätte ich wissen sollen, daß er Geld hat?« Rose faltet das Bonbonpapier zusammen und wieder auseinander.

»Wie konnte irgend jemand das wissen?«

»Und an wen geht es *als nächstes*?« fragt sie, denn plötzlich ist ihr eine Idee gekommen.

»Das Geld? Laut Testament geht es nach euch auf die Kinder über.«

»Die Kinder?«

»Stimmt genau. Aber du kannst natürlich damit machen, was du willst.«

»Ich will gar nichts machen«, sagt sie unglücklich. Der Bonbon schmilzt auf ihrer Zunge. Die Delle oben drin vertieft sich zu einem Loch, es schmeckt süßer und süßer. »Jerusalem würde ich gerne sehen. Da möchte ich gern einmal hin. Und Paris hätte ich auch gern wiedergesehen.«

»Ja, sicher, du könntest auf Reisen gehen.«

»Aber ich habe nicht die Kraft dazu.«

»Nun, mit der Zeit…«

»Wenn ich mit einem Schiff führe.« Da ist es wieder, der Gedanke oder der Wunsch, übers Eis hinweg und hinaus auf den Atlantik zu segeln. Sie würde eine Kabine nehmen und Esther deren Spiegelbild gleich nebenan. »Ich könnte Schiffsreisen machen«, sagt sie.

»Na ja, dabei würdest du natürlich das Kapital angreifen.« Dick schiebt die Papiere auf seinem Schreibtisch hin und her. »Aber du lebst nur einmal. Wenn ich dir raten darf, würde ich sagen, bleib liquide und lang in den Topf, wann immer dir danach ist.«

»Aber das kann ich nicht«, sagt Rose.

»Warum nicht? Es ist dein Geld. Du kannst damit machen, was du willst.«

»Sogar – ein neues Testament aufsetzen?«

»Aber sicher. Du kannst dein Testament ändern, wann immer du willst.«

»Ich hab gesagt Investmentzertifikate, Henry hat gesagt Kommunalobligationen«, platzt Ed im Taxi los.

»Wir wollten, daß du die Zi-Zi-Zinsen verlebst«, sagt Henry.

»Und das Kapital unangetastet läßt, damit du eine Reserve hast«, sagt Ed. »Und was machst du? Du investierst in Fannie Mae, damit du Zinsen und Kapital verjubeln kannst, dir aber *nichts* als Rücklage bleibt.«

»Ed«, tadelt Sarah vom Vordersitz her.

Rose sitzt im Fond, eingequetscht zwischen ihren beiden Söhnen. Sie halten ihr bald diesen, bald jenen Prospekt vor die Nase und erschrecken sie zu Tode damit. »Verstehst du denn nicht, Ma«, sagt Ed. »Bei Obligationen bekommst du deine Zinsen, und dann, wenn die Papiere fällig werden, erhältst du deine ursprüngliche Einlage zurück. Du aber hast dein Geld in einen Fonds gesteckt, mit dem Hypotheken finanziert werden, verstehst du? Du kriegst dein Geld peu à peu zurück, sowie alle Begünstigten ihre Hypotheken abbezahlen, aber zum Schluß gibt's nicht noch mal einen großen Batzen Geld – da kriegst du gar nichts. Das ganze Geld wird dir von der *Federal National Mortgage Association* – also von Fannie Mae – sukzessive zurückgezahlt. Und wenn du die ausbezahlten Raten verbrauchst, dann bleibt dir nichts für später. Dann ist Schluß – Feierabend.«

Das Taxi ruckelt fürchterlich, und sie umklammert die Tasche in ihrem Schoß; sie schließt die Augen. Seltsame Traumbilder blitzen vor ihr auf. Es ist Nacht, und sie liegt angeschnallt im Krankenwagen, ihre beiden Ehemänner rechts und links von ihr, der eine belehrt sie furchtbar streng, und der andere greint und jammert. Sie öffnet die Augen und sieht flimmernde Punkte; sie sieht ihre Söhne und ihre beiden Ehemänner. »Aufhören! Hört alle auf!« ruft sie laut.

Schweigend helfen sie ihr aus dem Taxi. Schweigend führen sie sie nach oben. Sarah trägt Rose die Tasche ins Schlafzimmer. »Warum ziehst du nicht den Hüfthalter aus?« sagt sie zu Rose. »Leg dich doch ein Weilchen hin.«

Sie spürt die glatten Laken auf der Haut. Außer ihr ist niemand in der Wohnung. Dorothy ist mitsamt ihren Jogginganzügen verschwunden; die Kinder sind fort bis morgen.

In der Nacht steht sie auf, zieht Bademantel und Pantoffeln an und wandert durch die leere Wohnung. Sie macht die Lampen an und beginnt sich ihre Sachen anzuschauen. Stück für Stück, als wäre es das letzte Mal. Sie rückt die Bilder der Jungen in ihren Matrosenanzügen gerade. Sie betrachtet ihre Handarbeiten, all die winzigen Stiche in ihren Petit-point-Vögeln. Sie hält Bens Photographie gegen das Licht, ein Bild, auf dem er streng und alt aussieht. Er würde es nicht gutheißen, daß sie Geld in Fannie Mae investiert hat. Er würde das frivol nennen. Sie faltet Maurys karierte Decke zusammen und streicht über seine großgedruckten Bibliotheksbücher in den durchsichtigen Plastikhüllen der Leihbücherei. »Wozu ist Geld gut, wenn man's nicht genießt?« pflegte er zu sagen. Und dabei hat er die ganze Zeit auf lauter verschiedene Konten bald einen Hunderter, bald einen Tausender eingezahlt. Ben gab für große Anschaffungen Geld aus, das alte Haus in Brooklyn, den Wagen, Möbel, das College für Ed und Henry. Maury hat nie irgendwas im großen Stil gekauft. Und was Rose angeht, so ist ihr schon der Gedanke an Geld zuwider. Sie liebt schöne Dinge, und das ist alles.

Dann fällt ihr etwas ein, etwas, das sie noch erledigen muß. Sie geht zu dem Sekretär, in dem sie das Briefpapier aufbewahrt. Sie hat immer noch ihr Briefpapier von früher und ihre alten Adreßaufkleber: »Mr. und Mrs. B. Markowitz.« Sie hat ihren Namen auch nach der Heirat mit Maury beibehalten. Sie war zu lange Rose

Markowitz, als daß sie sich noch hätte umgewöhnen können – außerdem hieß Maury mit Nachnamen Rosenberg, und sie fand Rose Rosenberg als Namen unerträglich. Einfach unzumutbar. Sie nimmt ein Blatt von ihrem cremefarbenen Schreibpapier mit der einzelnen korallenroten Rose im Kopf und beginnt mit leichter Hand zu schreiben. Sie benutzt einen Kugelschreiber. Ihre Buchstaben sind groß und rund mit sehr weiten Zwischenräumen drüber und drunter. Ihre A's und O's läßt sie oben offen, wie nachträglich zu füllende Gefäße. *Testament* schreibt sie oben auf das Blatt.

Gott sei Dank bin ich noch im Vollbesitz meiner geistigen Kräfte, auch wenn mein Körper immer noch geschwächt ist von der Trauer um meinen lieben Mann, vom Schock darüber, wie er mir entrissen wurde, während sie doch behaupteten, sie würden ihn wiederbeleben.
Meinen gesamten Besitz, sofern von Fannie Mae noch etwas übrig bleibt, hinterlasse ich nicht meinen Kindern oder Maurys Tochter Dorothy, was nicht aus Gehässigkeit geschieht, sondern weil ich dort helfen möchte, wo die Not am größten ist. Mein Sohn Edward ist ein angesehener Professor mit Forschungsschwerpunkt Naher Osten und obschon ein guter Mensch so stark mit seiner eigenen Karriere und der Außenpolitik beschäftigt, daß wenig Zeit für anderes bleibt. Im Grunde aber hat er ein gutes, wenn auch auf sich selbst konzentriertes Herz. Mit seinen vielen Erfolgen und Publikationen kann er gut auf seinen eigenen zwei Beinen stehen. Mein Sohn Henry arbeitet jetzt in Kalifornien im Kunsthandel. Er hat den Lehrberuf dem Geschäft geopfert, aber verheiratet ist er immer noch nicht. Obwohl er mir mit seinem Junggesellenstand das Herz bricht, tut er nicht das geringste dagegen. Er lebt nur für sich selbst, und was ist das schon für ein Leben?
Falls mein Sohn Henry jedoch binnen fünf Jahren heiraten sollte, vermache ich seiner Frau all meinen Schmuck mit Ausnahme des Granatrings, den ich meiner lieben Nachbarin Esther Rabinowitz hinterlasse. Heiratet er nicht, dann geht mein gesamter Schmuck an meine geliebte Schwiegertochter Sarah.

Was Dorothy angeht, so trage ich ihr nichts nach, aber ich kann ihr nicht verzeihen, daß sie hergekommen ist, um ihren eigenen Vater ins Grab zu stoßen.
Geld und bewegliche Habe gehen ausnahmslos an das Mädchenwaisenhaus in Israel, zugunsten des Brautfonds, mit dem junge Mädchen auf ihre Hochzeit und ein jüdisches Familienleben vorbereitet werden. Auch ich war ein Waisenkind wie sie und weiß noch, wie es war, von daheim fortgeschickt zu werden in ein fremdes Land.
Die einzige Ausnahme ist mein Tagebuch, das ich meiner lieben Sarah hinterlasse, weil sie Schriftstellerin ist. Auch wenn die Aufzeichnungen unvollendet sind, wird sie wissen, was damit geschehen soll.

Rose hat sechs kleine Seiten ihres cremefarbenen Briefpapiers vollgeschrieben. Sie ist völlig erschöpft. Also steht sie auf und geht zurück ins Schlafzimmer. Aber als sie ins Bett steigt, merkt sie, daß sie etwas vergessen hat. Bloß was? Sie zermartert sich den Kopf und überlegt fieberhaft, was es sein könnte, doch ihr fällt nichts ein. Dann, in den frühen Morgenstunden, kurz vor Tagesanbruch, wacht sie auf und erhascht einen Blick auf das strenge Bild ihres Mannes Ben, der von der Wand auf sie herabblickt. Er scheint ihr mit den Augen zu folgen. Sie eilt zurück an den Schreibtisch. *Kodizill* schreibt sie.

Auch Dads Doktorarbeit kann ich nicht vergessen, die nie Anerkennung gefunden hat. Ich überlasse sie ebenfalls Sarah zur Übersetzung und Veröffentlichung, sofern sie das für richtig hält, denn sie kann ihren wissenschaftlichen Wert beurteilen. Als Dad starb, hatte ich selbst vor, die Arbeit zum Gedenken an ihn zu übersetzen, aber die Schwierigkeiten, die sich mir in den Weg stellten, waren, bis ich Maury traf, einfach zu groß, und hinterher bestand Maury darauf, daß ich meine Zeit anderen Dingen widmete, weil er es für besser hielt, das Leben zu genießen, solange man noch kann, statt es mit den Toten zu verbringen. Trotzdem hoffte ich immer noch auf eine Gelegenheit, Dads Arbeit zu übersetzen, solange mir die Kraft dazu blieb, aber die hatte ich in den letzten Jahren, seit ich krank geworden bin, nicht mehr. Maury trifft daran keine Schuld, es war einfach seine Natur. Trotz seiner vielen anderen guten Eigenschaften war er eben kein Gelehrter.

Sie liest sich Testament und Kodizill noch einmal durch und seufzt erleichtert auf. Nicht, daß sie sich jetzt besser fühlte, aber das niedergeschrieben zu haben, tröstet sie doch. Maury hat nicht viel Schriftliches hinterlassen. Er schrieb nie Briefe, ja nicht einmal Postkarten. Aber Rose hat das Gefühl, sie müsse ihren Kindern eine Schilderung ihrer Gefühle und Gedanken hinterlassen. Die Vorstellung, daß man ihrer später nicht gedenkt, ist ihr unerträglich. Darüber, ob die Kinder ihr Testament gutheißen werden, kann sie sich jetzt nicht den Kopf zerbrechen; es ist schließlich ihr letzter Wille, und sie werden auf Jahre und Jahre hinaus nichts davon erfahren. Sie wird kein Wort verraten.

DER KUNSTKLÜNGEL

In der Abendkühle Kaliforniens schickt Henry Markowitz sich an, die »Kunstgalerie Michael Spivitz« zu schließen. Donnerstags muß sie bis zehn geöffnet bleiben, um noch das Abendpublikum abzuschöpfen. Die Touristen, die den Sand von der Strandpromenade hereinschleppen, und die Flaneure aus den Cappuccino-Bars. Henry verabscheut den Sand und die Badeanzüge, aber, wie Michael zu sagen pflegt, das ist die Realität des Kunsthandels in Venice. Henry hat sich oft gegen den Impuls wehren müssen, diese Leute abzuweisen. Zumindest die ohne Schuhe. Denn wenn er eines nicht ausstehen kann, dann sind es nackte Füße – als ob das hier ein Kiosk am Strand wäre und keine Galerie, die einige sehr bedeutende Künstler des zwanzigsten Jahrhunderts ausstellt. Zugegeben, die Exponate sind keine Originale. Sie haben Drucke von Chagall und signierte Lithographien von Dali. Die Lithos verkaufen sich sehr gut, schon wegen der Signatur. Und Henry ist der Meinung, daß man diesem Anflug von Authentizität auch ein Quentchen Respekt zollen sollte. Sandalen wären das mindeste.

Er fegt den Parkettboden mit einem großen Kehrbesen, den er im Hinterzimmer verwahrt. Zum Putzen kommt eine Reinigungsfirma, aber er kann nun einmal nicht aus seiner Haut heraus. Vor fünf Jahren hätte er es freilich noch nicht für möglich gehalten, daß er einmal eine Galerie in Venice Beach ausfegen würde. Was ihm vorschwebte, als er in den Kunstbetrieb eintrat, war der Handel mit Antiquitäten: Katalogisieren wollte er, mit Sammlern und Museumsvertretern in holzgetäfelten Räumen verhandeln und natürlich seine Fachkenntnisse und Studien – eine Promotion, zwei Monographien, verschiedene Artikel – über frühe Druck- und Bildwerke aus England und Frankreich einbringen. Dieser Weg schien ihm vorgezeichnet, seit er sich in der Wharton School umorientierte, einen verweigerten Anstellungsvertrag und eine erfolglose Eingabe tapfer wegsteckte und sich, um es mit den Worten seines Therapeuten zu sagen, eingestand, wie viele verschiedene Lebenswege es tatsächlich gab, wenn man sich ihnen erst einmal öffnete. Aber dann führte doch nicht eines zum anderen. Die Abteilung Drucke und Manuskripte bei Sotheby's zeigte sich nicht entgegenkommend. Und die Stelle bei Christie's in London entpuppte sich als bloßer Saisonjob. Er hatte zwar ein verbindliches Angebot von einem Freund seines Bruders, aber stellvertretender Geschäftsführer bei Laura Ashley in Short Hills, das war nichts für ihn.

»Warum nicht?« wollte sein Bruder Edward wissen.

»Warum nicht? Es hat nichts mit Kunst zu tun«, sagte Henry.

»Es ist Einzelhandel«, sagte Ed in brutaler Kürze.

»Es ist Damenbe- be- be-«

»Es ist ein Job«, sagte Ed.

»Bekleidung!« platzte Henry heraus.

»Na und«, erwiderte Ed, der ewige Pragmatiker. »Ich dachte, du wolltest nach New York.«

»Short Hills ist nicht – ist nicht New York«, protestierte Henry und weigerte sich, weiter darüber zu sprechen.

Der Weg, der sich ihm dann doch noch öffnete, machte ihn zum Manager bei Michael Spivitz. Es war nicht New York, aber es war Kunst. Und Henry hat sich reingekniet und ein paar zeitgenössische Originale in die Galerie eingebracht. Zur Zeit bereitet er die Ausstellung eines fabelhaften, noch wenig bekannten Bildhauers vor, der mit Messing arbeitet und keimende Formen mit emporstrebenden Stielen kreiert oder manchmal auch menschliche Figuren in Miniaturformat, die sich wie erdgebundene Homunkuli aus einer zentralen Wurzel entfalten. Henry hat

New York aufgegeben, seine alte Mutter aus ihrer gewohnten Umgebung nach Venice verpflanzt und sein Leben riskiert, um auf dem L.A. Freeway Autofahren zu lernen, aber er ist immer noch im Kunstbetrieb.

Er ist gerade dabei, die Lichter zu löschen, als er jemanden an der Glastür rütteln sieht. Es ist eine Frau mit fliegendem Haar, die schrecklich aufgeregt wirkt. Er bedeutet ihr in Zeichensprache, daß die Galerie geschlossen ist, und sie gibt ihm zu verstehen, daß sie ihn unbedingt sprechen muß, also läßt er sie herein. Sowie die schwere Glastür aufspringt, schallt ihre verzweifelte Stimme durch die Galerie. Sie hat einen starken israelischen Akzent.

»Mein Sohn! Mein Sohn braucht Hilfe.«

»Ist er verunglückt?« fragt Henry.

»Ja! Ja, ein Unglück.«

»Wo denn?« Henry späht hinaus auf die dunkle Straße.

»Kein Autounfall. Er ist verschwunden.«

»Das verstehe ich nicht«, sagt Henry.

»Verstehen Sie Hebräisch?« fragt sie ihn.

Er schüttelt den Kopf.

»Mein Name ist Amalya Ben Ami«, sagt sie. »Ich wohne in Venice Sands. Ich bin erst vor ein paar Wochen mit meinem Sohn aus Haifa gekommen, und jetzt ist er verschwunden.«

»Ihr Sohn ist verschwunden? Haben Sie sich an die Polizei gewandt?«

»Ja, ja, aber die können nichts tun. *Sie* müssen mir helfen.«

»Ich?« Henry steht in seinem indischen Baumwollhemd da und starrt die Israelin an. Sie trägt ziemlich viel Schmuck und hat eine riesengroße Lederhandtasche bei sich. Was sie sagt, klingt nach Wahnvorstellung, aber das merkwürdigste ist die langsame, bedächtige Art, mit der sie zu ihm spricht, als wäre er irgendein Schwachkopf, der ihr nicht folgen kann.

»Die Polizei kann mir nicht helfen«, sagt sie. »Michael Spivitz hat meinen Sohn. Er hat mein Kind.«

»Michael Spivitz?« fragt Henry entgeistert.

»Lassen Sie mich Ihnen das erklären. Ihr Arbeitgeber hat meinen Sohn«, sagt sie. »Er hält ihn fest.«

»Das kann nicht sein«, erwidert Henry.

Da bricht sie vor ihm zusammen und schluchzt so frustriert wie ein Lehrer, der selbst bei den einfachsten Erklärungsversuchen scheitert. »Er hat ihn gestohlen«, schluchzt sie, und der Schein der Richtspots schimmert auf ihrem fliegenden, hennagefärbten Haar.

»Das ist unmöglich«, sagt Henry. »Es ergibt überhaupt keinen Sinn. Mein Chef stiehlt keine Kinder.«

»Es ist aber wahr«, beharrt sie. »Glauben Sie, daß ich lüge?«

»Ich habe keine Ahnung«, versichert Henry ihr flehentlich. »Sie sind verzweifelt, Sie ...«

Sie stellt einfach ihre riesige Handtasche auf den Boden und holt ihre Papiere heraus, den Paß, die Flugtickets, einen Brief auf Konsulatspapier. »Das ist er«, sagt sie und hält das Photo eines gebräunten Teenagers mit dunklen Augen hoch. »Er heißt Eitan Ben Ami.«

»Hören Sie«, sagt Henry, »ich muß jetzt nach Hause. Darf ich Ihnen ein Taxi rufen?«

Das wirkt offenbar niederschmetternd auf die Frau, und sie weint nur noch mehr. »Sie glauben mir nicht.« Henry gibt keine Antwort. »Sie hören mir nicht einmal zu.«

Langsam macht es Henry nervös, so allein mit ihr in der Galerie zu stehen. »Wenn Ihr Sohn vermißt wird, dann ist das ein Fall für die Polizei«, sagt er.

»Ich sage Ihnen doch, ich war bei der Polizei!« schreit sie ihn an. »Aber die unternehmen nichts.«

»Also da- da- dann kann man nichts machen«, stottert Henry. »Ich muß jetzt schließen, ich muß nach Hause. Bitte lassen Sie mich Ihnen ein Taxi rufen, das Sie in Ihr Hotel bringt.«

Sie steht lange stumm da. Reglos. Er denkt schon daran, die Polizei zu rufen. Die Beamten in diesem Viertel sind sehr gut. Schnell und höflich. »Ich möchte mit einem Rabbi sprechen«, sagt sie plötzlich kleinlaut.

»Gut, dann rufe ich Ihnen einen Rabbi.« Henry hastet an seinen Schreibtisch und telefoniert hektisch die Synagogen durch, die in den Gelben Seiten unter Andachtsstätten aufgeführt sind. Er hinterläßt konfuse Nachrichten auf mehreren Anrufbeantwortern. »Hier spricht Henry Markowitz. Bei mir ist eine gewisse Amalya Ben Ami, wohnhaft Venice Sands, die dringend den Rabbi sprechen möchte. Sie ist ganz ver- ver- verzweifelt.«

Henry wohnt in einem weißgetünchten Block einer Eigentumsanlage, deren Trakte von außen alle gleich aussehen, aber er hat in der kleinen Küche seine Kräuter und Knoblauchzöpfe aufgehängt und das zweite Schlafzimmer vom Boden bis zur Decke mit seiner Büchersammlung vollgestellt. Der graue Spannteppich im Wohnzimmer wird größtenteils durch einen Perser verdeckt, und die Glasschiebetür schmücken lange, wehende Vorhänge und ein maßgefertigter, festonierter Quervolant aus königsblauer Seide. Seine alten Drucke zieren die Wände, und an einem lichtgeschützten Ehrenplatz hängt die kleine, aber echte Dürer-Skizze eines Hasen. Gleich als er heimkommt, zieht er sich aus, schlüpft in seinen seidenen Morgenmantel und läßt sich ein heißes Bad ein. Er hat das Bedürfnis, sich einweichen zu lassen, die Augen zu schließen und den Tag zu vergessen. Er macht sich einen Drink und stellt die Reste von Rinderrücken, Roten Beeten und Kartoffelgratin zum Aufwärmen heraus. Henry kocht richtig, obwohl er allein wohnt. Er gehört zu dieser seltenen Spezies, die es fertigbringt, ganz für sich alleine eine komplette Mahlzeit zuzubereiten. Er nimmt sich die Zeit, wohlschmeckende und appetitanregende Gerichte zu planen, und kauft selbst dann Blumen als Tischschmuck, wenn er keine Gäste hat. Gutes Essen auf gutem Porzellan, erlesene Gläser und altes Silber sind unabdingbare Bestandteile seines Daseins. Was ist das Leben ohne ein schönes Abendessen? Was ein Nachmittag ohne einen guten Wein? Ein Bett ohne frische Baumwollbezüge? Ein Haus ohne Blumen?

Er gleitet in die Wanne, und das Wasser fließt über ihm zusammen. Henry ist hoch gewachsen, fleischig, mit rosigem Teint, lockigem Haar und leichter Stirnglatze, und die dunklen Schatten um seine tiefliegenden Augen zeugen von notorischem Nachtstudium. Denn er verfolgt nach wie vor die Neuerscheinungen in seinem Spezialgebiet und verfaßt noch immer wissenschaftliche Artikel – genau genommen einen Artikel –, an dem er spätnachts, aufrecht im Bett sitzend, schreibt. Das Wasser dringt in seine Poren, lockert die Muskeln, er spürt, wie sich der ganze Körper entspannt. Dann klingelt das Telefon. Er schließt die Augen. Er hat schon vor Stunden von der Galerie aus mit ihr telefoniert, aber sie ruft trotzdem an. Triefend vor Nässe steigt er aus der Wanne und schlingt sich ein Handtuch um die Hüften. »Hallo, Mutter«, sagt er.

»Ich habe zwei Karten gekauft«, sagt sie zu ihm.

»Karten wofür?«

»Die Karten für den Jom Kippur«, antwortet sie.

»Mutter, ich hab dir doch schon gesagt, es geht nicht.«

»Das verstehe ich nicht«, erwidert sie.

»Ich kann mir nicht den ganzen Tag freinehmen.«

»Den ganzen Tag! Jizkor. Eine halbe Stunde zum Gedenken an Dad. Und an Maury.«

»Aber Mutter, dazu kommt jeweils eine Stunde Fahrtzeit. Ich kann mir einfach nicht den ganzen Nachmittag freinehmen.«

»Wenn ich mit dem Bus fahren könnte...« sagt sie.

»Das kannst du nicht.«

»Wenn ich's könnte, dann würde ich den Bus nehmen. Ich hab die Karten heute gekauft. Ich glaube nicht, daß sie sie zurücknehmen.«

»Mutter, du hättest mit mir reden sollen, bevor du sie gekauft hast.«

»Hab ich ja.«

»Und? Was habe ich gesagt?« fragt Henry resigniert.

»Das gleiche wie jetzt.«

»Und warum hast du dann die Karten gekauft?«

»Weil du mitgehen solltest«, sagt Rose. »Einmal im Jahr solltest du dir die Zeit fürs Gedenken nehmen.«

»Ich denke ja an Dad«, sagt Henry. In jüngster Zeit hat er sogar sehr oft an seinen Vater gedacht. Er und sein Therapeut haben in den letzten anderthalb Jahren viele Stunden darauf verwandt, Henrys Verhältnis zu seinem Vater aufzuarbeiten.

»Ich meine, du solltest an mich denken«, sagt Rose.

»Mutter, ich habe noch nicht mal zu Abend gegessen«, sagt Henry. »Ich bin todmüde, ich war den ganzen Tag auf den Beinen, und ich glaube, mein Rinderrücken vertrocknet.«

Am nächsten Morgen in der Galerie sagt Michael: »Henry, du siehst müde aus.«

»Ich war gestern abend so im Streß, Michael. Als ich schließen wollte, kam eine Frau, die nach dir gesucht hat. Eine Verrückte, die behauptet, ihr Sohn sei verschwunden und du würdest ihn festhalten. Zweimal hätte ich fast die Polizei gerufen. Ich dachte, sie hätte womöglich eine Waffe bei sich.«

»Ach, ich weiß«, sagt Michael. »Die belästigt mich seit Wochen.« Er setzt sich an seinen Schreibtisch. »Sorry – tut mir leid, daß sie dich so erschreckt hat.« Michael ist Kanadier, und wenn er »sorry« sagt, dann spricht er es soh-ry aus. Er ist blond, groß und schlank, mit einem hellen Schnurrbart und blauen Augen.

»Aber wo ka- ka- kann sie diese Wahnvorstellungen her haben?« fragt Henry.

»Weiß ich nicht. Wie's scheint, hat sie sich da in eine fixe Idee verrannt«, sagt Michael. »Sie ruft mich dauernd an. Ich hab schon eine neue Telefonnummer beantragt.«

»Großer Gott«, sagt Henry, der kein Engländer ist, aber in Momenten der Erregung oft mit englischem Tonfall spricht. Er denkt kurz nach, dann sagt er: »Sie gibt dir offensichtlich die Schuld am Verschwinden ihre Sohnes. Aber warum? Wie hat sie dich überhaupt kennengelernt?«

»Na, durch ihn«, sagt Michael. »Er wohnt bei mir.«

Henry schießt das Blut ins Gesicht. »Der Junge?«

»Ja«, sagt Michael und blickt von seiner Schreibarbeit auf.

»Bei... bei dir? Aber warum?«

»Weil er's möchte«, sagt Michael.

»Aber er ist erst fünfzehn«, ruft Michael empört.

»Genau genommen ist er sechzehn«, sagt Michael.

Henry verschlägt es den Atem. »Aber er ist ein Kind.«

»Henry.« Michael kommt um den Schreibtisch herum und faßt ihn am Arm. »Ich halte diesen Jungen nicht *fest*. Er hatte ein paar Probleme mit seiner Mutter, das ist alles. Und da hat er mich gefragt, ob er bei mir wohnen kann.«

»Aber die Polizei! Er ist doch noch ein Kind!«

»Wir haben alle mit der Polizei gesprochen. Ich hab ihn gefragt, sie haben ihn gefragt: Willst du zurück zu deiner Mutter? Und es tut mir leid, aber er hat nein gesagt. Anscheinend hat er die amerikanische Staatsbürgerschaft und kann folglich hierbleiben, solange er will. Sein Vater ist Amerikaner.«

»Michael, ich bin – ich weiß nicht, was ich sagen soll«, erklärt Henry. Seine Wangen brennen.

»Henry, Henry, Henry.« Michaels Stimme klingt honigsüß und herablassend zugleich. Henry ist der ältere von beiden, »aber die reine Unschuld«, wie Michael in den Jahren ihres Zusammenlebens zu sagen pflegte. »Henry, Henry« – so beschwichtigte und schalt Michael ihn auch damals schon, den Freund abwechselnd mit Streicheleinheiten und Sticheleien traktierend. Henry brauchte ein ganzes Jahr, bevor er den Mut aufbrachte, ihn zu verlassen. Ein Jahr, um Michaels Haus aufzugeben, seine Autos, die schicke Küche, all seine wunderschönen Sachen, seinen wachen Blick und den sicheren Instinkt, seine honigsüße Stimme mit dem kaum spürbaren sarkastischen Unterton.

Henry liegt bäuchlings und nackt auf dem Massagetisch. »Na, was macht der Kunstklüngel?« fragt Jason, während er Henrys Rücken und Schulterpartie durchknetet.

»De- de- der...« beginnt Henry zu stottern.

Steif wie ein Leichnam liegt er auf dem Tisch; sein schwerer, fleischiger Körper ist so verkrampft, daß er auch unter Jasons wohltuendem Griff nicht nachgibt. Er hat den Kopf voll mit Michael und dessen lässig hingeworfener Erklärung, daß dieser Junge, dieses halbe Kind, bei ihm wohnt. Es fällt ihm nicht schwer zu glauben, daß der Junge aus freien Stücken bei ihm ist. In dem Haus? Mit der Aussicht, mit Whirlpool und Schwimmbecken? Mit Michaels Weinkeller? Die Weine würde er noch nicht zu schätzen wissen, aber das Ambiente, Michael selbst... Es ist alles so berauschend. Noch dazu für einen so blutjungen Menschen. Wie konnte er nur? Der Gedanke ist absolut grauenhaft, aber Henry kommt einfach nicht davon los.

»Mann, sind Sie aber heute verspannt«, sagt Jason. »Ich hab das Gefühl, ich komme nicht mal bis unter die Haut.« Henry blickt zu ihm auf und spürt, wie seine Ängste sich vor lauter Verlegenheit noch steigern. Er kann sich nicht entspannen. Er schafft es einfach nicht. Und dabei hat er Jasons Hände immer so schön gefunden und Jason selbst so amüsant mit seinem Surferjargon und den klassischen Gesichtszügen, den langen Wimpern, auf die Jason sich soviel einbildet und die eigens mit einem Wimpernformer gebogen sind, so daß Jason immer aussieht wie eine dieser seltenen griechischen Statuen, die noch Augen in den Höhlen haben, Augen aus Achat und gebogene Wimpern aus gehämmertem Kupfer. Bei Jason wäre es was anderes gewesen. Jason ist erwachsen, zwar noch nicht richtig reif, aber immerhin auch kein Kind mehr. Dagegen dieser fünfzehn- oder sechzehnjährige Knabe – was macht das eine Jahr schon für einen Unterschied –, der Kleine kann unmöglich begreifen, worum es geht. Unvorstellbar, daß er wissen sollte, was Michael treibt. Henry hat, wie man so sagt, den Durchblick, er kennt beide Seiten der Medaille, hat alles mitgemacht. Wie viele verschiedene Euphemismen gibt es wohl für dieses fatale Netz? Für den spinnwebartigen Pfad, der Henrys bange Jugend und seine unschuldigen Mannesjahre markiert.

Schon bevor er nach Hause kommt, schon auf der Heimfahrt spürt Henry, wie in seinem Kopf eine Migräne ausschlägt und in jede leere Höhlung seines Schädels hineinblüht gleich einer riesigen Magritte-Rose. Ihre üppigen Blütenblätter drücken auf seine Ohren, auf die Augen, ja selbst auf die Kiefer. Als er seine Wohnung betritt, hält er diese Schreckensblume ganz ruhig in die Höhe, um sie nur ja nicht zu erschüttern. Er nimmt seine Medikamente, legt sich bei fest geschlossenen Vorhängen aufs Bett und beobachtet das Farbspiel hinter seinen Augen. Es vergehen Stunden. Von weither hört er den Fernseher der Nachbarn, den Hausmeister mit seinem Laubsauger. Langsam beschleicht ihn ein Gefühl des Ekels. Dann schläft er ein.

Wie soll er Michael ansehen, ohne an diese furchtbare Angelegenheit zu denken? An diesen Jungen im Haus. Tagelang kann Henry ihm kaum in die Augen schauen. Und trotzdem, Michael hat viel für ihn getan. Er hat ihn eingestellt, als er noch keinerlei Erfahrung hatte, und ihm dazu verholfen. Er glaubte an Henrys Geschäftstalent und vertraute auf seinen Geschmack. Er nahm sich seiner an, als Henry fast keine Freunde hatte, und machte ihn erst mit einem, dann mit einem zweiten Therapeuten bekannt. Er war ein Bote von außerhalb der akademischen Welt, durch dessen Eingreifen Henrys Leben sich verändert hat. Er machte ihm Mut, indem er ihn aufforderte: Sieh dir die Welt mit offenen Augen an, komm heraus aus deinem Schneckenhaus und stürme die Mauern! Tausche deine Gelehrtenleidenschaft gegen eine neue Laufbahn ein. Verlaß die düsteren Bibliotheken und tritt hinaus in die blendend helle kalifornische Sonne. Henry hält sich daran; an jedem Tag in der Galerie wappnet er sich aufs neue. Er sagt nichts, aber bei der Arbeit geht er mit sich ins Gericht, während er an seinem Tisch im Hinterzimmer sitzt und die Bücher führt. Natürlich gibt es Sehnsüchte, Wünsche, aber muß jedes flüchtige Interesse gleich in eine Akquisition münden? Henry sitzt da und schämt sich. Es steht ihm nicht zu, diese Analogie zwischen Wunschdenken und der Habgier des Sammlers zu ziehen. Schließlich ist er selber in diesem Geschäft, setzt Preise fest und verkauft zauberhafte Sachen. Er sieht Michael an und empfindet eine Mischung aus Entrüstung und Schuldgefühl. Wenn er ihm nur die Leviten lesen könnte. Wenn er mit einer gewissen Autorität vor ihn hintreten und sagen könnte: Das ist falsch, das ist töricht. Aber er ist zu nahe dran, als daß er sich ein Urteil anmaßen dürfte. Verwirrt ist er und kompromittiert. Denn früher war er selber ein bißchen wie Michael und ein bißchen mehr noch wie der Junge. Beide hat er sie in sich gespürt, den Tiger und das Lamm.

Am Abend vor Jom Kippur muß Henry zum Hautarzt, um eine Talgzyste anschauen zu lassen. Sein Dermatologe ist Stephen Goldwasser, ein fröhlicher Mensch, ein rechter Jenta mit schütterem roten Haar, einem breiten, fleischigen Gesicht und babyweicher Haut. Goldwasser ist ein großer Befürworter des Arzneimittels Retin-A.

»Ich glaube, die müssen wir vereisen«, sagt Goldwasser.

»Gehen Sie heute abend nach Kol Nidre?«

»Ich habe einen Termin«, sagt Henry. »Aber vielleicht morgen, ich – meine Mutter hat Karten.«

»Das hat sie mir schon erzählt«, sagt Goldwasser. »Sie war am Montag hier. Ich schlage vor, wir rücken diesem Baby mit flüssigem Nitrogen zu Leibe.« Er führt Henry in den kleinen Nebenraum, in dem er Zysten und Warzen ausschält oder vereist. »Nehmen Sie Platz, machen Sie sich's bequem. Drehen Sie sich hierher. Haben Sie das über die Israelin gelesen, in der *Jewish Opinion*?«

»Die hab ich nicht abo...«

»Das wird jetzt ein kleines bißchen brennen. Ein tolles Mittel! Den Kindern erzähle ich immer, so ein Hautarzt ist jetzt genau wie der Kommandant vom Raumschiff Enterprise – dank Nitro...«

»Aua!«

»... und die Laserwaffen nicht zu vergessen. So, die schrumpft jetzt ganz von allein. Dieser Frau ist anscheinend hier in Venice ihr

Sohn abhanden gekommen. Der Bengel ist ausgerissen. Man hat ihn gefunden, aber er will nicht zu ihr zurück. Sie hat kein Geld, keine Beziehungen. Der Gemeindeverband hat sich für sie eingesetzt, damit sie während der Feiertage irgendwo unterkommt, und jetzt wohnt sie bei den Fleishmans. Sie kennen doch Leon?«

»Ni- nicht näher«, sagt Henry.

»Ich glaube, daß er sie auch juristisch berät. Hier, hab ich Ihnen diese Broschüre über Talgzysten schon gegeben? So sieht das unter Ihrer Hautoberfläche aus. Sehen Sie? Und da ist die Wachsschicht. Es ist wirklich seltsam. Anscheinend ist der Junge aus freien Stükken in einem dieser Klubs gelandet und nie zurückgekommen.«

Natürlich läßt Henry dem Doktor gegenüber kein Sterbenswörtchen verlauten. Er vereinbart lediglich einen neuen Termin und geht.

Er hat wenig Lust auf Michaels Party heute abend, aber er muß trotzdem hin. Es ist Michaels vierzigster Geburtstag. Das ist der »Termin«, den er Goldwasser gegenüber erwähnt hat. Durchaus kein Privatvergnügen; für ihn ist das rein geschäftlich. Ein Stelldichein mit dem Kunstklüngel, wie Jason es nennt. Stundenlange Gespräche mit potentiellen Kunden, Verbindungen knüpfen mit Käufern, Anwälten und möglichen Bezugsquellen. Ein Geschäft, das in die Beine geht und die Seele ermüdet, während man in einem dunklen Raum voller ausgelassener Menschen mit einem Glas in der Hand die Runde macht. Und was ist mit der Kunst? Wo findet man diese scheue Schöne? Die Vision des Lebens, jene einmalige Kontur, an der man sich nicht satt sehen kann? Maß des Leidens, Lichtgestalt? Die Kunst ist nirgendwo zu entdecken. Davongeflogen ist sie, wie Andersens scheue Nachtigall.

Damals, als er die Akademie verließ, war er entschlossen, der Welt mit offenen Augen zu begegnen. Aber wie vulgär diese Welt doch ist. Liegt es einfach daran, daß er sich zu lange hinter Universitätsmauern verkrochen hat? Ist er da dünnhäutig geworden? Er hat tatsächlich eine empfindliche Haut, Goldwasser hat's ihm gesagt. Jedenfalls hat er sich besser gefühlt, solange er sich versteckt hielt. Da hatte er mehr Selbstvertrauen. Als er in den Westen kam, war er immer noch imstande, schockiert auf den ganzen Rummel zu reagieren, auf die Menschen, die Autos, den ewigen, alle Jahreszeiten gleich machenden Sonnenschein, die Jagd nach materiellem Besitz. Heute weiß er, daß er das alles, solange es ihn schockierte, auch genießen, eine Art indignierten Vergnügens daran empfinden konnte. Und jetzt? Jetzt ist er müde, eingeweiht und traurig.

Als er auf die Party kommt, umarmt Michael ihn mitten im Gewühl so stürmisch, daß Henry fast in schützender Abwehr die Hände erhoben hätte. Sein charmanter, blonder Arbeitgeber – er hätte ihn auch seinen Mentor nennen können –, schließt ihn jetzt in seine schlanken Arme, nimmt ihn unter seine mephistophelischen Fittiche. Die Party, die in einem privaten Herrenklub stattfindet, mutet an wie ein Kunsthändlertreff. Musik wird geboten und Wein, kleine Spieße mit Häppchen von Terijaki-Steaks; erotische Eisskulpturen, affektierte Küsse, lärmende Gespräche, bei denen es um Autos geht. Es ist ganz fürchterlich. Nicht nur kommerziell, nicht nur Arbeit, sondern der blanke Horror. Die Party ist laut und wird noch lauter. Man unterhält sich in Zeichensprache. Musik und Alkohol durchströmen die Menge. Am Klavier wird gesungen. Henry dröhnt der Kopf. Bald wird seine Migräne sich entfalten wie ein bleiches Nachtgewächs. Der Pianist schlägt immer ungestümer in die Tasten. Er stimmt einen Tusch an, und dann rollen die Kellner die Geburtstagstorte herein, die auf einem richtigen Festwagen thront, so gewaltig sind ihre Ausmaße, und aus der Torte springt ein Junge, der Junge, im Minislip.

Am nächsten Morgen, am Morgen des Jom Kippur, verschläft Henry. Um elf ruft seine Mutter an.

»Ich muß ein Taxi nehmen«, sagt sie.

»In Ordnung«, sagt Henry.

»Selbst, wenn es hundert Dollar kostet.«

»Wie könnte es hundert Dollar kosten?« fragt er. Seine Stimme klingt gedämpft, weil er im Liegen spricht. »Ich glaube nicht, daß es mehr als vierzig kosten wird.«

»Vierzig Dollar für ein Taxi! Wie ist das möglich? Soviel habe ich im Leben noch nicht für ein Taxi ausgegeben. Ich mußte noch nie mit einem Taxi zum Tempel fahren. Außerdem weiß ich nicht mal den Weg.«

»Mutter, nun heul doch nicht.« Er kann es nicht mit anhören, wenn sie am Telefon weint.

»Ich verstehe nicht, warum du auf einmal nicht mehr mit willst, wo du doch zuvor gesagt hast, du bringst mich hin«, sagt sie.

»Ich fahr dich ja auch, Mutter. Bestimmt«, verspricht er. Er quält sich aus dem Bett, duscht, würgt zum Frühstück zwei Scheiben Toast herunter und eine halbe Tasse Kaffee.

»Ich glaube, es ist schon aus«, sagt sie zu ihm, als sie den Wagen auf dem Parkplatz der Synagoge abstellen.

»Aber sieh dir doch die vielen Au-Au-Autos an«, sagt Henry.

Ehe er hineingeht, gönnt er sich rasch noch eine Verschnaufpause in der Herrentoilette. Er kann es kaum glauben, daß er die Fahrt hierher unfallfrei überstanden hat. Er kann nicht mal geradeaus gucken. Er wischt sich das Gesicht und betupft seine Augen mit einem kratzigen Papiertaschentuch. Dann geht er langsam durch die Gemeindehalle mit dem Wandgemälde, auf dem Salomon über die beiden Frauen zu Gericht sitzt. Das Gewand des großen Königs erinnert an eine Freimaurerrobe, und er schwingt einen Säbel über dem Haupt des unschuldigen Kindleins. Henry geht an den zwölf Stämmen Israels vorbei, die Chagall durch zwölf mit Haken versehene Wandteppiche wiedergegeben hat. Seine Mutter sitzt ziemlich weit vorn. Sie winkt ihm ungeduldig und deutet auf den Platz neben sich. Um sie herum sitzen lauter Paare und Familien, zappelnde Kinder, Witwen, und sie alle lauschen der Predigt des Rabbis.

Henry schaut den Rabbi an, der in seinen regenbogenfarbenen Gewändern vor der Gemeinde steht. Er ist jung und schmächtig mit einem schmalen Gesicht und schlaffen, dünnen Haaren. Seine durchdringende Stimme ist so hoch, daß sie selbst Henrys verstopfte Ohren erreicht. »Warum«, so fragt der Rabbi, »warum kommen wir Juden am Jom Kippur zusammen, um gemeinsam unser Sündenregister zu lesen? Mord, Ehebruch, Diebstahl, Verleumdung – gleichgültig, ob wir als Individuen eins dieser Verbrechen begangen haben oder nicht, wir schlagen uns gemeinschaftlich an die Brust. So will es unsere Tradition, die eher von gemeinsamer, denn von persönlicher Schuld spricht und auch von gemeinsamer Erlösung. Darum beichten wir auch geschlossen, als Gemeinde. Wir erheben uns und rufen alle miteinander Gott an. Gemeinsam empfangen wir das Urteil. Zu Anfang habe ich angekündigt, daß ich heute zu euch über Verbindungen sprechen will. Und genau das verstehe ich darunter. Wenn wir aufstehen und unsere Sünden aufzählen, wenn wir um Erlösung bitten, ist jeder von uns mit allen anderen verbunden. Letztlich sind eure Sünden die meinen und umgekehrt. So sind wir alle miteinander betroffen, sind aufs engste miteinander verbunden.«

Henry schaudert in der Kühle des Altarraums. Er fühlt sich fast ein bißchen fiebrig. Er will nicht inmitten dieser Gemeinde sitzen, will weder mit dieser Menschenmenge verbunden sein, noch mit überhaupt jemandem. Er will nach Hause. Zurück ins Bett. Abgesehen von seinen Büchern, möchte er ganz allein sein.

»Laßt uns einen Augenblick innehalten«, sagt der Rabbi. »Laßt uns innehalten und darüber nachdenken, was das heißt: miteinander verbunden sein. Und was wir einander, mit all unseren Fehlern und Schwächen, bedeuten. Laßt uns darüber nachdenken, was es heißt zu sagen: Du und ich, wir sind ganz und gar miteinander verquickt, und es kommt nicht darauf an, was wer in diesem letzten Jahr getan hat. Oder wie der große Theologe John Donne es formuliert: Es kommt nicht darauf an, wem die Stunde schlägt. Sie schlägt für mich, für dich und für uns alle. Keiner ist eine Insel, keiner kann ganz auf sich gestellt überleben. Jeder von uns ist nur ein Klumpen Lehm auf Erden. Aber wir sind fest verankert. Und darum laßt uns einen Augenblick im stillen Gebet verweilen. Wer mag, ergreife die Hand seines Nachbarn. Nehmt Verbindung miteinander auf.«

Leise setzt die Orgel ein, mit melodischen Schnörkeln und Arabesken, und Henry spürt auf einer Seite den festen Händedruck seiner Mutter und auf der anderen den klebrigen eines kleinen Mädchens. Seine Mutter sitzt eine ganze Weile mit geschlossenen Augen. »Mutter«, flüstert er, »Mutter, schläfst du?«

»Psst!« zischt sie jäh erwachend.

Die Orgel spielt weiter, und Henry fängt an zu schwitzen. Er muß seine Hände frei bekommen, doch es gelingt ihm nicht. Stattdessen bleibt er unglücklich an seinen Platz gebannt, die Gedanken getrübt von den Ereignissen der letzten Tage. Wieder und wieder zuckt das Bild des Jungen durch seinen Kopf, der mit seinem vollkommenen, unbehaarten kleinen Körper aus Michaels Geburtstagstorte schießt. Muß er, Henry, sich damit in Verbindung bringen? Soll er, Michaels Manager und seine rechte Hand, an dieser Inszenierung teilhaben – womöglich gar ihr Co-Regisseur sein? Und dann sieht Henry etwas anderes. Direkt vor sich sieht er Amalya Ben Ami, die Mutter, mit ihrem hennagefärbten Haar und der riesigen Handtasche. Diese angeblich so gebrochene und mittellose Person sitzt neben Fleishman und seiner Frau, laut Goldwasser ihren Gastgebern und Wohltätern. Und sie sitzt da mit ihrer Hand in der von Fleishman, und ganz sachte – für Henry besteht kein Zweifel – massiert sie mit dem Daumen seine Knöchel. Henrys Augen weiten sich; sein Keuchen durchdringt die Stille ringsum. Kann so was möglich sein? Daß diese Frau, die ihren Sohn verloren hat, jetzt die Gelegenheit nutzt, um mit einem verheirateten Mann mittleren Alters anzubändeln? Mit diesem Advokaten? Und in dem Moment empfindet Henry, mit einem kathartischen inneren Seufzer, Schmerz und Erleichterung zugleich, spürt, wie sein Ekel anschwillt und selbst seine innersten Schuldgefühle hinwegschwemmt. Es kommt ihm in diesem Augenblick so vor, als hätte die Erde sich aufgetan, um einen Garten voll grotesker Figuren zu enthüllen, einen Garten, der mit der Vielfalt und den Wunderlichkeiten seiner hinterhältigen kleinen Monster eines Hieronymus Bosch würdig wäre. Es kommt ihm vor, als wäre, wie in einem Horrorfilm, die Synagoge, die Kunstwelt, die ganze Stadt Los Angeles verseucht. Direkt unter der Haut von Insekten befallen. Mit wild klopfendem Herzen richtet er sich auf, zieht seine Hände aus der Gemeinschaftskette und wischt sie an seinem Taschentuch ab.

»Henry, das gibt ein Unglück«, ruft seine Mutter, während sie heimwärts rasen. Er beißt die Zähne zusammen und fährt unbeirrt weiter. »Henry, du bist viel zu schnell.« Sie klammert sich an ihren Sicherheitsgurt. Aber er hört sie kaum. Sein Kopf ist voller Stimmen. »Was macht der Kunstklüngel?« hat Jason ihn gefragt. »Das ist Einzelhandel«, hat sein Bruder sich empört, als Henry ihm erklärte, Laura Ashley entspräche nicht seinen Vorstellungen. »Schauen Sie, im Leben gibt es viele Möglichkeiten«, hat sein Therapeut gesagt, »und ein Weg ist nicht unbedingt besser als der andere. Die Frage lautet vielmehr: Welcher ist jetzt, von Ihrem gegenwärtigen Standort aus, der bessere für Sie.« Und was ist das für ein Standort? fragt Henry sich, während er mit überhöhter Geschwindigkeit heimwärts rast, graue Autobahnkilometer frißt und den grell strahlenden Himmel verschlingt. Was ist das für ein Ort, an den ich da geraten bin, mit Lithographien und Wandteppichen von Chagall? Mit Michael und seinem kindlichen Liebhaber, dessen eigene Mutter sich im Tempel feilbietet. Was für ein Ort ist das? Er hat seine Mutter aus ihrer gewohnten Umgebung gerissen und sie in seine Nähe geholt. Er hat Autofahren gelernt. Trotzdem kann er auf einmal klar sehen, kann sich erlauben, alles treffsicher und gerecht einzuschätzen: Dieser Ort, Venice, mit seiner Kunst und seinem Strand und all seinem Lokalkolorit ist in Wahrheit Sodom. Ja, eigentlich ist es Sodom und Gomorrha zusammengenommen. Nichts als Dieberei und entblößtes Fleisch. Er erkennt die Dichotomie glasklar. Auf der einen Seite Venice, das schamlos in der Sonne verrottet, und auf der anderen Seite die Ostküste, weltabgeschieden und züchtig bedeckt, ganz maßvolle Sittsamkeit. Das liebe Princeton mit seinen alten Bäumen und Türmchen, all seine geliebten Universitäten, sogar die NYU, Bastionen für Bücher, Kunst und Gelehrsamkeit, Nischen kulturellen Lebenswandels, wo die Feinheiten und Rituale der Zivilisation noch Beachtung finden. Wo schmiedeeiserne Tore die Hurerei von Geschäft und Handel aussperren.

»Henry«, sagt seine Mutter zu ihm, »ich fand, der Rabbi hat sehr schön gesprochen.« Er muß zurück. Er muß einen Weg finden. »Henry«, sagt seine Mutter, »ist das ein Polizeiauto? Sind die hinter uns her?« Irgendwie wird er sich wieder in den Dienst der Kunst stellen. Wenn es sein muß, auf privater Basis. Er wird zurückgehen, wird sich aufs neue der Schönheit weihen. Nicht dem Handel, dem Geschäft mit der Kunst, sondern ganz ihr selbst. Er wird fliehen, fliehen und sich nicht ein einziges Mal umdrehen. Er wird fortgehen, ohne einen Blick zurück. Schon versucht er, sich auf den Namen des Freundes seines Bruders in Short Hills zu besinnen.

ERLEBTE GESCHICHTE

In Venice stellt Rose sich einmal die Woche freiwillig für das Projekt »Erlebte Geschichte« zur Verfügung. Man schickt ihr ein Mädchen, Alma, die immer montags kommt, und Rose erzählt ihr aus ihrem Leben. Das kann ermüdend sein, aber es ist wichtig, daß man so etwas macht. »Ich habe sehr wohl Sinn für die Ironie, die dahintersteckt«, erklärt sie ihrem Sohn Edward am Telefon.

Sie ist ein attraktives Mädchen, auch wenn sie in Fetzen herumläuft, aber das tun sie schließlich alle. Rose kennt die Fähnchen aus den Katalogen, in denen sie angepriesen werden. Sie hat alle abonniert. Neunundneunzig Prozent Schlock zum doppelten Preis. Am schlimmsten sind die sogenannten Sonderangebote. Die Preise wären an sich vertretbar, bloß für *die* Qualität! Rose sitzt jede Woche da und wartet, und nie kann sie voraussagen, was Alma diesmal anhaben wird. Nie kommt sie zweimal in demselben Fetzen; sie bügelt nicht. Geschieden ist sie, das versteht sich. Sie hat es Rose selbst erzählt. Letztes Mal trug sie Ohrringe aus Altmetall. Sie hat in jedem Ohrläppchen zwei Löcher. Abgesehen davon und von den Haaren wäre sie ein wirklich hübsches Mädchen. Keine Filmschönheit, aber sie hat feminine Hände, und Rose legt großen Wert auf Hände.

Das war das einzige, was ihr an der Frau von ihrem lieben Ed mißfiel. Sogar auf den Hochzeitsbildern hatte Sarah denkbar unschöne Hände mit Wurstfingern. Die Photos verwahrt sie alle in Kartons, bis auf die zwei auf dem Sekretär. Die reinsten Engel waren die Jungen damals. Der eine zwei, der andere fünf. Die alten

Familienbilder hat sie eigens für das Forschungsprojekt herausgesucht. Sonst stammt nur noch das Sofa aus der alten Wohnung und der chinesische Teppich, ein grüner. Der Teppich war das erste, was sie sich angeschafft hat, als sie bei Macy's in der Damenkonfektion arbeitete, das war bevor sie die Stelle bei Tiffany bekam. Als nächstes kaufte sie den Spiegel mit den schräggeschliffenen Kanten, aber der ging irgendwann entzwei. Die Aufhängung war locker, und eines Nachts fiel der Spiegel mit solchem Krach herunter, daß Rose eine Woche lang gezittert hat. Den Eßzimmertisch mit den sechs Stühlen hat Ed ihr nicht erlaubt mitzunehmen, weil sie in Venice nur das kleine Apartment im Seniorenwohnheim hat. Aber der Satz chinesischer Tische gehört zusammen mit dem Ohrensessel und den Cloisonné-Lampen zu einer Garnitur. Henry, Roses anderer Sohn, wollte die haben, aber Rose hat sie ihm nicht gegeben, als er nach England ging. Erst hat er sie aus ihrer gewohnten Umgebung in Washington Heights herausgerissen, damit er sie in Kalifornien in seiner Nähe haben kann, und dann ist er binnen dreier Jahre nach ihrem Umzug erst nach New Jersey gegangen und anschließend nach England. Gleich als er sie verließ, hat sie ihm gesagt, daß er die Lampen nicht mitnehmen wird. Rose hat sie auf die Chiffoniere neben ihrem Bett gestellt. Zum Lesen kaufte sie sich eine Fünfundsiebzig-Watt-Lampe.

Alma kommt mit windzerzaustem Haar hereingetänzelt. Rose fordert sie auf, Platz zu nehmen, und Alma läßt sich so achtlos fallen, daß ihre Aktenordner die Sofakissen eindellen. Rose findet es ärgerlich und faszinierend zugleich, wie das Mädchen sich hinlümmelt. Wenn man sie fragte, würde sie sagen, Alma habe keine Kinderstube. In Wirklichkeit macht es Rose Spaß, an ihr herumzukritteln. Sie hatte schon immer ein Faible für unmögliche Kinder. Sogar jetzt, wo Henry erwachsen, aber immer noch unmöglich ist, bleibt er ihr Liebling.

Das Mädchen wühlt in seinen Aufzeichnungen herum und spult irgendwas im Kassettenrecorder zurück, bevor sie auch nur »Wie geht es Ihnen?« sagt.

Rose sinnt der Frage nach. »Ich fühle mich gebrechlich. Und Sie?«

»Großartig!« Sie schauen sich einen Moment lang an. Wieder verknittert, konstatiert Rose mit sanftem Tadel. Sie dreht das Radio leiser, miniaturisiert eine Charles-Ives-Sinfonie. Alma beobachtet sie mit zusammengekniffenen Augen. Die grellweiße Nachmittagssonne brennt noch hinter ihren Lidern, so daß sie nur verschwommen die Konturen des Zimmers wahrnimmt.

»Sie sehen krank aus, meine Liebe. Sie haben einen ganz roten Kopf.«

»Sonnenbrand. Nicht weiter schlimm.«

»Ich hatte immer einen ganz, ganz hellen Teint«, beginnt Rose.

Alma fällt ihr ins Wort. »Bei unserer letzten Sitzung sprachen Sie über Ihre Kindheit. Vielleicht können wir da anknüpfen. Noch vor dem Ersten Weltkrieg. Wie hat Ihre Familie es geschafft, diese schweren Zeiten zu überstehen?«

Rose lehnt sich in ihrem Sessel zurück, und man sieht die Haftbänder an ihren lohbraunen Strümpfen. »Ich werde Ihnen von der Wirtschaftskrise erzählen. Damals lebten wir in dem Haus in Brooklyn. Gott sei Dank hatten wir das Haus.« Sie weist mit einer rätselhaften Handbewegung auf das Möbellabyrinth. Insbesondere der Transport des Sekretärs war eine Tortur. Sie mußten die Lamellentüren herausnehmen und ihn durchs Fenster hieven. Was hat sie da nicht für Ängste ausgestanden. Unablässig rang sie die Hände, während sie darauf wartete, daß er durchkam, und sie war sicher, daß die Männer die aufgesetzten Zierknäufe übersehen würden.

»Ich meine die Zeit *vor* der Wirtschaftskrise«, sagt Alma eindringlich. »Ich möchte über die Vorkriegsnot reden. Wie ist Ihre Mutter damit fertig geworden? Wo haben Sie damals gelebt?«

»Ach, der Krieg, der war schmutzig und gefährlich. Ich würde niemals nach Wien zurückgehen. Niemals, *nie*. Man schickte mich nach England, und dort wurde ich sehr britisch. Der Dreck ist alles, was ich von Wien in Erinnerung behalten habe.«

Alma beugt sich vor. »Können Sie ein bißchen genauer werden? Das ist sehr wichtig für unser Projekt.«

»Alma«, murmelt Rose, »ich habe gesagt, ich helfe Ihnen, aber an gewisse Dinge sollte man nicht rühren.«

»Versuchen Sie sich zu erinnern. Sie sind so eine Art Zeuge dieser Epoche – Zeugin einer schlimmen Leidenszeit.«

»Ach, Unsinn«, sagt Rose verächtlich. Trotzdem lächelt sie, gerührt von Almas Interesse an ihrem Leben.

»Ich bin auf Ihre Mitarbeit angewiesen.«

»Na, dann erfinden wir halt etwas, meine Liebe«, sagt Rose zuckersüß. »An der Universität merkt das bestimmt keiner.«

»Mrs. Markowitz!« Rose hat etwas an sich, das Alma immer wieder verblüfft. Eine fröhlich verschmitzte Unbekümmertheit. Sie versucht es noch einmal. »Also gut, ich würde meine erste Frage gern neu und weniger fachspezifisch formulieren. Wenn ich von der Vorkriegszeit spreche, dann meine ich folgendes: Hatten Sie, als Mitglied des aufsteigenden europäischen Bürgertums und als Frau, damals in Wien das Gefühl, daß Sie Ihre Ambitionen nicht befriedigen durften?«

»Ich war ein *kleines* Mädchen!« empört sich Rose. »Das war schließlich vor dem Krieg. Machen Sie doch keine *völlig* vertrocknete alte Närrin aus mir. Außerdem waren wir Juden. Darum sind wir ja nach Amerika gekommen.«

»Dann gehörten Sie also gewissermaßen zur intellektuellen jüdischen Elite. Ist das eine treffende Charakterisierung Ihrer Familie?«

»Ich hatte sechs Brüder«, sagt Rose nachdenklich. »Ein paar davon waren helle, ein paar andere nicht. Joseph, ja. Joel, ja.« Sie zählt sie an den Fingern ab. »Saul, nein. Mendel, ja. Nachum – ist zu jung gestorben. Chaim und helle? Bestimmt nicht – möge er in Frieden ruhen. Er hatte ein goldenes Herz. Vielleicht hat die Hälfte der Familie zur Elite gehört, aber die übrigen nicht.«

»Na ja, ich meinte das mehr ökonomisch. Aber egal, fahren wir fort.«

»Ökonomisch hatten wir das Haus«, ergänzt Rose. »Das war die Rettung für unsre Familie.«

»In Wien?«

»Nein, *hier*. In Amerika. New York City. Brooklyn. Ich war das Nesthäkchen. Sie haben mich aufs Hunter College geschickt, aber zum Glück habe ich nach der Hälfte der Zeit dort Ben geheiratet. Eine entsetzliche Schule. In Mathematik war ich immer eine Katastrophe, wissen Sie, ich konnte nicht zwei und zwei zusammenzählen. Das lag daran, wie man mich erzogen hat.«

»Ah«, murmelt Alma. »Als Frau wurden Sie von der Gesellschaft darauf programmiert, Angst vor Zahlen zu empfinden.«

»Na ja, sie haben versucht, es mir beizubringen, aber ich war so dumm, daß sie's schließlich aufgegeben haben.«

»Sie hielten sich für dumm?«

»Nein. Für künstlerisch begabt. Ich habe Kleider genäht. Mein größter Wunsch war eine Schiffsreise über den Atlantik. Und die habe ich gemacht. Sogar mehrmals.«

»Sie hatten also Ambitionen hin zur Oberschicht«, folgert Alma.

»Oh, wir gehörten zur Oberschicht. Mein Bruder war Lehrer. Wir gingen aufs College. Meine Schwägerin hat gemalt und Klavier gespielt. Wir sprachen Deutsch und Französisch. Wir waren sehr gebildete Leute. Unser Haus in Wien war ein herrliches Kunstwerk. Und in Brooklyn ging es uns sogar noch besser.«

»Mann!« ruft Alma verblüfft. »Laut meinen Aufzeichnungen haben Sie letztes Mal gesagt, daß Sie nur Armut und Hunger gekannt hätten.«

»Das ist Unsinn.«

»Sie haben also seit voriger Woche Ihre Meinung geändert?«

Rose reckt das Kinn. »Wollen Sie damit sagen, ich könnte mich nicht an das erinnern, was ich letzte Woche gesagt habe?«

»Nein«, sagt Alma. »Ich versuche nur, ein konsequentes und in sich stimmiges Protokoll zu erstellen.«

»Ich bin konsequent.«

»Und was ist dann die Wahrheit?« fragt Alma streng. »Waren Sie arm und unwissend oder wohlhabend und gebildet?«

Rose faltet die Hände. »Wir hatten Herzensbildung.«

Als sie den Wagen startet, wirft Alma einen wütenden Blick auf die Venice Vista Residenz mit ihren avocadogrünen Mauern und den zementierten Gehwegen unter Dattelpalmen. Woche für Woche ändert Rose ihre Meinung darüber, wann sie Wien verlassen hat. Sie haben natürlich alle ihre Tricks, die Frauen aus Venice genauso wie die aus Mar Vista und die pensionierte Klavierlehrerin im Valley. Aber die Spleens der anderen sind leichter zu durchschauen: Eileen hat es mit ihren Urenkeln, Simone mit den ellenlangen Rezepten. Rose ist da raffinierter und dank ihrer Beredsamkeit noch inkonsequenter.

Während Alma an Venice Beach vorbeifährt, denkt sie unwillkürlich daran, wie sehr die alten Damen auf den Parkbänken sie früher inspiriert haben. Als sie noch in Berkeley romanische Sprachen studierte, hat sie den Film *Venice People* gesehen, und plötzlich ging ihr auf, daß es das war, was sie wollte. Sie war es leid, Sinngebungen aus der Literatur herauszufiltern. Die Lektüre, die sie brauchte, fand sie im Leben, nicht in Büchern. Sie mußte echte Stimmen hören. Ihr Studienberater versuchte ihr einen Fachwechsel auszureden. »Sie leisten hier ausgezeichnete Arbeit!« protestierte Professor Garvey. »Ihre Dissertation wird garantiert einen Verlag finden.« Doch Alma hatte zu dem Zeitpunkt bereits entschieden, daß er ein gemeiner, ausbeuterischer Clown sei. Also hat sie Garvey und seinen Fachbereich verlassen, und an die Stelle der MLA-Suchdurchläufe am Computer ist Feldforschung getreten. An die Stelle von Büchern treten Menschen. Ihre Mutter macht sich große Sorgen deswegen. Wie sie sich überhaupt um Almas Graduiertenstudium sorgt. Wenn sie aus Palos Verdes anruft, bittet sie inständig: »Alma, warum machst du es dir so schwer? Du mußt doch nicht unbedingt ein Zweitstudium anfangen. Du bist einunddreißig, und wenn dir der Lehrplan nicht gefällt, kannst du getrost aussteigen. Das ist keine Schande. Oder setz ein Jahr aus und warte ab, wie du hinterher darüber denkst.«

»Und was würde ich machen, wenn ich ein ganzes Jahr frei hätte?« wollte Alma nach einem dieser Appelle wissen.

»Du bräuchtest gar nichts zu machen«, antwortete ihre Mutter. »Du könntest einfach heimkommen und ausspannen. Oder wir könnten zusammen auf Reisen gehen, nur wir beide. Das ist doch Raubbau, was du treibst – immer nur Arbeit.« Über Almas Freund sagte sie nichts, und daran erkannte Alma, daß er sie beschäftigte. Mom ist ihm einmal begegnet und hat sich kurz mit ihm unterhalten, aber sie spricht nie von ihm, erwähnt nie seinen alliterierenden, unverkennbar jüdischen Namen, Ron Rosenblatt.

Statt auf das Angebot ihrer Mutter einzugehen, zog Alma nach Venice und kaufte den Toyota. Sie fährt im Großraum von Los Angeles herum und macht Interviews. Aber die wissenschaftliche Arbeit mit Protagonisten aus Fleisch und Blut birgt ihre besonderen Frustrationen. Almas Frauen liefern ihr nie genau die Zeugnisse, nach denen sie sucht. Was sie an Zeitdokumenten zu Protokoll geben, ist äußerst dürftig; statt dessen füllen sie dann ganze Kassetten mit Berichten über ihre Magendarmsymptome, kritisieren Seifenopern und lesen aus ihren Briefen vor. Auch hier erweist sich Rose als die große Schauspielerin, wenn sie vergilbte Papiere aus ihrem Sekretär entfaltet und ans Licht hält, als handele es sich um bedeutende historische Dokumente, um dann nur ein Dankeskärtchen von der Braut ihres ältesten Bruders zum Vorschein zu bringen oder, wie bei der Sitzung in der letzten Woche, die Kopie ihres geradezu surrealen Briefes ans Finanzamt. »Mein lieber Mann war Maoist. Bitte entschuldigen Sie die Zahlungsversäumnisse.« Rose ist die schlimmste.

In der Wohnung ist es fast so heiß wie im Wagen. Almas Cockerspaniel Flush hat sich mit hängenden Ohren auf der Couch breitgemacht. Der Hund ist gerade von einer Viruserkrankung genesen. Am runden Tisch arbeitet Ron unter dem Luftstrom eines dreistufigen Ventilators. Er schreibt an einer wissenschaftlichen Studie über den Folksänger John Jacob Niles, aber in letzter Zeit hat er Alma bei ihrer Datenanalyse geholfen. Manchmal fragt sie sich, ob aus ihren beiden Projekten je etwas werden wird. Ron macht es zwar großen Spaß, Material zusammenzutragen, aber mit dem Schreiben hapert es. Er kennt hunderte von Balladen, aber schon als er und Alma sich kennenlernten, war er es leid, über Niles zu schreiben. Im letzten Jahr wollte er seinen Forschungsurlaub für eine Reise in die südlichen Appalachen nutzen und Niles' Quellen überprüfen, doch Alma erklärte ihm, das sei kindische Zeitverschwendung, und dafür würde sie ihr Projekt nicht opfern. Er schmollte eine Weile und schrieb ein Kapitel.

Jetzt sitzt Ron über Almas Protokollen, die er zum Schutz vor dem Luftzug des Ventilators mit Aschenbechern und Glasuntersetzern beschwert hat. »Darling«, sagt er, »ich glaube, dieses Zeug ist nicht zu gebrauchen.«

Alma knallt die Tür zu. »Sag nicht immer Darling zu mir.«

»Ms. Renquist«, sagt Ron, »diese Angaben sind beschissen.«

»Dafür kann ich nichts!« Sie läßt sich neben Flush aufs Sofa fallen. »*Stell dir* doch mal *vor,* womit ich arbeiten muß. Und wie die ihre Geschichten ständig ändern. Rose Markowitz weiß anscheinend nicht mal mehr, ob sie reich oder arm gewesen ist.«

»Aber ich kann's mir eben nicht *vorstellen*«, sagt Ron, »das ist ja das Problem. Ich hab keine Ahnung, wie diese Frauen sind. Alles, was ich hier habe, sind deine Unterbrechungen. Du bist voreingenommen und stellst ihnen am laufenden Band Suggestivfragen.«

»Ich versuche bloß, das Gespräch in vernünftige Bahnen zu lenken«, kontert Alma. »Oder willst du, daß ich mir deren Gequatsche über Verstopfung anhöre?«

»*Lenken* nennst du das?«, fragt Ron. »Guck dir doch mal die Aufzeichnungen an. Jede zweite Frage handelt vom Klassenkampf. Aber hier geht es um einen staatlich subventionierten Forschungsauftrag. Da müßtest du ganz unkompliziert und direkt rangehen: Frauenschicksale in Vor- und Nachkriegszeiten, das ist dein Thema.«

»Willst du mir vorschreiben, wie ich meine Studie anlegen soll?« braust sie auf.

»Alma, nimm doch Vernunft an. Diese Frauen haben keine Ahnung, wovon du sprichst. Als erstes solltest du aufhören, sie zu indoktrinieren. Was versteht Eileen Meeker denn schon von patriarchalischen Machtstrukturen?«

»Eine Menge.«

»Aber mit diesem Fachjargon kann sie nichts anfangen.«

Alma stürmt in die Küche. »Es ist meine Dissertation«, ruft sie. »Ich hab mir das Thema ausgesucht. Wenn du glaubst, du könntest es besser machen, dann sprich doch selbst mit ihnen.«

»Ja, warum eigentlich nicht«, knurrt Ron im anderen Zimmer. »Warum sollte ich nicht auch noch die Interviews übernehmen?«

»Komm her, wenn du mit mir reden willst.« Als sie sich ein Glas Chablis eingießt, keimt leise Reue in ihr auf, nicht zuletzt deshalb, weil Ron recht hat; sie hat wirklich zu oft unterbrochen. Eine alte Angewohnheit von ihr. Sie hat es schon immer darauf angelegt, die Argumente der anderen zu entkräften, ihre eigenen Schlußfolgerungen durchzusetzen. Schon in der High School ließ Alma keine These unangefochten durchgehen. Bei Diskussionen veranstaltete sie regelrechte Verhöre mit ihren Klassenkameraden. Nach dem Unterricht nahmen die Lehrer sie mit entschuldigendem Tonfall ins Gebet. Erschöpft gestikulierten sie vor verschmierten Wandtafeln. »Ich weiß, du bist hochintelligent, Alma, aber du solltest dich nicht so dogmatisch aufführen.« Ron ist nicht so aufbrausend wie Alma. Wenn sie streiten, tanzt sie erregt um ihn herum, und er sieht einfach zu, was sie zur Raserei bringt. Genausogut könnte er gewaltsam versuchen, sie zu überzeugen. Es ist besser nachzugeben, als sich auf sein Spiel einzulassen. »Ron?« Sie lehnt in der Küchentür. »Es ist so schwer, nur dazusitzen und ihnen zuzuhören. Ich werd ganz belämmert davon.«

»Ich weiß«, sagt er. »Hör zu, ich sterbe vor Hunger. Bestell uns eine Pizza, ja?«

Sie ordert telefonisch eine Pizza mit allem – Anchovis nur auf ihrer Hälfte – und zum Nachtisch Cannoli. Sie räumen den Tisch frei, Alma faltet ihre Ausdrucke zusammen und legt sie zurück in den Rollaktenschrank. Ron beschwert sich darüber, daß die Wohnung aussieht wie eine Büroflucht, aber Alma hat ein Faible für Büroeinrichtungen mit ihren Regalsystemen und Einbauschränkchen. Sie hat die Bücherregale um Eckelemente erweitert und unterm Bett Schubladen installiert. Sie hat Klapptische angeschafft und Stühle ohne Armlehnen, eine Druckerkonsole mit unterteilten Fächern, lauter platzsparende Möbel. Minimalismus ist ihre Passion. Rons sperriger Tape Player (den er zu Forschungszwekken braucht) und seine ausgefransten Farne nehmen sich neben Almas Modulen aus wie herrenloses Frachtgut.

Die Pizza kommt, doppelt belegt mit Käse, Oliven, Pilzen, Zwiebeln, grünem Pfeffer und Auberginen. Ron sucht die Kruste nach Almas Anchovis ab und schneidet ihr ein Stück heraus, das sie ordentlich mit Messer und Gabel verzehrt. Er führt ein längliches, nach oben gebogenes Stück, von dem die Käsefäden herunterhängen, mit der Hand zum Mund. Aber ehe er hineinbeißen kann, klingelt es. Der Pizzabote steht in der Tür. »Darf ich mal telefonieren?« fragt er.

Sie können ihn in der Küche reden hören. »Hallo. Hier John. Ist Dad da? Hallo. Prima. Noch zwei. Ich, äh, ich hab die Wagenschlüssel stecken lassen und mich ausgesperrt. Ich bin auf der Elk.« Es folgt eine lange Pause, und dann kommt er heraus. Stumm, mit abgewandtem Blick, geht er, um unten auf dem Parkplatz zu warten.

»Mein Gott«, sagt Ron, »wie peinlich. Der arme Junge. Man vergißt ganz, wie das ist, wenn die Alten einen so abkanzeln.«

»Ich nicht«, sagt Alma.

»Also wenn dir die Interviews so zuwider sind«, scherzt er, »dann versuch's halt wieder mit Cervantes.«

Sie seufzt. »Aber ich möchte doch mit Menschen arbeiten!«

»Im Gegensatz zu uns übrigen Trotteln?«

»Ach, du weißt genau, was ich meine. Es ist bloß Rose, die mich so fertig macht. Die Frau bringt mich auf die Palme. In einer Sitzung Tränen und Leid. Und die Woche drauf lacht sie in einem fort.«

»Vielleicht ist sie senil«, mutmaßt Ron.

»Nein«, sagt Alma. »Dann könnte sie einen nicht so verdammt gut manipulieren.«

»Armes Kind.« Er schneidet ihr noch ein Stück Pizza raus. »Du hattest einfach nie eine Tante Rose, das ist alles. Dir fehlt der entsprechende Hintergrund für den Umgang mit jüdischen alten Damen. Mit weihnachtlichen Auftritten als Sternsinger in den Altenheimen von Palos Verdes ist es da nicht getan.«

»Sehr komisch«, sagt Alma. »Ich war *nie* bei den Sternsingern.«

»Das war ja auch metaphorisch gemeint. Aber wenn ich dir einen Rat geben darf, dann versuch Rose mit ihren eigenen Waffen zu schlagen. Wenn sie sentimental wird, geh drauf ein. Statt sie zu analysieren, setz dich hin und weine mit. Dann wird sie dir ihr Herz ausschütten.«

Alma sieht ihn an.

»Vertrau mir«, sagt Ron.

Bei der nächsten Sitzung gibt Alma sich alle Mühe. »Wir sind bis jetzt sehr viel hin- und hergesprungen«, sagt sie zu Rose. Deshalb möchte ich noch einmal auf Ihre Kindheit zurückkommen, und diesmal werde ich versuchen, weniger zu reden und Sie mehr zu Wort kommen zu lassen. Wo haben Sie als Kind gelebt?«

Rose zupft ein welkes Blatt von ihrem Usambaraveilchen. »Wir wohnten in einem kleinen Haus in einem Schloßpark außerhalb von Wien. Als die Soldaten anrückten, wurden wir Kinder und die Frauen alle im Schloß eingesperrt, und ein Soldat zwang meine Mutter, ihnen ein Schwein zu braten! Ein ganzes Schwein! Und dann sind sie wieder abgezogen. Können Sie sich das vorstellen?«

»Wie haben Sie das empfunden?« fragt Alma.

»Das habe ich Ihnen doch gerade gesagt.«

»Ich meine, über das rein Faktische hinaus. Emotional. Was hat das in Ihnen ausgelöst? Fühlten Sie sich durch dieses gewaltsame Eindringen der Soldaten denn nicht mißbraucht? Verfolgt Sie das Erlebnis noch in Ihren Träumen?«

Rose schüttelt den Kopf. »Das liegt *so* viele Jahre zurück.«

»Aber Ihre Erinnerung daran ist noch ganz frisch!«

»Eigentlich nicht«, sagt Rose, »ich erinnere mich nur noch sehr verschwommen.«

»Sie versuchen es also zu vergessen?«

»Nein, ich kann mich nur nicht mehr besonders gut daran erinnern. Alma, ich habe seit vielen, vielen Jahren nicht mehr daran gedacht.«

Alma starrt wütend auf die gerahmten Petit-point-Vögel an der Wand. »Sie sublimieren das.«

»Wie bitte?«

»Sie vergessen es mit Absicht. Verdrängen die Erinnerung.«

»Alma«, sagt Rose nachsichtig, »wenn man etwas vergißt, dann *versucht* man das nicht eigens, man – vergißt einfach, was passiert ist.«

»Aber können Sie sich nicht wenigstens an die Gefühle von damals erinnern? Hatten Sie keine Angst?«

»Doch, das nehme ich schon an.«

»Waren Sie denn nicht in Lebensgefahr?« platzt Alma heraus. »Ich meine, die hätten Sie doch töten können. Erst vergewaltigen und dann umbringen.«

»Sicherlich, ja.« Roses Stimme zittert. »Manchmal, wenn ich an die Kriege denke, könnte ich einfach heulen.«

In gespannter Erwartung, eindringlich und teilnahmsvoll beugt Alma sich zu ihr hinüber.

»Aber ich denke nicht sehr oft daran.«

Woran denkt sie denn eigentlich, fragt sich Alma und blickt angestrengt in Roses verschattete Augen. Im Moment denkt Rose an ihre Schonbezüge und bedauert, daß sie sie hergegeben hat. Vierzig Jahre schützten sie das Sofa, auf dem Alma sitzt. Rose hat sie aus New York mitgebracht, als sie ins Seniorenheim zog, aber gleich am ersten Tag kam Gladys, um sich vorzustellen und Roses Sachen zu begutachten (sie war ein gewieftes Luder, bis zum letzten Tag, und hinterhältig obendrein), und sie lüpfte den Schonbezug auf dem Sofa und sagte: »Auf was warten Sie denn, Rose?« Sie machte Rose so verlegen, daß sie klein beigab. Gladys wollte die Schonbezüge für den Flohmarkt, aber das fand Rose erst später heraus. Sie machte bei allen Heimbewohnern die Runde, um auszukundschaften, wo etwas für den Flohmarkt zu holen war. Dort bekam sie Prämien. Jetzt muß Rose ständig die Jalousien geschlossen halten, damit die Sofakissen nicht ausbleichen.

Alma beugt sich über ihren Kassettenrecorder. »Ich schlage vor, wir wenden uns nun der Familie zu, bei der Sie während des Krieges in England gelebt haben.«

»Die Frau war ein Drachen, aber dann kam sie in den Kinderverstand«, erklärt Rose. »Als die Familie ihr Vermögen verlor, ist sie verrückt geworden, weil sie sich keine Teller mehr leisten konnten.«

»Teller?« fragt Alma.

»Geschirr, Porzellan. Sie hat jeden Tag irgendwas zerschlagen. Sie warf mit Tellern durchs Eßzimmer. Aber *er* war ein Engel. Der einzige in der Familie, der mich verstanden hat. Und dann war da noch Eli, ein goldiger kleiner Junge. Mit seidig blonden Haaren. 1954 bin ich noch mal hingefahren, um ihn zu besuchen. Ein Schrank von einem Mann und ganz behaart. Schrecklich! Ich habe meinen Augen nicht getraut.«

Industriellenfamilie der oberen Mittelschicht, schreibt Alma in ihr Notizheft.

»Sie waren sehr religiös, das weiß ich noch. Wir sind jede Woche in die Synagoge gegangen. Alma« – Rose greift nach dem Kassettenrecorder – »ich bestehe darauf, daß Sie dieses Gerät jetzt abschalten und ein Stück Käsetorte probieren. Hören Sie, zu meiner Zeit hat man uns noch beigebracht, ordentlich zu essen. In Ihrem Alter hatte ich Größe sechsundvierzig.« Sie sieht Alma schreiben und korrigiert: »Na ja, vielleicht vierundvierzig. Bleiben Sie *sitzen*, meine Liebe. Ich hole nur rasch den Kuchen aus dem Eisschrank. Wissen Sie, ich war immer schon der Meinung, daß Alma ein schöner Name ist.«

»Wirklich?« Alma blickt entgeistert auf. »Ich finde ihn gräßlich.«

»Warum?«

»Rose«, sagt Alma, »versuchen Sie mich abzulenken?«

»Nein, das interessiert mich wirklich.«

»Ach, ich weiß nicht.« Sie raschelt mit ihren Aufzeichnungen. »Er klingt so... altjüngferlich«, ergänzt sie. »Und außerdem sind Almas nie um ihrer selbst willen berühmt, sondern immer bloß mit berühmten Männern verheiratet.«

»Also das stimmt aber nicht.« Rose kommt aus ihrer kleinen Küche. »Ich habe schon von vielen berühmten Almas gehört. Lassen Sie mich nachdenken. Was ist mit Alma Mahler?« Sie stellt Alma ein Stück Kuchen hin. »Warten Sie, ich erzähle Ihnen, was es mit dieser Käsetorte auf sich hat. Ich habe das Rezept von Esther Feurbaum. F-e-u-r-b-a-u-m, meiner lieben Nachbarin aus New York. Diese Frau war zu ihrer Zeit eine Berühmtheit in der New Yorker Hadassa. Ich erzähle Ihnen das, damit ihr Name nicht in Vergessenheit gerät. Wenn es gerecht zuginge auf dieser Welt, dann wäre Esther heute eher am Leben als irgendeine von uns, und Sie würden jetzt ihre Geschichte für Ihr Buch aufnehmen. Was für eine Tragödie.«

»Was ist mit ihr passiert?« fragt Alma. »Was war das für eine Tragödie?«

»Eine sehr große«, sagt Rose. »Wenn Sie nicht kosten wollen, werfen Sie einen Blick auf ihr Rezept. Dann werden Sie verstehen, was ich meine.«

Ron beobachtet Alma vom Bett aus. Sie trägt eine Baumwollbluse, hat sich ein Handtuch um die Schultern gelegt und bürstet ihre nassen Haare aus. Die schlichten, teuren Kleider wirken teenagerhaft an ihr. Nicht unpassend, aber entlarvend. Sie kauft Jeans und Kleider in der Größe, die sie als junges Mädchen trug, zugeschnitten für die Taille, die sie vermutlich im College hatte, und für Hüften und Busen, auf denen noch keine überschüssigen Pfunde saßen. Ihn macht das ein bißchen traurig. Nicht weil er sie nicht gekannt hat, als sie jünger war; er glaubt ihr, wenn sie sagt, sie sei ein Luder gewesen. Traurig macht ihn nur der Gedanke, daß sie sich so kleidet, wie sie sich in Erinnerung hat. Freilich tut sie das mehr aus Gewohnheit denn aus Eitelkeit. Mit ihrem Geld ist es genauso. Eine Gewohnheit, der sie entwachsen ist, die sich damit aber nicht erschöpft hat. In seinem Seminar wurde darüber gewitzelt, als sie anfingen miteinander zu gehen. »Sie trägt bloß Jeans und alte T-Shirts!« sagten die Kommilitonen. »Aber ist euch schon aufgefallen, daß es nie dieselben Jeans und T-Shirts sind?«

Almas Cousine Liz stellt ihre Federzeichnungen, lauter Tierskizzen, in der Royce Gallery aus, und deshalb gehen sie heute zur Vernissage. An sich sind solche Ausstellungseröffnungen beiden ein Greuel. Ron verabscheut die Leute und Alma die Kunst. Das ist so ein erblich bedingter Dünkel von ihr; ihre Mutter ist Kunstsammlerin.

»Erklär mir noch mal, warum wir da hingehen«, sagt Ron.

»Weil es ihre erste Ausstellung seit drei Jahren ist!« sagt Alma. »Das ist eine stressige Phase in ihrem Leben. Diesmal heiratet sie Tom wirklich, und sie braucht Bestätigung. Sonst setzt sie sich wieder in den Yosemite Park ab, und du weißt ja, daß sie da draußen Raubbau mit ihrer Gesundheit treibt – das haben wir doch alles schon durchdiskutiert.«

»Ja«, sagt er, »aber es ist so lustig.«

Den Nachsatz hört sie nicht mehr, den verschluckt ihr Fön.

Von der Royce Gallery aus kann Ron zwei andere Ateliers sehen. Einer der Künstler verkauft handbemalte Seidenschals und gibt montags Unterricht. Der andere bietet handgefertigte Möbel an –

das heißt, sofern das, was er hinten auf dem Hof mit der Fräsmaschine zusammenstoppelt, unter Handwerk fällt. Neben den Galerien finden sich Boutiquen mit den üblichen Klamotten – gestärkte Gewänder aus Indien – und helle, kahle Eisdielen nur mit Stehplätzen. Die Galerien sind genauso – nirgends kann man sich hinsetzen. Ron denkt an die reizvollen Ecken des alten Venice. Wenn er mit seinen Kindergruppen Tagesausflüge machte, dann gab es erst eine Eiswaffel in Muscle Beach – Erdbeer, Orange, Weinbeere, keine überkandidelten Sorten –, und anschließend besichtigten sie die Hyperion-Werke. »Wie alt bist du?« fragten ihn seine siebenjährigen Schützlinge, und er antwortete ihnen, er sei neunundneunzig. Was sie ihm anstandslos glaubten. Später dann ging er auf die Beach Partys, die vom Referat für Suchtgefährdete veranstaltet wurden. Da spielten die Ethnologen Volleyball gegen das Institut für Frauenforschung, und hinterher saßen alle am Strand und stopften sich mit Hausmannskost voll. Die wenigen, die danach noch blieben, bekifften sich friedlich unterm Sternenzelt.

In der Plauderecke bei den Getränken neigt eine Langbeinige sich vertraulich in seine Richtung. »Ich hab Sehnsucht nach Venice«, sagt er zu ihr.

»Wir sind hier in Venice«, antwortet sie.

Er formt mit den Händen einen Trichter und flüstert ihr ins Ohr: »Ich meine das alte Venice.«

Sie hält sich an ihrem Glas fest. »Welches, das in Italien?«

Auf der anderen Seite des Raums schüttelt Alma ihrer Cousine die Hand. »He, wie fühlst du dich?« fragt sie.

Liz blickt mit hängenden Armen ins Getümmel. »Mir geht's gut«, erwidert sie. »Und was machst du zur Zeit?«

»Erlebte Geschichte – ein Forschungsprojekt mit Frauen in Venice.«

»O Mann«, sagt Liz. »Das muß ja eine Menge Arbeit…«

»Stimmt«, unterbricht Alma sie, »aber es lohnt sich. Man kann da draußen soviel phantastisches Material aufspüren.« Sie lächelt

Liz' Verlobtem flüchtig zu und geht eilig weiter, um seinen eiskalten schwarzen Augen auszuweichen.

Die Bilder hängen dicht gedrängt in armseligen Holzrahmen. »Wirklich begabt – und wie exakt das alles gezeichnet ist«, sinniert ein Händler. Alma nickt, aber die feingestrichelten Details irritieren sie. Die Linien wirken unnatürlich betont, wie die Äderung eines Blattes unter dem Mikroskop. Bei Liz' Igel ist jeder Stachel gleichermaßen wichtig, alle Härchen an einer Maus sind gleich scharf wiedergegeben. Sie zeichnet mit dem Blick eines Falken, denkt Alma, aber es muß doch auch möglich sein, mit menschlichem Auge zu zeichnen. Bestimmt gibt es eine Methode zur Selektion und Regeln dafür, wie man markante Akzente setzt. Als sie an die offene Tür tritt, um Luft zu schnappen, sieht Alma sich unverhofft einer kleinen Bronzestatue der Sakajawea gegenüber, einer indischen Sagengestalt. Ernst und gefaßt trotzt das mandeläugige Geschöpf den Elementen. So stark. So zornig. Ihr Haar flattert im Wind. Wie einen Stein hält sie ihr Kind ans Herz gepreßt. Ihre Lippen sind versiegelt.

Die Luft im Wohnzimmer ist zum Ersticken, als sie heimkommen, weil sie jedesmal, wenn sie ausgehen, aus Sicherheitsgründen die Fenster schließen und absperren müssen. »Ich lasse eine Klimaanlage einbauen«, verkündet Alma.

Ron sieht sie entgeistert an. »So was Albernes! Das ist doch nur eine Hitzewelle, Alma, die geht vorüber.«

»Aber sie kommt jeden Sommer wieder«, sagt sie. »Außerdem ist das erst der Anfang.« Sie spult den Anrufbeantworter zurück und schaltet auf Wiedergabe.

»Alma, hier ist Mom«, kommt Nan Renquists prononcierte Stimme vom Band. »Keine Nachricht, außer daß ich mich auf dein Kommen am Samstag freue.«

Ron starrt mißmutig auf den Apparat. »Also ich setz mich nicht hier hin und überwache die Klimaanlage, während du fort bist.«

»Das verlangt ja auch keiner.« Alma horcht weiter auf das Band.

Zwei Anrufer haben einfach aufgelegt. Aber dann hört sie es knacken.

»Hier spricht Rose Markowitz. Ich fühle mich sehr elend, meine Liebe, und würde unsere Verabredung für Montag gern absagen. Simone ist gestern gestorben ...«

»Scheiße!« Alma wirft sich bäuchlings auf den Teppich.

»Ich habe die ganze Nacht nicht geschlafen«, fährt Rose fort. »Was für mich nicht ungewöhnlich ist, außer daß ich einen grauenhaften Traum hatte, und das passiert mir fast nie. Sie stand über mir, in diesem fürchterlichen blauen Gewand. Ein Abendkleid, das sie zu den Seniorenabenden trug.«

»O Gott!« stöhnt Alma. »Letzte Woche war Simone noch ganz munter. Ich hab fünf Sitzungen mit ihr auf Band! Wie konnte das passieren?« Sie stellt den Anrufbeantworter ab.

»He, ich wollte das hören.« Ron schaltet wieder ein.

Die Stimme spricht schleppend weiter. »Ich hab ihr damals gesagt, daß ich dieses Kleid nicht passend finde; einfach albern, sich so aufzutakeln, noch dazu, wo der Stoff ganz abgetragen war. Um ehrlich zu sein, es sah richtig schäbig aus, und auf diesen sogenannten Bingoabend paßte es schon gar nicht. Aber sie ziehen sich ja alle so an ...« Ihre Stimme verliert sich sekundenlang. »Also ich sah sie da stehen, und sie starrte mich nur immerfort an, ohne ein Wort zu sagen. Ich rief immer wieder ihren Namen, aber sie antwortete nicht, und ich dachte schon, ich verliere den Verstand. Wir haben hier einen Herrn, den sie grade fortgebracht haben, wegen Alzheimer, völlig übergeschnappt; es hieß, er konnte sich nicht mal mehr an seine eigene Frau erinnern – dabei ist die erst vor zwei Jahren gestorben ...«

»Würdest du das abstellen?« Alma geht ins andere Zimmer, aber Ron beugt sich weiter über den Anrufbeantworter.

»Sie wollte mir also nicht antworten. Stand bis zum Morgen einfach wie ein Geist über meinem Bett, und jetzt fühle ich mich schrecklich elend. *Sie* hatte solche Träume, und nun träume ich genau wie Simone. Sie hat immerfort gelächelt, am liebsten würde sie dauernd schlafen, sagte sie, und kurz vor ihrem Tod erschien ihr Liebster ihr im Traum und sah genauso aus wie früher – sie träumte, sie hätte ihn in Marina del Rey gesehen –, und er sagte zu ihr: ›*Je me souviens. Je me souviens, Simone. Je me souviens.*‹

Und ich fragte sie: Wer ist das, wer erinnert sich an dich? Aber sie lächelte bloß unentwegt. ›Es war einer von ihnen‹, sagte sie. ›Ich weiß nicht genau welcher.‹« Das Band schaltet ab.

Ron findet Alma im Schlafzimmer. Sie liegt zusammengerollt auf dem Bett. »Bis ich fertig bin, sind die alle tot«, sagt sie. »Und ich schaff das ganze sowieso nicht, weil die überhaupt nicht kapieren, was ich mache! Ich hab mit Roses Arzt geredet, weißt du. Sie nimmt Beruhigungsmittel. Den halben Tag ist sie auf einer Art Percodan-Trip. Du hast sie ja grade gehört.«

»Sie war toll«, sagt Ron. »Ich finde sie faszinierend. Du solltest das Band vom Anrufbeantworter kopieren.«

»Du hast ja keine Ahnung«, schreit sie ihn an. »Du findest das komisch, aber verstehst du denn nicht, alles, was ich habe, sind Kassetten wie diese. Stunden über Stunden mit banalen Erinnerungen und unwichtigen Daten.«

Er legt ihr die Hand auf die Schulter, aber sie schüttelt ihn ab.

»Begreifst du denn nicht«, sagt sie, »diese Frauen sind wirr im Kopf. Sie können Vergangenheit und Gegenwart nicht auseinanderhalten. Meistens wissen sie nicht einmal, ob sie wach sind oder schlafen. Ich kriege weder Fakten noch Daten von ihnen. Nur diese verworrenen Geschichten. Was sind denn das für Probanden? Was kann ich mit diesem Scheiß anfangen?«

»Beruhige dich«, sagt Ron. »Es lohnt sich nicht, daß du dich so darüber aufregst.«

»Doch, das lohnt sich wohl! Und ich wünschte, du würdest dich auch wenigstens einmal über irgend etwas richtig aufregen!«

»Tja« – Ron lächelt – »ich hab nun mal keine Religion, so wie du. Aber was deine Arbeit angeht, da mußt du dich mit dem arrangieren, was du hast. Ich werde dir dabei helfen, aber ich bin nicht Robert Coles – was soll ich sagen?«

Darüber lacht sie und dreht sich um. »Ach Gott, Ron, ich bin so dumm. Könntest du mir versprechen, daß du dich um mich kümmern willst, ohne daß es gönnerhaft klingt?«

»Laß mir einen Moment Zeit«, sagt er, aber sie ist schon aufgestanden und wäscht das Geschirr ab.

»Wenigstens brauche ich jetzt am Montag nicht zu Rose«, sagt sie. »Da kann ich dieses Wochenende mal ausspannen.«

»Also *das* ist gefährlich. Sie wird dich überreden, aufzugeben. Deine Mutter wird dir das ganze Projekt ausreden.«

»Besten Dank! Sie redet mir gar nichts aus.«

»Wir werden sehen«, sagt Ron.

Ron kennt Almas Mutter überhaupt nicht. Wenn sie anruft, fragt sie nach Alma, ohne ihren Namen zu nennen. Und sie läßt ihn nie etwas ausrichten. Mitteilungen spricht sie nur auf Band. Er stellt sich Nan so vor, wie Alma sie beschreibt – eine Frau, die jeden Widerstand mit sanfter Gewalt aus dem Weg räumt und besiegt. Aber er hat auch ein eigenes Bild von ihr, mehr räumlich als personenbezogen: windstille Räume und seichtes Wasser. Er denkt sich ihr Haus umgeben von blauen Swimmingpools.

Wenn Alma fort ist, spürt er Nans Gegenwart, spürt die Zugkraft, mit der sie von ihrem Haus draußen vor der Stadt heimlich auf Alma einwirkt, so daß die ihre Pläne ändert und kommt, sobald ihre Mutter nach ihr ruft. Alma, die sonst so willensstark ist, so hochfahrend und ernsthaft. Das waren die Eigenschaften, die ihm zuerst an ihr gefielen, und mehr noch ihre Energie. Nicht ihre Argumente imponierten ihm, das wird ihm jetzt klar, sondern die Art, wie sie argumentiert, wie sie aus dem Sessel aufspringt, wie sie lacht, wenn man sie in die Enge getrieben hat, als ob sie alle Einwände mit bloßen Händen beiseite schieben könnte.

Proteste und Manifeste sind ihre Stärke. Bei Picknicks, erhitzt von Sonne und Wein, gibt sie eine großartige Rednerin ab. Er kennt die Geschichten über ihre Reitstunden in Mount Holyoke und die Hochzeit, die darauf folgte. Sie sind in Ägypten auf Hochzeitsreise, und sie reitet dieses stinkende Kamel, als ihnen plötzlich ein Schwarm Beduinenfrauen nachläuft. Sie beobachten Alma, tuscheln miteinander, und schließlich tritt die älteste an ihren Führer heran und macht ihm Zeichen. Der Führer sagt: »Sie wollen wissen, wieviel Ihr Mann für Sie bezahlt hat.« Und während dieses Kamel sich unter ihr ausscheißt, hält sie den Frauen eine flammende Ansprache darüber, daß man in Amerika aus Liebe heiratet; der Mann bezahlt nichts für seine Braut. Der Führer übersetzt, und die Beduinenfrauen fangen wieder an, untereinander zu palavern. Schließlich deutet eine auf ihren Verlobungsring. Der Führer sagt: »Sie wollen wissen, wieviel er dafür bezahlt hat.« Und just in dem Augenblick wußte sie allen Ernstes, daß sie ihren Mann verlassen würde. Noch einmal wird sie sich nicht kaufen lassen.

Er hat über diese Geschichte gelacht, und später hat er, um die Pointe nicht zu verraten, ohne eine Miene zu verziehen gewartet und dann zugesehen, wie die anderen lachten. Jetzt kreisen die Geschichte und das Lachen danach gemeinsam in seinem Kopf, wie der Staub um eine Plattennadel. Es wurmt ihn, schmerzt ihn, wenn er daran denkt, wie sie dieses Erlebnis zum Besten gibt, während sie mit verschränkten Armen neben ihm steht und nur Augen für ihr Publikum hat. Von Mal zu Mal verliert sie etwas dabei. Genauso ist es mit ihren Kassetten. Er registriert bestürzt, wie ordinär sie darauf klingt. All ihre natürliche Frische verschwindet hinter einer aufdringlichen, fremden Stimme. Es ist seltsam, wie feinfühlig sich im Gegensatz dazu die alten Damen ausnehmen. Sie kommen vom Hundertsten ins Tausendste, aber ihre langatmigen, weitschweifigen Reden sind fast wie Musik.

»Hat Rose Ihnen das mit den Farnen erzählt?« fragt Eileen auf Kassette E.M. 3. »Also ich kam zum Gießen; die beiden Pflanzen sahen richtig erbärmlich aus. Da habe ich Wasser aufgesetzt, weil ich vor Jahren irgendwo gelesen hatte, Tee sei der beste Dünger für Farne. Ich hab sie also mit Tee gegossen, mit abgekühltem natürlich, und als ich am nächsten Morgen wiederkam, hatten sie sich wirklich erholt – sie sahen schon viel besser aus, und das nach nur einer Nacht! Früher, in West Virginia, wo ich meinem Daddy den Haushalt führte, habe ich mal zwei Farne irgendwo ausgegraben und rechts und links von der Veranda eingepflanzt. Die habe ich auch mit Tee begossen, kannenweise; den hatte ich auf Vorrat im Kühlschrank. Natürlich habe ich ihn zuerst ein bißchen angewärmt und nicht so eiskalt zum Gießen genommen, und es dauerte nicht lange, da waren meine Farne *sooo* groß. Die Autofahrer hielten auf der Straße an und machten Photos davon. Wir hatten eine Molkerei, und einmal die Woche verkauften wir Sahne. Die Milch kriegten die Schweine und im Frühling die Kälber. Von Mai bis Juli, oder war's August? Ich weiß nicht mehr, wann die Kälber Milch bekamen. Wir haben fast alles selber angebaut, was wir brauchten, und was übrig blieb, wurde verkauft – wir paßten schon auf, daß es reichlich Überschuß gab. Das war der Vorteil für uns Kinder. Wenn wir Tomaten zogen, durften wir das Geld behalten. Ja, wir brachten sie auf den Großmarkt; die Preise wurden in Pittsburgh festgesetzt – man konnte sie in der Zeitung lesen, und als dann das Radio aufkam, konnte man sie auch hören. Als Dad starb, wollte ich nicht zurück…«

»Aber wieso? Warum wollten Sie das nicht?« Das war Alma.

»Ach, sie wissen doch, wie das ist.«

»Nein, weiß ich nicht. Sagen Sie's mir.«

Im Haus ihrer Mutter leidet Alma an Schlafstörungen. Sie befreit sich aus den straff gespannten Laken und huscht nach unten. Sie würde gern einen Spaziergang machen, weiß aber nicht mehr, wie man die neue Alarmanlage abstellt. Das Haus ist genauso vollgestopft wie die Wohnung von Rose, denkt sie, während sie durchs Erdgeschoß tigert. Moms Krimskrams ist allerdings älter. Hopi-Keramik und antike Rauchglasscherben, römische Münzen, Handpuppen und Basreliefs aus Indonesien. Holzschnitzereien von den Mayas. Die meisten Stücke sind beschädigt, und bei Garnituren fehlt in der Regel mindestens ein Teil. Dad pflegte darauf hinzuweisen, wenn Mom von ihren Exkursionen zurückkehrte.

Dann legte er etwa einen Satz nach Größen gestaffelter Golddrahtreifen aus und fragte: »Aber wo sind Nummer zwei und Nummer fünf? – Deine Mutter kauft zweite Wahl«, sagte er zu Alma.

Mom war schon vor Dads Tod allein verreist. In den Sommermonaten nahm sie Alma mit – meistens zu Ausgrabungen. Einmal waren sie in Askalon und nach Almas High-School-Abschluß in Pompeji und Herculaneum. Die Photoalben von diesen Reisen türmen sich in den Bücherschränken. Es ist beängstigend, wie sie die Alben zwischen die Artefakte zwängt. Auf den Photos ist eine abstruse Mischung aus toten und lebenden Objekten zu sehen. Nan und Alma Renquist in Pompeji, lächelnd zwischen den inmitten ihres täglichen Umfeldes aus Lebzeiten konservierten Leichen. Während Alma das Album durchblättert, hat sie den Eindruck, die aschfahlen Leichname auf den Straßen – mit schützend vor dem Leib verschränkten Armen die einen, grotesk zusammengekrümmt die anderen – sehen lebendiger aus als die in aufrechter Pose erstarrten Touristen auf den Photos. Was hat Alma schon mit dem Mädchen in den weißen Shorts gemein? Und was verbindet ihre Mutter mit dieser jüngeren Frau, die etwas nicht Erkennbares und inzwischen längst Vergessenes in Händen hält? Rose und die anderen alten Damen mit ebensolchen Photoalben bezeichnen sich selbst als »Mädels«, aber in Wirklichkeit reden sie von ganz anderen Personen. Sie pfercht die Alben wieder ins Regal. Am nächsten Tag hatten sie früh aufstehen und zum Reiten gehen wollen, aber Alma hört ihren Wecker nicht, und Nan läßt sie schlafen.

»Du bist überarbeitet«, murmelt sie, als Alma zum Lunch herunterkommt.

»Nein, bin ich nicht«, sagt Alma.

Sie nehmen einen Weg hoch über dem Canyon und lassen die Pferde im Schritt gehen, so daß sie regelrecht spüren, wie der Himmel auf die roten Hänge niederbrennt. Die Wolken verdunsten über ihnen. »Wenn ich hier draußen bin, kann ich Liz fast verstehen«, sagt Alma zu ihrer Mutter.

»Sie heiratet ihn wirklich!« sagt Nan verwundert. »Ich kann mir nicht vorstellen, was die beiden für Kinder kriegen werden.«

»Gar keine.«

»Das weiß man nie.« Nan lächelt.

Alma beugt sich über ihr Pferd. »Doch, ich weiß es.«

»Bist du immer noch mit …«

»Ja«, sagt Alma. »Er hilft mir, mein Material zu sichten.«

»Und wenn das vorbei ist?« fragt Nan.

»Ach Gott, das weiß ich auch nicht.« Sie stehen hart am Rand des Canyons, wo die roten Felsen senkrecht in die Tiefe wegbrechen. »Kann sein, daß wir uns trennen.« Und mit einem verschmitzten Seitenblick auf Nan: »Vielleicht heiraten wir auch … Mommy, das war nur ein Scherz! Das darfst du nicht ernst nehmen. Außerdem werden wir mit diesem Projekt nie fertig werden, also brauchst du dich auch nicht darum zu sorgen, was hinterher kommt.«

»Ich mache mir aber Sorgen«, sagt Nan. »Weil du dich dauernd auf Experimente stürzt, bei denen kein Ende abzusehen ist. Ohne zu überlegen, was sie dich an Zeit kosten oder …«

»Ach, sag ruhig, was du denkst«, unterbricht Alma sie. »Es ist doch gar nicht meine Arbeit, worüber du dich aufregst.«

»Laß mich meine Sätze gefälligst selber zu Ende bringen. Du verausgabst dich mit diesen Befragungen, genau wie damals mit deiner Magisterarbeit. Es interessiert mich nicht, was für einen feministischen Marxismus sie dir in Berkeley eingetrichtert haben, aber was du da machst, ist zwanghaft. Sag mir mal ganz ehrlich, ob du glaubst, daß bei dieser historischen Studie irgendwas herauskommt.«

Alma blinzelt verlegen, aber dann kontert sie. »Sag du mir erst, ob du meine Arbeit meinst oder Ron. Anscheinend kannst du eins nicht vom anderen trennen.«

»Nein, du bist diejenige, die beides nicht auseinanderhalten kann«, erwidert Nan.

»Rose hat angerufen, während du weg warst«, sagt Ron.

»Ich will nichts davon hören«, sagt sie.

»Du gibst sie also auf?«

Alma wirft ihren Rucksack zu Boden. »Hör zu, ich muß nicht jede gottverdammte telefonische Mitteilung protokollieren. Ich muß nicht von morgens bis nachts auf Abruf bereitstehen. Aber das heißt noch lange nicht, daß ich aufgebe!«

»Willkommen daheim«, sagt er. »Freut mich, daß du so ein schönes Wochenende hattest.«

Sie wendet sich ab, zieht einen ihrer Karteikästen heraus und beginnt den Stoß neuer Abschriften einzusortieren, den die Schreibkraft geliefert hat.

Er greift sich ein Blatt heraus. »Hat sie nach mir gefragt?«

»Indirekt.«

»Was hat sie gesagt?«

»Ich weiß nicht mehr. Nichts besonderes. Wie soll ich mir denn jede einzelne Spitze merken?«

»Erlebte, mündlich überlieferte Geschichte ist angeblich dein Spezialgebiet«, gibt er zu bedenken.

»Mein Gott, sie ist meine *Mutter*! Kein Mensch hört auf das, was die eigene Mutter sagt.« Sie streicht sich die Haare aus den Augen. »Ich lasse eine Klimaanlage einbauen. So können wir doch nicht arbeiten.«

»Ich will keine Vergünstigungen, die du mit ihrem Geld bezahlst«, murmelt Ron.

»Wer sagt denn, daß ich's für dich tue?« fährt sie gekränkt auf. »Ich mache mir Sorgen um Flush. Guck dir bloß seine Augen an!« Sie wirft einen von Eileen Meekers Ordnern auf den Boden. »Was hältst du von dem Zeug?«

»Ich hab mir einiges davon angehört«, antwortet er.

»Jetzt sag ich dir mal, wie ich über Eileen denke«, sagt Alma. »Der Knackpunkt ist, warum sie seinerzeit, kurz nach Kriegsausbruch, nicht in die Molkerei zurück will. Die Wirtschaftskrise ist überwunden; sie tritt ins weibliche Armeekorps ein. Wie erklärst du dir das? Zu einer Zeit, wo der landwirtschaftliche Betrieb daheim darniederliegt?«

»Wenn du meine Meinung hören willst«, sagt Ron, »dann beschreibt sie, wie man Farne vor dem Eingehen bewahren kann. Und in dem Zusammenhang erinnert sie sich dann auch an die Molkerei daheim. Hör auf, deine Probanden dauernd zu manipulieren. Nimm sie nicht ständig in die Zange.«

Alma knallt den Aktenschrank zu. »Wenn du keine Lust hast, dir über die Analyse Gedanken zu machen, dann laß mich in Ruhe und misch dich nicht in meine Arbeit ein.«

»Na, toll! Du bringst deine Inquisition zu Ende, und ich schreibe mein Buch fertig.«

»Oh, dein Buch«, faucht sie ihn an. »Als ob ich dich davon abhalten würde! Es war deine Idee, falls du dich erinnerst. Du wolltest mir helfen.«

»Das stimmt«, sagt Ron, »und jetzt möchte ich damit aufhören. Ich habe vollstes Vertrauen in dich. Du weißt ganz genau, was diese Frauen sagen sollten, und ich bin sicher, daß du sie im Alleingang dazu bringen wirst, zu erkennen, wie ihr Leben wirklich war.«

Sie stößt ein Fenster auf. »Du hast mir nie wirklich helfen wollen. Alles, was du wolltest, war meine Arbeit kritisieren und mich bevormunden. Du gönnst mir meine Unabhängigkeit nicht.«

»Ach nein! Warum probierst du dieses kleine Plädoyer nicht mal an deiner Mutter aus?« höhnt Ron. »Ich weiß, bei Männern macht sich's besser, aber ich finde, wenn wir schon von Bevormundung reden ...«

»Sie bevormundet mich nicht.«

»Dann beweise es«, sagt er. »Wenn sie's nicht täte – wenn du je den Mut hättest, zu deinen Überzeugungen zu stehen –, dann hättest du mich längst geheiratet.«

»Bild dir bloß keine Schwachheiten ein«, sagt Alma.

Er schaut sie an. »Du hast recht«, sagt er. »Sie braucht dich nicht zu bevormunden. Du bist ja schon wie sie.«

»Du hast doch keine Ahnung.«

»Hab ich wohl«, erwidert er, »deine Mutter will, daß wir Schluß machen.«

»Natürlich will sie das«, gibt Alma zu. »Ich bin schließlich ihre Tochter!«

»Und ist sie aus Prinzip gegen mich, oder hat sie auch was gegen Juden?«

»Du kennst sie doch nicht mal«, sagt Alma. »Und ich hasse dich und die Art, wie du mir die Worte im Mund verdrehst. Mußt du meine Mutter als Rassistin hinstellen, um zu begreifen, warum sie nicht will, daß ich dich heirate? Kannst du das nicht auch aus einem anderen Blickwinkel sehen? Es würde mein Verhältnis zu ihr zerstören ...«

»Du meinst, sie würde dich enterben. Das ist es doch, was du sagen willst.«

»Nein! Das Geld interessiert mich überhaupt nicht.«

»Ach, Alma«, sagt er, »was bist du nur für eine Heuchlerin.«

»Nur Hüfthalter«, sagt Rose. »Was anderes käme für mich nicht in Frage. Manche von den Frauen hier tragen ja Fischbeinkorsetts. Zum Beispiel diese alten Damen, die mit Mieder und Goldlamé durch den Dorothy Chandler Pavillon promenieren. Uff! So was von antiquiert. A propos Fischbein: Ich hab sogar mal einen Wal gesehen. Während des Krieges brachte man uns Kinder, bevor wir nach England verschickt wurden, auf die Insel Sandwich und da war ein gestrandeter Wal. Das habe ich bis heute nicht vergessen. Ich war so zart und zerbrechlich, daß sie mich überallhin tragen mußten. Aber nach ein paar Monaten im Kloster bin ich aufgeblüht. Und wie ich aufgeblüht bin!«

Alma hat nicht die Kraft, sich zu diesem Redeschwall eine Chronologie zusammenzureimen. Die angebliche Insel Sandwich muß die Isle of Man sein, aber sie hakt nicht nach. Rose phantasiert sich ihre eigene Chronologie zurecht, und sie weiß, wo sie überall gewesen ist.

»Ich erinnere mich noch genau an den Tag, an dem Caruso starb«, fährt sie nahtlos fort. »Ich spielte gerade am Strand. Extrablatt! Extrablatt! Lesen Sie den Exklusivbericht! Heute ist das ein ganz gewöhnliches Nest, aber in den zwanziger Jahren war es ein elegantes Seebad. Unsere Gouvernante hatte eine richtige Opernstimme. Sie saß Abende lang am Klavier, und es kam nicht selten vor, daß sich unter dem Fenster ein richtiger Auflauf bildete. Sie war ein reizendes Mädchen, hat aber leider völlig unter ihrem Stand geheiratet.« Nachdenklich runzelt sie die Stirn. »Ich glaube, er war Hühnerzüchter. Als ich von England herüberkam, gingen die Mädchen in meinem Alter hier schon mit Jungen aus, aber ich war noch ein richtiges Kind, trug Größe hundertvierundsechzig. Wie meine Cousinen mich angestarrt haben! Shainey nannte mich nur die Grina Cusina – das hatte sie aus diesem Schlager. Sie wissen schon. Aber etwas hatte ich, da konnten sie nicht mithalten. Mein Teint war so makellos wie das perfekteste Make-up. Ein Gesicht hatte ich, rosig wie ein Pfirsich, die Leute haben sich auf der Straße nach mir umgedreht. Zu meinem ersten Rendezvous – wissen Sie, wie alt ich da war?« Alma blickt erschrocken auf. »Ich war dreiundzwanzig«, sagt Rose.

Als Ron und Alma ihr erstes Rendezvous hatten, gingen sie in die Premiere der UCLA-Inszenierung von *Die Vögel.* Die Schauspieler schwangen an Trapezen über den Köpfen der Zuschauer und vermischten Aristophanes mit Spottversen auf die Reaganomics, die Wirtschaftspolitik Ronald Reagans. Alma bekam vom Zuschauen einen steifen Nacken, aber irgendwie hielten sie doch bis zur Pause durch. »Bombardement im Sturzflug!« überschrieb der *Daily Bruin* seine Kritik. Anschließend gingen sie in das Konzert eines befreundeten Cellisten, der während seines Spiels so verzückt wirkte, daß Ron seufzte: »Wenn man bloß den Ton abstellen könnte!«

»Es gab da einen jungen Mann, in den ich mich verguckt hatte«, sagt Rose. »Und Shainey sagte zu seiner wirklichen Herzensdame: Du hast schwarze Augenbrauen und blonde Haare! Das war unerhört. Zu der Zeit war so was unerhört – die Leute derart auseinanderzunehmen. Aber er war dann doch nicht derjenige, welcher. Als ich mich das erste Mal verlobte, da drohten mein Bruder und meine Eltern, sie würden nie mehr mit mir reden. Alma! Sie hören ja gar nicht zu.«

Alma reißt sich zusammen. »Doch, doch.«

»Aber Sie sehen furchtbar aus. Was ist Ihnen denn, Kind? Sie haben ja noch kein Wort gesagt. Wie bitte?«

»Nichts«, flüstert Alma. »Mein Freund hat mich verlassen.«

»Ach ja«, sagt Rose, als wäre sie vollkommen im Bilde. »Genau das meine ich. Mein Bruder schwor damals, er würde nie mehr mit mir reden, und in seinem Haus dürfe nicht einmal mein Name erwähnt werden. Und er hat tatsächlich Wort gehalten.«

»Er war Jude«, sagt Alma.

»Natürlich. Ich war nur mit Juden verlobt.«

»Nein, Ron.« Sie hat das unwiderstehliche Bedürfnis, davonzulaufen, fort von Rose und ihrer langen, kryptischen Lebensgeschichte.

Rose läßt sich Almas Fall durch den Kopf gehen. »Also wenn er Jude war«, sagt sie schließlich, »dann ist es gut, daß ihr euch getrennt habt. Denn wenn ihr geheiratet hättet, das hätte seiner Mutter das Herz gebrochen! Jedenfalls dachten alle, er würde nichts taugen. Und wie sich herausstellte, hatten sie recht. Also habe ich die Verlobung gelöst. Können Sie sich das vorstellen? Nicht weinen, meine Liebe. Es war ja bloß meine erste Verlobung. Traurig war es schon, sehr traurig, aber irgendwie, wissen Sie, bin ich drüber weggekommen. Es braucht Ihnen also nicht leid zu tun.«

DIE HOCHZEIT VON HENRY MARKOWITZ

HENRY SITZT AN DEM ovalen Ausziehtisch für maximal zwölf Personen – sein Glücksfund aus einem Nachlaßverkauf in Wantage, eine erlesene viktorianische Antiquität, tadellos aufbereitet bis hin zu den Klauenfüßen. Groß ist er schon, aber genau der Tisch, den er immer haben wollte, und darum hat er ihn gekauft. Für den Transport bestellte er einfach eine Klavierspedition. Die Wohnung ist voll von seinen Trouvaillen, bibliophile Bücher, antike Karaffen. In einem besonderen Schränkchen, das er selbst entworfen und von einem Schreiner hat anfertigen lassen, sind seine Land- und Himmelskarten verwahrt. Alles ist harmonisch aufeinander abgestimmt, bis hin zu den Farben, warmen Bibliothekstönen, vorwiegend tannengrün und zinnoberrot.

»Beschreib mir ihren Gesichtsausdruck«, bittet Henry seinen jüngeren Bruder Ed.

»Verblüfft«, sagt Ed. »Ma war baßerstaunt. Na ja, es kam für uns alle überraschend. Ich meine, daß du dich *verlobt* hast! Ma hatte einen richtigen Schock! Aber *wir* haben uns so gefreut.« Er sieht Henry an. »Also, was wolltest du eigentlich wissen?«

»Ich war bloß neugierig auf ihr Gesicht.« Henry spielt mit den Platzkarten, die auf dem Tisch liegen.

»Oh«, sagt Ed. »Na ja.«

»Erzähl mir was über deine Arbeit. Wie kommst du mit dem Buch voran?«

»Du meinst die Anthologie?«

»Nein, nein – deine Geschichte der arabischsprachigen Völker.«

»Das ist fünfzehn Jahre her, Henry!« ruft Ed verärgert. »Daran habe ich seit fünfzehn Jahren nicht mehr gearbeitet.«

»So lange? Das ist aber schade. Erst neulich habe ich wieder dran gedacht. Im Ashmolean Museum war eine Ausstellung persischer Miniaturen, die erinnerte mich an dein Buch und an deine These zu Kunst und Politik – insbesondere zur Kunst. Sie ist ja so reich und dabei so komprimiert – die Landschaft, die Krieger mit ihren Schwertern, ein Wasserfall, der sich wie ein Lichtstrahl in eine Oase ergießt, und das alles in einem einzigen kleinen Rahmen. Jedes Bild ein Juwel. Du mußt es unbedingt wieder in Angriff nehmen. Du könntest dich ja auf die Kunst beschränken. Selbst wenn du nur über die Kunst schriebest...«

»Du, ich bin kein Kunsthistoriker und auch kein Albert Hourani. Ich mache einfach meine Arbeit so gut ich kann.«

Verwirrt sieht Henry zu ihm hinüber. »Wie findest du die?« fragt er und hält eine der Platzkarten hoch. »Wir haben sie von demselben Kalligraphen machen lassen, der auch die Einladungskarten entworfen hat. Die Drucklegung war natürlich ein Alptraum; es gibt ja kaum noch Graveure. Kannst du dir vorstellen, daß solche Einladungen heute fast alle von Thermodruckern erstellt werden? Geh mal mit dem Finger über die Rückseite, dann fühlst du den Unterschied.«

»So was!« Den Kopf in die Hand gestützt, starrt Ed ihn an. Der Flug hat fast die ganze Nacht gedauert, und er ist nicht an den Oxforder Juni gewöhnt – an die Vögel, die morgens um halb fünf zu zwitschern beginnen, und an den unbarmherzig strahlendblauen Himmel.

»Möchtest du vielleicht einen Kaffee?« fragt Henry. »Oder lieber Tee? Earl Grey? Schwarzen Johannisbeer? Wie war Yehudits Abschlußfeier?«

»Sehr schön«, sagt Ed. »Wunderbar war's. Es hat geregnet. Hier, ich hab dir die Photos mitgebracht.« Er zückt die Schnappschüsse von seiner Tochter nebst schirmbewehrter Familie.

»Oh, das sieht ja aus wie ein *Wolkenbruch*«, sagt Henry. »Ach, das arme Ding – offenbar patschnaß. Und diese Schirme! Mein Gott, was machen wir, wenn es bei unserem Empfang regnet? Wir haben uns natürlich im Hundertjährigen Kalender vergewissert, wie die Chancen stehen. Oh, guck mal, Sarah mit dieser Plastiktüte über dem Haar!«

Doch Eds Blick schweift durch Henrys Wohnzimmer, über die brokatenen Lehnsessel und seine Bücherstapel. Ledergebundene Quartformate, stockfleckig und ein bißchen zerfleddert. Der riesige dunkle Tisch, der die ganze Länge des Zimmers einnimmt, steht in aberwitzigem Verhältnis zu den räumlichen Proportionen.

»Und hier sind Yehudits Geschwister!« Lachend hält Henry seinem Bruder ein Photo seiner beiden Ältesten unter die Nase. »Sind die aber gewachsen!«

»Die – sie sind neunzehn und einundzwanzig«, stottert Ed.

»Tatsächlich! Ich hatte ganz vergessen, daß sie schon so groß sind. Nein, wie die Zeit... Bist du mir böse?«

»Weshalb sollte ich dir böse sein? Mir steckt der Jetlag noch in den Knochen, siehst du das nicht? Ich steige in Dulles ins Flugzeug, und du hockst hier immer noch in derselben Wohnung mit deinen Büchern und diesen Sesseln – deinem ganzen Plunder.«

Henry wird rot bis zur Nasenspitze.

»Entschuldige«, sagt Ed. »Ich dachte nur, du wüßtest allmählich, wie alt meine Kinder sind.«

»*Hab* ich auch gewußt«, beteuert Henry. »Ich wußte, wie alt sie sind, ich bin bloß nicht mehr auf dem laufenden!«

»Aber wenn's um dich geht, da müssen wir uns auf dem laufenden halten«, kontert Ed unwirsch. »Ganze zwei Monate vorher gibst du uns Bescheid, und schon lassen wir alles liegen und stehen und fliegen quer über den Atlantik.«

»Reg dich nicht auf«, sagt Henry.

»Ich reg mich nicht auf. Ich versuche dir nur zu erklären, daß es nicht leicht war, uns freizumachen, geschweige denn, Mutter herzubringen. Sarah und ich, wir haben ganz enge Terminpläne.

Ich bin mehr als ausgebucht, mir stehen Klausuren ins Haus, im Juli habe ich eine Tagung, für die mir noch die Hälfte der Gelder fehlt, weil das Institut pleite ist. Im Augenblick springen die Doktoranden für mich ein und halten meine Kurse. Sarah verpaßt ihre ganze Konferenz.«

»Das tut mir leid«, sagt Henry.

»Schon gut«, sagt Ed. »Es geht mir nur darum, daß du im Bilde bist. Wir jetten nicht einfach mal so nach Oxford rüber...«

»Ich weiß«, sagt Henry. »Und ich bin euch dankbar, Edward.«

»Dann komm mir auch nicht mit Papier!« herrscht Ed ihn an.

»Was denn für Papier?«

»Laß mich mit dem Papier in Ruhe, mehr verlange ich nicht.«

»Ich habe von Gravuren gesprochen«, sagt Henry. »Ich dachte, das interessiert dich.«

»Schon gut. Hör zu...« Ed blickt auf Henrys Standuhr. Im Uhrenkasten leuchtet ein goldener Mond vor einem nachtblauen Himmel.

Henry sieht vom Fenster aus, wie der Ford-Fiesta-Mietwagen ruckelnd anfährt und den Kies aufwirbelt. Zwischen ihm und seinem Bruder hat sich auch mit den Jahren keine enge Freundschaft entwickelt. Sie schreiben sich regelmäßig, und doch ist immer diese Schranke zwischen ihnen: Edward hat ihn als Mensch nie begriffen, nicht so, wie er wirklich ist. Dauernd macht er sich lustig über Henrys Sammlungen, seine Liebe zur Kunst, zu alten Manuskripten und Rarissima-Editionen. Edward sieht auf ihn herab, weil er Amerika verlassen hat. Was man auch wieder verstehen kann, denn Edward ist schließlich ein Teil des heutigen Amerikas, dieser weitläufigen Universitäten, denen Henry schon vor langer Zeit den Rücken gekehrt hat. Dieses Amerika mit seinen unzähligen Studenten, die durch schäbige Hörsäle geschleust werden, wo sie mit angezogenen Knien unter flackernden Neonröhren hocken und sich die Vorlesungen reinziehen wie Kinofilme. Wo das Vertraute in ihre weit geöffneten Pupillen dringt, während der Rest in die Gänge sickert und sich mit dem Schmutz und den Bonbonpapieren zu Füßen der Professoren sammelt. Hat er das als Dozent im Queens College und später an der NYU nicht selbst erlebt? Und erst die Doktoranden! Hat er nicht gesehen, wie sie sich in Princeton vor den Sprechzimmern der Professoren zusammenscharen? Lauter junge Calibane, begierig nach Lob lechzend. Sie bringen es fertig, die italienische Renaissance noch vor dem Mittagessen in Stücke zu reißen; ein Donne-Sonett erdrosseln sie mühelos und schlagen es mit ihren stumpfen Werkzeugen flügellahm. Und was die älteren Semester betrifft, so brutzeln sie Shakespeare nach Art eines Kochkurses zurecht, servieren ihn wie eine gebratene Gans, gefüllt mit ihren sexualpolitischen Programmen, und tranchieren und vierteilen ihn mit langen Messern. Für Henry war Lesen immer etwas ganz Intimes, eine Sache, die man so behutsam angehen muß wie Eierausblasen. Zwei Nadelstiche nur, und der Inhalt kam heil in die Schüssel. Heute ist Lektüre etwas, das man aus aufgeschlagenen Zutaten garkocht und zusammenbraut. Die Wissenschaft verkommt zu scharf gewürzter Grillkost, bei der man Kunst, Geschichte, Sozialtheorie und Politik bunt durcheinandermischt, wieder in Portionen zerteilt und auf einem Tablett serviert. So machen es die Gelehrten, die heutzutage in den Fachzeitschriften publizieren. Sie stehen mit der Ästhetik auf Kriegsfuß und kämpfen gegen Gott und Metapher. Genau wie Edward leugnen sie alles, woran Henry glaubt, ja wofür er lebt: Werktreue und künstlerische Vollendung. Und Edward ist an diesen Machenschaften nicht nur marginal beteiligt. Er ist selbst einer der Drahtzieher, die diesen billigen, reißerischen Einheitsschrott fabrizieren, der heutzutage als Humanwissenschaft verkauft wird. Die handwerkliche und geistige Fähigkeiten, Intuition und Sensibilität herabwürdigen und kläglich in den Sozialwissenschaften untergehen lassen. Edward hat einmal als profilierter Nahosthistoriker begonnen, und jetzt ist er nicht mehr als ein sogenannter politischer Experte. Ein weiteres Rädchen in der subventionierten Maschinerie der Fernsehinterviews.

Henry hat all das hinter sich gelassen – die akademischen Tretmühlen, die Illusion, wahre Gelehrsamkeit könne sich in diesen häßlichen industrialisierten Institutionen behaupten. Dabei sind die noch das Beste, was Amerika zu bieten hat. Der Rest ist so abstoßend und korrupt, daß Henry gar nicht daran denken mag. Er hat seinen Betriebswirt gemacht und das Land verlassen, um künftig wie ein Mensch leben zu können: tagsüber als Manager bei Laura Ashley, abends als künstlerischer Impresario, inmitten der Glocken und Türmchen einer echten Universitätsstadt, mit flechtenberankten, altehrwürdigen Gemäuern, an denen die Sommer für Sommer ausschlagenden knorrigen Rosenstöcke und Fliederbüsche ihre Spuren hinterlassen haben. Er liebt die tiefe Stille der Collegehöfe, besonders im September, wenn der Touristenandrang nachläßt, aber die Spätsommerblumen unter den geteilten Fensterlaibungen noch in zweiter und dritter Blüte stehen, und ebenso im März, bevor die Studenten aus den Ferien zurückkehren, über den Weiden aber schon ein zartgrüner Schleier liegt – jene letzten September- und Märzwochen also, da Oxford ganz ihm gehört.

Edward wird von alledem freilich nie etwas begreifen. Er ist zu sehr in den amerikanischen Ritualen verhaftet: Essen, Kinder, Autos, Werbespots. Wie könnte man von Edward erwarten, daß er sich besinnt und auf diese Hochzeit einstellt? Henry geht in der Küche auf und ab und besprüht sein Usambaraveilchen. Und dann zählt er bis zehn, einfach weil er sich jetzt nicht aufregen darf.

Die Suite im Hotel Old Parsonage hat dunkelgrüne Vorhänge, die Ed zuzieht, bevor er sich neben seine Frau aufs Bett sinken läßt. »Wo ist Mutter?« fragt er.

»Am Ende des Korridors. Sie nimmt ein heißes Bad.« Sarah schließt wieder die Augen. »Wie geht es ihm?« fragt sie.

»Wie immer.«

»Und ihr?«

»Wem?«

»Der Braut. Ed?«

»Ich weiß nicht, gut, glaube ich. Sie war nicht da; sie arbeitet noch.«

Sarah dreht sich um und guckt ihn an. »Worüber habt ihr euch unterhalten?«

»Über ihn natürlich. Und über seinen Plunder.«

»Hast du ihn gefragt, wann wir heute abend kommen sollen?«

»Nein. Hat's nicht geheißen um acht?«

»Warum hast du ihn nicht gefragt?«

Ed seufzt. »Weil er mich ganz aus dem Konzept bringt. Weil ich in seine Wohnung komme und sehe, daß er immer noch *Wiedersehen mit Brideshead* spielt, mit all dem Brokat, diesen Uhren und den verschimmelten Ledereinbänden. Er mit seinem ganzen *peklach* aus dem achtzehnten Jahrhundert!«

»Ach, hör auf!«

»Und erst dieser lächerliche Tisch. Ich werde den Termin nicht halten können, Sarah.« Ed schwingt seinen Laptop aufs Bett und klappt den Deckel auf.

»Ich finde es schade«, sagt Sarah, »daß du dich nicht einfach...«

»Daß ich mich nicht normal mit ihm unterhalten kann?«

»Nein, dich einfach freuen, meine ich. Schließlich feiert dein einziger Bruder Hochzeit.«

»Sozusagen.« Ed spielt auf der Tastatur herum, als tippte er die Buchbesprechung, die vor einem Monat fällig war.

»Was meinst du damit?« fragt Sarah.

»Du weißt genau, was ich meine.«

»Ach, jetzt mach schon, sag es, Ed«, drängt sie. »Wie kann man nur so verbohrt sein. Einfach unglaublich.«

»Wenn es aber doch so eindeutig ist! Du hast es ja auch gedacht. Jahrelang.«

»Nicht unbedingt«, sagt Sarah, die als Autorin belletristischer Texte an Veränderung, Geheimnisse und Offenbarungen glaubt.

Ihr letzter Besuch in Oxford liegt zehn Jahre zurück. Ed war damals Gastdozent am Wantage Center – dem Oxforder Nahost-Friedensforum. Henry lud sie zum Essen ein und kochte alles mit hochprozentiger Sahne. Den Kindern wurde schlecht, Ed war grün im Gesicht, während er sich tapfer bemühte, Konversation zu machen. Eds und Henrys Mutter Rose trank ein Glas Drambuie und schlief ein. Und das war's dann. Henry hat sie in der Zwischenzeit in Washington besucht, wo zum Ausgleich ihm schlecht wurde und er mit kläglichem Blick von ihrem lärmumtosten Eßtisch aufsah, an dem sich lauter hoch aufgeschossene Teenager breitmachten. Geschrieben hat er ihnen auch. »Über den Mauern liegt ein blaßgoldener Schein«, stand in einem seiner Briefe zu lesen, »und gegen Abend, bevor die letzte Wärme aus dem Stein entweicht, beginnt er zu leuchten – so ähnlich wie der Fluß im Licht der untergehenden Sonne –, ein ergreifender Anblick, und dazu das filigrane Maßwerk. Und die Buntglasfenster von Corpus Christi schimmern wie die Glut eines erlöschenden Feuers, wenn die letzte, in reinem Blau erstrahlende Flamme verlischt.« Und Sarah schrieb im Namen der Familie zurück: »Ben ist im Jugendlager, und Ed kann seinen Subventionsantrag vielleicht doch noch rechtzeitig einreichen.« Als die beiden Briefschreiber der Familie hielten sie den Kontakt aufrecht. Es war freilich eine seltsame Korrespondenz: die lyrischen, wenn auch mitunter wirren Ergüsse aus Henrys Füllfeder und die nüchternen Tagesberichte von Sarahs Kugelschreiber. Ed verdrehte über Henrys Briefen die Augen, und die Kinder stöhnten, wenn daraus vorgelesen wurde, aber Sarah hob einige davon auf. Denn sie fand sie, ehrlich gesagt, schön. Ihr hatte man diese Art zu schreiben in Workshops gründlich ausgetrieben, aber insgeheim gefiel sie ihr immer noch. Einmal, als sie Ed von der Georgetown University abholen wollte, blieb sie kurz vor dem Campus stehen und hielt Ausschau nach den letzten Sonnenstrahlen auf dem Maßwerk. Aber es war noch zu früh am Abend.

»Einem vierstündigen Diner bin ich nicht gewachsen«, sagt Ed zu ihr.

»Um acht fängt es an?«

»Ich sag doch, ich weiß es nicht.«

»Und ich hab dir gesagt, du sollst ihn anrufen und fragen«, entgegnet Sarah.

»Jetzt leg ich mich erst mal hin.«

Es klopft, als Ed sich gerade die Hosen auszieht.

»Das ist deine Mutter«, prophezeit Sarah.

»Das brauchst du mir nicht zu sagen.« Ed zieht seine Hose wieder an.

Rose erscheint auf der Schwelle. Sie ist kürzlich am grauen Star operiert worden, und deshalb trägt sie eine pechschwarze Sonnenbrille mit Seitenklappen. »Wo ist Henry?« fragt sie. Ihre Stimme ist für eine Sechsundachtzigjährige noch erstaunlich kräftig.

»Wir treffen ihn zum Abendessen«, sagt Ed.

»Aber du wolltest ihn doch abholen und ins Hotel bringen.«

»Er hat heute noch allerhand zu erledigen. Sachen, die erst in letzter Minute...«

»Warum sind wir erst auf die letzte Minute gekommen?« seufzt Rose.

»Ich versäume auch so schon eine Woche Vorlesungen«, sagt Ed. »Wir haben das alles besprochen, Ma, erinnerst du dich? Und allein wärst du ja nicht gefahren.«

»Wäre ich doch«, widerspricht Rose.

»Das hast du zuvor aber nicht gesagt.«

»Ich wäre gefahren, wenn ich dafür Henry hätte sehen, wenn ich mit ihm hätte zuammensein können.«

Ed schaut sie an. »Also wir haben darüber gesprochen, und da hast du dich ganz anders geäußert.«

»Aber gedacht habe ich so wie jetzt«, insistiert Rose. »Wie können wir in nur drei Tagen die Familie kennenlernen? Wo ist die Braut?«

»Wir treffen sie beim Abendessen«, wirft Sarah ein.

Rose nimmt die Sonnenbrille ab und klappt sie angewidert zusammen. »Was soll *das* für ein Essen werden? Ohne daß man einander vorgestellt wurde. Was sind das für Sitten? Man geht zu einer Hochzeit, um mit der Familie beisammen zu sein. Man geht, um den Freundeskreis kennenzulernen. *Du* hattest eine wunderschöne Hochzeit«, sagt sie zu Sarah und sieht sie dabei so sehnsüchtig an, daß Sarah sich fühlt, als wöge sie wieder hundertzwölf Pfund. »Alle waren da, außer den Feldmans und den Richters und Natalie, sie ruhe in Frieden, und den Yarchevers.« Sie hatten eine ganz unglaubliche Kapelle damals, und alle tanzten solange, daß Sol, Sarahs Vater, den Musikern zwei Stunden extra bezahlte. Sarah schwebte förmlich in Eds Armen, schwebte in ihrem Brautkleid mit unzähligen Lagen von Tüll. Sie war so schlank damals und Ed auch; ganze zweiundzwanzig Jahre waren sie alt, Ed nur drei Monate älter als sie. »Bis auf die paar waren alle da«, sagt Rose, »und man spricht heute noch davon. Aber wer wird sich an diese Hochzeit erinnern?«

»Immerhin hat er zweihundertfünfzig Leute eingeladen«, entgegnet Sarah.

»Aber wen davon kennen wir?« murmelt Rose. »Wen? Wie viele? Keinen einzigen.«

»Ich lege mich jetzt ein Weilchen hin«, sagt Ed.

Als Rose zurück in ihr Zimmer gegangen ist und sie sich hingelegt haben, klingelt das Telefon. Ed hat rasende Kopfschmerzen.

»Hallo?« meldet sich Sarah.

»Hallo, ich bin's, Rose. Sag mir noch mal ihren Namen.«

»Susan McPhearson.«

»Das weiß ich; ich wollte wissen, wie man's schreibt.«

Sarah buchstabiert es ihr vor.

»Das ist kein jüdischer Name«, sagt Rose.

»Es ist auch keine jüdische Braut, Ma«, ruft Ed dazwischen. Rose spricht am Telefon so laut, daß er mithören kann.

»Du kannst Ed ausrichten«, sagt Rose zu Sarah, »daß es eine Menge Damen und Herren auf dieser Welt gibt, die sich für etwas ausgeben, was sie in Wahrheit nicht sind.«

»Ich glaube, das brauchen wir hier nicht zu befürchten«, meint Sarah.

»Schön«, sagt Rose. »Aber denk daran, was ich dir über die Winstons von der Alaska-Kreuzfahrt erzählt habe. Beim Chopin-Konzert traf ich doch dieses Ehepaar, Nachname Winston. Ich hab mir den alten Herrn genau angesehen. Winston? Niemals! Ein waschechter Weinstein. ›Woher kommen Sie?‹ – ›Aus Tenafly, New Jersey.‹ – ›Aber wo sind Sie ursprünglich her?‹ Er gibt zu, daß er eigentlich aus Wien stammt; aber weiter verrät er nichts. Also unterhalte ich mich in der Pause in meinem besten Hochdeutsch mit ihm. Als Kinder sprachen wir alle *sehr* gut Deutsch. Wir verstehen uns recht gut, er und ich und Mrs. Winston. Dann nehmen wir wieder Platz, und dieser junge Pianist, ein halbes Kind noch, hämmert den Chopin herunter – sein Spiel ging mir zum einen Ohr rein und zum anderen raus, weil er so gar kein Gefühl für die Musik hatte, nicht das geringste Verständnis. Endlich beuge ich mich zu dem alten Herrn hinüber – diesem angeblichen Mr. Winston – und flüstere ihm, auf den Pianisten bezogen, auf Jiddisch zu: ›*Wos weist a chazer fun lukschen*?‹ Was versteht ein Schwein von Eiernudeln? Und er nickt. Weinstein! So habe ich ihn überführt, ihn und sein Hochdeutsch. Er verstand einwandfrei Jiddisch.«

Ed nimmt Sarah den Hörer aus der Hand. »Susan McPhearson kann aber kein Jiddisch, Ma.«

»Genauso wenig wie du«, gibt Rose zurück. »Und laß dir gesagt sein ...«

»Sie verstellt sich nicht«, unterbricht Ed.

»Ich hab nicht nur an sie gedacht«, sagt Rose. »Henry ist ja auch noch da.«

»Was sie damit wohl gemeint hat?« Ed hat den Hörer aufgelegt und sieht Sarah fragend an. »Damit, daß auch Henry sich verstellt?«

Sarah schlägt die Augen zur Decke. Sie liegen nebeneinander auf dem Bett. »Wahrscheinlich, daß er sich als Engländer ausgibt.«

»Ach, das macht er doch schon ewig«, sagt Ed. »Nein, ich glaube, sie fragt sich, was ihm einfällt, sich auf einmal mit einer Frau einzulassen nach all den Jahren.«

»Nach all den Jahren? Du hast doch keine Ahnung davon, wie er gelebt hat. Wirfst ja kaum je einen Blick in seine Briefe.«

»Da hat nie was drin gestanden.«

»O doch«, widerspricht Sarah. »Nur weil sie alle von Flüssen handelten und den Brücken, die darüber führen ...«

»Vom Wind in den Weiden und den Antiquariatsauktionen in Flyfield Manor. Ich denke, die beiden werden im Grunde eine Kameradschaftsehe führen.«

»O nein, das werden sie nicht«, sagt Sarah. »Sie werden Stratford besuchen und Stechkahn fahren ...«

»Ja, Henry aufrecht in einem Stechkahn, das kann ich mir lebhaft vorstellen.«

Henry ist in seinem Büro in der Laura-Ashley-Filiale und telefoniert mit Unwin's wegen des Champagners. Er hat die Hochzeitseinkäufe auf europäische Art getätigt, in kleinen, über die ganze Stadt verstreuten Spezialgeschäften, und er hätte, wenn möglich, ganz auf einen Partyservice verzichtet, weil ihn diese Lieferdienste zu sehr an Supermärkte erinnern. Die Brötchen hat er ohnehin bei seiner Bäckerei bestellt, in Mrs. Thomsons Victorian Bakery. Er fährt jeden Nachmittag dort vorbei und holt sich, was er an Brot braucht, einfach weil es in der ganzen Stadt kein besseres gibt. Mrs. Thomson benutzt einen in die Wand eingemauerten Backofen mit schmiedeeiserner Tür, auf der über einer Weizengarbe in Reliefdruck »Bendick & Peterson, 1932« zu lesen steht. Wie oft hat er nicht schon darum gebeten, zuschauen zu dürfen, wenn Mrs. Thomson die Tür aufmacht und mit dem Holzschieber die Brotlaibe herausholt? Die Dekoration der Torte, die Henry selbst entworfen hat, besorgt ein Starkonditor. Von dem sechsstöckigen, elfenbeinfarbenen Kunstwerk schweben duftige Fliederzweige aus königsblauer Glasur und zartgetönter Buttercreme. Und die filigrane Einfassung aus Zuckerguß wirkt wie antike Spitze. Er hat sich geweigert, Susan den Preis zu nennen. »Wir bekommen nur einmal im Leben eine Hochzeitstorte«, war alles, was er sagte.

»Ich habe mir nie was aus Süßigkeiten gemacht«, bemerkte sie, »aber bei der Gelegenheit müssen wir wohl Torte essen.« Das war ein Schock für ihn; nicht, daß Susan keine Süßigkeiten mochte, sondern die Vorstellung, daß man ihren Kuchen essen würde. Auf den Gedanken war er überhaupt nicht gekommen.

»Dann ist ja alles klar«, sagt Unwin's Verkäufer am Telefon. »Machen Sie sich keine Sorgen, wir haben den Champagner vorrätig und liefern Ihnen die Flaschen per Handwagen.«

»Zum Hintereingang?« fragt Henry.

»Zum Hintereingang, Sir.«

Nach dem Telefonat schließt er sein Büro ab und macht sich auf die Suche nach Mary, seiner Assistentin. »Wo ist Susans Brautkleid?« fragt er sie.

»Das hat sie gestern abgeholt«, antwortet Mary.

»Ach ja. Ich bin ein bißchen durcheinander«, gesteht er. »Aber sagen Sie's nicht weiter.« Damit läuft er hinaus zum Wagen.

Susan sitzt an ihrem Schreibtisch und erledigt die Ablage. Sie ist stellvertretender Kanzleivorstand am Merton College und kennt sich mit allem aus. Heute trägt sie zum tannengrünen Kleid ein wertvolles altes Schultertuch; das angegraute Haar ist zwanglos aufgesteckt. Susan löscht das Licht in ihrem Büro und schließt die Tür. Sie ist mit Henry verabredet. Beide sind hochgewachsen und ergänzen sich als Paar sehr gut. Im Ausgleich zu Henrys wulstiger Nase und Ohren hat Susan ein feingeschnittenes, eher flaches Gesicht. Henry rauft sich die spärlichen Locken, die ihm noch verblieben sind, Susan bewegt sich gelassen und ohne jede Fahrigkeit.

»Ich hab mich nach seinem Buch erkundigt«, sagt Henry, »und stell dir vor, er hat es einfach aufgegeben. Das gute Buch, das über arabisches Denken und arabische Kunst. Er hat einfach damit aufgehört und sich auf den Politkram verlegt. Ach, Susan, es ist so traurig, was aus ihm geworden ist, so furchtbar traurig.«

»*Ihm* gefällt es vielleicht«, gibt Susan zu bedenken.

»Nein, das glaube ich nicht«, sagt Henry. »Wie könnte er damit zufrieden sein, alles aufzugeben und sich den Medien als eine Art Apologet für die PLO oder die Arabische Liga zur Verfügung zu stellen. Wo es auf seinem eigentlichen Spezialgebiet soviel Schönes zu entdecken gab, eine so reiche Geschichte. Und jetzt ist er bloß noch ein Ablaßkrämer, der im Fernsehen Absolutionen verkauft.«

»Ganz so schlimm kann es doch nicht sein«, sagt Susan.

»Ich hätte das Thema nicht anschneiden sollen.« Henry seufzt. »Aber das ist genau das Problem, weißt du, es gibt nichts, worüber wir uns nicht streiten können. Heute abend werde ich dreihundert Pfund fürs Essen ausgeben, aber worüber sollen wir uns unterhalten?«

»Im Elizabeth? Wir können über die Weine reden. Die Weine allein sind abendfüllend… Außerdem werden ja auch die anderen da sein – Sarah zum Beispiel.« Sie schaut ihn aufmunternd an.

»Und Mutter«, sagt Henry.

Er hat das separate Gastzimmer im Obergeschoß vom Elizabeth reservieren lassen, was ein Heidengeld kostet, aber an einem solchen Tag zu kochen, dazu hat Henry nicht die Nerven. Beim Kochen ist er Perfektionist und verausgabt sich völlig. Der dämmrige Raum ist reichgetäfelt, in antiken Wandleuchtern brennen Kerzen. Als er Susan die Tür öffnet und sie über die Schwelle tritt, sieht sie seine Familie zum erstenmal. Blaß wirken sie und ein bißchen verschreckt bei der düsteren Beleuchtung; wie Höhlenbewohner blinzeln sie ihr entgegen. Dann springt Ed auf und ergreift ihre Hand. Sarah küßt Henry auf die Wange. »Hallo, meine Liebe«, sagt Rose zu Susan. »Henry, wir dachten, du kämst überhaupt nicht mehr. Ich war überzeugt, es ist das falsche Restaurant, ja ich hatte wahrhaftig Angst, wir hätten uns verfehlt.«

»Mutter«, sagt er, »das ist Susan McPhearson.«

»Freut mich sehr«, sagt Rose zu Susan. »Sagen Sie, wie schreiben Sie sich eigentlich?«

Als die Terrine aufgetragen wird, nimmt Sarah das Gespräch in die Hand. »Wo werdet ihr denn wohnen?« will sie von Susan und Henry wissen.

»In Henrys Wohnung«, sagt Susan, »bis wir was Größeres gefunden haben. Meine Bücher bleiben vorläufig in meinem Apartment und...«

»Und wir haben ein Cottage in Wantage«, wirft Henry ein. »Morgen nachmittag fahren wir raus, dann könnt ihr es euch ansehen.«

»Ein Cottage auf dem Land?« fragt Rose. »Ach, das war immer mein Wunsch, so ein entzückendes Häuschen auf dem Lande«, erklärt sie Susan. »Schon seit ich ein kleines Mädchen war. Ein strohgedecktes Cottage mit Rosen davor. Wissen Sie, ich bin in London aufgewachsen. Ich war dort evakuiert...«

»Wirklich?« ruft Susan erstaunt, aber da werden sie unterbrochen.

»Ma«, sagt Ed und beugt sich zu ihr über den Tisch, »Hähnchen gibt's nur mit Sauce.«

»Du weißt, daß ich keine Saucen vertrage«, sagt Rose, »nicht bei meiner Verdauung.«

»Aber sie haben's nicht ohne Sauce«, sagt Henry.

»Dann nimm doch Fisch«, schlägt Sarah vor.

»Wo ist denn Ihre Familie, meine Liebe?« erkundigt sich Rose bei Susan.

»Meine Schwestern kommen am Samstag zur Trauung. Dad ist schon da, aber er geht abends nicht mehr aus.«

»Hm«, brummt Rose. »Und wer wird die Trauung vornehmen?«

»Der zweite Kaplan meines Colleges. Wir haben ihn bekommen, weil ich zum Lehrkörper gehöre.«

Ed lehnt sich in seinem Stuhl zurück. »Dann kriegt ihr ihn also gratis?« fragt er beiläufig.

»Ihr nehmt einen Priester?« fragt Rose.

»Einen ganz liberalen«, erwidert Susan. »Er ist noch sehr jung. Strenger Vegetarier.«

»Zu mir hast du gesagt, ein Friedensrichter«, sagt Rose zu Henry. »Ich dachte, du hättest gesagt, die Trauung vollzieht ein Friedensrichter.«

»Das hatten wir in Betracht gezogen, ja«, sagt Henry.

»Als wir noch eine schlichtere Hochzeit planten«, ergänzt Susan.

»Aber davon hat mir keiner was gesagt, daß jetzt…«

»Ma, wir haben in Washington ausführlich darüber gesprochen!« ruft Ed dazwischen. »Und auf dem Flughafen noch mal. Ich habe dir zehnmal erklärt, wie diese Hochzeit ablaufen wird.«

Die Tür geht auf, und der Ober kommt rückwärts mit einem Tablett voll zugedeckter Teller herein. Stumm serviert er der Familie das Essen. Sarah schenkt ihm ein mattes Lächeln. Als er zu Rose kommt, hebt sie die Hand und sagt: »Für mich nichts, danke sehr.«

»Überhaupt nichts, Madam?«

»Mutter«, flüstert Henry. Der Ober sieht ihn an und wartet auf Weisung. Henry bedeutet ihm, das Gedeck auf den Tisch zu stellen. Rose winkt ab.

»Hören Sie, stellen Sie's da auf die Anrichte«, sagt Sarah. Alle sehen zu, wie der Ober den Teller wieder zudeckt, eilends eine Wärmeplatte herbeiholt und die Flamme darunter anzündet.

»Ed, ich möchte nach Hause«, sagt Rose, als der Ober wieder draußen ist.

»Wir werden hierbleiben und zu Ende essen«, sagt Ed verbissen und greift nach seinem Besteck.

»Ed«, sagt Rose, »du rufst mir jetzt ein Taxi. Ich will zurück nach Heathrow.«

Sarah verschluckt sich an ihrem Wein und fängt an zu husten. Susan klopft ihr auf den Rücken.

»Nein, das machen wir jetzt nicht«, sagt Ed zu Rose. »Wir können den Flug nicht mehr umbuchen. Du wirst hierbleiben und damit basta. Ich hab's langsam satt, Ma. Nun haben wir schon die lange Reise gemacht, da werden wir die Sache auch durchziehen.«

»Ed!« Sarah hüstelt jetzt ostentativ.

»Die Hochzeit«, verbessert sich Ed.

Rose fängt an zu weinen. »Was würde bloß dein guter Vater dazu sagen? Hab ich dich großgezogen, damit ich dich nun an einen Priester verliere? Sag mir nur, Henry, was ist mit dir geschehen, wieso dieser Sinneswandel?«

Henry blickt über den Tisch auf die antike Anrichte mit Roses zugedecktem Teller darauf. Sinneswandel, daß ich nicht lache! Diese Flucht hat er sein Leben lang geplant, schon seit er lesen gelernt hat und in seinen Büchern arabische Höhlen entdeckte und schottische Zitadellen bestieg und im Badezimmer heimlich Keats' Oden las. Auf dem Schulweg memorierte er die Dichter der Romantik. Als Kind war er groß für sein Alter – immer schon ist er der Große gewesen und Ed der Kleine. Dafür war Ed hinterhältig, ein pfeilschneller Basketballer, der nur aus Ellbogen bestand. Henry hat Susan von seiner Kindheit erzählt. Davon, wie er Schnürschuhe tragen mußte und einen Lederranzen mit gelblichen Schneeflecken, dessen Schnallen immerfort aufgingen und der vollgestopft war mit nordischen Mythen und Artussagen und natürlich mit seinen Schulbüchern und der Hebräischfibel. Er hat Susan erzählt, wie er und Ed nach den regulären Schulstunden zum Hebräischunterricht trotteten und wie er Woche für Woche in Mr. Hurovs Klasse saß und hörte, wie Mr. Hurov mit seinen spitzen Zähnen bekanntgab: *Hayom nilmad binyan kal.* »Heute lernen wir die Konjugation von *kal.*« Die erste Konjugation. Die leichte. Woche für Woche, Jahr für Jahr. Die Klasse rückte immer weiter vor, von den Anfängern über die Fortgeschrittenen bis hin zu den ausgewiesenen Hebräischkennern, aber die anderen Konjugationen lernten sie nie. Dafür sorgten schon die Mädchen in den hinteren Bänken. Gertenschlanke Dinger, die mit spitzer Zunge ihre Kaugummiblasen platzen ließen und sich überhaupt wie pubertierende Demoiselles d'Avignon benahmen. Weil sie nie zuhörten, kam die Klasse nie voran. Und wie Mr. Hurov seufzte, wie er schäumte vor Wut! Er war ein sehr kultivierter Europäer, und er wollte, daß sie genug Hebräisch lernten, um ein ganz bestimmtes Gedicht von Bialik über einen Teich im Walde lesen zu können. Die Mädchen hatten keine Ahnung von dem Teich. Nicht einmal, wenn Mr. Hurov ihnen von diesem Gedicht erzählte, hörten sie zu. Henry wußte von dem Gedicht über den Teich im Walde, aber natürlich konnte er es nicht lesen. Er kannte die anderen sechs Konjugationen ja nicht. Und ihm fehlte das Vokabular. Er hat Susan erzählt, wie man ihn für seine Bar Mizwa drillte und wie er die hebräischen Formeln auswendig lernen und so tun mußte, als verstünde er sie. Wie er sich mit dem Entwurf für seine Bar-Mizwa-Ansprache tröstete. Als Textvorlage hatte man ihm die versuchte Opferung Isaaks zugeteilt, und er brütete wochenlang über der Lektüre von Menschenopfern. Er las W. Robertson Smiths *Vorlesungen über die semitische Religion* und tippte seinen Vortrag über die antiken Opferkulte – ganze einunddreißig Seiten – mühsam auf der alten Schreibmaschine seines Vaters. Und dann kam der Rabbi, der seinen Vortrag mit ihm durchsprechen sollte, las ganze zwei Seiten, legte den Text auf den Schreibtisch, und was er dann sagte, das hatte ihm den Rest gegeben: »Wo dankst du deiner Familie und euren Freunden für ihren Besuch? Deinen Tanten aus Philadelphia? Warum hast du dich nicht bei Mr. Hurov dafür bedankt, daß er dich auf deine Bar Mizwa vorbereitet und dir Hebräisch beigebracht hat?«

»Weil er es mir eben *nicht* beigebracht hat«, murmelte Henry.

Am Ende mußte er sich natürlich ihrem Willen beugen. Er hat Susan erzählt, wie er während der quälend langen Zeremonie eingekeilt im Tempel saß, wie der Kantor aus dem rechten Mundwinkel sang und wie monoton die Gemeinde ihre Antworten herunterleierte. Wie er aufstand und die Namen aller Verwandten aufsagte, die gekommen waren, um diesen Meilenstein in seinem Werdegang mitzuerleben. Wie notabene der ganze Exkurs über das Menschenopfer aus seiner Rede getilgt wurde. Im Sommer hatte er Heuschnupfen und litt unter der staubig stickigen Luft des Elternhauses mit seinen blank polierten Tischen, den Lampenschirmen aus befranster Schantungseide, den Betten mit himmelblauen Tagesdecken aus Frottierplüsch, den schweren Klubsesseln, schweren Vorhängen und schweren Speisen. Wenn Rose mit Ed und ihm einkaufen ging, versuchte sie Henry Jacken und Schuhe aufzudrängen, die nie richtig saßen. Im Schuhgeschäft beugte er sich über den Durchleuchtungsapparat und starrte auf das Röntgenbild seiner Füße, die fluoreszierenden Umrisse seiner Knochen. Die andere Welt lockte mit Büchern und Museen.

Als er Susan kennenlernte, hatte er jahrelang nicht mehr an diese Zeit gedacht. Er war schon solange von zu Hause fort, hatte solange nicht mehr das Bedürfnis gehabt, sich zurückzuerinnern – weder an seine Kindheit, noch an die ersten Fluchtpläne, mit denen er sich von der Stadt und den Warenhäusern, dem Tempel und den kaugummikauenden Mädchen zu befreien trachtete. Im Gespräch mit Susan entsann er sich seiner ersten Eindrücke aus der alten, ihm damals so gänzlich neuen Welt, die er in Mr. Birnbaums Deutsch- und Französischunterricht an der Tilden High-School entdeckte, und er hat Susan erzählt, wie er anfing, Flaubert zu lesen und sich an der Flut der Adjektive zu berauschen. Auch von seiner Entdeckung der Präraffaeliten hat er ihr erzählt und wie er sich angesichts einer Kopie von Millais' *Ophelia*, der stromabwärts treibenden Gestalt, umrahmt vom blumendurchflochtenen, wallenden Haar, dieses Gemälde wünschte oder vielmehr selbst flußabwärts in das Bild hineintreiben wollte, willenlos eintauchen in diese Farben, in die schimmernden Wasser. Unterdessen lernte Ed bei Mr. Levinson Spanisch, damit er Botschafter in Südamerika werden konnte und später ein hohes Tier im Außenministerium. Henry hatte, wie gesagt, seit Jahren nicht mehr an diese Zeit gedacht, und vielleicht lag es daran, daß er sich, als er mit Susan ins Gespräch kam, so Hals über Kopf verliebte. Sie saßen miteinander im Les Quatre Saisons, und unversehens erzählte er ihr von Mr. Hurov und den Schuhgeschäften, von den Korridoren in der Tilden High-School und seiner zwangsverkürzten Bar-Mizwa-Ansprache. Es sprudelte förmlich aus ihm heraus; sie nickte weise, ohne auch nur das geringste zu verstehen. Er war tiefgerührt, daß seine Kindheit sie so faszinierte, die endlosen Rituale, an die er sich erinnerte, die Peinlichkeiten und Verstöße gegen das ästhetische Empfinden: die kastanienbraune Velourstapete im Gemeindesaal im Untergeschoß des Tempels, die Spiegel und der moderne Messingkronleuchter, der sich an der Decke spreizte wie eine arthritische Hand mit nach oben gekehrter Fläche. Seine reizlosen Tanten. Lauter Dinge, von denen sie noch nie gehört hatte. Er schüttete ihr dort im Restaurant sein Herz aus, und endlich, als auch die letzten Krümel ihrer Erdbeertörtchen vertilgt waren, schaute sie wie gebannt in seine Augen. Durfte er den Vergleich wagen? Er fühlte sich wie Othello, heimgekehrt aus fremden Landen. Zwar könnte er das niemals aussprechen – es klänge zu lächerlich –, und doch ist es die Wahrheit: »Sie liebte mich, weil ich Gefahr bestand; ich liebte sie um ihres Mitleids willen.« Es gab Dinge in seiner Vergangenheit, über die sie nicht sprachen, doch die gehörten zu einem Teil seines Lebens, über den er sich ohnehin nur selten, wenn überhaupt je geäußert hat, nicht einmal in Zwiesprache mit sich selbst – einem Teil seines Lebens, der sich mit der Zeit reduziert, den der fehlende Dialog eingeengt hat. Seine Beziehung zu Susan lebte vom Gespräch. Er tränkte ihr Ohr mit Worten, füllte ihre offenen Hände mit seinen Geschichten. Was jene andere Leidenschaft betraf, so assoziierten er und Susan die nicht unbedingt mit sich und ihrem Verhältnis, was nicht heißen soll, daß sie einander nicht anrührten, sondern nur, daß ihnen das Gespräch am meisten bedeutete und daß Henry sich nichts sehnlicher gewünscht hatte als einen Zuhörer. Seit diesem ersten gemeinsamen Abendessen war er überwältigt von dankbarer Zärtlichkeit und Erleichterung. Er hatte ihr seine ganze Kindheit erzählt, bis hin zu den letzten bourgeoisen Dünkeln; alles hatte er ihr erzählt.

»Ich gehe zu keiner Hochzeit, wo Priester dabei sind«, sagt Rose zu Ed, und ihre Stimme bringt Henry mit jähem Schrecken in die Gegenwart zurück.

»Mutter«, sagt er, »reg dich bitte nicht auf.«

»Sie ist müde«, beschwichtigt Ed seinen Bruder leise. »Wir

haben im Flugzeug alle nicht geschlafen. Eigentlich wollte sie sich heute nachmittag hinlegen, aber ...«

»Warum flüstern sie in der dritten Person über mich?« fragt Rose. »Ich kann euch sagen, was ich heute nachmittag gemacht habe. Ich habe sieben Ansichtskarten geschrieben. Und ich bin nicht müde«, erklärt sie Ed. »Ich ärgere mich, weil man mir erst so gesagt hat und dann wieder so, und ich lasse mich nun mal nicht gern an der Nase herumführen. Wenn ihr einen Priester nehmen wolltet, dann hättet ihr mir die Wahrheit sagen sollen.«

»Komm«, sagt Sarah zu Rose, »probiere ein wenig von deinem Hühnchen, es kostet ein Vermögen.« Sie stellt Roses Teller auf den Tisch und nimmt mit elegantem Schwung den Deckel ab.

»Ich will nichts essen«, sagt Rose. »Ich will nach Hause.«

»Kommt nicht in Frage.« Ed leidet mit Henry, der so ein vorzügliches Menü mit den erlesensten Weinen aufgeboten hat.

»Ich fahre Sie rasch ins Hotel«, erbietet sich Susan. Ed sieht überrascht auf. »Warum soll ich sie nicht schnell hinbringen? Es sind doch nur zehn Minuten.« Sie holt ihre Wagenschlüssel aus der Tasche.

Es ist schon fast dunkel, als Susan Rose ins Old Parsonage zurückfährt. »Sie müssen wissen, daß ich ein Faible für alles Englische habe«, beteuert Rose. »Als der Erste Weltkrieg ausbrach, hat meine Familie mich nach London geschickt. Sobald die jüdischen Gemeinden in England das Angebot machten, schickten meine Eltern mich her. Ich war erst sieben damals, aber in Wien gab es nichts zu essen. Es ging uns kaum besser als denen in der Bukowina. Als meine englische Familie mich aufnahm, war ich so schwach und entkräftet, daß sie mich tragen mußten. Aber schon nach einem Monat blühte ich auf! Wir gingen zu Teegesellschaften und ins Theater, und am Meer spielten wir mit unserer Gouvernante, die eine Opernstimme hatte und auf dem Balkon zu singen pflegte ...« Sie hält inne, durchforscht ihr Gedächtnis. »Jedenfalls hat er's von mir«, sagt sie.

»Was denn?« fragt Susan.

»Das Faible für England. Er liebt England, und zwar meinetwegen. Ich habe ihn so erzogen. Als er noch klein war, kaufte ich ihm Bücher über König Artus und englische Gedichte. Ed hat sich nie für England interessiert, aber Henry habe ich viel von der hiesigen Landschaft erzählt. Von den grünen Wiesen und den Mohnfeldern. Wissen Sie, daß ich mein ganzes Englisch hier in England gelernt habe, als Kind? Meine englische Familie sorgte für meine Erziehung, und zweimal die Woche hatte ich sogar Hebräischunterricht, den haben sie nicht vergessen. Sie waren sehr reich, und jeden Sommer fuhren sie mit uns in ein Cottage am Meer, wo unsere Gouvernante auf den Balkon hinaustrat und sang wie eine Schalmei. Sie hat so schön gesungen, daß...« Sie stockt, als der Hotelportier den Schlag öffnet und ihr aus dem Wagen hilft.

Als Susan gegangen und Rose in ihrem Hotelzimmer allein ist, nimmt sie zwei Percodan und legt sich hin. Dann fällt ihr ein, was sie eigentlich sagen wollte.

Den Tag vor der Hochzeit nimmt Susan sich frei, und Henry hat endlich Gelegenheit, seine Familie nach Wantage zu fahren und ihnen das Cottage zu zeigen. Sie müssen all ihre Überredungskünste aufbieten, um Rose aus dem Hotel zu locken, und unterwegs erklärt sie noch einmal, daß sie nicht zur Hochzeit kommen wird, sondern sich lieber allein in den Speisesaal des Hotels setzt. Aber beim Anblick von Henrys Cottage mit den weißgetünchten Mauern und dem grauen Strohdach entfährt ihr ein Seufzer. »Der Garten ist noch recht verwahrlost, aber wir sind schon dabei, ihn herzurichten«, sagt Henry. »Sieht es nicht aus wie David Copperfields Krähennest? Natürlich nisten bei uns keine Krähen. Das Dach ist zum Schutz gegen die Vögel mit Maschendraht überzogen.«

Susan schließt die Tür auf, und dann stehen alle in dem kleinen Vorzimmer und bestaunen die glänzenden Zinnkrüge auf dem Kaminsims, Henrys Porzellanvitrine und seine Perserteppiche. »Ach, das ist ja ein Puppenhaus«, murmelt Rose und sinkt auf das zweisitzige Sofa, als wolle sie sich für immer hier niederlassen.

»Beinahe hätte ich es verkauft«, sagt Susan. »Ich hatte soviel Ärger damit. Bevor ich Henry kennenlernte, habe ich das Haus nämlich unter Denkmalschutz stellen lassen.«

»A propos: Wie habt ihr euch eigentlich kennengelernt?« fragt Ed.

»Ach, hat Henry das nicht erzählt? Dick Frankel hat uns im Wantage Center bekanntgemacht. Er dachte, Henry wäre vielleicht an meinem Cottage interessiert.«

Ed wirft einen Blick auf seinen Bruder. Im Geiste sieht er sie vor sich, diese Begegnung bei einer der Teegesellschaften des Forums. Dick Frankel wuselt in seiner Eigenschaft als Gründer des Centers und Spendensammler geschäftig hin und her. Ihm gehört das Herrenhaus, das er eigens als Sitz für sein Institut zur Friedensplanung in Nahost erworben hat. Ein Möchtegern-Herrenhaus am äußersten Rand des Oxforder Universitätsbezirks. Henrys Cottage, denkt Ed, ist ein ganz ähnliches Projekt, nur in kleinerem Stil. Ja, das paßt zu Dick Frankel, Henry und Susan auf einer seiner Gartenpartys zusammenzubringen. Im Park hinter dem Haus sind lange Tische aufgestellt. Dazwischen promenieren israelische Historiker in kurzärmeligen weißen Hemden. Henry trägt ein zitronengelbes Leinenjackett mit Seidenkrawatte. Unter den Bäumen angeregtes hebräisches Geplauder, vermischt mit dem leicht stockenden Oxfordenglisch, und mittendrin Susan im breitkrempigen Strohhut und windgebauschten Rock – alles andere als impressionistisch, sondern sehr handfest.

Henry führt Sarah nach oben, um ihr das Schlafzimmer zu zeigen. »Vorsicht, stoß dir nicht den Kopf an«, sagt er, als sie sich in der Nische unter dem Kranzgesims niederlassen. »Ich wollte mit dir über Mutter reden«, flüstert er. »Glaubst du wirklich, daß sie sich weigern wird, morgen in die Kirche zu kommen?«

»Ich weiß nicht, was…« beginnt Sarah.

»Glaubst du, sie würde mir das antun?« fällt Henry ihr ins Wort.

»Du kennst sie besser als ich«, sagt Sarah. »Sie ist praktisch zu allem fähig.«

»Aber du mußt mit ihr reden.«

Sarah lächelt ihrem Schwager spöttisch zu. »Ich versprech dir, wir versuchen unser Bestes, aber du darfst dir von ihr nicht die Hochzeit ruinieren lassen. Du wußtest doch, daß sie eine Szene machen würde. Schließlich hat sie die schon seit Monaten geprobt.«

»Seit Jahren«, sagt Henry.

»Nun übertreib nicht. Das war ein Schock für sie, weißt du. Sie war überhaupt nicht darauf vorbereitet. Genausowenig wie wir... Aber jetzt erzähl schon.« Sarah rückt näher. »Wie ist das alles gekommen? Wann hast du dich entschlossen – äh – ihr einen Antrag gemacht?«

Henrys Gesicht hellt sich auf. »Also ich war auf der Suche nach so einem kleinen Cottage wie diesem hier, und nachdem Dick mir Susans Telefonnummer gegeben hatte, sind wir eines sonntags zusammen rausgefahren, und ich sah das Haus – eine Ruine – und sagte: »Auf keinen Fall«, und sie sagte: »Hätten Sie Lust auf einen gemeinsamen Lunch?« Also gingen wir in ihre Wohnung und redeten über Bücher und über Einrichtungen. Sie ließ gerade die Polstermöbel neu beziehen und ich auch, und wir sprachen über das Cottage, und ich sagte, an ihrer Stelle würde ich es erst instand setzen und dann verkaufen. Sie könne ja einen Kostenvoranschlag einholen. Und dann habe ich sie mit zu uns in den Laden genommen und ihr die neuen Stoffe gezeigt. Sie nahm die Sache in Angriff, und ich habe mich beteiligt.«

»Ein aufwendiges Unternehmen«, sagt Sarah.

»O ja, eine Investition. Ursprünglich wollten wir das Cottage einem Ehepaar aus London als Wochenendhaus verkaufen, aber wir sind beide so unglaubliche Perfektionisten. Allein nach stilechten Türknäufen haben wir wochenlang gesucht; dann haben wir einen Ofen aus dem Jahre 1923 restauriert...«

»Henry«, ruft Rose von unten.

»Aaaua!« schreit er, als er beim Aufspringen mit dem Kopf gegen die schräge Decke prallt.

»Mein Gott, was ist passiert?« ruft Susan und kommt die Treppe heraufgerannt.

»Nein, nein, faß mich nicht an!« Henry preßt sich die Hand an die Stirn. Mit Leidensmiene steht er, hochrot im Gesicht, mitten im Zimmer.

»Laß mich doch mal sehen«, sagt Susan.

»Hol mir nur ein bißchen Eis«, stöhnt er und sinkt auf eins der weißbezogenen Betten.

»Ich hab mir gleich gedacht, daß die Sessel zu groß sind für die Ecke«, sagt Susan, als sie mit dem Eis zurückkommt. »Ach, Henry, das ist aber eine schlimme Beule. Was werden morgen die Gäste denken? Nimm mal das Kissen hier und halt den Eisbeutel fest.«

»Henry«, ruft Rose vom Fuß der Treppe, »was ist geschehen?«

Auf der Fahrt zurück zum Hotel nickt Rose ein, und Ed hört angespannt BBC 3. Sarah stellt sich vor, wie Henry und Susan Stoffmuster über die Möbel im Cottage breiten. Wahrscheinlich haben die beiden soviel von sich in das Haus eingebracht, daß sie mittlerweile zu ihm und durch das Haus auch zueinander gehören. Ein solches Projekt, so ein detaillierter, kunstvoller Wurf – man denke nur an die Nachbildung der William-Morris-Reben, die sich über die Küchenwände ranken –, ließ sich wohl nur durch eine Heirat vervollkommnen. Schläfrig denkt Sarah an jene Dichter und Oxforder Gelehrten, die die Hochkirche höher und höher stilisierten und ihre Türme himmelan trieben, bis sie zu Katholiken und aus ihren Kirchen Kathedralen geworden waren. Ob es sich mit Henrys Heirat ähnlich verhielt? Hat sich seine Passion (wie sie vermutet) von jungen Männern aufs Gärtnern verlagert, dann auf Obstplantagen und endlich auf ein Cottage nebst Ehefrau? Eine Werbung, die sich mehr und mehr zum Kunstwerk veredelt. Sarah, die Henrys Leben schon zuvor wunderschön fand, war ein bißchen enttäuscht, als sie erfuhr, daß er heiraten würde, erschien ihr das doch wie eine Kapitulation vor der nüchternen Alltagswelt.

Aber Henry hat keineswegs aufgegeben. Er hat sich zurückgezogen ins neunzehnte Jahrhundert, das reicher ist an Dekor.

Als im Old Parsonage der Frühstücksgong ertönt, ziehen Sarah und Ed sich rasch an und marschieren hinüber zu Roses Zimmer. »Rose«, ruft Sarah durch die Tür, »wir sind im Speisesaal.« Sie warten nicht ab, bis Rose die Tür öffnet; sie haben einen Schlachtplan und gehen hinunter zu ihrem Porridge und den dünnen, dreieckig geschnittenen Toastscheiben.

Doch Rose erscheint nicht zum Frühstück und wartet auch nicht auf sie, als sie wieder nach oben kommen. Ed holt sich am Zeitungskiosk einen *Guardian*, Sarah legt ihr frisch gebügeltes Leinenkostüm auf dem Bett aus und horcht auf Roses Schritte im Gang. Henry erwartet sie um elf zum Phototermin. Sie lesen den *Guardian* sehr gründlich. Henry ruft zweimal an.

»Ich halte das nicht aus«, brummt Ed um halb elf, verwirft seinen Plan, geht und hämmert an Roses Tür. »Komm raus, Ma, du gehst mit uns zur Hochzeit!« brüllt er.

»Auf keinen Fall!« ruft Rose zurück.

»Willst du denn den ganzen Tag im Bett sitzen? Bist du dafür nach England gekommen?«

»Ich bin jedenfalls nicht hergekommen, um mich in meinem Alter noch tyrannisieren zu lassen«, sagt Rose.

Ed stürmt zurück in sein Zimmer. »Ich dachte, wir wollten ihr Theater ignorieren«, sagt Sarah. Sie legt gerade einen Film ein und schiebt ein paar Reserverollen in die Schlaufen im Schulterriemen ihres Photoapparats.

Ed geht zum Telefon und wählt Roses Zimmernummer. »Wir gehen jetzt, Ma«, sagt er in nachsichtigem Ton. »Du willst Henry doch nicht unglücklich machen, oder?«

»Setz mich gefälligst nicht unter Druck«, fährt Rose ihn an. »Merkst du denn nicht, daß ich diejenige bin, die unglücklich ist?«

Sie warten noch ein Weilchen, dann brechen sie auf. Als sie fort sind, bringt der Zimmerkellner einen Servierwagen herauf, beladen mit zugedeckten Speisen, einer Morgenzeitung, Kaffeekanne und einer Vase mit einer einzelnen Rosenknospe. Vor Roses Tür hält er an.

Umbraust von Orgelklängen steht Henry neben dem Altar und sieht Susan vom Eingang der Kapelle her auf sich zuschreiten. Das schwere Brautkleid verleiht ihrem beschwingten Gang etwas Gemessenes, um so mehr, als sie ihren Schritt dem ihres dreiundachtzigjährigen Vaters anpaßt.

Ed sitzt nervös in der hochlehnigen Kirchenbank und läßt den Blick über die Gesichter von Henrys Gästen wandern, die seiner Schätzung nach fast alle Juden sind. Als Susan ihrem Vater auf seinen Platz hilft, betrachtet Sarah das Brautkleid aus weißem, in sich gemustertem Baumwolldamast mit Glockenrock und weiten Ärmeln. Susans Haar schimmert silbrig im funkelnden Licht der Kapelle. Ed rutscht auf seinem Sitz hin und her und guckt sich die jüdische Gemeinde von Oxford an, darunter an die zwanzig israelische Gelehrte. Dunkeläugige Kinder plappern mit hellen Stimmchen auf Hebräisch und werden sogleich zur Ruhe gemahnt. Alle sitzen zwischen Bergen weißer Lilien. Sarah ergötzt sich an Henry im grauen Cut und der ganz in Weiß gekleideten Susan. Henry erfüllt sich hier offenbar einen Märchentraum oder zumindest die Fortsetzung davon, in der er die gute Fee heiratet. »Guck, da sind Dick und Irene Frankel«, flüstert Ed.

Henry steht wie gebannt, Susan an seiner Seite. Über ihnen, weit oben, die sieben Sprossen des Kirchenfensters und noch darüber, wie ein Schmuckstück funkelnd, schwebt die Rosette im diffusen Licht. Was er bewußt wahrnimmt, das sind die Stimme des Kaplans und der grüne Dämmer der Kapelle. Die dunklen Blattschnitzereien, glitzerndes Gold und reiche Klänge. Gesehen und gehört hat er das alles schon früher, doch nie zuvor erlebte er den Raum so wie heute. Er vergißt darüber alles andere und merkt nicht, daß seine Mutter doch noch gekommen ist. Rose steht im Hintergrund und steckt das Wechselgeld des Taxifahrers in die Börse, ehe sie mit vernehmlichem Klicken ihre Handtasche schließt.

»Die Aspiks zerfließen«, sagt Henry besorgt zu Susan. Sie stehen unter dem Zeltdach im Park des Wantage Centers. Den Collegegarten der Merton Fellows hat man ihnen für den Hochzeitsempfang nicht überlassen.

»Die werden bestimmt alle gegessen«, beruhigt Susan ihn.

»Aber sag den Kellnern, wir brauchen mehr Eis fürs Büfett.«

»Ist gut.« Susan macht sich entschlossen auf den Weg. Unter ihrem Brautkleid trägt sie bequeme Schuhe mit niedrigem Absatz.

Es ist ein drückender Sommertag. Die Gäste trinken den gekühlten Champagner kistenweise. Henry eilt beflissen hin und her; er küßt seine Mutter. Das Streichquartett spielt tapfer weiter, obwohl die Männer schon ganz erhitzt sind, und Henry seufzt, weil man die schattige Kühle, den frischen Waldschluchtdämmer der Kapelle so bald gegen den sonnigen Garten vertauschen mußte, wo selbst die Hochzeitstorte ein bißchen ins Schwitzen gerät. Susan fächelt sich fröhlich Luft zu und stellt im tiefen Schatten einer Eiche zwei Liegestühle für Rose und ihren Vater auf.

»Oje, es ist wirklich sehr heiß heute«, sagt Dick Frankel, und Ed denkt, daß Dick sich überhaupt nicht verändert hat seit dem Sommer, in dem er, Ed, als Gastdozent an seinem Institut war und die Kinder auf eben diesem Rasen herumtollten. »Trotzdem herzlich willkommen«, sagt Dick. »Nächsten Sommer brauchen wir Sie unbedingt wieder für die Westbank-Konferenz.« Sarah macht ein Photo von Ed und Dick, während der gerade auf das Herrenhaus deutet, in dem sein Institut untergebracht ist. Auch von Susan gelingt ihr ein hübscher Schnappschuß, als sie in ihrem Glockenrock herumwirbelt und mit dem Zeigefinger auf den langen weißen Desserttisch deutet.

»Ich habe eine Schwäche für alles Englische«, sagt Rose unter den Bäumen zu Susans Vater. »Ich bin in London aufgewachsen, wissen Sie, in einer englischen Familie, und ich habe alles mitgemacht, was englische Kinder zu tun pflegen. Wir gaben Teegesellschaften und machten Ferien am Meer – unsere Gouvernante hatte eine Opernstimme, und wenn wir am Meer waren, dann sang sie auf dem Balkon. Die Passanten blieben unten stehen und hörten zu. Sie waren sehr gut zu mir – besonders mein englischer Vater. Aber«, sagt sie abschließend, »meine richtige Familie war in New York – ich wurde nach England geschickt, bevor sie auswandern konnten, und mein Visum verzögerte sich. Während der ganzen Zeit in England habe ich nur darauf gewartet, fort zu können, verstehen Sie? Ich wollte bloß heim zu meiner richtigen Familie. Immer und immer wollte ich nur nach Hause.«

»Es ist Zeit«, sagt Susan unter dem Zeltdach. »Einmal muß es ja sein.« Sie greift nach dem Messer und versenkt es tief in die mittlere Lage der Torte.

»O Gott«, sagt Henry, »ich glaube, das war nicht die richtige Stelle. Sieh doch, du hast den Sockel beschädigt. Hol den Mann vom Partyservice ...«

Er schaut nicht hin, als die Kellner die Hochzeitstorte zerlegen. »Es wäre doch recht albern, soviel Geld dafür zu bezahlen und sie hinterher nicht zu essen, oder, Darling?« fragt Susan. »Außerdem haben wir ja die Photos.«

Henry geht selbst, um Rose ihr Stück Torte nebst ein paar Erdbeeren zu bringen. »Dank dir, mein Junge«, sagt sie.

»Ich danke dir fürs Kommen«, sagt er, und seine Stimme zittert.

»Es war eine sehr schöne Feier«, antwortet Rose. »Dieser Gentleman hier ist allerdings eingeschlafen.«

»Ich hole Susan.« Henry, der in seinem Cutaway vor Hitze fast vergeht, entfernt sich eilig.

»Ich habe nie in England *bleiben* wollen«, sagt Rose grüblerisch, während sie sich über ihre Torte und die Erdbeeren hermacht.

MÜCKEN

Die Theke des Green Shuttle Service am Flughafen ist nicht besetzt, und es warten auch keine Kunden vor dem Schalter. Ed denkt, er muß den Treffpunkt verwechselt haben. Er ist jetzt seit zehn Tagen unterwegs. Die Schalter der anderen Pendelverkehrsdienste werden von Kunden belagert. Ed wartet eine Viertelstunde, dann schleppt er sein Gepäck hinüber zu einem Münzfernsprecher. »Markowitz?« ruft jemand laut, und eine kolossal übergewichtige Frau eilt mit einem Klemmbrett auf ihn zu. »Peterstown?« fragt sie atemlos. »Christen und Juden – Ökumenisches Institut?«

Ed nickt grimmig.

»In Ordnung.« Sie zwängt sich hinter ihren Schalter. »Lassen Sie mich das machen – Quittung. Kreuzen Sie an: Bezahlt.«

»Wo steht der Bus?« fragt Ed.

»Den muß ich noch vorfahren«, sagt sie, nimmt seinen Koffer und geht ihm voraus zur Haltestelle, wo schon ein junger Mann wartet, der Origenes liest.

»Wollen Sie auch zu der Tagung in Peterstown?« fragt Ed.

»Nein, Sir, ich fahre zum St. Peter's College, wo ich unterrichten werde. Ich heiße Pat Flanagan.« Der junge Mann bringt das alles mit solchem Enthusiasmus vor, daß Ed ihn verwundert ansieht. Flanagan schüttelt ihm kräftig die Hand.

»Theologie?« fragt Ed.

»Hauptsächlich Philosophie.« Ein Kleinbus fährt vor, am Steuer die dicke Frau. »Ich interessiere mich für die *Demonstratio*

Dei – Naturtheologie, Gottesbeweis«, erklärt Flanagan, als sie losfahren.

»Descartes?« fragt Ed.

»Gewiß doch!«

»Ja, damit habe ich mich im College auch mal beschäftigt.« Ed hat sich nie etwas aus Philosophie gemacht. »Aber wie war das noch mit Descartes? Lief seine ganze Beweisführung nicht auf einen Zirkelschluß hinaus?«

»Zirkelschluß?« Flanagan denkt darüber nach. »Das habe ich nie so gesehen.«

Ed lehnt sich gegen das leise klirrende Busfenster. Er hat die Einladung nach Peterstown angenommen, weil das Honorar auch die Fahrt zum Edgar-Hoover-Zentrum und die Tagung in Berkeley über die Intifada deckt. Aber nach zehn Tagen und drei Vorträgen in der Bucht von San Franciso fühlt er sich einer weiteren Konferenz einfach nicht gewachsen. Er will nur noch eins: so rasch wie möglich heim nach Washington.

Draußen auf dem Highway kommen sie bald in den Getreidegürtel. Die Fahrt geht vorbei an glänzenden Silos und Howard-Johnson-Restaurants, von denen sich jedes ein Stück weit von der Straße zurückgesetzt in einer künstlichen Bilderbuchlandschaft präsentiert. Auch Kühe sieht man, und Ed will es als echter Großstädter schon laut sagen: »Kühe«, aber nach einem Blick auf Flanagan hält er sich zurück. »Wann sind wir da?« fragt er statt dessen die Fahrerin.

»Wir halten um eins«, sagt sie.

Also noch gut eine Stunde, denkt er und versucht ein wenig zu schlafen.

Endlich biegen sie auf den Parkplatz eines Holiday Inn ein, und er wankt hinter der Fahrerin aus dem Bus. Sie sieht ihn an. »Kann ich mein Gepäck haben?« fragt er und kramt in seiner Brieftasche.

»Das ist nicht Peterstown«, sagt sie. »Das ist erst der Toilettenhalt.«

»Wo zum Teufel sind wir hier?« erkundigt sich Ed auf dem Herrenklo bei Pat Flanagan.

»Das ist St. Cloud. Peterstown liegt zweieinhalb Stunden westlich von hier.«

Ed betupft sich das Gesicht mit einem nassen Papierhandtuch.

»Es ist ein bißchen abgelegen«, räumt Pat ein. »Aber dafür sehr ursprünglich.«

Das St. Peter's College befindet sich auf einem sanft abfallenden Hügel über einem See, der auf der anderen Seite von Bäumen gesäumt ist. Eine Ortschaft ist nirgends zu entdecken. Flanagan drückt Ed noch einmal die Hand und entfernt sich mit raschen Schritten in Richtung eines kreuzförmigen Gebäudes auf der Hügelkuppe. Dann rattert der Kleinbus über eine Nebenstraße hinunter zum See. Ed sieht weit und breit kein Konferenzzentrum oder überhaupt eine menschliche Behausung. Die Fahrerin lädt sein Gepäck aus, und Ed steht mit seinem Koffer auf einer grünen Wiese am See, dessen Oberfläche sich in der leichten Brise kräuselt. »Warten Sie!« ruft er der Fahrerin zu, aber die schließt die Schiebetür des Busses und läßt ihn einfach stehen.

Als Ed den Hang genauer betrachtet, sieht er Schornsteine und Lüftungsrohre durch den sattgrünen Rasen lugen. Er schleppt sich hinunter ans Ufer, und dort stellt er fest, daß das Institut ausschließlich aus terrassierten, mit Grassoden abgedeckten Gebäuden besteht, die tief in den Erdboden eingelassen sind. Jedes dieser Häuser, insgesamt sind es mindestens ein Dutzend, die man freilich von der Straße her kaum erkennen kann, bietet mittels Glasschiebetüren direkten Zugang zum See. Ein freundlich lächelnder Mann tritt aus einem der Gebäude – ein korpulenter Mensch mit mächtiger Brust, breiten Schultern und glänzender Stirnglatze, der aussieht wie eine Kreuzung zwischen einem Bären und einem Buick. »Sie müssen Ed sein, Sie sind der vorletzte. Die anderen sind alle heute morgen gekommen. Mein Name ist Matthew.«

»Matthew…« Ed zögert, wartet auf den Nachnamen.

»Bruder Matthew. Ich bin als Verbindungsmann zwischen College und Institut eingesprungen – wir wollen doch dafür sorgen, daß Sie sich alle bei uns wohl fühlen. Folgen Sie mir. Wir haben Sie am anderen Ende untergebracht, im Lama House.«

»Wofür steht denn das?« fragt Ed.

»Für den Dalai Lama. Wir haben jedes einzelne Haus nach einem geistigen Führer benannt.«

»Imposante Anlage.«

»Vor zehn Jahren wurde für das Institut ein Architektenwettbewerb ausgeschrieben«, sagt Matthew, »und an diesen Entwurf haben wir buchstäblich unser Herz verloren. Eine bestechende Vorstellung, einerseits in völliger Demut in der Erde zu leben, andererseits aber diese Aussicht zu genießen. Die halbkreisförmige Anordnung der Häuser symbolisiert Gleichheit und Toleranz – wir arbeiten überhaupt sehr viel mit Symbolen –, und die Grassoden sind natürlich im Winter ein richtiger Segen. Unsere Winterstipendiaten, die dann mit ihren Familien hier wohnen, sind ganz begeistert von der isolierenden Wirkung. So, da wären wir! Ich klopfe nur rasch, für den Fall, daß Ihr Mitbewohner im Haus ist. Hallo, Bob? Na, vielleicht hat er sich hingelegt. Ich denke, wir bringen rasch Ihr Gepäck hinein. Bob Hemmings ist übrigens unser Presbyterianer.«

»Wie meinen Sie das?«

»Na, für die Konferenz«, sagt Matthew.

»Oh, Sie haben von jeder Sorte einen?«

»Ja, das trifft es genau. Also dann richten Sie sich erst mal ein.«

»Halt, warten Sie!« Ed ruft ihn zurück. »Dürfte ich meinen Schlüssel haben?«

»Wir haben keine Schlüssel«, sagt Matthew. »Es ist einfacher so. Außerdem gibt es bei uns gar keine Schlösser. Auch eine der Besonderheiten dieses Konzepts.«

Das Vorderzimmer des Häuschens ist in Wohnraum und Küche unterteilt. Dahinter liegt im Halbdunkel das Bad, flankiert von zwei Schlafzimmern. Ed öffnet die rechte Tür und steht vor Bob Hemmings, der im Unterzeug auf dem Rücken liegt und Walkman hört. Jetzt springt er auf und schiebt seine Kopfhörer in den Nacken. »Hallo, schön, daß Sie da sind!« ruft er mit tiefer Stimme. Hemmings ist gut über einsachtzig. Ed fühlt sich plötzlich erschöpft von den vielen aufrichtigen Willkommensgrüßen, mit denen man ihn heute schon empfangen hat, und sehnt sich zurück nach der Reizbarkeit der Akademiker in Kalifornien, nach der mißmutigen Gleichgültigkeit seiner Studenten an der Georgetown University.

»Sagen Sie mal«, wendet Ed sich an Bob, nachdem er geduscht und sich umgezogen hat, »gibt's hier vielleicht was zu essen? Ich hab heute nämlich keinen Lunch bekommen.«

»Nein, unsere Mahlzeiten nehmen wir alle oben im College ein«, sagt Bob. »Sehen Sie, da auf dem Tisch liegt Ihre Essensmarke. Der Speisesaal öffnet um sechs fürs Abendessen.«

»Und kommt man von hier zu Fuß bis in den nächsten Ort?«

»Also wenn Sie's ausprobieren wollen, ich bin dabei.« Bob streckt seine schlaksigen Glieder. »Es ist allerdings ein ganz schöner Marsch.«

»Wie weit?«

»Na ja, in einer Stunde könnten wir's schaffen.«

Ed läßt sich auf die Couch fallen. »Gibt's denn nicht wenigstens einen Kiosk in der Nachbarschaft?«

»Nicht, daß ich wüßte. Oh, aber da fällt mir was ein, Sekunde! Ich habe noch einen Apfel vom Mittagessen übrig, drüben in meinem Zimmer.«

»Was ist das hier, ein Gefängnis?« brummt Ed mit einem Blick auf seinen Essensbon.

»Also ich find's herrlich hier«, sagt Bob. »Letzten Winter habe ich meine Ferien hier verbracht.«

»Wo unterrichten Sie denn?« fragt Ed.

»Ich bin nicht an der Uni, ich bin Pfarrer. Ich habe eine Gemeinde in Syracuse.«

»Oh«, sagt Ed. »Wo ist eigentlich das Tagungsprogramm?«

»Ich hab noch keins gesehen. Wir sollen uns beim Abendessen zusammensetzen. Da werden wir dann wahrscheinlich alles weitere erfahren.«

»Gut«, sagt Ed. »Prima.« Damit marschiert er in sein Zimmer und schließt die Tür hinter sich.

»Ich lege Ihnen den Apfel hier auf den Tisch«, ruft Bob ihm nach.

»Oh, äh, besten Dank«, sagt Ed.

»Gern geschehen!« gibt Bob mit singender Stimme zurück.

In Eds Zimmer stehen ein Bett und ein Stuhl, aber kein Schreibtisch. Er legt seinen Koffer aufs Bett, durchwühlt seinen Kulturbeutel, holt den grünen Insektenschutzroller heraus und fährt sich damit gründlich über Arme und Hals. Bisher hat er zwar noch keine Mücken gesehen, aber man hat ihn vorgewarnt. Daheim in Washington hat er allerhand Geschichten zu hören bekommen. Und natürlich türmten sich auf den Verkaufsständen am Flughafen T-Shirts und Tassen mit dem Bild des »State Bird«. Ed streckt sich auf dem Bett aus und schläft ein.

Pfarrer Bob ist schon fort, als Ed sich ins Vorderzimmer hinauswagt. Es ist bereits nach sechs, und hastig macht er sich mit seiner Essensmarke auf die Suche nach dem Speisesaal. Direkt vor ihm zockelt ein schmächtiger, grauhaariger Mann den Hügel hinauf. Er trägt eine Jarmulke.

»Wollen Sie auch zum Abendessen?« ruft Ed ihm zu.

»Ja, ja.« Der Mann seufzt. »Wer sind Sie, Markowitz? Ich bin Mauricio Brodsky.« Ed hört einen spanischen Akzent heraus. »Sagen Sie, womit hat man Sie denn geködert und in diese Einöde gelockt? Ich bin heute morgen angekommen, aber schon jetzt dröhnt mir die Stille in den Ohren. Und meine Migräne kündigt sich auch schon an.«

»Was ist denn das für ein Geräusch?« fragt Ed. Er hört ein ganz zartes Sirren in der Luft – das leise, gleichmäßige Summen einer Mücke.

»Das ist meine Geheimwaffe.« Mauricio hakt ein kleines Röhrchen von seiner Jacke, das aussieht wie ein Feuerzeug. »Was Sie da hören, das ist der Lockruf des Männchens. Schreckt das Weibchen ab, es stechen nämlich nur die weiblichen Mücken. Unser Weibchen ist aber schon schwanger, will also nichts mit ihm zu tun haben und fliegt weiter, um sich ein anderes Opfer zu suchen. Braucht nur zwei Batterien à 1,5 Volt. Hab ich mir von einem Versandhaus aus Deutschland schicken lassen. Woher auch sonst?« Er deutet mit langen Spinnenfingern gen Himmel, und Ed wundert sich, wie der Mann es fertigbringt, seinen harten Akzent mit diesem unverkennbar jiddischen, gepreßten Singsang zu vereinen. Mauricio ist blaß um die Nase wie ein New Yorker, und er trägt schwarzgraue Hosen. Er hat eine sehr bewegte Mimik, spöttische Augen, ein fliehendes Kinn, Geheimratsecken, einen durchdringenden Gelehrtenblick, dessen boshaftes Funkeln aber auch einen Nach-mir-die-Sintflut-Pessimismus verrät, und einen kleinen Schnurrbart. »Also, womit hat man Sie in die Falle gelockt?« fragt er noch einmal.

»Ich war sowieso auf dem Weg zurück an die Ostküste ... «

»Ich hab gehört, sie waren knapp an Juden«, sagt Mauricio. »Was haben sie Ihnen gegeben? Einen Tausender? Zweitausend? Hören Sie zu, Sie brauchen mir nicht zu antworten. Ich bin ein alter Hase in dem Geschäft, ich kenne mich aus. Jüdisch-katholischer Dialog ist meine Spezialität. In der Branche geht's zu wie im Theater. Nur schlimmer!«

Eds Hemd ist schweißgetränkt, und die schwüle Sommerluft lastet feucht und drückend auf ihm. Als sie die Hügelkuppe erreicht haben, ist er wie betäubt von der Hitze. Doch dann öffnet Mauricio die Glastür zum klimatisierten Speisesaal des Colleges, und der kalte Luftstrom, der ihnen entgegenschlägt, trifft sie wie ein Schock. Ein blauäugiger Mann löst sich aus einer Gruppe von Studenten, jungen Nonnen und Mönchen in braunen Kutten und eilt beflissen auf sie zu. »Das ist Rich Mather«, sagt Mauricio zu Ed, »der Leiter des Instituts.«

»Ed! Wie schön, daß Sie da sind!« Mather begegnet Ed mit offenem Blick. »Kommen Sie mit nach vorn, an den Anfang der Schlange.«

»Warten Sie einen Moment«, sagt Ed und schnappt sich ein Tablett, aber Mather scheucht ihn an den Schokoladenkuchen und an der roten Grütze ebenso vorbei wie an den Bottichen mit Kartoffeln. Ed greift nach einem Teller mit Fleischkäse, aber die Frau hinter der Theke reicht ihm ein mit mehreren Lagen Alufolie umhülltes kleines Tablett. »Ihr koscheres Essen«, sagt sie. Ed langt zu; ihm ist fast schlecht vor Hunger. »Hören Sie, Rich«, sagt er zu Mather, »ich hätte da mal rasch eine Frage, was die Zeitvorgaben für die Referate betrifft. Ich habe zwei Vorträge zur Auswahl – einer ist mehr theoretisch, dauert circa vierzig Minuten – und dann einen eher populärwissenschaftlichen über Terrorismus, Toleranz und Doppelmoral.«

»Ed, Ed«, sagt Mather beschwichtigend, »mit derlei Problemen brauchen Sie sich hier überhaupt nicht zu belasten. Sie werden schon bald merken, daß es bei uns völlig unbürokratisch zugeht.«

»Also keine Zeitvorgaben?« fragt Ed.

»Aber nein. Und auch keine Referate. Uns genügt es, wenn Sie sagen, was Sie sagen möchten.«

»Aber ich *habe* bereits gesagt, was ich sagen wollte. Es steht in meinem Referat!« Ed dreht sich beunruhigt nach Mauricio um, der ihn mit seinem dünnlippigen, spöttischen Lächeln ansieht.

Zusammen mit Bob Hemmings und den anderen Konferenzteilnehmern begeben sie sich in ein separates Speisezimmer. Sie sind zu acht: fünf Christen und drei Juden. Der vierte Jude, so erfahren sie von Mather, sitzt in Paris fest. Er wird morgen früh erwartet. Ed blickt sehnsüchtig auf die Tabletts neben sich, beladen mit Minestrone, Kartoffeln, Irish Stew. Wie gern würde er sich noch einmal in die Schlange stellen und an der Essensausgabe erklären, daß er sich, obgleich Jude, auf Reisen nicht streng koscher ernährt – daß er mit Freuden vom Eintopf und von den Kartoffeln nehmen würde. Aber Mather hört nicht auf zu reden. Ed zieht die Alufolie von seinem Tablett, bringt ein Bagel zum Vorschein.

»Ich glaube«, sagt Rich Mather, »es ist an der Zeit, daß ich den Dialog eröffne. Einige von Ihnen haben mich nach Referaten und Sitzungsterminen gefragt. Ich möchte daher nochmals betonen, daß wir uns hier das Ziel gesetzt haben, so weit wie möglich vom üblichen Procedere akademischer Tagungen abzuweichen. Unser Institut ist insofern einmalig, als es nicht nur die Kluft zwischen Christen und Juden überbrückt, sondern auch die zwischen Akademikern und Geistlichkeit. Zeitplan, Regeln und Vortragsmodalitäten spielen bei uns keine Rolle. Wir legen keinen Wert auf formelle Disziplin und Protokoll, sondern favorisieren im Gegenteil eine möglichst zwanglose Atmosphäre. Und das einzige, was wir verlangen, ist, daß Sie alle frei von der Leber weg sprechen, sich absolut aufrichtig und ehrlich äußern und Ihre innersten Überzeugungen offenlegen ...«

Ach, ist das alles, denkt Ed, sein Bagel in der Hand, von panischer Angst ergriffen. Es ist ein Gefühl, als würde er gleichsam ins Bodenlose fallen – hat er die Ausschreibung für diese Konferenz je richtig gelesen? –, fallen wie in einem Traum, wo man ihm sein Manuskript aus den hilflos rudernden Händen reißt, indes tief unter ihm im aufgewühlten Schlamm Mathers tönende Phrasen wabern.

»Bei uns ist es Usus, in der ersten Person zu reden«, sagt Mather. »Wir sprechen über unser gemeinsames Thema, indem wir über uns selbst sprechen. Schließlich gibt es keine bessere Methode, interkonfessionelle Bezüge zu diskutieren, als die, vom eigenen Glauben zu reden. Das hat sich über die Jahre bei jeder dieser Zusammenkünfte bewährt. Was ist das Studium der Religion anderes als das Studium des Lebens? Die Erforschung des eigenen Ichs?«

Ed denkt, er muß kotzen. Er schluckt krampfhaft und blickt in die Runde. Bruder Matthew lächelt gleichbleibend freundlich, während er sein Kartoffelpüree in sich hineinschaufelt. Neben ihm brütet eine blasse Frau, eine Blondine mit blauen Augen, über einem kleinen Langenscheidt-Wörterbuch.

»Also, was ich Ihnen eigentlich vermitteln möchte, ist die Vorstellung, daß wir alle zu dieser Tagung kommen wie – wie –«

»Pilger«, ergänzt eine Frau links von Ed zuversichtlich und mit prononcierter Stimme.

»Jawohl! Außer daß wir nicht genau wissen, wohin unser Weg führt und wie wir ans Ziel gelangen sollen. Aber ich denke, auf die Suche kommt es an, sie ist der eigentliche Schlüssel zu unserem Unternehmen. Wir werden einer alten Tradition des Ökumenischen Instituts folgen und uns an die persönliche Schilderung halten. Ich mache einfach mal den Anfang, und wer immer von Ihnen bereit ist, möge einsteigen.«

»Moment noch«, ruft Ed. »Ich würde gern begreifen, was wir hier veranstalten. Verstehe ich recht, daß wir die Sitzungen damit verbringen werden, über uns selbst zu reden? Sie wollen, daß wir uns hier hinsetzen und unsere Lebensgeschichte erzählen?«

»Das ist nur der Ausgangspunkt«, antwortet Mather. »Wir wollen nicht die ganze Geschichte hören, bloß die Wendepunkte, die jeweilige Epiphanie. Und natürlich würden wir uns gern auf das religiöse Element konzentrieren. Ihre Beziehungen auf spiritueller Ebene zu Gott, zur Schrift ausloten. Als Auftakt…«

»Rich«, ruft Bruder Matthew dazwischen, »lassen Sie mich die nur rasch verteilen.« Und er reicht jedem von ihnen ein rotes Notizbuch mit dem Aufdruck *St. Peter's College*. »Ein Präsent der Hochschule«, sagt er.

»Ach, ich habe Ihnen auch eine Kleinigkeit mitgebracht«, verkündet ein Weißbärtiger mit einer großen Jarmulke und verteilt kleine, mit Papier umwickelte Plastikhülsen. »Lippenbalsam«, sagt er. »Eines meiner Gemeindemitglieder hat diese neue Formel entwickelt und will das Produkt demnächst auf den Markt bringen. Auf dem Einschlagpapier finden Sie seine Adresse in North Carolina, wo sie den Stift bestellen können. Ich denke, er wird Ihnen zusagen. Ich benutze ihn selbst sehr oft.« Schmatzend preßt er die Lippen zusammen. »Vor allem im Sommer«, setzt er hinzu.

»Besten Dank, Rabbi«, sagt Mather. »Rabbi Lehrer kommt zu uns aus Chapel Hill, wo er einen Lehrstuhl für mittelalterliche Geschichte innehat.« Ed beguckt sich den drahtigen kleinen Rabbi. Der und Ordinarius! Was mochte das wohl für ein Lehrstuhl sein? Oder ist der Mann eins von diesen exzentrischen Genies? Ed hat jedenfalls noch nie von ihm gehört.

»Ich bin in Cambridge, Massachusetts aufgewachsen«, wendet Mather sich an die Gruppe, »im Schatten des berühmten Mather-Clans, der meine Welt ebenso dominierte wie die Backsteinfassaden...«

Ed blickt in die Runde und stellt überrascht fest, daß alle anderen sich Notizen machen. Er schielt in Bob Hemmings Büchlein. »St. Peter's College«, hat Bob geschrieben. »Wir sind alle Pilger. Der Weg zur Religion, zur Selbstfindung.« Ed schlägt sein eigenes Notizbuch auf, starrt das leere Blatt an, reißt es heraus und schreibt Mauricio einen Zettel. »Was zum Teufel *soll* das ganze?«

Mather brummt unterdessen freundlich weiter, wie ein in der Ferne tuckender Rasenmäher. »Und als ich im Eliot House wohnte, war ich an dem Punkt angelangt, wo ich ständig Stipendien und Preise gewann, und ich war noch zu unerfahren, als daß mich das geängstigt hätte. Ich nahm einfach an, daß ich alles, was mir zufiel, auch verdiente. Bis zu dem Tag, an dem ich erfuhr, daß ich das Rhodes Stipendium nicht bekommen, daß man mich nicht auserwählt hatte. Ich betrachtete das als einen Wendepunkt in meinem Leben, weil es mir die Augen für eine neue Erfahrung öffnete. Ich meine die des Scheiterns, die natürlich sehr viel wichtiger war als all meine vorangegangenen Erfolge. Ich weiß noch, daß ich mitten in der Nacht aufwachte und einen Spaziergang am Charles River machte. Ich war völlig im Einklang mit mir und verliebt in dieses neue, bittersüße Gefühl, das Gefühl des Scheiterns. Es erfüllte mich mit Demut vor der Welt und vor Gott. Ich merkte, daß ich in Wahrheit *kein* Auserwählter war, kein besonderer Mensch, geschaffen, mich hervorzutun. Nein, meine Bestimmung war einzig die, zu leben! Natürlich konnte diese vertiefte Einsicht in so jungen Jahren nicht von Dauer sein ...«

Mauricio schiebt Ed den Zettel zurück. Seine Antwort ist mit blaßblauem Kugelschreiber geschrieben, seine Schrift mit den starken Unterlängen nimmt sich gegen Eds schwarzes Gekrakel direkt aristokratisch aus. »Sie fragen, was das soll? Eine Konferenz im herkömmlichen Sinne ist es jedenfalls nicht, oder? Was dann? Ein *parlamento*? Eine Konvokation? Ein Dekameron? Nein, das hier ist wie die *Canterbury-Geschichten* oder vielmehr wie *Das Parlament der Vögel*. Eine mittelalterliche Amphigurie. Glauben Sie mir, da tendiert der Ökumenismus hin. New York brennt, und der Ku-Klux-Klan marschiert. Aber wir kapseln uns ab. Ziehen uns aufs Land zurück. Mather setzt sich hin und schreibt das Buch vom unitarischen Höfling. Was soll ich dazu sagen? Ich kriege Migräne davon – trotzdem, ich liebe meine Arbeit.«

»Meine Ehe zerbrach, und ich mußte mich damit auseinandersetzen«, sagt Mather gerade, »damit und mit den anderen Problemen, die sich bei mir angesammelt hatten – meine Schuldgefühle, meine Trinkerei –, und in dieser Phase stellte ich fest, daß die Kirche mir immer weniger zu bieten hatte. Geistigen Zuspruch fand ich in einem Netzwerk von Freunden und Therapiegruppen. Und ganz allmählich merkte ich auch, daß, so wie ein Gefäß leer wurde, ein anderes sich füllte – daß die Menschen, die mich unterstützten, und die therapeutischen Maßnahmen für mich zur Kirche wurden. Und ich denke, so oder so ähnlich ist es einer ganzen Generation gegangen, die sich mit ihren Abhängigkeiten auseinandersetzen mußte ...«

»Entschuldigen Sie«, sagt die Frau mit der prononcierten Stimme.

»Ja, Schwester Elaine?«

»Ich finde, Sie sollten vorsichtig sein damit, für eine ganze Generation zu sprechen. Ich zum Beispiel bin nämlich nicht abhängig. Eine *Sünderin*, das bin ich« – hurtig zerteilt sie die Luft mit den

Händen – »aber abhängig bin ich nicht. Verzeihen Sie, ich habe Sie unterbrochen.«

»Nein, nein, sprechen Sie nur weiter«, drängt Mather und beugt sich nach vorn. »Bitte, steigen Sie ein. Ich habe lediglich den Stein ins Rollen gebracht, aber natürlich möchte ich vor allem Ihre Geschichten hören.«

»Nein, Sie waren noch nicht fertig«, wehrt Schwester Elaine ab.

»Doch, doch, bitte.«

Ed beobachtet Schwester Elaine, die widerstrebend nachgibt. Sie ist eine sehr schlanke Person mit feingeschnittenen Zügen und kurzem gewellten Haar. Ihr kurzärmeliges braunes Kostüm wirkt seltsam herbstlich. Sie trägt eine Strickjacke um die Schultern. »Ich bin in einer intakten Familie aufgewachsen«, beginnt sie, »und unterhielt auch nach dem Weggang von zu Hause noch eine sehr enge Beziehung zu meinen Eltern und meinem Bruder. Ich war blutjung, als ich ins Mutterhaus kam, wo ich meine Ausbildung begann – Disziplin lernte. Dort machte ich auch die wichtigste Erfahrung meines Lebens. Zwei Jahre danach ...«

»Schildern Sie uns diese Erfahrung«, sagt Mather.

»O nein!« wehrt Schwester Elaine ab.

»Doch, wirklich, bitte, das ist genau ...«

»Nein, nein, das kann ich Ihnen unmöglich erzählen«, sagt Schwester Elaine. »Es wäre auch gar nicht von allgemeinem Interesse, selbst wenn es die wichtigste Erfahrung *meines* Lebens war. Und natürlich handelt es sich dabei um etwas sehr Privates. Paradoxerweise gelang es uns nämlich gerade im Mutterhaus, wo wir so eng beieinander lebten, kein eigenes Zimmer hatten, im Unterricht und bei den Mahlzeiten ständig zusammentrafen, eine gewisse, von allen respektierte Privatsphäre zu wahren. Zum Beispiel hatten wir einen Ruheraum, und wenn man, vom Gang her kommend, wo es immer laut und geschäftig zuging, dieses Zimmer betrat, so empfing einen absolute Stille, fast als wäre man ganz allein. Ich unterrichtete in Grundschulen, bis mich eines Tages die Diözese dazu ausersah, über die Schriften des Alten Testaments zu promovieren. Heute, als Lehrbeauftragte, bin ich natürlich den gleichen Belastungen und Zwängen – dem ganzen Druck der Ellbogengesellschaft ausgesetzt wie alle anderen. Mein Spezialgebiet sind übrigens die Propheten, die ich unter einem formalkritischen Ansatz untersuche. Und ich bin Mitglied des katholischen Komitees für jüdisch-christlichen Dialog in Washington D.C.«

»Fahren Sie fort«, sagt Mather.

»Das ist alles«, erklärt Schwester Elaine. »Was wollen Sie denn noch wissen?«

»Na ja, ich weiß zum Beispiel, daß Sie Feministin sind, und da würde es mich interessieren zu hören, wie Sie sich als Feministin innerhalb der kirchlichen Hierarchie fühlen.«

»Ich bin Feministin, das stimmt«, sagt Schwester Elaine, »aber das macht mich noch lange nicht zur Revisionistin. *Ich* werde die Liturgie nicht umstoßen.«

»Genau das interessiert mich – ich meine, Ihr Grund dafür, es nicht zu tun«, sagt Mather.

»Weil ich mir nicht selber das Herz aus dem Leib reiße!« Dieser Satz schreckt die Tischrunde auf, und ein sehr alter Mann erwacht mit einem Ruck und schüttelt sich.

»Also«, sagt er, als er merkt, daß die anderen ihn ansehen, »ich glaube, ich bin der älteste in unserer Gruppe...«

»Einen Moment noch, Bruder Marcus«, fällt Mather ihm entschuldigend ins Wort. »Ich glaube, Schwester Elaine war noch nicht fertig.«

»Oh, ich bitte um Verzeihung«, sagt der alte Mann und verkriecht sich wieder hinter seinem weißen Bart.

»Doch, ich bin fertig«, beteuert Schwester Elaine mit strenger Miene.

»Sagen Sie mir nur, wann ich dran bin«, bittet Bruder Marcus in breitem Südstaatendialekt. »Aber rufen Sie mich schön laut auf, damit ich's auch höre. Sie haben es hier nämlich mit einem sehr alten Mönch zu tun.«

»Sie können gleich loslegen«, sagt Schwester Elaine zu ihm.

Mauricio stupst Ed in die Seite. »Sehen Sie«, flüstert er mit seinem kehligen spanischen Akzent, »erst die Geschichte der Nonne, und jetzt ist der Priester der Nonne an der Reihe.« Er zieht süffisant die Brauen hoch.

»Genau«, sagt Ed, der nicht recht weiß, worauf Mauricio hinaus will. Er fühlt sich erschöpft und düpiert, noch dazu durch eigene Schuld, denn schließlich war es seine Geldgier, die ihn hergelockt hat. Der Scheck vom Ökumenischen Institut. Und nun sitzt er hier und leidet qualvoll unter diesem erzwungenen Voyeurismus.

Bruder Marcus mustert sie erst einmal der Reihe nach über seinem leuchtend weißen Bart. Seine Augen strahlen in dem intensiven Blau, wie es nur bei Säuglingen und Greisen vorkommt. »Ich glaube, ich bin der älteste in unserer Gruppe«, wiederholt er. »Ich bin vierundachtzig. Ich heiße Marcus Goldwater, und ich denke, ich verdanke die Einladung hierher meiner lebenslangen Erfahrung mit der Ökumene. Aufgewachsen bin ich in Chattanooga, Tennessee, und ich stamme aus einer Familie reformierten jüdischen Bekenntnisses. Wir sind jedes Jahr an den hohen Feiertagen in den Tempel gegangen, und Pessach wurde alljährlich mit einem großen Festmahl gefeiert. Außerdem waren wir Kinder Mitglied in einem jüdischen Klub, wo Bälle und Gesangsabende veranstaltet wurden. Mit achtzehn bekam ich eine Stelle beim Versandhaus Sears Roebuck, wo ich neun Jahre blieb. Dort geriet ich unter den Einfluß meines direkten Vorgesetzten, der es sich zur Aufgabe machte, mich für den Katholizismus zu freien.«

»Was meinen Sie mit ›freien‹?« fragt Ed schockiert. So etwas hat er noch nie gehört, und die Erscheinung des Alten – seine Stimme, diese Augen, der leuchtend weiße Bart – bringt ihn gänzlich aus der Fassung.

»Wenn ich ›freien‹ sage, dann meine ich, daß er seine Absicht nie zu verschleiern trachtete.« Goldwater wählt seine Worte noch bedächtiger als zuvor. »Trotzdem hat er mich nie auch nur einen Schritt weiter gezwungen, als ich von allein zu gehen bereit war.

Er umwarb mich, wie ein Mann um ein junges Mädchen freit. Aber er hat mir nie etwas vorgemacht, sondern sagte mir klipp und klar, daß er bereits fünf Menschen bekehrt habe und hoffe, ich würde der sechste sein. Es ging ganz allmählich vonstatten. Er machte sich meine angeborene Neugier zunutze, indem er zum Beispiel sagte: ›Ich gehe in ein wunderschönes Konzert, und ich möchte dich gern mitnehmen. Aber du würdest es nicht verstehen.‹ Das kränkte mich natürlich, und ich bestand darauf mitzugehen. Dieses Konzert war die Heilige Messe. Ich kniete nieder, und ich habe verstanden.«

»Mit anderen Worten«, konstatiert Mauricio nüchtern, »dieser Mann hat Sie zum Katholizismus verführt.«

»Ja, gewiß«, sagt Goldwater. »Er hat mich verführt, und das mit voller Absicht. Ohne Zweifel. Aber ich denke, das gehört nun einmal zu einer Bekehrung. Ich habe mich mit Leib und Seele ausgeliefert, habe mich in die Kirche verliebt, mich ihr ergeben. Mein Vorgesetzter bei Sears Roebuck war an keiner flüchtigen Leidenschaft interessiert. Er wollte keinen unbesonnenen Übertritt, sondern bestand darauf, daß ich Unterricht nehme, was ich über Jahre hinaus tat, und später, als ich beschloß, einem Orden beizutreten, nahm er mich ernsthaft ins Gebet.« Bruder Marcus sieht auf seine Hände nieder, und Ed bemerkt zum erstenmal den großen, silbernen Ring, ein gotisches Kreuz, das fast bis zum ersten Knöchel reicht und ein bißchen angelaufen ist, so daß man den Ring auf den ersten Blick für Schmiedeeisen halten könnte. »Also wurde ich sein sechster Konvertit«, fährt Marcus fort. »Aber eines hat er mir mit auf den Weg gegeben, was ich nie vergessen habe und wofür ich ihm ewig dankbar bin. ›Vergiß nie deine Wurzeln‹, sagte er zu mir. ›Vergiß nie, daß du als Jude geboren wurdest.‹ Und ich habe es nicht vergessen. Einige von Ihnen werden mich gewiß für einen Apostaten halten, doch das bin ich nicht. Ich bin das genaue Gegenteil, denn ich habe mir meine Identität bewahrt. Und ich habe niemals meinen jüdischen Namen abgelegt – Marcus Goldwater.«

»Ach herrje, ist das die Möglichkeit!« stammelt der alte Rabbi Lehrer. Er schüttelt sich vor Lachen, und die anderen trauen ihren Augen nicht, so überdreht wirkt er. »Mir fällt dazu eine Geschichte ein, die mir ein Mitglied meiner Gemeinde in North Carolina erzählt hat«, keucht er mit pfeifendem Atem und tränenden Augen. »Da war dieser Mann – ein Jude –, und irgendwie geriet sein Name auf eine Spendenliste der Republikaner. Eine Sekretärin ruft ihn an und sagt: ›Mr. Goldwasser, mit welchem Betrag darf ich Sie vormerken?‹ Darauf er: ›Mein Name ist Goldwater, nicht Goldwasser. Mein Vater hieß Goldwater und auch mein Großvater, *olev hascholem*, hat Goldwater geheißen!‹ Aber in einem Punkt muß ich Ihnen energisch widersprechen, Bruder Mark«, fährt der Rabbi fort und wischt sich die Lachtränen aus den Augen. »Sie sind nicht das älteste Mitglied unserer Runde, denn ich bin bereits *fünf*undachtzig. Und so Gott will, werde ich im November sechsundachtzig! Ich bin in einer kleinen Stadt zur Welt gekommen, die heute in Rumänien läge, wenn sie den Ersten Weltkrieg überstanden hätte und wenn das, was von ihr übrig geblieben war, später von den Nazis verschont worden wäre. *Das* ist Geschichte! Ein ›Wenn‹ nach dem anderen. Aber dank meiner Eltern hatte ich eine wunderschöne, religiös geprägte Kindheit. Mein Vater besaß eine Sägemühle. Er war wohlhabend und ermöglichte uns ein komfortables Leben. Von Kind auf hat er uns die Liebe zur Bildung eingeflößt, und im Haus richtete er eine Bibliothek ein, wo er selbst zu lesen und zu meditieren pflegte. In der Synagoge wie in der Stadt galt er als geachteter Mann. Seine größte Freude war es, die Not der Armen zu lindern. Dennoch war es meine Mutter, die von klein auf meine geistliche Erziehung prägte, und ich weiß noch, daß sie einmal – das ist eine meiner frühesten Erinnerungen – im goldenen Licht des Spätnachmittags am Fenster stand und ein Buch in der Hand hielt. ›Mama, Mama‹, fragte ich nach Art der Kinder, ›warum stehst du da, und was machst du mit dem Buch?‹

›Ich bete‹, antwortete sie. ›Ich bete zum Schöpfer der Welt.‹ Und das hat mich, so klein ich noch war, tief beeindruckt, und von diesem Augenblick an hatte auch ich den Wunsch, mich Gott, dem Schöpfer dieser schönen Welt, zu weihen.«

Ed rutscht unbehaglich hin und her. Er schließt die Augen und sieht Bilder, peinliche Bilder. Bilder, wie sie im Gemeindesaal seines Tempels in Washington hängen: gefälschte Chagalls, Motive aus der alten Heimat. Eine Frau am Fenster mit einem tief in die Stirn gezogenen Kopftuch. Ein Paar klobiger Kerzenhalter. Will Lehrer sie glauben machen, er wäre in einem solchen Szenarium aufgewachsen? Ed wird ganz schlecht bei dem Gedanken, denn er glaubt es tatsächlich. Er sieht Lehrer inmitten solch schreiender Farben, sieht das Dorf mit den spitzen Dächern und Rabbiner mit himmelwärts gerichtetem Blick und abgezehrten hassidischen Gesichtern, und er sieht Lehrers Mutter entrückt am Fenster schweben. Ganz deutlich sieht er das alles, und es ist zum Verrücktwerden, wie Lehrer diese Klischees auslöst, die bestätigen, daß seine, Eds Wurzeln, auf schlechte Lithographien zurückgehen und auf die Bilder aus den Kalendern der Leichenhalle; daß er, Ed, ursprünglich aus einem Laden für Judaika stammt und daß sein kulturelles Erbe sich aus der Erinnerung an dekorative Bildbände speist.

»Als meine Eltern sahen«, fährt Lehrer fort, indes Bruder Marcus wieder einnickt, »wie wißbegierig ich in der kleinen Schule, die meine Brüder und ich besuchten, dem Unterricht folgte, da hofften sie von ganzem Herzen, daß aus mir einmal ein Rabbi werden würde. Und überhaupt schien ich zum Rabbi berufen. Denn schließlich hießen wir mit Nachnamen Lehrer, und meine Eltern hatten mich obendrein Menachem getauft, was soviel wie Tröster heißt. Den Namen verdanke ich meinem heiliggesprochenen Großvater mütterlicherseits, der ein direkter Nachfahre des berühmten Vilna Gaon war, einem der größten Gelehrten und Pädagogen aller Zeiten. Und tatsächlich reifte auch ich zu einer Art *Talmid Chacham* heran. Was soll ich noch sagen? Ach ja, es war nicht meine Intelligenz, die mich anspornte, sondern die Liebe zu meinem Studienobjekt. Ich liebte Gottes Wort – das war meine Begabung.«

Ed verlagert sein Gewicht. Sein rechter Fuß ist eingeschlafen. Er schreibt Mauricio einen weiteren Zettel: »Ich glaube, ich halte das nicht mehr lange aus.«

»Was für ein Glück, daß wir schon 1915 nach Toronto ausgewandert sind!« ruft Rabbi Lehrer aus. »Ich war damals noch ein kleiner Junge, aber das Schicksal hat es mein Leben lang gut mit mir gemeint. Wir ließen uns also in Kanada nieder, und auch dort brachte mein Vater es zu Wohlstand, diesmal im Einzelhandel. Meine älteren Brüder traten bald ins Geschäft ein. Und dann kam die Reihe an mich, einen Beruf zu wählen. Meine Eltern setzten sich mit mir zusammen und sagten: ›Menachem, du bist nun alt genug, um über deine Profession zu entscheiden.‹

›Lieber Vater, liebe Mutter‹, sagte ich darauf, ›ich wünsche mir nichts sehnlicher, als Rabbi zu werden und mein Leben der Gelehrsamkeit zu weihen.‹ Nun, da lächelten sie, denn just darauf hatten sie meine ganze Kindheit über gehofft.«

Mauricio gibt Rich Mather ein Zeichen und deutet auf seine Uhr. Dann schiebt er Ed einen mit seiner blassen, steilen Schrift bedeckten Zettel zu. »Sie finden es nicht zum Aushalten? Aber was machen wir denn auf dieser Welt anderes, als über uns selbst zu reden?«

»Und so geschah es, daß mir, als meine liebe Frau und ich nach Vancouver zogen, wo ich eine zunächst noch recht kleine Gemeinde übernahm, ein weiteres Glück zuteil wurde. Durch Zufall unterschied sich nämlich meine Telefonnummer nur um eine Ziffer von der des Einwanderungsamtes, und so riefen aus Versehen hin und wieder Regierungsbeamte bei mir an – Behördenvertreter, die über das weitere Schicksal der vor Hitler geflüchteten Juden zu befinden hatten. Wann immer diese Herren mich um Hilfe baten, habe ich mich mit Freuden als Dolmetscher oder für jede andere anfallende Aufgabe zur Verfügung gestellt und konnte so in bescheidenem Maße etlichen asylsuchenden jüdischen Familien zu Diensten sein. Und wenn ich sagen darf, daß ich auf etwas in meinem Leben stolz bin, dann einzig und allein darauf.«

»Rabbi«, sagt Mather zögernd, »ich habe das Gefühl, einige unserer Gäste sind müde nach ihrem langen Flug.«

»Vielleicht sollten wir die Sitzung hier beenden«, wirft Ed ein.

»Aber ich bin erst bei 1932!« ruft Rabbi Lehrer bestürzt. »Ich bin noch nicht einmal bis zu den Kriegsjahren gekommen und zu meinen Gemeinden in Winnipeg und North Carolina oder zu meiner Monographie...«

»Es ist wirklich schon spät«, sagt Schwester Elaine. Die anderen sammeln ihre Sachen ein, manche stehen sogar schon auf. Bruder Marcus erwacht und blickt sich um.

»Nach einem so langen Leben habe ich wohl auch mehr zu erzählen als andere«, sagt Lehrer.

»Sie sollten Ihre Memoiren schreiben, Rabbi«, empfiehlt Bob Hemmings.

»Zweihundert Seiten habe ich schon«, sagt Lehrer.

Es ist zehn Uhr, als sie zu ihren Erdhäusern zurückkehren. Im Westen geht die Sonne unter, und regenschwere Wolken jagen über den Himmel. Sekunden später verfinstert sich der Horizont, und gleich darauf gießt es in Strömen. Zischender Dampf steigt vom Asphalt auf. »Mein Gott!« stöhnt Ed. Seine Brille ist beschlagen, und das Wasser rinnt ihm in Bächen übers Gesicht.

»Das ist eines unserer berüchtigten Gewitter«, erklärt Bruder Matthew im gleichen Ton, in dem er Bob Hemmings als »unseren Presbyterianer« bezeichnet hat. Schwester Elaine hat als einzige einen Schirm. Sie besteht darauf, ihn Rabbi Lehrer und Bruder Marcus abzutreten.

»Wenn man wie ich aus Chattanooga stammt«, sagt Marcus, »dann kann man unmöglich den einzigen Schirm einer Dame annehmen.«

»Das gleiche gilt für mich, glauben Sie mir«, beteuert der Rabbi.

»Aber Sie sind die ältesten unter uns«, ruft Elaine ihnen in Erinnerung und hält den Schirm über ihre Köpfe.

Mit quatschenden Schuhen und glucksendem Magen stürmt

Ed in sein Erdhaus. Nachdem er sich abgetrocknet hat, wartet er im Wohnzimmer, bis Bob sagt: »Schlafenszeit. Träumen Sie schön!« Kaum, daß er draußen ist, greift Ed nach dem Telefon. In Washington ist es jetzt schon sehr spät. Er will seine Frau nicht wecken, aber schließlich handelt es sich um einen Notfall.

Am anderen Ende der Leitung klingelt es dreimal. Dann hebt Sarah ab. »Hallo, was ist denn nun schon wieder, Rose?« fragt sie.

»Sarah, ich bin's, Ed.«

»Oh«, sagt Sarah, »ich dachte, es wäre deine Mutter. Sie ruft dauernd aus L.A. an und will über ihren Prozeß reden.«

»Was?«

»Sie hat die Primo-Reinigung verklagt – schon vergessen?«

»Oh! Hör zu, Sarah, ich will nichts davon wissen.«

»Warum nicht? Sie ist schließlich deine Mutter«, sagt Sarah, »und ich sitze hier fest und mache Telefondienst. Ich sag dir, ich bin mit meinem Latein am Ende! Im Seniorenzentrum hat sie einen pensionierten Richter kennengelernt, und jetzt arbeiten sie rund um die Uhr an ihrem Fall. Ich hätte längst das Telefon abgestellt, wenn die Kinder nicht auf dieser Kanutour wären und ich keine Angst hätte, daß sie mich im Notfall nicht erreichen können. *Sie* amüsiert sich natürlich großartig.«

»Wer?«

»Rose. Das Drama mit dieser Tagesdecke kommt ihr wie gerufen. Das gute Stück war aus Baumwollseide, und in der Reinigung haben sie ihr die Appretur ruiniert. Natürlich gibt sie sich nicht mit einem Ersatz zufrieden.«

»Sarah, ich interessiere mich nicht für diese Tagesdecke«, sagt Ed.

»Ich auch nicht!« brüllt sie am anderen Ende.

»Schrei mich nicht an. Ich hab dich nicht angerufen, um mich anschreien zu lassen.«

»Na prima!«

»Sarah?«

»Was?«

»Bist du noch dran?«

»Ja.«

»Wie geht's dir?«

»Das hab ich dir doch grade gesagt.«

»Hör zu, Sarah, ich hab einen schrecklichen Tag hinter mir. Es war die reinste Hölle.«

»Was ist denn passiert?«

»Was passiert ist? Ich sitze hier in einem gottverlassenen Erdloch, und das kannst du wörtlich nehmen! Wenn es nicht gerade wie aus Kübeln schüttet, zeigt das Thermometer vierzig Grad, und um mich rum sind ein paar Pfarrer« – er wirft einen Blick auf Hemmings geschlossene Tür und senkt die Stimme – »ohne das geringste akademische Niveau, und die Konferenz läuft wie eine Kreuzung zwischen einem Stanislawski-Workshop und einem Treffen der Anonymen Alkoholiker.«

»Und was hast du bisher gemacht?«

»Zugehört, wie die anderen Teilnehmer über sich selber reden. Wir sollen nämlich über unser eigenes Leben berichten.«

»Und was macht ihr die übrige Zeit?«

»Jeder, was er mag. Kein Zeitplan, keine vorgegebenen Referate.«

»Klingt gut«, sagt Sarah. »Klingt nach Entspannung. Warum entspannst du dich nicht und genießt es?«

»Nein, nein, du verstehst mich nicht, Sarah. Du machst dir keine Vorstellung davon, wie so eine Sitzung abläuft. Da ist zum Beispiel so ein seniler Rabbi, der...«

»Gibt's dort auch einen See?« fragt sie.

»Was? Ja.«

»Dann geh schwimmen. Ich hab dir deine Badehose zum Unterzeug gepackt.«

»Ich will nicht schwimmen gehen«, zischt Ed. »Ich will nach Hause und mit meiner...«

»Glaubst du, ich falle darauf rein, nachdem ich vier Kinder fürs Camp Ramah ausstaffieren mußte?«

»Wenn ich an den Stapel Gutachten auf meinem Schreibtisch denke! Und an die unbeantwortete Post – das Referat, das ich Frankel versprochen habe! Meine ganze Zeit und Energie…«

»Ach, Ed«, sagt Sarah, »es sind doch bloß noch zwei Tage. Anderthalb, um genau zu sein.«

»Ich glaube, du kannst mir einfach nicht folgen. Diese Leute machen mich buchstäblich krank! Die Scheiße hier stinkt zum Himmel!«

»Woher hast du denn das – aus *Oklahoma*!?« Sarah kichert.

»Und dann mein Mitbewohner«, flüstert er. »Ein Prediger wie von Norman Rockwell gemalt! Grade eben hat er mir schöne Träume gewünscht!«

»Na und? Was ist denn dagegen einzuwenden, Ed?«

»Aber er kennt mich doch gar nicht!«

»Das ist auch gut so. Ed, ich hab zufällig morgen früh ganz zeitig eine Sitzung in der Uni.«

»Sarah?«

»Was?«

»Ich bin einfach total erledigt.«

»Das bin ich auch«, sagt sie.

»Du hast ja keine Ahnung.«

»Träum was Schönes«, sagt sie.

Im Wohnzimmerschrank findet Ed ein Glas, und dann kramt er in seinem Kulturbeutel nach dem Alka Seltzer. Niedergeschlagen kippt er das perlende Wasser hinunter und betrachtet sich anschließend im Badezimmerspiegel. Sein schütteres Haar ist windzerzaust, die wild und verwirrt dreinblickenden Augen sind Überbleibsel eines jüngeren Körpers. »Ich bin zu alt für so was«, brummt er, als er sich im Bett ausstreckt. In seinen Ohren klingen noch die Stimmen der anderen: das spanische Jiddisch von Mauricio Brodsky und Bob Hemmings dröhnendes »Gern geschehen!« Rich Mathers ruhiger Redefluß, Rabbi Lehrers Hymne auf sein günstiges Schicksal. Ed preßt sich die Kissen an die Ohren.

Um sechs Uhr morgens wird Ed von Motorenlärm geweckt. Draußen auf der Zufahrt zum College ruckeln Autos oder Laster vorbei. Er springt mit knurrendem Magen aus dem Bett und findet Bob im Wohnzimmer über sein Notizbuch gebeugt. »Guten Morgen!« begrüßt ihn Bob. »Gut geschlafen?«

»Es geht«, knurrt Ed, der sich um diese Stunde noch zu keinem verbindlichen Ton aufraffen kann. »Was ist denn das für ein Lärm? Müllabfuhr?«

»Ausflugsbusse«, sagt Bob. »Die britische Mannschaft für die Behindertenolympiade ist im College einquartiert. Ich war grade oben und hab mich umgesehen. Sie sind mit etwa sechs, acht Bussen aus Minneapolis angereist. Da ist ganz schön was geboten.«

»Wie steht's mit Frühstück?« fragt Ed.

»Ich wasche mich nur schnell, dann können wir zusammen rübergehen«, erwidert Bob.

Während er auf Bob wartet, wirft Ed einen Blick in dessen aufgeschlagenes Notizbuch. Bob hat seinen ganzen Werdegang in Langschrift aufgezeichnet. »Ich bin Pfarrer der Ersten Presbyterianergemeinde in Syracuse. Natürlich ist das mit der Rangordnung eine Marotte von uns Presbyterianern. Fast all unsere Kirchen nennen sich Erste Presbyterianische.«

»Fertig?« fragt Bob, als er aus dem Bad kommt.

Rote Spruchbänder schmücken den Speisesaal – »Herzlich willkommen! Behindertenolympioniken aus England, Schottland und Wales« – und das Küchenpersonal teilt Rührei aus und Kartoffelplätzchen, Würstchen und Toast. »Sie wollen sicher das koschere Essen«, sagt Bob.

»Was haben Sie im Winter hier gemacht?« fragt Ed, als er mit Bob am Tisch sitzt.

»Ach, studiert, meditiert, Streß abgebaut«, sagt Bob. »Ein Beruf wie der meine frißt einen auf. Irgendwann ist man innerlich so ausgebrannt, daß man meint, man würde nie wieder eine Predigt zustande bringen – von den emotionalen Belastungen ganz zu schweigen.«

»Hmm.« Ed starrt in seine Müslischüssel.

»Das Leid und die Bürde der Menschen, mit denen man zu tun hat«, fährt Bob fort. »Kurz bevor ich hierher kam, habe ich einen Mann betreut, dessen Leben wirklich in die Brüche gegangen ist, ein einziger Scherbenhaufen. Er hatte spät geheiratet, aber dann bauten er und seine Frau sich ihr Traumhaus. Fünf Jahre brauchten sie dazu. Wunderschönes Anwesen in den Bergen. Die Einrichtung maßgefertigt, wertvolle Volkskunst, antike Spielzeugsammlung – sagenhafte Schätze. Dann wollten sie sich ein Kind anschaffen, und die Frau hatte im neunten Monat eine Totgeburt. Sie kamen zu mir in die Beratung, aber da ging die Ehe bereits in die Brüche. Die Frau zog sich immer mehr zurück. Ich glaube, sie werden sich scheiden lassen. Wir hielten eine Gedenkfeier für das Kind, eine Art Begräbnis – und jetzt steht das Haus zum Verkauf. In letzter Zeit kommt der Mann allein zu mir; er liest die Bibel, ringt um Verständnis.«

»Was gibt es da zu verstehen?« fragt Ed. »Das ist der amerikanische Way of Life. Zuerst das Traumhaus, dann die Spielsachen, dann Tod, dann Religion. Amerikanischer geht's gar nicht, verdammt.«

Bob schüttelt lachend den Kopf. »Stimmt«, sagt er. »Das haben Sie sehr treffend formuliert, Ed. Trotzdem, der Schmerz ist echt, und die Zweifel sind es auch.« Es klingt, als wolle er noch etwas sagen, aber dann träufelt er bloß eine Extraportion Sirup auf seinen Toast. »Hätten Sie Lust, eine Runde zu schwimmen?«

Am See herrscht Hochbetrieb. Die Teilnehmer der Behindertenolympiade schwimmen und planschen, stürzen sich vom Pier aus mit Kopfsprung ins kühle, grünlich schimmernde Wasser. Bob springt gleich hinein und schwimmt mit langen, kraftvollen Zügen drauflos. Ed sieht sich erst einmal mißtrauisch um. In dem hohen, nassen Gras wimmelt es sicher von Mücken, und es juckt ihn schon, wenn er bloß daran denkt, an die Millionen von Weibchen, die im unbewegten Ufergewässer unter dem Pier brüten. Vorsichtig gleitet er hinein und paddelt ein bißchen umher. Als eine kalte Strömung seine Beine erfaßt, kehrt er um und hängt sich, trotz der Kopfspringer über ihm, an den moosbewachsenen Pier. Ein schmächtiges Kind schwimmt zappelnd unter Wasser vorbei, flink wie eine Elritze. Plötzlich sieht er sich einem kleinen Mädchen gegenüber, das ihn Wasser tretend mustert. »Hallo«, sagt Ed, »in welcher Disziplin bist denn du?«

»Gymnastik«, sagt sie, fährt fort, Wasser zu treten und ihn anzustarren.

»Und wie heißt du?« fragt Ed.

»Alison.«

»Und wo wohnst du, Alison?«

»In dem grünen Haus in Burnham, wo die Straße unten am Meer die Klippen entlangführt«, leiert sie herunter. Dann stößt sie sich wieder ab.

»Viel Glück!« ruft Ed ihr nach. Ihm ist kalt, und angesichts des quirligen, sprühenden Lebens ringsum fühlt er sich hilflos. Die vielen Menschen, und dann die Konferenzteilnehmer mit ihren wunderlichen Geschichten – Kosmologien statt Heimat, Stammestotems statt Eltern, Berufungen statt einer Profession. Paradigmenwechsel statt einer Kindheit. Für sein Leben hat er nie solche mythologischen Interpretationen bemüht – und wenn, dann würde er niemals öffentlich darüber sprechen! Ed ist ganz aus dem Tritt geraten. Seit seiner Ankunft gelingt es ihm nicht mehr, sich beim Denken zuzuhören. Kurz entschlossen zieht er sich am Pier hoch, holt seinen Aktenkoffer aus dem Haus und geht zum Arbeiten in die College-Bibliothek.

Die Bibliothek erinnert ihn an eine Kathedrale. An den Arbeitstischen, die sich oben auf der Galerie an die Balustrade reihen, sitzt man wie auf einer Orgelempore. Ed späht hinunter auf die Bücherregale. Wie kommt er nur aus diesem Schlamassel heraus? Er könnte den Shuttle Service bestellen und bei der Fluggesellschaft sein Ticket umbuchen. Er könnte sich während der Nachmittagssitzung in seinem Erdhaus verstecken.

»Dr. Markowitz?« flüstert jemand. Hinter ihm steht ein junger

Mönch in brauner, mit einem Strick gegürteten Kutte. »Pat Flanagan. Erinnern Sie sich? Die Herfahrt im Shuttlebus?«

»Oh!« Ed starrt den jungen Mann an, den er in der Zwischenzeit ganz vergessen hatte – der neue Professor. »Ich dachte, Sie kämen als Dozent hierher«, sagt er.

»Ja, ja«, bestätigt Flanagan. »Aber auch, um dem Kloster beizutreten. Wie gefällt es Ihnen denn hier?«

»Sehr schön«, sagt Ed. »Wirklich. Ich dachte bloß, Sie hätten gesagt, es sei vor allem ruhig.«

»Ja, um die Jahreszeit trifft das wohl nicht so ganz zu«, räumt Flanagan ein. »Im Sommer vermietet das College seine Räumlichkeiten, und im Moment ist es besonders voll, denn außer den Teams der Behindertenolympiade haben wir noch eine Basketballmannschaft zu Gast und die Elderhostel-Verbindung – ich nehme an, die haben Sie schon getroffen.«

»Nein.«

»Na, Sie können sie nicht verfehlen – die Teilnehmer tragen alle die gleichen T-Shirts. Aber im Winter ist es wirklich friedlich hier. Und wenn Sie Schneewanderungen mögen, dann finden Sie nirgends günstigere Bedingungen als bei uns.«

»Ja, das hab ich schon gehört«, sagt Ed.

Sobald der Speisesaal fürs Mittagessen öffnet, schlüpft Ed hinein, vergewissert sich, daß von den Konferenzteilnehmern noch niemand da ist, greift sich ein Tablett und belädt es mit Brathähnchen, Kartoffelpüree, Erbsen und Apfeltorte. Dann sucht er sich einen Platz mit dem Rücken zur Wand und zum Saal hin abgeschirmt durch eine lange Tafel mit Elderhostel-Studenten. So getarnt, verschlingt er Hähnchen und Kartoffeln, geht und holt sich Nachschlag, ißt so gierig wie ein der Gefangenschaft entsprungener Häftling.

»Ich wollte dich nur noch mal erinnern, Margaret«, sagt die Frau neben ihm, »dieses Wochenende ist die Grillparty – es gibt Würstchen.«

»Ja, ja, jetzt fällt's mir wieder ein – ich bringe natürlich gerne was mit«, antwortet Margaret.

»Das ist aber überhaupt nicht nötig.«

»Aber ich tu's wirklich gern.«

»Also bei unseren Grillpartys gibt es immer reichlich zu essen. Mir fällt da beim besten Willen nichts ein.«

»Wie wär's mit Kartoffelsalat?« fragt Margaret.

»Ach, ich weiß nicht.«

»Du magst keinen Kartoffelsalat?«

»Doch, ich bin ganz verrückt danach.«

»Also mir brauchst du doch nichts vorzuschwindeln, Eileen.«

»Nein, nein, ich sterbe für Kartoffelsalat«, beteuert Eileen. »Ich kann mich bloß nicht entsinnen, daß wir je welchen zu einem Grillabend gehabt hätten.«

»Ach!« Margaret klingt überrascht. »Also, wir essen unsere Würstchen immer mit Kartoffelsalat. Ich zum Beispiel, ich esse Würstchen nicht in der Semmel, zum Abbeißen, sondern mit Messer und Gabel auf dem Teller, und dazu gehört dann rundum ein Kranz Kartoffelsalat.«

»Eduardo!« ruft Mauricio Bordsky laut, bevor die Nachmittagssitzung beginnt.

»Na, Sie sind aber heute gut aufgelegt«, sagt Ed.

»Ich war im Buchladen und habe mich eingedeckt! Katholische Theologie. Ein hervorragendes Sortiment. Dreihundert Dollar habe ich ausgegeben für meine Recherchen, meine Detektivarbeit. Wo waren Sie übrigens heute morgen? Sie haben die Messe versäumt.«

»Ich bin Jude«, sagt Ed mit einem Blick auf Mauricios dünnen Schnurrbart und seine schwarze Jarmulke.

»Sicher, aber gerade darum ist es so wichtig – unerläßlich –, daß man hingeht und verstehen lernt! Wann immer ich in die Nähe einer katholischen Kirche komme, nutze ich die Gelegenheit, mich in die Klänge und Bilder zu vertiefen. Natürlich bedeutet es mir nichts, rein gar nichts!« gesteht er und schnippt mit den langen Fingern. »Aber hingehen sollte man trotzdem. Für einen Juden ist es sogar ein *Muß,* hinzugehen, um ... um ... «

» ... der Erfahrung willen«, ergänzt Ed.

»Nein, nein, umgekehrt, damit *sie* ihre Erfahrungen *mit uns* machen können. Aber die größte Freude macht es mir, meine katholischen Geistlichen mitzunehmen in meine eigene Gemeinde, das Junge Israel – ich sage Ihnen, das tue ich für mein Leben gern. Es gibt nichts Schöneres, als sich mit ihnen in einer Reihe in die Synagoge zu setzen und den Rabbi zu ärgern.«

»Guten Tag, Professor Markowitz, Dr. Brodsky.« Auf Bruder Matthews wuchtiger Stirn glänzen Schweißperlen. »Fühlen Sie sich wohl bei uns? Sind Sie mit der Unterbringung zufrieden?«

»Bruder Matthew, es ist alles ganz wunderbar, wirklich großartig«, sagt Mauricio.

»Freut mich, freut mich«, sagt Matthew. »Wissen Sie, wir haben einen Brauch bei uns in St. Peter's: Alle, die als Gast zu uns kommen, werden in die Familie aufgenommen, und das heißt, Sie können jederzeit wiederkommen und bei uns wohnen.«

»Wunderbar«, sagt Mauricio. »Großartig. Aber wann werden Sie uns denn Ihre Geschichte erzählen, Bruder Matthew?«

»Was, ich?« Matthew lacht. »Ich gehöre doch gar nicht zur Tagung. Ich bin nur ein Mittelsmann und komme eigens herunter, um *Ihnen* zuzuhören.«

»Also ich finde, Sie sollten uns Ihre Geschichte nicht vorenthalten«, sagt Mauricio.

»Aber da gibt's nichts zu erzählen. Ich bin mit sechzehn ins Kloster gegangen, und dann hat sich's einfach so gefügt, daß ich blieb. Natürlich war ich nicht ständig hier – zwei Jahre habe ich im Vatikan verbracht, und dann habe ich elf Jahre bei den Inuit in Alaska gelebt.«

»Na, das ist doch schon was!« ruft Mauricio.

»Ach, ich weiß nicht. Das Leben in Alaska war auch nicht viel anders. Die Regeln sind die gleichen, wo immer man hinkommt.«

»Also…« Ed zögert. »Sie sind schon als Sechzehnjähriger ins Kloster gegangen?«

»Da habe ich den Weg des Heils beschritten, ja. Andernfalls wäre ich vermutlich Automechaniker geworden wie meine Brüder. Den Fuhrpark des Klosters betreue ich ohnehin.«

Ed mustert den Mönch verblüfft und findet, daß er wirklich aussieht wie ein Automechaniker. Der Gedanke weckt in ihm den Wunsch, Matthew zu fragen, was er von dem ganzen Unfug bei dieser Tagung hält und von den seltsamen Käuzen, die daran teilnehmen – Marcus, der Jude aus den Südstaaten, der zum Katholizismus übergetreten ist, Schwester Elaine und ihr Mutterhaus. Gern würde er Matthew ganz im Vertrauen fragen, ob er nicht auch Zustände kriegt von diesen Geschichten. Aber da hat Rich Mather schon angefangen.

»Ich darf Ihnen einen Neuankömmling vorstellen, Avner Rabinovitch, unseren Israeli von der Universität Haifa«, sagt er. »Der Start seiner Maschine hat sich in Paris um zwölf Stunden verzögert, weshalb er erst heute morgen eingetroffen ist. Bei unserer Tagung ist er ein Newcomer, am Institut dagegen schon ein rechter Oldtimer – Avner ist eines der wichtigsten Mitglieder unseres Dritte-Welt-Bibelgremiums.«

Ed wird hellhörig. Er engagiert sich selbst für Probleme der Dritten Welt, insbesondere die terroristischen Randgruppen. Also setzt er seine Hoffnung auf Rabinovitch, einen echten Wissenschaftler, dessen Spezialgebiet sich mit dem seinen berührt.

»Ich weiß nicht, wie es bei Ihnen aussieht«, fährt Mather fort, »aber ich habe schon einen ganzen Stapel von Notizen.« Er blickt fragend in die Runde. Sie sitzen in dem separaten Speisezimmer, die Tischordnung ist die gleiche wie gestern abend: Ed zwischen Mauricio und Bob Hemmings, ihnen gegenüber Schwester Elaine und Rabbi Lehrer. »Marthe, möchten Sie vielleicht…« Mather wendet sich an die Frau links von Mauricio, eine Blondine, auf deren empfindlicher Haut sich ein Sonnenbrand abzeichnet. Vor ihr auf dem Tisch liegt der Langenscheidt.

»Sie müssen mir wegen meinem Englisch nachsehen«, sagt Marthe und blickt sie aus wasserblauen Augen an. »Also ich muß Ihnen erklären, daß zuerst es war mein Mann, der sollte kommen auf diese Konferenz, aber am Ende er konnte nicht und hat mich geschickt, seine Frau, für sein Stellvertreter. Darum spreche ich nicht nur für mich, sondern muß auch sprechen für ihn, meinen Mann, der ist der eigentliche Theologe – ich bin nur seine Assistentin und außerdem Doktorand.«

Mauricio beugt sich zu Ed hinüber und sagt: »Na, erkennen Sie Ihren Chaucer wieder? Jetzt kommt die Geschichte der Frau von Bath.«

»Ich muß auch noch sagen«, fährt Marthe fort, »daß ich finde es nicht selbstverständlich, wenn ich als Christin – als eine deutsche Christin – sitze hier mit Ihnen als Juden an einem Tisch. Das ist eine Ehre für mich, und mein Mann sagt auch, es ist eine Lehre für uns, wo auf unseren Schultern steht die Schuld unserer Geschichte. Darum ich muß Ihnen danken von Herzen.

Aufgewachsen bin ich in einer protestantischen Familie in Düsseldorf. Wir waren nicht religiös, aber zugetan den profanen Künsten – Literatur, Malerei, Musik. Am Werktag mein Vater hat gespielt Mozart, Händel, Schumann und Brahms auf dem Klavier, am Sonntag Johann Sebastian Bach. Ich wuchs groß und heiratete. Und mit Peter fängt meine Erziehung an. Peter war ein Sucher in seine Religion. Jetzt wir sind verheiratet und suchen zusammen. Wir haben gesucht nach Antworten auf unsere Geschichte. Wieso die Kirche konnte zugucken und nichts tun gegen Hitler. Peter hat geschrieben ein Buch über die protestantische Kirche und die Nazis. Zusammen wir entdeckten die Schuld von unsere Kirchenleute, und Peter glaubt, es geht noch weiter, und auch die Religion selbst hat Schuld. Sogar die guten Theologen, die nicht zusammengegangen sind mit die Staatskirche, haben gepredigt antisemitische Dogmen. Peter ist überzeugt, daß in die Glaubenssätze von der Religion liegt die Sünde, und ich, nachdem ich habe recherchiert, muß ihm recht geben damit. An die Wurzeln der

Kirche wir haben gefunden die Fäulnis, denn sie ist gebaut auf Gewalt – als nachgeborene Kultur hat sie gewaltsam beschlagnahmt die hebräischen Schriften. Peter hat mich gefragt: Was haben die christlichen Exegeten zu tun mit Jesu Auslegung von die Schrift? Denn Jesus hat gelesen den Text als Jude. Trotzdem hat man ihn genommen und umgedeutet für neue Bedürfnisse. Als Peter schrieb sein Buch, er verzweifelt an die Kirche, die so passiv geblieben hat in der Schreckenszeit von diese Jahrhundert. Zusammen wir haben überlegt: Wie gibt man Antwort auf diese Geschichte? Wie müssen wir erziehen unsere zwei Kinder? Auf die Frage nach dem Grund für das Böse in die Welt, es gibt keine Antwort, das wissen wir. Auf die Frage nach der Rolle von die Kirche wir zuerst waren ratlos, aber dann Peter ist gekommen ein Einfall. Diese Kirche, sagt er zu mir, sie hat uns enttäuscht und in Stich gelassen. Aber mit uns sie kann sich vielleicht noch ändern. Wir müssen benützen die Theologie für Verständnis, wir müssen einsetzen unser historische Erkenntnis für Reform. Wir können folgen dem lutherischen Reformationsgedanken und was faul ist ausreißen und neu machen. Für mein Mann, das ist sein Ziel im Leben und für mich auch, obwohl ich jetzt, wo meine Kinder sind größer, zurückgegangen bin zum Studieren an die Universität. Hebräisch ist sehr schwer für mich, aber ich lerne fleißig, damit ich und Peter können weitermachen mit unsere Arbeit. Wir müssen weitermachen. Trotzdem, von unsere furchtbare Schuld es gibt kein Entrinnen …« Marthe bricht die Stimme, ihre Augen füllen sich mit Tränen. Mauricio ergreift ihre Hände, und Ed sieht, daß auch er weint. Mit ineinander verschlungenen Händen sitzen die beiden da. »Wir müssen immer und immer bitten um Vergebung«, schluchzt Marthe.

»Und *wir* müssen sie gewähren«, sagt Mauricio.

Keiner sonst spricht ein Wort. Endlich sagt Rich Mather: »Also ich spüre förmlich die Energie im Raum. Marthe, das war ein wunderbares Statement. Wirklich. Und jetzt vielleicht Mauricio?«

Mauricio beginnt ernsthaft und schnell zu reden. Natürlich

wird er zu seinem eigenen Bericht keinen satirischen Kommentar liefern, denkt Ed, und auch keinen Titel. Er blickt hinunter auf sein aufgeschlagenes Notizbuch, greift zum Stift und schreibt unter die spiralförmigen Kritzeleien: »Die Geschichte des Ablaßverkäufers.«

»Meine Eltern haben mich und meinen Bruder in Buenos Aires aufgezogen«, sagt Mauricio. »Die übrige Familie kam in den Konzentrationslagern um. Weil ich Anwalt werden sollte, schickte man mich auf eine katholische Schule, wo ich aber nicht nur die christliche, sondern auch die jüdische Bibel kennenlernte. An kirchlichen Feiertagen waren die Straßen mit Flugblättern übersät. Es sah aus, als hätte man Blumen gestreut, doch es waren Zitate aus den Evangelien: ›Kreuzige ihn! sagten die Juden. Kreuzige ihn!‹ So bekam ich zum zweitenmal den Antisemitismus zu spüren, und ich entschloß mich zum Kampf gegen die Bigotterie, sowohl bei den Juden als auch bei den Christen. Ich wurde Rabbi und ließ mich in New York nieder, um bei der Stiftung Jüdisch-Katholischer Dialog mitzuarbeiten. Dort begegnete ich meiner großen Liebe – katholische Theologie und kanonisches Recht. Meine akademischen Wonnen! In meiner Wohnung türmen sich Meßbücher, Traktate, Passionsspiele, vor allem aber Bücher zum kanonischen Recht. Ich schreibe für sämtliche religiösen Presseorgane. Letztes Jahr, als meine Tochter sich verlobte, gaben wir ein kleines Fest für die Familie des Bräutigams. Strenggläubige Juden, schwarz gekleidet, mit schwarzen Hüten – wir wußten nicht einmal, ob sie unser Essen anrühren würden. Meine Frau sah mich an. ›Mauricio‹, sagte sie, ›deine Bücher! Die liegen in der ganzen Wohnung herum. Sogar im Eßzimmer! Was werden diese Leute dazu sagen? Sollten wir nicht etwas unternehmen? Einen Gobelin davorhängen? Oder einen Wandschirm aufstellen?‹

›Anna‹, sagte ich, ›so bin ich nun einmal – wie könnte ich das verbergen? Mein Leben steckt in diesen Büchern. Ist das so furchtbar? So als hätten wir eine Leiche im Keller?‹

Mit meiner eigenen Religion habe ich selbstredend nur Verdruß. Um mich an ihr erfreuen zu können, fehlt mir der Abstand. Jeden Sabbat gehe ich in meine kleine Synagoge und empöre mich über den Ablauf des Gottesdienstes. Was soll ich sagen? Ich bin nun mal ein passionierter Nörgler. Irrtümlich schalte ich am Sabbat das Licht an. Mache ich mir deshalb Gedanken, ob Gott mir zürnt? Bestimmt nicht. Soll Er's ruhig tun, was kümmert's mich? Ich zürne Ihm auch! Er hat zugelassen, daß man meine Familie umgebracht hat. Das werde ich Ihm nie vergeben. Immer wieder habe ich diesen Streit mit Gott. Warum hast Du uns im Stich gelassen? frage ich ihn. Menschen können versagen, aber Du? Wie konntest Du uns das nur antun? Warum kam das Böse in die Welt? Ich bin mit Marthe einer Meinung – darauf gibt es keine Antwort. Und was soll uns die Theodizee? Meine Familie wurde vergast und damit basta...« Atemlos hält Mauricio inne.

»Sie haben ja *so recht*«, beteuert Avner Rabinovitch. Eds Hoffnung auf den israelischen Neuzugang ist dahin. Rabinovitch hat offenbar nicht vor, sich als Wissenschaftler zu äußern; er wird sprechen wie einer von *denen*. Rabinovitch hat einen gehetzten Blick – entweder bedrückt ihn etwas, denkt Ed, oder die schlaflose Nacht auf Charles de Gaulle hat ihm so zugesetzt. Er hat einen starken israelischen Akzent und spricht mit heiserer Stimme. »Welche Antwort ist von einem solchen Gott zu erwarten? Auch ich streite mit Ihm, rede des nachts gegen Ihn an. Ich gehe an der Universität meiner Arbeit nach, unterrichte meine Studenten. Aber zu Hause laufe ich mit der Heiligen Schrift in der Hand auf und ab. Was können die Exegesen uns schon helfen? Wie können die Interpreten das Böse erklären? Sie reden doch nur über Worte und die Buchstaben, aus denen sie zusammengesetzt sind. Und sie stellen törichte Fragen.«

»Moment mal!« Rabbi Lehrer hebt die Hand. »In den Bibelkommentaren wird ausführlich über das Böse diskutiert, und auch unsere großen Philosophen haben sich gründlich damit befaßt. Ich selbst habe viele Erklärungen gefunden. Und denken Sie nur an das Werk von...«

»Rabbi«, fällt Mauricio ihm ins Wort, »was haben Sie in Kanada schon für Erfahrungen mit dem Bösen gemacht? Es wäre schön, wenn wir alle das Glück hätten, während großer Menschheitskatastrophen wie den Weltkriegen in Kanada Unterschlupf zu finden.«

»Ich glaube, jetzt argumentieren Sie ad hominem«, schäumt Lehrer. »Ich bezog mich auf die Theodizee.«

»Und ich beziehe mich auf folgendes«, fährt Avner dazwischen. »Ich hatte einmal einen Sohn. Jetzt lebt er nicht mehr. Wie kann ich seinen Tod im Libanon rechtfertigen? Wer könnte je eine solche Tragödie rechtfertigen? Finde ich Trost in der Bibel? Ich lese in der Genesis die Opferung Isaaks nach und finde dort den Tod meines Sohnes wieder. Seinen Tod, wieder und wieder, in den Lettern der Heiligen Schrift.«

»Moment mal«, ruft Bob Hemmings verwirrt. »Isaak ist nicht gestorben. Er wurde errettet.«

»Ja!« Avners fleischiges Gesicht rötet sich vor Erregung. Er wirkt auf einmal erstaunlich jung. »Genau das ist der springende Punkt. Isaak wurde gerettet. Aber meinen Sohn hat kein Engel vor dem Tod bewahrt. Er ist tot, und ich muß weiterleben und unterrichten und mit meinem Gott hadern. Und ich habe es mir zur Aufgabe gemacht, diese Fragen zu stellen, während meine Kollegen über religiöse Spitzfindigkeiten debattieren. Ich dagegen vertrete folgende These: Der wahre Wissenschaftler muß die Texte unter dem Blickwinkel seiner eigenen Erfahrung betrachten. Was nützen meinen Kollegen ihre Wortklaubereien? Ich rechte mit der Bibel in der Finsternis meiner Seele und fordere sie auf: ›Sprich!‹«

»Ich muß hier raus«, flüstert Ed.

»Was sagen Sie, Ed?« fragt Rich Mather. »Wollten Sie darauf antworten? Ihren eigenen Beitrag einbringen?«

»Nein«, sagt Ed.

»Aber Sie sind dran«, sagt Schwester Elaine.

»Ich glaube, Sie sind der letzte«, erklärt Bruder Matthew.

»Passe«, sagt Ed. »Ich passe.«

»Oh, Ed«, tadelt Mather. »Ich würde meinen, wir haben genügend Vertrauen aufgebaut – ich meine, wir spüren genügend Wärme hier im Raum…«

»Okay!« Ed gebietet Mathers Beteuerungen Einhalt. »Sie wollen von mir ein Statement hören? Sie möchten wissen, was ich denke? Ich finde, das ist die chaotischste, zusammenhangloseste Tagung, die ich je erlebt habe, und als Fachmann, als Historiker und Akademiker wird mir übel – *kotzübel*! – wenn ich mir so was anhören muß. Eine Nabelschau auf dem Niveau ist mir noch nie untergekommen! Selbstbeweihräucherung! Selbstkasteiung! Was machen wir denn hier? Das ist doch grotesk! Was habe ich hier verloren? Warum höre ich mir diese – verzeihen Sie den Ausdruck – diese *bubbe mayses* an? Und was soll das Theater, das Sie uns hier vorspielen, diese pseudo-rührenden Szenen, in denen Marthe für Verbrechen, die sie nicht begangen hat, um Verzeihung bittet, und Mauricio ihr für Qualen, die er nicht erlitten hat, Absolution erteilt? Das ist nicht rührend, das ist krank. Seit wann hat man Sie zu Sprechern für die Deutschen und die Juden ernannt? Woher haben Sie diese Autorität? Das möchte ich wirklich gerne wissen. Und Avner, daß Ihr Sohn tot ist, tut mir leid. Aber woher nehmen Sie das Recht, historische Methoden und wissenschaftliche Analysen in Bausch und Bogen zu verdammen? Wie können sie sich hier hinsetzen und…«

»Sie haben mich offenbar völlig mißverstanden«, fällt Avner ihm ins Wort. »Ich habe Kritik an meinem Berufsstand geübt, an der Bibelforschung – an den akademischen Scheuklappen Ihrer Disziplin –, die sich nur an Details festbeißt.«

»Ich bin Wissenschaftler!« brüllt Ed. »Und das bedeutet, daß ich hin und wieder aufhöre, in der Nase zu bohren und mich statt dessen auf Dinge konzentriere, die nicht nur um mich und meine eigenen Wehwehchen kreisen. Ich arbeitete daran, Distanz zu erreichen, eine gewisse Objektivität. Ich rücke meinem Ego zu Leibe. Denn darum heißen unsere Spezialgebiete ›Disziplinen‹«, schreit er, »weil sie mit Disziplin zu tun haben! Sie dagegen, Sie sitzen hier und massieren sich gegenseitig so larmoyant mit

Ihrer Laienpsychologie, daß mir schon vom Zusehen schlecht wird!«

Diesmal ist das Schweigen anders. Abgründiger, weder feierlich noch energiegeladen. Das einzige Geräusch kommt von Marthe, die wie wild in ihrem Wörterbuch blättert.

Es herrscht eine beklemmende Stille, und keiner ist gewillt, das Schweigen zu brechen. Rich Mather hält den Blick auf den Tisch gesenkt; sein Gesicht ist starr und verkniffen. »Wie wär's«, sagt Mauricio endlich, »wenn wir eine kleine Pause machen?«

»Nein«, sagt Schwester Elaine, »wenn's ein Problem gibt, dann sollten wir keinesfalls davor weglaufen.«

»Dann sind Sie also auch der Meinung, daß wir ein Problem haben!« ruft Ed triumphierend. »Sie sehen genau wie ich, daß wir's hier mit einem Scheißproblem zu tun haben.«

»Ed, Ed.« Mauricio schnalzt mit der Zunge. »Doch nicht diese Sprache...«

»Die ist hier genau angemessen, meine Sprache!« kontert Ed. »Treffender könnte man es gar nicht ausdrücken!« Langsam fühlt er sich wohl in der Rolle des Meuterers. Endlich spürt er wieder Boden unter den Füßen. In Wahrheit sitzt er zwar hier am Tisch, ein gesetzter Mann mit kleinem Bauchansatz, aber im übertragenen Sinne steht er als Captain Blood auf dem Deck eines stolzen Schiffes und weist mit gezücktem Säbel Gott und die Welt in die Schranken.

»Ich würde unseren Tagungsleiter gern fragen, wie es weitergehen soll«, sagt Schwester Elaine.

»Also ich spreche jetzt mal als Mitglied der Gruppe«, sagt Mather nach einigem Besinnen, »und in dieser Eigenschaft kann ich nur sagen, daß ich sehr viel negative Schwingungen spüre. Aber ich habe in ähnlichen Situationen die Erfahrung gemacht, daß wir manchmal, gerade wenn die Verwirrung am größten scheint, in Wahrheit an der Schwelle zu einem Neubeginn stehen.«

»Ich bin nicht verwirrt«, sagt Ed. »Ich bin nur gegen dieses Projekt!«

»Sie sind gegen den ökomenischen Dialog?« fragt Mauricio.

»Nein, nur gegen therapeutisches Schulterklopfen! Und gegen interkonfessionelle Herzmassage.«

»Ed«, sagt Mather, »unterschätzen Sie nicht die Chancen, die sich uns hier bieten. Ich habe in diesem Raum schon einen Physiknobelpreisträger erlebt, der den Zugang zur angewandten Theologie fand. Ich habe eine junge Generation von Astronomen über Gott reden und Ihn in sich selbst finden sehen. Protestanten, Juden und Katholiken haben es bei uns geschafft, mit Antisemitismus, Armut und der Umweltproblematik zu Streich zu kommen, und große Wissenschaftler haben hier den Durchbruch gefunden – sich freigemacht von den Zwängen der akademischen Terminologie. Also unterschätzen Sie unsere empirische Aufarbeitung nicht.«

Ed lehnt sich in seinem Stuhl nach vorn. »Hören Sie, ist es zuviel verlangt, wenn ich sage, daß ich meine Aufarbeitung als Fachmann leisten will – als Erwachsener? Ich würde sehr gern etwas über Rabbi Lehrers Arbeit hören. Warum muß er mir statt dessen von seiner Mutter erzählen? Avner, ich würde wahnsinnig gern mit Ihnen über die Bibelrezeption in der Dritten Welt diskutieren. Was mich nicht interessiert, das ist die Finsternis Ihrer Seele, okay?«

Avner funkelt Ed wütend an. »Ich verwahre mich gegen diese Schmähreden. Das ist ein Affront gegen unsere Tagung! Unprofessionell ist das!«

»Sie wollen *mich* über unprofessionelles Verhalten belehren?« poltert Ed los.

»Halt! Halt«, jammert Marthe. »Ich fühle hier zu viele Sparten …«

»Spannungen«, korrigiert Elaine.

»Und die machen mich zu weh«, fährt Marthe unbeirrt fort. »Wir können doch nicht sein gleich ein Garten, wo alles wächst wild durcheinander. Wir brauchen einen Gärtner, der stutzt und und schneidet, so!« Sie zeigt mit den Händen, was sie meint. »Wenn Rich es nicht will machen, dann müssen wir einen neuen bestimmen und ein neues Konzept. Das alte ist ausgedient und hilft uns nicht weiter.«

»Ich denke«, sagt Elaine, »die persönlichen Statements hatten schon ihren Wert. Aber sie können uns nur bis zu einem gewissen Grad weiterhelfen. Vielleicht ist es ganz gut, daß Ed uns diese kritische Perspektive eröffnet hat. Wir sind ihm womöglich aufrichtigen Dank schuldig.«

»Na ja, also ...« stottert Ed verlegen.

»Nein, antworten Sie mir nicht, Ed.« Begleitet von spärlichem Gelächter hebt Elaine die Hand.

»Ich glaube auch, daß es an der Zeit ist, etwas Neues zu beginnen«, sagt der alte Bruder Marcus. »Außerdem sind ja sowieso schon alle drangewesen.«

»Ich noch nicht«, meldet sich Bob Hemmings schüchtern. »Aber das ist wohl auch nicht weiter wichtig.« Mit leisem Bedauern legt er seine Aufzeichnungen beiseite. »Ich möchte allerdings einen Vorschlag zur Güte machen, weil es zuletzt doch ziemlich böses Blut gegeben hat. Ich weiß, daß die meisten von uns, da sie nun einmal Bibelkundler sind, auch wenn sie Rat suchen zur Bibel greifen. Ich jedenfalls halte es so. Ich höre sie sogar auf Kassette im Autoradio oder über Walkman, und immerzu entdecke ich etwas Neues dabei. Nun dachte ich mir, wir könnten uns vielleicht jetzt einer passenden Stelle zuwenden und sie gemeinsam lesen oder anhören. Wie wäre es zum Beispiel mit Jesaja 40?«

»O ja, ausgezeichnet, Jesaja 40«, sagt Elaine, »das ist so ...«

»Beruhigend«, ergänzt Mauricio.

»Nein!« Elaine wirft ihm einen vernichtenden Blick zu. »Das habe ich ganz und gar nicht gemeint.«

»Ich habe leider meine Bibel nicht dabei«, sagt Bruder Marcus.

»Ich auch nicht«, räumt Bob ein.

»Ich auch habe sie nicht mitgebracht«, sagt Marthe und errötet unter ihrem Sonnenbrand.

»Augenblick mal, warten Sie«, sagt Bob lachend. »Ist es möglich, daß keiner hier am Tisch eine Bibel dabei hat?«

»Ich hab eine«, sagt Rabbi Lehrer. »Aber sie ist natürlich auf Hebräisch.«

»Ich könnte rauflaufen in die College-Bibliothek und ein paar Bibeln holen«, bietet Bruder Matthew an.

»Aber welche Ausgabe?« fragt Bob.

»In jeder neuen Übersetzung entdecke ich schlimmere Schnitzer«, grollt Avner.

»Ich kann's auswendig zitieren«, meldet Elaine sich mit einer Bestimmtheit, die Ed auf ihre Zeit als Grundschullehrerin zurückführt. »Jesaja 40«, verkündet sie und beginnt: »›Tröstet, tröstet mein Volk! spricht euer Gott. Redet mit Jerusalem freundlich und prediget ihr, daß ihre Dienstbarkeit ein Ende hat, denn ihre Missetat ist vergeben; denn sie hat Zwiefältiges empfangen von der Hand des Herrn für alle ihre Sünden.‹« Elaine ist eine verhinderte Schauspielerin, soviel steht fest. Ihre Rezitation ist leidenschaftlich, sie hält Augenkontakt mit ihren Zuhörern und deklamiert so feurig, als wäre sie selbst der mahnende Prophet: »›Wer mißt die Wasser mit der hohlen Hand und faßt den Himmel mit der Spanne und begreift den Staub der Erde mit einem Dreiling?‹« Erst bei dem Vers: »›Siehe, die Heiden sind geachtet wie ein Tropfen, so im Eimer bleibt, und wie ein Scherflein, so in der Waage bleibt‹«, läßt ihr Gedächtnis sie im Stich. Alle applaudieren ihr, und Rabbi Lehrer, der ihrer Rezitation in seiner Bibel gefolgt ist, fährt fort, wo sie aufgehört hat, und singt die restlichen Verse in einem überraschend tiefen Baßbariton.

»Reichen wir uns die Hände«, wispert Marthe.

»Lassen wir's lieber und beschränken wir uns auf das entsprechende Lippenbekenntnis«, murmelt Ed, der gleichwohl bewundernd die Darbietung des alten Rabbi und seine ergreifende Phrasierung verfolgt.

Als er geendet hat, schüttelt Bruder Matthew dem Rabbi die Hand. »Das war noch ganz der traditionelle Kantus!« sagt er anerkennend.

»Und wie getreulich Sie den Text wiedergeben«, sagt Elaine.

»Darf ich vorschlagen«, meldet sich Mauricio, »daß wir jetzt zum Abendessen hinübergehen? Die Küche schließt bald, und wegen der koscheren Gerichte...«

»Aber erst sollten wir noch den Plan für morgen vormittag besprechen«, sagt Elaine. »Rich, was schlagen Sie vor? Es ist unser letzter Tag.«

»Ich würde sagen, wir teilen uns in kleinere Gruppen auf.« Rich wirkt erschöpft. »Ja, ich denke, kleinere Gruppen sind angesagt.«

Man erhebt sich, um in den Speisesaal hinüberzuwechseln, doch Bruder Matthew ruft sie zurück. Er hält einen kleinen Photoapparat in der Hand. »Ich möchte gern noch eine Aufnahme von Ihnen machen«, sagt er. »Dort drüben an der Wand. Rich, Ed, könnten Sie sich vorne hinknien? Und Mauricio, Sie stellen sich bitte zwischen Elaine und Marthe.«

»Ah! Der Südländer als feuriger Liebhaber!« ruft Mauricio und legt den beiden Frauen der Gruppe die Arme um die Schultern.

»Bob, könnten Sie ein bißchen näherrücken? Und jetzt bitte alle recht freundlich!«

Beim Abendessen sitzt Ed mit Mauricio und Bob am Tisch. Doch sobald er fertig ist, steht er auf und geht hinaus. Er muß sich erst einmal beruhigen. Mit seinem Bagel in der Hand steht er auf den Stufen vor dem Speisesaal und blickt in den strahlenden Abendhimmel. Die Vögel sammeln sich in den Bäumen, und er lauscht ihrem perlenden Gezwitscher. Er atmet tief durch und sagt sich, daß es nur seine Einbildung sein kann, seine krankhafte Angst, die es ihm vorgaukelt: dieses zarte, rasch lauter werdende Sirren von der Wiese am See. Das nervtötende, zirpende Wehklagen, den anschwellenden Gesang der Mücken.

FANTASY ROSE

ROSE LÄSST SICH häuslich nieder. Sie schlurft in Pantoffeln durchs Zimmer und freut sich an dem weichen blaßrosa Teppich im Mädchenzimmer ihrer Enkelin Miriam. Rosa ist ihre Lieblingsfarbe.

»Wir haben die beiden oberen Schubladen ausgeräumt«, sagt Sarah zu ihrer Schwiegermutter.

»Ich brauche nicht viel Platz«, antwortet Rose und legt ihre Nachthemden fein säuberlich übereinander in eine Hälfte des oberen Fachs. »Und es ist so eine geräumige Kommode.«

»Ja, die hat auch schon allerhand mitgemacht.« Sarah betrachtet die Frisierkommode, die ihr bereits als Kind gehört hat und immer noch in gutem Zustand ist, bis auf die Platte, auf der das Aquarium der Kinder nebst all den Utensilien für ihre Fische stand; dunkelroter Sand, Glaswolle und Aktivkohle für den Filter, algengrün gefärbte Zahnbürsten. Mit den Fischen hatten sie ein ziemliches Theater, besonders, da sie sich nie lange hielten. Die Roten Neons starben in der Regel schon nach ein paar Wochen, und die Schleierkampffische bissen sich gegenseitig und schwammen dann mit ausgefransten Flossen herum. Als Yehudit auszog und aufs College ging, war nur noch einer übrig, ein großer, mißmutiger Kirschfleckensalmler, der am Boden des Aquariums herumschlich oder sich mit seinem Saugnapfmaul stundenlang am Glas festhängte. Miriams Brüder hatten ihn Hoover getauft, nach dem Staubsauger. Sarah war schließlich diejenige, die ihn füttern mußte. »Wir müssen die Platte erneuern lassen«, sagt sie jetzt mit einem Blick auf das wasserfleckige Holz.

»Wir sollten das ganze Zimmer neu machen«, ruft Ed von der Tür her. »Seht euch bloß die Gardinen an.«

»Ganz verschossen«, sagt Sarah. Die rosa Vorhänge sind inzwischen fast weiß geworden.

»Verschossen! Eingegangen sind die.« Ed zieht lachend an einem Vorhangschal. »Sie werden immerzu kürzer. Sieht ja schon lächerlich aus. Wo haben wir die damals gekauft – bei Woolworth?«

»Nein, wie hieß der Laden doch gleich... Wigwam.«

»Genau!« Ed schnalzt mit den Fingern. »Wigwam. So hießen die, bevor der Discounter reinkam.« Und an seine Mutter gewandt: »Wir renovieren das ganze Zimmer.«

»Wozu?« fragt Rose. »Es braucht doch nur neue Gardinen. Und die könnte ich euch nähen.«

»Nein, nein! Nein, danke, Ma.« Rose hat seit ihrem fünfundsiebzigsten Lebensjahr nicht mehr genäht, und schon vorher war sie wegen ihrer verpatzten Schnitte verschrien. Sie nähte Kleider mit asymmetrischem Halsausschnitt und Blusen, bei denen ein Ärmel länger war als der andere. Für einen Enkelsohn zauberte sie auf die Schnelle ein Paar Hosen ohne Schlitz, und den Mädchen schenkte sie Puppenkleider, die sich nicht ausziehen ließen, weil Rose sie einfach an den Puppen festgenäht hatte.

»Das ist mir das liebste Zimmer im Haus«, sagt Rose.

»Wir nennen es ›das Heiligtum‹.« Sarah weist auf die Kindheitsandenken, die ihre Tochter Miriam zurückgelassen hat: die ordentlich auf dem obersten Bord des Bücherregals aufgereihten Stofftiere; die Mineraliensammlung und den rustikalen Notenständer, an dem eine Hasenpfote baumelt – ein ausrangierter Schlüsselanhänger. Ferner die Puppen, die jede ein anderes Land repräsentieren, in Wahrheit aber alle aus China stammen; die Souvenirs von den Familienferien in Oxford – eine Puppenkollektion in der Uniform englischer und schottischer Garderegimenter, manche ganz ohne, manche mit wackligem Kopf. Der Hals ist der Schwachpunkt bei diesen Figuren. »Wir wollten es schon renovieren, als Miriam aufs College kam.«

»Dann fing sie an, Medizin zu studieren«, sagt Ed.

»Und dann hat sie sich verlobt«, ergänzt Sarah.

»Es ist wirklich an der Zeit.«

»Ja, höchste Zeit«, stimmt Sarah zu.

Rose schüttelt den Kopf. »Du hattest nie eine sentimentale Ader, Ed.« Sie streicht der Madame-Alexander-Brautpuppe den Tüllrock glatt.

Rose ist für zehn Tage bei ihnen zu Besuch. Nach dem Tod ihrer lieben Freundin Eileen Meeker ist sie von Venice hergeflogen. Es war ein furchtbarer Schock für sie. Eileen sollte am Sonntag um elf zu ihr zum Brunch kommen. Es wurde elf, aber Eileen kam nicht. Rose ging hinüber nach 7-B. Sie stand auf dem Treppenabsatz und hämmerte an die Tür. »Meeker!« brüllte sie, denn Eileen war schwerhörig, wenn auch zu stur, es zuzugeben. »Meeker!« Kein Laut. Rose blieb nichts anderes übrig, als das Personal zu verständigen. Und dann mußte sie mitansehen, wie Eileens Neffe das Apartment räumte und all ihre Habe veräußerte. Nur eine Woche später quartierte man die arme Juliet Frazier mit ihrer Betreuerin ein, und jetzt kann Rose zuschauen, wie sie das arme Geschöpf im Rollstuhl auf und ab schieben. Die Frazier weiß nichts mehr von der Welt. Rose ist sehr, sehr glücklich bei Ed und Sarah in Foggy Bottom. Als sie sie am Flughafen abholten, hat sie geweint. »Es ging mir ja so entsetzlich schlecht!« versicherte sie ihnen. »Ich war so krank.«

»Wir bringen dich zu Dr. Maltzman«, sagte Sarah.

»Nein, nein, es ist nur der Magen.«

Ed sah Sarah an. »Schuld sind die Tabletten. Du weißt doch, daß die schlecht für deine Verdauung sind. Du mußt die Dosis runtersetzen.«

»Das tue ich ja schon«, beteuerte Rose, »außer wenn die Schmerzen zu stark werden. Was ich nicht ertragen kann, das sind die Schmerzen, und dagegen helfen nur die Tabletten.«

»Ach ja«, sagte Ed, »immer das alte Lied.«

»Ausgeschlossen, daß ich dort wohnen bleibe«, erklärt Rose ihnen am Tag ihrer Ankunft beim Abendessen. »Nach allem, was passiert ist.«

»In ein paar Tagen geht's dir wieder besser«, sagt Ed.

Rose starrt ihn an und legt die Gabel zur Seite. Manchmal denkt sie, ihr Sohn hat kein Herz.

Sarah wechselt das Thema. »Zur Zeit läuft ein Film, den ich mir gern anschauen würde. Die Schreibwerkstatt in der Uni zeigt *Waiting for the Moon*. Ich dachte, wir könnten vielleicht am Sonntag zusammen hingehen.«

»Sicher, gern«, sagt Ed. »Ma, hast du Lust?«

»Wenn ich's schaffe, komm ich mit«, sagt Rose.

Ed wirft Sarah einen Blick zu. Sarah verzieht warnend das Gesicht.

»Es war furchtbar, wie sie mit ihr umgegangen sind«, sagt Rose. »Stürmten einfach rein und haben ihre Wohnung aufgelöst. Ich hab's mitangesehen. Rein und raus, rein und raus – und fort waren ihre Sachen. Ihre kostbaren Erinnerungsstücke, die sie jahrelang abgestaubt hat. Und was hat es ihr am Ende gebracht? Es war eben nicht ihr Zuhause, und so hat man einfach mir nichts, dir nichts, Juliet Frazier in ihre Wohnung gesetzt. Aber ich hab's ihnen gegeben. Bevor ich abgereist bin, hab ich ihnen gesagt, daß sie sich eine andere Mieterin für Nummer 3-C suchen können.«

»Was?« ruft Ed.

»Ich habe gekündigt. Suchen Sie sich jemand Neues, habe ich gesagt, denn was mit Meeker passiert ist, wird mir nicht passieren. Aber sagen Sie Ihrer künftigen Mieterin auch, daß der Thermostat im Backofen nicht funktioniert und wie schlecht der Fernsehempfang ist und daß sie sich drauf gefaßt machen soll, Geld für eine Außenantenne locker zu machen. Ich habe gesagt: Mein Sohn Henry hat mich hergebracht, als er für die Galerie am Strand arbeitete, aber jetzt lebt er schon seit Jahren in England. Inzwischen hat er in Oxford geheiratet und einen Hausstand gegründet. Mein jüngerer Sohn wohnt in Washington. Meine Enkel sind auch alle an der Ostküste – was habe ich da in Venice verloren? Ich werde mein Leben nicht an einem Ort beschließen, wo meine beste Freundin mutterseelenallein vor dem Fernseher hockt, bis sie tot umfällt.«

»Ach, Ma«, sagt Ed. »Nun wein doch nicht. Es ist spät, und du bist müde. Du hast einen langen, langen Flug hinter dir. Jetzt schlaf dich erst mal richtig aus.«

Rose nimmt seine Hand. »Im Winter wohne ich bei euch, und im Sommer besuche ich Henry. Im Sommer ist Oxford wunderschön. Nicht diese Feuchtigkeit wie in Washington. Und auch nicht so unerträglich heiß wie hier.«

»Was redest du da?« Ed ist fassungslos. »Du bist doch in Venice komplett eingerichtet, hast deine ganzen Möbel dort, alles so, wie du es magst! Und du hast deine Freunde im Seniorenzentrum!«

»Wie würde es dir gefallen, die ganze Zeit mit Alten und Kranken zusammenzusein?« fragt Rose. Ihre Stimme klingt streng, aber die grauen Augen blicken ihn wehleidig an.

»Nein, damit fangen wir gar nicht erst an«, sagt Ed. »Darüber gibt es keine Diskussion.«

»Ich möchte Henry anrufen«, sagt Rose zu Sarah.

»Der schläft. Drüben ist es mitten in der Nacht.«

»Dann rufe ich ihn später an, wenn es in England Morgen ist. Ich schlafe nachts sowieso nicht durch. Dann telefoniere ich unten, von der Küche aus.«

»Wollen wir ihn nicht lieber am Wochenende anrufen?« schlägt Sarah vor. »Da haben wir mehr Zeit, und dir wird es bis dahin auch wieder besser gehen. Möchtest du nicht aufessen?« fragt sie, als Rose vom Tisch aufsteht.

»Nein. Dank dir, mein Kind, es hat sehr gut geschmeckt.«

»Möchtest du noch einen Kaffee? Koffeinfreien?«

»Nein, danke. Vielleicht hole ich mir später noch eine Tasse. Ich kann nachts nicht mehr durchschlafen.«

Ed kann auch nicht schlafen. Er schläft nie gut, wenn seine Mutter zu Besuch ist, und nun liegt er im Bett und denkt über ihren Plan nach, aus Venice fortzuziehen und nach Washington zu kommen. »Sarah«, flüstert er.

Seufzend dreht sie sich um.

»Sarah, sie will bei uns einziehen.«

Sarah antwortet nicht.

»Sie wird doch nicht bei uns einziehen, oder? Sarah?«

Er liegt wach und späht in die Dunkelheit, starrt auf den dämmrigen Lichtschimmer zwischen Jalousie und Fensterbrett. Er hat morgen Vorlesung, aber er denkt an seine Mutter und stellt sich vor, daß sie jetzt bei ihnen in ihrem Haus bleiben – daß sie bei ihnen wohnen wird. Er weiß, daß sie einsam ist und sich langweilt. Und er möchte ihr Gesellschaft leisten, sich um sie kümmern. Es ist der Gedanke an das, was damit zusammenhängt, der ihm Angst macht. Mit ihrem Alter hat es nichts zu tun. Sie macht ihn einfach nervös. Zuzeiten treibt sie ihn zum Wahnsinn. Sie hat einfach zuviel Macht über ihn. Jetzt hört er sie über den Flur zum Bad tappen. Es ist zwölf nach drei, und sie geht unter die Dusche. Er lauscht dem endlosen Rauschen des Wassers, hört, wie sie ihre Arzneifläschchen schüttelt. Sie nimmt ihre Tabletten. Natürlich hat sie nach dem Essen auch schon welche genommen, weil er sie aufgeregt hat. Nein, das stimmt nicht ganz, sie hätte sie auch so genommen. Trotzdem hat er ein schlechtes Gewissen. Wahrscheinlich wird sie jetzt hinuntergehen in die Küche und versuchen, Henry anzurufen. Hat sie seine Büronummer? Ed stupst Sarah an der Schulter. »Ich kann nicht schlafen.«

»Schlaf weiter«, erwidert sie so prompt wie ein Echo.

»Sarah.«

Nach kurzer Zeit antwortet sie ihm rasch und bestimmt. »Mach dich nicht lächerlich. Sie wird nicht bei uns einziehen, es geht ihr nur darum, angenommen zu werden. Morgen wird sie einen Riesenkrach mit dir anzetteln und sich weigern, zu uns zu ziehen. Also beruhige dich und schlaf weiter.« Sie dreht sich zur Wand und nimmt fast die ganze Steppdecke mit, so daß ihm nur das weiße Laken bleibt, als er allein wachliegt und auf das leise Knarren der Treppenstufen lauscht.

Seine Vorlesungen in dieser Woche fallen kläglich aus. Es ist erst die zweite Semesterwoche, und er sieht, daß immer mehr Studenten wegbleiben. Er macht seinen unkonzentrierten Vortragsstil für die schrumpfenden Teilnehmerzahlen verantwortlich. Dabei war gerade dieser Kurs – Terrorismus und Konfliktlösung – immer sehr beliebt, und an der Georgetown University bescheinigt man ihm gewisse Showmanqualitäten. »Dynamisch und äußerst beschlagen«, so faßte der Studienführer seine Bewertung zusammen. »Markowitz würzt seine Vorlesungen mit sensationellen Beispielen von verdeckten Operationen im gesamten Nahen Osten. Der Dia-Vortrag über die prominentesten Terroristen auf den internationalen Fahndungslisten ist ein Muß, und auch die offene Diskussionsrunde ›Freund oder Feind?‹ schneidet sehr gut ab.« Aber diese Woche kommt Ed nicht an. In der Uni ist er wie zerschlagen, weil er nicht genug geschlafen hat. Nachts hört er Rose durchs Haus geistern, und am Tage sieht er, wie sie im Wohnzimmer einnickt. Wenn Ed heimkommt, spricht sie ihn nicht auf ihre Umzugspläne an, sondern sieht nur aus glasigen Augen zu ihm auf und redet mit schleppender Stimme. Sie nimmt jetzt ständig ihre Tabletten. Sie hat die orangeroten Fläschchen in Miriams Zimmer versteckt und schluckt alle paar Stunden ihr Quantum. Eine Opiumesserin inmitten von Stofftieren.

Sarah hat sich geirrt, als sie sagte, er und Rose würden Krach bekommen. Sie haben überhaupt nicht gestritten. Ed und Sarah sind es, die sich schon die ganze Woche in den Haaren liegen. »Wie soll ich denn so meine Arbeit schaffen?« fragt Sarah verärgert. »Ich arbeite zu Hause, hier ist quasi mein Büro. Aber wie kann ich schreiben, wenn sie ständig reinschneit und mir mit ihren Krankheitssymptomen in den Ohren liegt…«

»Es war deine Idee, sie einzuladen«, sagt Ed.

»Weil es in der Situation das einzig Richtige war! Weil sie so plötzlich ihrer Freundin beraubt wurde.«

»Beraubt?«

»*Beraubt*!«

Aufgebracht sitzen sie sich am Küchentisch gegenüber.

»Ich hab dir gesagt, daß das ein ungünstiger Zeitpunkt ist«, sagt Ed. »Aber du wolltest ja unbedingt ...«

»Das ist keine Frage des Timings. Aber du wälzt die ganze Verantwortung auf mich ab. Du bleibst bis sechs in deinem Büro, während sie mir hier beim Abendbrotmachen über die Schulter guckt! Und dann hältst du mich auch noch nächtelang wach!«

»Sarah, ich kann nicht schlafen, weil ich so angespannt bin! Mein Kopf ist wie ein Mühlrad. Du weißt ja nicht, was ich durchmache. Du hast keine Ahnung, wie nervös ich bin ...«

»Du redest schon genau wie sie.« Sarah stürzt hinaus, und um ein Haar hätte sie Rose im Flur umgerannt.

Rose scheint von Tag zu Tag mehr Tabletten zu nehmen. Vielleicht beobachtet Ed sie auch nur aufmerksamer. Nachts hört er sie im Badezimmer rumoren. Er sieht, wie sie sich heimlich auf ihr Zimmer schleicht, um ihre Pillen zu schlucken, die sie benebeln und ihr langatmige Familiengeschichten entlocken, in denen sie die Generationen durcheinanderbringt. In ihren Erzählungen ist sie immer das Kind oder die Nichte, jünger als alle anderen. Und seltsamerweise immer ein Einzelkind. Die Erinnerung daran, daß sie Schwester und Cousine war, ist ihr offenbar abhanden gekommen. In der Rückschau steht sie als einzige Vertreterin ihrer Generation ebenso allein wie jetzt. Das macht Ed Angst. Er verbessert sie in scharfem Ton, und Sarah faucht ihn dafür später beim Geschirrwaschen an. »Laß sie doch reden. Was macht es schon aus?«

»Was es ausmacht? Sie ist süchtig!«

»Und, was willst du dagegen machen? Deine Mutter ist siebenundachtzig.«

»Das hat nichts mit ihrem Alter zu tun. Das ist vorsätzlich erzeugter Schwachsinn. Synthetische Senilität!« Er senkt die Stimme. »Und sie macht das, um sich an mir zu rächen. Weil ich ihr nicht angeboten habe, bei uns einzuziehen.«

»Aber nein, Ed, das bildest du dir ein, sie will sich nicht an dir rächen. Du immer mit deinen Verschwörungstheorien. Warum versuchst du nicht, die Dinge ein bißchen lockerer zu sehen?«

Am Sonntag gehen sie nach Georgetown ins Kino. Der Film entpuppt sich als langatmiges Epos über Gertrude Stein und Alice B. Toklas, einer dieser ambitionierten Streifen, die von einem alten Landhaus zum nächsten gleiten, in langen Einstellungen über südfranzösischen Landschaften schweben und in Großaufnahme auf den Resten eines Picknicks verweilen. Ed kann Filme dieser Art nicht ausstehen, weil sie nirgends hinführen und nur im eigenen Saft schmoren. Die museumsreifen Automobile sind interessanter als die Figuren auf der Leinwand.

Sarah indes unterhält sich gut, und Ed ist froh darüber, denn sie verdient eine kleine Aufmunterung dafür, daß sie es die ganze Woche mit ihm und mit Rose ausgehalten hat. Die Leinwand badet im Widerschein der untergehenden Sonne, dann in gleißendem Mondlicht. Gertrude und Alice sitzen da und sehen sich schweigend an. »Was soll man darauf antworten?« fragt Alice endlich. Es entsteht eine lange Pause. Ed linst nach seiner Uhr und blickt just in dem Moment wieder hoch, als Rose auf ihrem Platz zusammenrutscht. »Ma?« flüstert er. »Ma? Sarah? Was ist passiert?«

»Wir brauchen einen Krankenwagen«, sagt Sarah, als die drei anderen Zuschauer sich nach ihnen umdrehen. »Zieh sie hoch, wir müssen telefonieren.«

»Nein! Nicht bewegen!« schreit Ed.

»Okay, dann bleib du bei ihr, und ich gehe telefonieren.«

Er sieht auf seine Mutter hinab, die im flimmernden Mondlicht der Kinoleinwand zusammengesunken neben ihm lehnt und kaum noch atmet.

Sie fahren dem Krankenwagen im eigenen Auto nach, und in der Notaufnahme erzählt Ed mindestens viermal, was geschehen ist.

»Wir waren im Kino, und auf einmal ist sie vornüber gekippt«, sagt er zu der Aufnahmeschwester. Rose wird auf einer Trage hereingeschoben.

Sarah trägt Roses Tasche, ein sperriges schwarzes Ungetüm mit kurzen runden Henkeln. »Ich glaube, es hängt mit diesem Medikament hier zusammen«, sagt sie und händigt der Schwester zwei von Roses orangeroten Arzneifläschchen aus.

In dieser Nacht liegt Ed wach und halluziniert winzige Geräusche. Er bildet sich ein, daß die Treppenstufen knarzen und die Schranktüren auf- und zuklappen, als ob das Haus von allein vibrieren und die Dielenbretter das Kribbeln kriegen könnten. Rose hat man zur Beobachtung in der Klinik behalten, und der Arzt ist sehr besorgt.

»Sie hat das Percodan zu hoch dosiert«, erklärte Dr. Ing. »Sie muß sich wohl verzählt haben.«

»Diese Tabletten nimmt sie schon seit Jahren«, sagte Ed.

»O ja, sie ist süchtig danach.«

Den Satz hat Ed dem Doktor sehr übelgenommen. Er spürte, wie sein Gesicht zu glühen begann, als er Ing in dessen Sprechzimmer gegenübersaß.

»Ich muß Henry anrufen«, sagt er jetzt zu Sarah, die neben ihm wach liegt.

»Ich dachte, damit wolltest du bis morgen früh warten.«

»Nein, nein«, stöhnt Ed. »Ich mache es lieber gleich, sonst liegt mir das die ganze Nacht auf dem Magen.« Es geht nicht anders, er muß seinen Bruder anrufen, mit dem zu reden ihm schon unter normalen Umständen schwer genug fällt. Seinen anglophilen Bruder, den Sammler und besessenen Gourmetkoch, den Leiter einer Laura-Ashley-Filiale in Oxford. Den Verleger rabenschwarzer Lyrik in verschwindend kleinen Auflagen.

»Gut, dann ruf ihn an.« Sarah nimmt das Telefon von ihrem Nachttisch und stellt es ihm auf die Brust.

»Ich hab seine Nummer nicht hier. Ich muß runter in die

Küche und in der Rolodex-Kartei nachsehen.« Ed hievt sich aus dem Bett und poltert die Treppe hinunter. Nach kurzem Zögern quält auch Sarah sich hoch, zieht Eds Bademantel über und folgt ihm.

Sie sitzen am Küchentisch, auf dem die zerpflückten Seiten der *Times* verstreut sind, einer von Eds Schmierblöcken mit einer Liste der dringlichsten Besorgungen und ein Bund schwarzfleckiger Bananen. Sarah hatte vor, Bananenbrot zu backen. »Hallo, Henry!« ruft Ed in den Hörer. »Hallo? Das ist ja eine grauenhaft schlechte Verbindung. Ich bin's, Ed.«

»Großer Gott, was ist passiert?« schreit Henry am anderen Ende. Ed preßt die Lippen zusammen. Er ruft seinen Bruder fast nie an, das ist wahr, trotzdem kränkt es ihn, daß Henry, kaum, daß er seine Stimme hört, eine Katastrophe wittert. Und natürlich muß er das mit diesem aberwitzigen britischen Akzent kundtun. Henrys Anglizismen klingen samt und sonders angelesen, und die Entsetzenslaute, mit denen er jetzt Eds Schilderung begleitet, haben ein Dickenssches Timbre mit leisen Brooklyner Obertönen. »Gütiger Himmel!« ruft Henry. »Ach nein, die arme, arme Mutter! Was sollen wir bloß machen?«

»Ich weiß es nicht«, sagt Ed grimmig. »Im Moment können wir eigentlich nur abwarten.«

»O Gott!« stöhnt Henry.

»Hör zu, kannst du mir mal Susan geben?« Während er darauf wartet, daß Henrys Frau an den Apparat kommt, starrt Ed zornig auf die Bananen, die vor ihm auf dem Tisch liegen. Plötzlich packt er das ganze Bündel und wirft es in den Abfalleimer, wo es mit wohltuendem Plumps landet.

»Hallo, Ed? Ich bin's, Susan.« Ihre knappe Sprechweise wirkt beruhigend auf ihn.

»Hast du mitbekommen, was passiert ist? Ich denke, du solltest Henry rüberschicken.«

»Ja, natürlich«, sagt Susan. »Wir buchen ihm heute noch einen Flug, und ich rufe dich zurück und sage dir, wann er ankommt.«

Als er auflegt, fühlt Ed sich wesentlich besser. »Die Frau ist nicht mit Gold zu bezahlen«, sagt er zu Sarah.

Als Henry eintrifft, ist Rose bereits aus dem Krankenhaus entlassen. Drei Tage hat sie – vorübergehend bewußtlos – dort gelegen. Doch dann kam sie wieder zu sich, und als sie das Krankenhaus verließ, war sie zwar noch sehr schwach, aber überglücklich. Von der Lehne ihres Rollstuhls schwebte ein Strauß Luftballons, ein aufmunternder Gruß ihrer Enkelkinder. »Für eine Frau in ihrem Alter hat sie eine erstaunliche Konstitution«, sagte der Arzt zu Ed. »Ihr fehlt rein gar nichts, außer daß sie viel zuviel Percodan nimmt.«

»Dann bringen wir sie eben runter von dem Zeug«, sagte Ed.

»Da müßte sie eine Entziehungskur machen«, erklärte ihm der Arzt. »Aber das geht nur stationär, ich würde Ihnen nicht raten, so was zu Hause zu probieren.«

Rose liegt in Miriams Zimmer und erholt sich langsam wieder. Die Entziehungskur ist bislang ebensowenig ein Thema wie ihre Heimreise. Sie liegt auf der rosaroten Bettdecke und liest Danielle Steel, Belva Plain und Andrew Greeley. Henry ist nach ersten Jubelstürmen erschöpft von Jetlag und Streß im Zimmer der Jungen zusammengebrochen. Er hat seinen Seidenpyjama auf dem unteren Bett ausgelegt und seine Sachen in den Schrank gehängt, den Ben und Avi sich, bevor sie aufs College gingen, geteilt haben. Ed fühlt sich wie der letzte überlebende Erwachsene in dieser Welt.

Als er am Freitagabend heimkommt, ist die Küche zum Katastrophengebiet mutiert. Rose sitzt hinter einem Berg Gemüse am Tisch. Tütenweise sind kleine gelbe Kirschtomaten und Rettiche um sie aufgetürmt, und im Küchensieb liegen krause, rotgeränderte Salatblätter zum Abtropfen. »Henry und Sarah machen das Abendessen«, sagt sie zu Ed. Sie glüht regelrecht vor Begeisterung inmitten all des Grünzeugs. Er hat sie seit Jahren nicht mehr so glücklich gesehen; sämtliche Arbeitsplatten sind mit Einkaufstüten vollgestellt, auf dem Boden liegen Möhrenschnipsel herum. Henry, der passionierte Koch, hat sich in einen richtigen Rausch hineingesteigert. Mit vor Anstrengung geröteten Wangen steht er über einem Tablett mit ausgehöhlten Orangen, die er mittels einer Tortenspritze mit Süßkartoffelbrei füllt. Rose strahlt, und als Ed sie so sieht, kann er sich eines Lächelns nicht erwehren. »Es gibt nichts Schöneres, als mit der Familie in der Küche zu sitzen«, sagt sie. »Nein, wenn ihr gesehen hättet, was sie uns in Venice Vista als Küche zugemutet haben! Eine Schande.«

»Du hast doch nie gern gekocht«, sagt Ed und küßt sie auf die Wange.

»Nein, selber zu kochen, hat mir keinen Spaß gemacht«, räumt Rose ein. »Aber ich sitze gern in einer Küche, wo gekocht wird. Mir geht es um das Zusammensein mit der Familie. In diesen Küchenzeilen in Venice Vista konnte man auch gar nicht anständig kochen. Außerdem waren sie völlig veraltet! Alles in Grün, sogar der Kühlschrank.«

Henry blickt von seinen Orangenschalen auf. »Ich glaube, in eurem sind die Dichtungen hin, Ed.« Er deutet auf Eds und Sarahs Kühlschrank.

»Ja, ich weiß. Hier müßte überhaupt allerhand gemacht werden«, sagt Ed.

»Aber es ist ein entzückendes Haus«, beteuert Henry eilig. »Diese Reihenhäuser haben einen ganz besonderen Charme. Du solltest am Eingang Efeu hochziehen. Dann noch einen neuen Anstrich, und ihr könntet mit Georgetown konkurrieren.«

»Ed!« ruft er plötzlich ganz erschrocken. »Wie spät ist es? Meine Challas! Halt das mal.« Er drückt Ed die Tortenspritze in die Hand und stürzt zum Backofen, um nach dem Brot zu sehen. Sarah steht über den Herd gebeugt und gibt Mazzebällchen in die Hühnersuppe. Ihr Gesicht ist vom Dampf gerötet. »Ein Jammer, daß ihr nur ein Backrohr habt.« Henry seufzt. »Wie sollen wir hier bloß alles unterbringen? Susan behauptet, ich sei schrecklich verwöhnt, und erlaubt nicht, daß ich einen Heißluftofen anschaffe.« Er wischt sich die Hände an der lächerlich kleinen karierten Schürze ab, die er sich umgebunden hat. »Das einzige Küchengerät, das ich ablehne – und zwar kategorisch –, ist die Mikrowelle. Kochen und Strahlenbehandlung, das geht für mich nicht zusammen. So was ist doch unnatürlich. Außerdem heißt es, daß man die Speisen in so einem Ding gar nicht bräunen kann. Damit scheidet Backen sowieso aus, schon weil man keine Kruste hinkriegt. Das hat man mir jedenfalls erzählt. Ich würde so ein Ding ja nicht anrühren.«

Ed tritt hinter Sarah und küßt sie auf den Nacken. »Wie geht's dir?« fragt er.

»Laß das!« faucht sie ihn an, während sie die Ofentür öffnet, um nach ihrem Kuchen zu sehen.

»O je«, ruft Rose vom Tisch her. »Dein Kuchen ist zusammengefallen.«

»Stimmt«, sagt Sarah und knallt die Backofentür zu.

Aufgeschreckt von dem Krach wirbelt Henry herum. »Du meine Güte, was jetzt?« jammert er. »Ach, ich weiß schon! Wir könnten das Malheur mit einer Lage Kompott kaschieren. Wir machen einfach einen Biskuitauflauf aus deinem Kuchen, ein *Trifle*. Was haben wir denn an Obst?« Er wühlt in den Einkaufstüten herum.

»Ach, *Trifle* esse ich für mein Leben gern«, sagt Rose. »Das gab's immer in England. Da habe ich mich praktisch von *Trifle* ernährt. Ich war so ein schmächtiges Ding, als man mich rüberschickte, ein richtiger Kümmerling. Aber als sie mir *Trifle* gaben, bin ich aufgeblüht. Und wie ich aufgeblüht bin! Vor allem dank der Sahne obendrauf, dieser köstlichen Schlagsahne…«

»O Gott«, stöhnt Henry. »Wir haben keine Schlagsahne mitgebracht. Wir müssen noch mal los und Sahne kaufen…«

»Nein, wie ich aufgeblüht bin«, wiederholt Rose. »Mein Gewicht steigerte sich ebenso schnell wie meine Englischkenntnisse. Zu meiner Zeit waren wir in Miriams Alter keine solchen Bohnenstangen.«

»Würdest du rasch mal Schlagsahne holen gehen, Ed?« fragt Henry.

»Nein.« Ed läßt sich auf einen Stuhl fallen.

»Es ist nur, weil ich auf die Challas aufpassen muß«, sagt Henry.

»Wer hätte gedacht«, sinniert Rose vor sich hin, »daß diese köstliche Sahne, die einem buchstäblich auf der Zunge zergeht, sich so rasch in Pfunde verwandeln kann.«

»Ich glaube nicht, daß wir ohne Schlagsahne ein *Trifle* machen können«, sagt Henry.

»Auch recht«, entgegnet Ed. »Dann laß es bleiben.«

Rose sieht zu Sarah hinüber. »Ich war in Miriams Alter keine Bohnenstange. Ist sie immer noch so dünn? Mein Leben lang hatte ich dieses unbändige Verlangen nach Süßigkeiten. Und nach Zuneigung«, ergänzt sie nachdenklich.

»Bist du jetzt böse?« fragt Henry seinen Bruder.

»Nein«, antwortet Ed, »ich bin nicht böse.«

»Sarah«, sagt Rose. »Ich habe nur einen Wunsch.«

»Ja?«

»Weil ich doch schon mit einem Fuß im Grab gestanden habe.«

»Was möchtest du denn?«

»Morgen in die Synagoge gehen. Mit der ganzen Familie – wir alle zusammen.«

»Du hast mir nicht gesagt, daß ich mich auf Altweibersommer einstellen muß«, stöhnt Henry vom Rücksitz her. Er schwitzt in seinem neuen Übergangsanzug und überlegt, ob er sich mit dem blauen Seidentuch, das er so schön gefaltet in der Brusttasche trägt, die Stirn wischen soll. »Ich glaube, die Klimaanlage reicht nicht bis nach hinten.« Sarah dreht sich teilnahmsvoll nach ihm um. Henry hat zugenommen seit der Hochzeit. Sein Gesicht ist von der Hitze aufgedunsen, die braunen Augen sehen sie kläglich an. Sie und Ed sind seit Monaten nicht mehr im Tempel der Shaarei-Tzedek-Gemeinde gewesen, und es hat sie überrascht, daß Henry bereit war mitzugehen.

»Warum kommen wir eigentlich so selten her?« will Ed von Sarah wissen, als er sich eine weiße Seidenjarmulke aufsetzt und sie den Andachtsraum betreten. »Was hatten wir doch gleich für eine Ausrede? Ich kann mich nicht mehr erinnern.«

Während des Gottesdienstes fällt sie ihm wieder ein. In den dröhnenden Gesang des Kantors schleicht sich ein leises Gefispel, das lauter zu werden scheint, als der schmächtige kleine Rabbi seine Predigt hält. Ed versucht, still für sich ein paar Gebete auf Englisch zu lesen. »Wie unermeßlich ist Deine Güte, o Herr!« liest er. »Die Menschenkinder alle flüchten sich unter Deine Fittiche und suchen Schutz bei Dir.«

»New Haven«, hört er zu seiner Linken. »Sie wollen nach New Haven ziehen. Ich komme fast um vor Sorge.«

»Kein Wunder, bei der Verbrechensrate.«

»Schrecklich!«

»Wir sind im Innersten gespalten«, verkündet der Rabbi hinter der Bima hervor. »Zerrissene sind wir und sollen es sein. Und dennoch – nein, um so mehr – lieben wir Dich, o Israel.«

»Aber da ist doch die Juristische Fakultät von Yale«, sagt die Frau links von Ed.

»Yale hat einen wunderschönen Campus.«

»Ja, wunderschön.«

»Du labst sie und läßt sie kosten vom Strom Deiner Herrlichkeiten«, liest Ed.

»Bloß achthundertfünfzig im Monat«, sagt die besorgte Mutter. »Aber es gibt so gut wie keine Parkplätze.« Ed klappt sein Gebetbuch zu.

Er ist schrecklich gereizt, als sie nach Hause kommen. Sarah geht gleich nach oben und legt sich bei voll aufgedrehter Klimaanlage ins Bett. Doch Ed tigert in T-Shirt und Freizeithose ruhelos durchs Haus. Er wirft einen Blick in Miriams Zimmer, wo Rose auf dem Bett liegt und liest. Ihr kurzes weißes Haar ist über der Stirn zu einer Tolle frisiert. Ed geht hinunter ins Wohnzimmer, wo Henry sich auf der Couch ausgestreckt hat.

»Laß uns einen Spaziergang machen, Edward«, schlägt Henry vor.

»Zu heiß«, knurrt Ed.

»Ich dachte, es wäre eine Chance, uns mal richtig unterhalten zu können«, sagt Henry. »Wir sehen uns doch so gut wie nie. Ich würde gern ein bißchen um die Universität herumlaufen. Gestern habe ich da ganz phantastische Verkaufsstände gesehen – ich meine die Eiswagen.«

Sie schlendern durch die engen Gassen unterhalb der Georgetown University. Henry hat eine Sonnenbrille auf und trägt eins von Eds Polohemden, das sich über seinem Bauch spannt. An einem grünen Eiswagen mit der Aufschrift *Bella Italia* spendiert er Ed einen Schokoladenshake. Er selbst entscheidet sich für Erdbeer, und dann machen sie gemeinsam einen Schaufensterbummel. Henry ist entsetzt darüber, daß es im Univiertel nur so wenige Buchhandlungen gibt, begeistert sich aber für die durchbrochenen Sonnenschirme in einer auf Nostalgie getrimmten Boutique. »Ich wünschte, Susan hätte eine Ader für solche Sachen.« Er wirft einen kritischen Blick auf die Laura-Ashley-Auslage. »Überladen«, urteilt er. »Ich würde meinen Dekorateuren nie erlauben, die Fenster so vollzustopfen.«

»Wie hat dir unsere Synagoge gefallen?« fragt Ed.

»Nicht schlecht. Gar nicht schlecht. Bis auf dieses schaurige Holocaust-Denkmal. Aber die Klimaanlage war hervorragend.«

»Nein, ich meinte eher den religiösen Aspekt, du verstehst schon.«

Henry schaut ihn fragend an.

»Ich weiß auch nicht, wie ich's erklären soll, aber ab und zu gehe ich mit einer gewissen Erwartung in den Tempel. Ich meine, manchmal habe ich das Gefühl, daß ich mich in einer Krise befinde. Und dann überkommt mich das Bedürfnis, ein paar weise Worte aus dem Munde des Rabbis zu hören. Aber am Ende sitze ich doch bloß ratlos zwischen diesen mit tausend Klunkern behängten alten Damen.«

»Was meinst du mit ›Krise‹?«

»Ach, nichts Bestimmtes...«

»Du kannst es mir ruhig sagen«, beteuert Henry. »Glaub mir, damit kenne ich mich aus.«

Ed geht weiter, den Blick auf den Gehweg gesenkt. Henry hat recht, denkt er. Wie lange war sein Bruder in Analyse? Er hat angestrengt an seiner Psyche gearbeitet, sie Stück für Stück auseinandergenommen und wieder zusammengesetzt. Hat sich mit Kulturgütern und Sammlungen umgeben und sich selbst zu einer denkbar komplizierten Persönlichkeit stilisiert – dem exilierten Brooklyner Juden in Oxford. Zum freischaffenden Gelehrten, zu einem als Geschäftsmann fungierenden Ästheten. Henry hat sich inmitten von lauter Widersprüchen eine Nische eingerichtet und sich arrangiert. Unterdessen hat er, Ed, den Durchblick verloren und weiß nicht mehr weiter.

»Geht es um Mutter? Machst du dir ihretwegen Sorgen?«

»Auch, ja, aber das ist es nicht allein. Es geht mehr darum, wie sich alles entwickelt – Mutter, die Kinder; der Zeitfluß, verstehst du. Irgendwie habe ich das Gefühl, einer Umkehr der Generationen beizuwohnen. Ich denke«, sagt Ed langsam, »es wäre sehr tröstlich, an Gott zu glauben. Schon damit man etwas Dauerhaftes hätte. Stabilität. Ja, ich denke, ich würde gern an Gott glauben.«

»Du? Niemals!« Henry lacht.

»Und warum nicht?« fragt Ed.

»Weil du ein eingefleischter Pragmatiker bist«, sagt Henry.

»Nein, nein, ich weiß schon, was dazu nötig wäre«, entgegnet Ed. »Ich sage dir, was mich überzeugen könnte. Wenn du mir zum Beispiel ein echtes Wunder vorweisen würdest.«

»Ein Wunder? Ach, Edward, wenn vor unseren Augen ein Wunder geschähe, dann würdest du entweder eine natürliche Erklärung dafür finden oder es als Schwindel abtun.«

»Nein. Ich könnte mich überzeugen lassen. Wenn die Prämissen stimmten, wäre das durchaus möglich. Denk doch nur an all diese analytischen Philosophen – die Positivisten –, die jetzt, wo sie alt und grau geworden sind, auf einmal zu Gott finden. Ich habe gehört, daß A.J. Ayer auf dem Totenbett erklärt hat, seine ganze

Arbeit sei auf Lügen aufgebaut, und er glaube doch an das Göttliche Prinzip und an die Unsterblichkeit der Seele, und es sei sehr wohl möglich, nach ethischen und ästhetischen Kriterien zu urteilen. Ein paar Stunden später hat er allerdings seine Bekehrung widerrufen, mit der Begründung, er habe sich von seiner Todesangst irreleiten lassen.«

»Na, Gott sei Dank«, sagt Henry.

»Wieso?«

»Weil es furchtbar schade gewesen wäre, wenn er all seine Grundsätze einfach einer solchen Laune geopfert, sein Lebenswerk über die sinnliche Wahrnehmung von einer Minute auf die andere über Bord geworfen und alles eingebüßt hätte, wofür er als Atheist all die Jahre stand.«

Schweigend gehen sie weiter. Ed stochert mit dem Strohhalm in den Eiswürfeln am Boden seines Bechers. »Die letzten vierzehn Tage waren wirklich schlimm für mich«, sagt er. »Meine Arbeit bleibt liegen. Nachts finde ich keinen Schlaf, weil ich die Gedanken nicht abschalten kann. Mit Ma wird es nie mehr werden wie früher.«

»Ich finde sie gar nicht so verändert«, sagt Henry. »Im Gegenteil, wann immer ich zu Besuch komme, wundert es mich, wie reibungslos hier alles läuft – immer im gleichen alten Trott –, das hat so etwas Beruhigendes.«

»Was für ein alter Trott? Wovon redest du?« fragt Ed. Merkt Henry denn nicht, daß hier alles auseinanderbricht? »Miriam heiratet. Mutter hat sich in den Kopf gesetzt, daß sie zu uns ziehen will...«

»Ich habe dich und Sarah immer als zwei Konstanten betrachtet«, sagt Henry. »Während mein Leben sich ständig veränderte und oft genug aus den Fugen zu geraten drohte, blieb bei euch alles beim alten.«

Ed bleibt wie angewurzelt mitten auf dem Gehweg stehen. Henry versetzt ihn immer wieder in Erstaunen. Konstanten! Am liebsten würde er laut aufschreien. Das Universum expandiert, die

Kontinente geraten ins Wanken, die Kinder schießen wie Kometen aus dem Haus, und zwischen den Meteoritenspuren, die sie zurücklassen – inmitten der Puppen und abgelegten Kleider, im Staub ihrer Gesteinssammlungen –, werden er und Sarah demnächst sechsundfünfzig Jahre alt. »Wenn ich mit dir und Ma rede«, sagt er endlich, »dann habe ich das Gefühl, die Zeit schlägt Volten, und die Dinge stehen nicht mehr im richtigen Verhältnis zueinander. Dabei wünsche ich mir nichts weiter, als daß alles seinen normalen, geordneten Gang geht und wir ein Leben führen können, in dem die Kinder Kinder sind und Ma sich wie eine Erwachsene benimmt und wo alles seinen Platz hat. Henry, würdest du bitte aufhören, mich ständig anzufassen!« Er schüttelt Henrys Hand von seinem Arm. »Ich kann das nicht ausstehen. Ich sage dir, wenn Ma bei uns einzieht, dann kriege ich einen Nervenzusammenbruch. Ich weiß, sie ist glücklich oben in dem rosa Zimmer, aber mir ist das einfach zu unheimlich. Ich komme nicht damit klar, ihren Vater zu spielen, das ist für mich eine verkehrte Welt. Und doch ist es völlig unmöglich, mit ihr darüber zu reden. Wie kann man der eigenen Mutter so was ins Gesicht sagen? Ausgeschlossen, daß ich mich hinsetze und ihr die Situation aus meiner Warte erkläre.« Die Brüder stehen sich gegenüber und blockieren den Gehsteig. Unbewußt lassen beide die Eiswürfel in ihren Bechern klirren.

Zu Hause erklärt Sarah unterdessen ihrer Schwiegermutter die Situation. »Mutter«, sagt sie, »wir sind charakterlich alle drei sehr verschieden und haben jeder einen ganz anderen Rhythmus. Du hast in Venice dein eigenes Leben und dein gewohntes Umfeld. Deinen Arzt, deine Freunde. Hier in Washington wärest du völlig isoliert. Du hättest weder das Personal, das dir in Venice zur Seite steht, noch die Zerstreuungen und im Ernstfall den Pflegedienst.«

Rose richtet sich mit unglücklicher Miene in dem rosa Bett auf, und Sarah, die verlegen auf Miriams Schreibtischstuhl hin und her rutscht, stößt sich die Knie an der Unterseite des Tisches.

»Ich habe aber keine Wurzeln in Venice«, sagt Rose.

»Immerhin hast du zehn Jahre da gelebt. Und wir können dir nicht die Betreuung bieten, die du dort bekommst. Nicht ohne daß einer von uns seinen Beruf aufgeben würde. Und darum werde ich das Reisebüro anrufen.«

Rose weint leise vor sich hin. Sarah tritt ans Bett und nimmt sie in die Arme. »Aber du kommst ja schon im Juni wieder zu uns«, sagt sie. »Wird das nicht schön, wenn du zu Miriams Hochzeit kommst?«

Rose denkt darüber nach. »Ich könnte anschließend nach England fliegen.«

Sarah zögert einen Moment. Dann nickt sie ohne allzu große Gewissensbisse. »Da hast du recht«, sagt sie zu Rose. »Du kannst Henry und Susan in ihrem Cottage besuchen.«

»In den Cotswolds!« Rose seufzt. »Um die Zeit wird es ein einziges Blütenmeer sein.«

»Und es wird dort im Sommer nie so drückend heiß wie bei uns«, sagt Sarah.

»Das stimmt. Weil sie nicht diese Feuchtigkeit haben. Die ist bei euch in Washington wirklich unerträglich.« Sie erinnert Sarah an Bens Bar Mizwa im Juli, als im Gemeindesaal des Tempels die Klimaanlage ausgefallen war und sie von der Hitze fast ohnmächtig geworden wäre. »Das werde ich nie vergessen, *niemals.*« Ihre Stimme bebt vor Lachen, obwohl sie immer noch nicht aufgehört hat zu weinen.

Henry kehrt nach England zurück. Rose fliegt wieder nach Kalifornien. Am Sonntag nach ihrer Abreise fahren Ed und Sarah zu Penney's und sehen sich nach Rollos für Miriams Zimmer um. »Die Spielsachen können wir in Kisten verpacken und auf den Speicher räumen«, sagt Ed, als sie durch das Kaufhaus schlendern.

»Und einen neuen Teppich brauchen wir auch«, meint Sarah.

»Warum? Was hast du gegen den alten? Der Teppich hat uns eine schöne Stange Geld gekostet.«

»Ich dachte nur, die Farbe…«

»Mir gefällt sie. Ich finde, es ist eine sehr schöne Farbe für ein Gästezimmer.«

»Ja, aber dazu finden wir bestimmt keine passenden Rollos.« Sarah fährt mit dem Finger über eine der ausgestellten Plastikjalousien.

»Dann kaufen wir eben Vorhänge. Das wäre mir von Anfang an lieber gewesen.«

»Aber die müßten dann zu unserem Roséton passen.«

»Soll mir recht sein«, sagt Ed.

Eine Verkäuferin kommt hinzu, als sie die weißen Battenberg-Gardinen betrachten. »Kann ich Ihnen behilflich sein?«

»Ja, wissen Sie, Phyllis...«, Ed liest den Namen von ihrem Schildchen ab, »... wir suchen was in Fünfundvierzig mal Fünfzig.«

»Sind das die Maße des Fensters?« fragt Phyllis.

»Genau.«

»Und um was für ein Zimmer handelt es sich?«

»Ein Schlafzimmer«, sagt Sarah. »Eigentlich ein Mädchenzimmer.«

Phyllis nickt. »Wie alt ist die Kleine?«

»Dreiundzwanzig«, sagt Ed.

»Sie wohnt nicht mehr zu Hause.« Sarah kommt sich plötzlich albern vor. »Sie studiert in Harvard Medizin.«

»Und sie heiratet im Juni.«

»Herzlichen Glückwunsch.«

»Danke«, sagt Ed. »Wir wollen ein Gästezimmer draus machen, aber die Vorhänge sollen – also sie sollten zu der jetzigen Einrichtung passen.«

»Das Zimmer ist in Blaßrosa gehalten«, erklärt Sarah.

»Kommen Sie, ich zeige Ihnen, was wir zur Auswahl haben.« Phyllis führt sie hinüber zu einer Fensterdekoration.

»Mmm«, brummt Ed unsicher.

»Dann hätten wir die hier mit dem kleinen Guckloch drin...«

»Nein, nein!« Ed schneidet Sarah eine Grimasse. »Was ist denn das da an der Wand?« fragt er. »Das sieht nicht übel aus.«

»Das haben wir ganz neu reinbekommen«, sagt Phyllis.

»Sehr hübsch«, bestätigt Sarah.

»Das Modell heißt *Fantasy Rose*«, sagt Phyllis. »Es hat ein durchgehendes Rosenmuster in Puderrosa, Hellgrau und Cremeweiß, das Material ist eine pflegeleichte Mischung aus fünfzig Prozent Baumwolle und fünfzig Prozent Polyester. Hier hätten wir den Quervolant und den Überwurf« – sie rafft den Stoff, damit sie den Faltenwurf begutachten können – »und das wären dann die eigentlichen Stores. Sie bräuchten zwei Gardinenstangen dazu.«

»Die würden wunderbar zum Teppich passen«, sagt Sarah, als sie und Ed sich am Trinkwasserbrunnen beraten. »Falls du dir ganz sicher bist, daß du den Teppich nicht erneuern willst.«

»Nein, das lassen wir bleiben«, sagt Ed. »Ich werfe doch keine tausend Dollar raus, um einen tadellos erhaltenen Teppich auszuwechseln.«

Am Abend, nachdem sie die Gardinen aufgehängt haben, nimmt Sarah das Telefon mit in Miriams Zimmer, legt sich aufs Bett und ruft in Cambridge an. »Hallo? Miriam?« sagt sie. »Hier ist Mom. Ich rufe aus dem Heiligtum an. Dein Zimmer hat heute traumhaft schöne Gardinen bekommen – Pink mit einem Schuß Perlgrau und Cremeweiß. Ja, ja, sicher. Ed! Du kannst unten abheben. Sie ist dran.«

»Au! Schrei mir nicht so ins Ohr«, ruft Ed aus der Küche. »Hi, Schätzchen. Endlich haben wir das Haus wieder für uns. Heute haben wir dir rosa Vorhänge gekauft. Wunderschön. Aber auch ziemlich verrückt. Wir richten ein Gästezimmer ein, für dich und Jon, wenn ihr mal runterkommt. Wir wollen auch noch eine Ausziehcouch kaufen.«

»Ihr könntet euch ein kleines Mädelchen anschaffen, und das könnte dann hier schlafen, wenn ihr zu Besuch kommt.«

»Du könntest uns auch allein besuchen, wenn du die Anatomieprüfung hinter dir hast«, sagt Ed, der sich lieber an die unmittelbare Zukunft hält.

DIE PERSER

Zum Andenken an Marion Magid

ED MACHT SICH auf den Weg zur Poststelle der Universität, ein ansehnlicher Fußmarsch, um sich gegen Unterschrift einen Einschreibebrief aushändigen zu lassen. Beim Mittagessen hat er sich noch über dieses lästige Verfahren beklagt, aber gleich, als er aus der Cafeteria kommt, läuft er hinüber, um die Sendung abzuholen. In jüngster Zeit hat er sehr viel Post und auch zahlreiche Anrufe erhalten, in denen er um einen Kommentar in Funk oder Fernsehen gebeten wird. Seit dem Bombenattentat auf das World Trade Center ist Ed als Terrorismusexperte sehr gefragt – zumal er als Professor der Georgetown University leicht erreichbar ist. Heute nachmittag zum Beispiel hat er ein Vorgespräch mit einer leitenden Redakteurin der Radiosendung *Talk of the Times*. Beim Mittagessen hat er die scherzhaften Vermutungen der Kollegen, der Brief enthalte eine Einladung ins Weiße Haus, noch nonchalant zurückgewiesen, aber jetzt, auf dem Weg zur Poststelle, fällt es ihm nicht schwer zu glauben, daß irgendein Regierungsheini ihn angeschrieben hat. Schließlich hat er bereits mehrmals Anfragen von der CIA bekommen, auch wenn es sich dabei nie um etwas besonders Aufregendes handelte.

Der Brief kommt aus dem Iran. Der englische Text unter dem persischen Briefkopf lautet wie folgt:

Im Namen des Allerhöchsten

Hochverehrter Gelehrter,
Geschätzter Professor E. Markowitz,

Salaamon Alaikom – *Mit unseren allerherzlichsten Grüßen,*

Wir bedienen uns der hochgeschätzten Gelegenheit, Eure Hoheit davon in Kenntnis zu setzen, daß die »Gedenktagung zu Ehren des Großen, Glorreichen und Göttlichen Mystikers Mullah Sadra« in der Zeit vom 1sten bis 6ten Zelqadan in Isfahan stattfinden wird.

Diesem zufolge dünkt es uns äußerst zeitgerecht, nachzufragen, wann wir uns der Anwesenheit von Euer Hoheit werden erfreuen dürfen. In höchst angenehmer Erwartung sehen wir der Ankündigung entgegen, daß Eure Exzellenz zu einem Ihnen baldmöglichsten Zeitpunkt die Reise in den Iran antritt. Solchermaßen, daß wir gerüstet sind, Vorkehrungen hinsichtlich Flugkarten und Unterbringung in der altehrwürdigen Stadt Isfahan zu treffen, von welcher der Beiname lautet: Isfahan nsif Jahan – *Isfahan ist die halbe Welt.*

Mit dem allerhöchsten Respekt vor Euer Gnadenheit,
Dr. V.P. Jamil

Sekretär des Veranstaltungskomitees der Gedenktagung

Eine Einladung zu einem Referat in dieser Form hat Ed noch nie bekommen. Gleich in der Poststelle liest er sich den Brief zweimal hintereinander durch. Der glorreiche göttliche Mystiker Mullah Sadra fällt gewiß nicht in sein Fachgebiet, und er kann sich nicht vorstellen, wie die Burschen auf seinen Namen gekommen sind. Die Geschichte ist ein bißchen beängstigend, obgleich sie auf der anderen Seite beweist, daß er auf dem besten Wege ist, sich international einen Namen zu machen. Für Ed ist eine berauschende Zeit angebrochen; er ist ein vielgefragter Mann. Aber es ist in erster Linie die blumige Sprache des Briefes, die ihm in den Ohren klingt und seinen Gang beflügelt, als er jetzt in sein Büro zurückkehrt. In der heutigen Zeit, wo die Doktoranden einen unter der Privatnummer anrufen und ungeniert nach »Ed« fragen – und die jüngeren Semester nur auf die leiseste Ermunterung warten, um ihrem Beispiel zu folgen –, ist es unleugbar ein Vergnügen, im Pluralis majestatis angeredet und mit Exzellenz tituliert zu werden. Vielleicht steckt ja in jedem Wissenschaftler etwas von einem Höfling; besonders in denen, die sich wie Ed dem Studium der modernen Welt widmen und keine Gelegenheit haben, sich am pompösen Dekorum der Vergangenheit zu ergötzen.

Er geht in seinem Büro auf und ab und wartet auf den Anruf von Jill Bordles, der Funkredakteurin. Zwischendurch sortiert er die Papiere auf seinen beiden Schreibtischen und schiebt den Ordner mit den Sonderabdrucken von einem Stapel auf den nächsten. Er hat ein geräumiges Büro, in dem trotzdem ein heilloses Durcheinander herrscht; an den Wänden hängen Bilder von Sarah und den Kindern. »Das ist meine Tochter, die diesen Sommer heiraten wird«, pflegt er Besuchern zu erklären, obwohl das Photo von Miriam in der Uniform ihres Schulorchesters nicht recht zu dieser Beschreibung paßt. Das Telefon klingelt.

»Professor Markowitz?« sagt Jill Bordles. »Hi! Wie geht es Ihnen?«

»Sehr gut, danke«, sagt er. »Viel Arbeit. Und wie geht's Ihnen?«

»Phantastisch. Lassen Sie mich Ihnen kurz illustrieren, wie wir an die Sache rangehen. Wenn Sie erlauben, nehme ich dabei gleich die Chance wahr, etwas über Sie und Ihre Arbeit zu erfahren, Ihnen ein paar Fragen zu stellen.«

»Okay, schießen Sie los.«

»Ich habe hier einen Artikel vorliegen, den Sie 1989 unter dem Titel ›Der Terrorist, das andere Wesen‹ veröffentlicht haben. Darin schreiben Sie, daß schon unser Versuch, den Terroristen zu verstehen, an der unterschwelligen Prämisse leidet, der Terrorist sei uns wesensfremd und seine Motive und Moralvorstellungen deckten sich keinesfalls mit denen der zivilisierten Welt.«

»Das haben Sie sehr richtig wiedergegeben«, sagt Ed. »Und genau das ist es, was uns in Schwulitäten bringt, weil nämlich viele von uns mit einer Doppelmoral leben. Unsere jüdische Bevölkerung weigert sich zum Beispiel einzusehen, daß die Geburt des Staates Israel durch Terrorakte nicht unwesentlich erleichtert wurde. Den Terroristen, der unser eigenes politisches und gesellschaftliches Establishment angreift, betrachten wir indes als aus der Art geschlagenen Renegaten und verweigern ihm deshalb die Einordnung in unsere historische Tradition. Was im Kern bedeutet, daß wir die Augen vor dem Terroristen in uns selbst verschließen.«

»Und das hat zur Folge«, sagt die Bordles, »daß wir, wenn wir in der Schule die amerikanische Geschichte durchnehmen, etwa die Boston Tea Party nicht als Terrorakt präsentiert bekommen – weil sie längst Bestandteil unseres eigenen Mythos geworden ist.«

»Ja. Ganz recht. Obwohl natürlich genau genommen der Terrorismus als Konzept erst im neunzehnten Jahrhundert von Georges Sorel entwickelt und erstmals durch die Narodnaja-Wolja-Bewegung in Rußland in die Praxis umgesetzt wurde. Aber wenn wir das Thema von einer allgemeinen Warte aus betrachten, dann haben Sie absolut recht. Ein Ereignis wie die Boston Tea Party ist ein glänzendes Beispiel zur Stützung meiner These. Für uns ist das von der dritten Klasse an eine Heldentat. Daß dabei englisches Eigentum vernichtet wurde, ist im Schulunterricht nie thematisiert worden, und den Vorfall als Terrorakt einzustufen, käme uns erst recht nicht in den Sinn. Und dennoch stoßen wir bei näherer Betrachtung auf Rebellion, Verschwörung und Sabotage – die drei wichtigsten Säulen des Terrorismus. Was wir in unseren Klassenzimmern praktizieren, ist also ein eindeutiger Fall von ikonographischer Sublimation – oder anders ausgedrückt, unsere Schulen lehren, daß der Zweck die Mittel heiligt, sofern dieser Zweck dem Wohle der Vereinigten Staaten dient.«

»Professor Markowitz«, fragt Jill Bordles, »können Sie denn mit Ihrer These auch so etwas wie den Bombenanschlag auf das New Yorker World Trade Center entschuldigen?«

»Das ist eine Frage, die wir in ihrer ganzen Komplexität behandeln müssen«, sagt Ed. »Zunächst einmal würde ich es vorziehen, statt von *entschuldigen* von *verstehen* zu sprechen. Ich glaube, das ist etwas, was wir alle lernen müssen: hellhörig zu werden für die eigenen Widersprüche. Was haben wir bei uns selbst entschuldigt und straffrei durchgehen lassen? Welche Euphemismen bemühen wir, um eigene Rebellionen, selbst angezettelte Schlachten und Invasionen zu bemänteln – Genozide und Sklaverei in der eigenen Geschichte zu verschleiern? Und dann erst, ausgerüstet mit dieser Selbsterkenntnis, können wir uns der Kultur zuwenden, die den Terroristen hervorbringt; wir müssen zuvörderst seinen – oder ihren – Sittenkodex und die jeweilige Motivation verstehen.«

»›Wer in einem Land als Terrorist gebrandmarkt wird, gilt dem anderen als Freiheitskämpfer‹«, zitiert Jill Bordles aus seinem Buch.

»Sie haben Ihre Hausaufgaben aber sehr gründlich gemacht«, sagt Ed.

»Das gehört zu meinem Job«, wehrt sie bescheiden ab.

»Trotzdem, ich bin beeindruckt.«

»Nein, Ihr Buch hat mich wirklich fasziniert. Eine Stelle ganz besonders...« Er hört sie eilig blättern. »Ja, hier ist es! Sie machen da eine sehr scharfsinnige Bemerkung im sechsten Kapitel, wo Sie schreiben, daß wir einerseits verstehen müssen, daß auch unsere Geschichte und Kultur in gewaltsamen Eroberungszügen wurzelt und nicht nur im Mythos vom eigenen Pazifismus und der auf sich gestellten Agrargemeinschaft, mit der wir in unseren Pioniergeschichten renommieren. Andererseits aber sollten wir uns auch davor hüten, die Terroristen der muslimischen Welt einseitig nach den Wertmaßstäben unserer jüdisch-christlichen Tradition, so wie sie in Amerika verankert ist, zu beurteilen.«

»Ja, da stoßen Sie wirklich zum Kern der Sache vor, legen, wenn ich so sagen darf, den Finger in die Wunde.« Er erwärmt sich zusehends für sein Sujet. »Wir müssen uns diese Aufrührer, die wir ›Fremdlinge‹ nennen, sehr genau anschauen. Es ist unbedingt notwendig, daß wir, um uns selbst zu verstehen, das sogenannte

›andere Wesen‹ genau unter die Lupe nehmen. Gleichzeitig dürfen wir aber nicht vergessen, daß der Terrorist uns tatsächlich wesensfremd ist – sein Anderssein ist ein Faktum, und seine Welt unterscheidet sich in der Tat von der unseren –, und sehen Sie, genau darauf stützt sich mein Argument: Wenn wir imstande sind, von großen, freizügig liberalen Geistern wie Tocqueville oder Créve-coeur etwas über uns selbst zu lernen, dann können wir auch von den Terroristen lernen. Und wenn wir mit dieser Parallele Probleme haben, dann sagt das sehr viel über uns aus und über das, was wir in dem Spiegel, den der ›Andere‹ uns vorhält, zu erkennen bereit sind. Wir müssen offener werden gegenüber der Resonanz, die Amerika bei den übrigen Nationen weckt, dürfen uns nicht einseitig an den Klassikern der demokratischen Ideologie orientieren, sondern müssen uns auch damit auseinandersetzen, was solche Ad-hoc-Reaktionen wie die Terrorakte der jüngsten Zeit uns über Amerika und seine Politik, sein militärisches Machtpotential verraten.«

Er ist noch nicht ganz zu Ende mit seiner Argumentation, aber Jill Bordles fällt ihm ins Wort. »Professor Markowitz, ich danke Ihnen, daß Sie Zeit für mich hatten. Ich glaube, mit Ihnen haben wir den idealen Gast für unsere Sendung gefunden, denn Sie haben genau die fachliche Kompetenz und Objektivität, auf die es uns ankommt – und das nicht nur auf politischem, sondern auch auf dem intellektuellen Sektor.«

»Hat mich sehr gefreut, wirklich«, sagt Ed. »Und hören Sie, falls Sie noch Fragen haben – ich stehe Ihnen gern zur Verfügung, Anruf genügt.«

»Wir freuen uns auf Ihren Besuch im Studio. Also dann, bis Freitag.«

Beim Abendessen sagt Ed zu Sarah, seiner Frau: »Sie hatte mein Buch tatsächlich gelesen, was schon sehr schmeichelhaft war. Sie konnte mich wortgetreu zitieren.«

»Der Brief gefällt mir«, sagt Sarah mit einem Blick auf das Schreiben neben ihrem Gedeck. »Wirst du hinfahren?«

»Du möchtest, daß ich in den Iran fahre?« fragte Ed.

»Natürlich nicht. Wir müssen übrigens noch das Geschenk für Katie Passachoff besorgen.«

»Ich dachte, wir wollten nicht auf diese Bat Mizwa«, sagt Ed.

»Doch, wir gehen hin.«

»Ach, und warum?« stöhnt er. »Nach so einer anstrengenden Woche soll ich auch noch am Samstag zeitig aufstehen und den ganzen Tag im Shaarei-Tzedeck-Gemeindezentrum verbringen?«

»Wir haben das schon vor einem Monat besprochen«, sagt Sarah ungerührt. »Wir wollten uns die Musiker von den Passachoffs ansehen, wegen der Hochzeit.«

»Bloß ansehen? Spielen die auch, oder stehen sie bloß dekorativ in der Gegend herum?«

»Du weißt, was ich meine. Liz Passachoff hat Phil's Harmonic engagiert, und sie schwärmt in höchsten Tönen von dieser Band.«

»Ach ja, natürlich, die Phil's Harmonic mit Wie-heißt-er-doch-gleich.«

»Mit Phil!«

»Was für ein schrecklicher Namen für eine Kapelle. Wie heißt denn dieser Phil mit Nachnamen?«

»Katz.«

»Und warum hat er sich dann nichts mit Katz ausgedacht? ›Die Katzenjammer Kids‹ oder so?«

»Ich dachte, wir fahren morgen in die Stadt und besorgen ihr ein Buch«, sagt Sarah.

»Na gut.« Er seufzt. »Ich bin nur ziemlich erledigt, und meine Vorlesung muß ich auch noch vorbereiten. Aber weißt du«, sagt er, als er vom Tisch aufsteht, »diese Frau vom Sender N.P.R. hat ein erstaunliches Niveau, mit der konnte ich mich wirklich gut unterhalten, und mir sind bei dem Telefonat ein paar Definitionen gelungen, die ich so pointiert eigentlich noch nie formuliert habe. Diese Art Interviewsituation wirkt in der Tat befruchtend auf den eigenen Denkprozeß.«

»Na, das freut mich«, sagt Sarah. »Und *diesem zufolge dünkt es mich äußerst zeitgerecht,* daß du die Geschirrspülmaschine ausräumst.«

Ed bleibt fast bis Mitternacht auf, um seine Vorlesung auszuarbeiten, und als er ins Bett kommt, schläft Sarah schon. Normalerweise wälzt er sich noch eine ganze Weile hin und her, aber heute nacht schläft er gleich ein und beginnt zu träumen. Er kniet an einem niedrigen Pult in einem islamischen Gelehrtengarten und arbeitet. Die Bogenfenster des angrenzenden Gebäudes sind mit kunstvollen Schnitzereien verziert, der blau, purpurn und grün gekachelte Brunnen im Zentrum des Gartens ist umrahmt von herrlichen Blumenrabatten. Die Oberfläche seines Pultes fühlt sich an wie Seide, aber seltsamerweise liegt sein vertrautes Vorlesungsmanuskript darauf, und obendrein sitzt er in Sarahs orthopädischem Stuhl mit der Kniestütze, die angeblich den Rücken entlastet.

Mit einiger Mühe erhebt er sich aus dem Stuhl und wechselt hinüber in einen größeren Hof, der ganz mit Schmucklilien in abgestuften Purpur- und Lavendeltönen bepflanzt ist. Auch der Brunnen ist hier größer, das Mosaik auf seinem Grund goldgesprenkelt. Er setzt seinen Weg fort und gelangt in immer neue Gärten, einer prächtiger als der andere. Bis auf ein Pfauenpaar, das mit raschelndem Gefieder über die Kieswege stolziert, ist er ganz allein. Der Tag geht zur Neige, und er hat gewiß schon hundert Gärten durchmessen. Aber irgendwann hat er sich verirrt und findet nun nicht mehr zum Ausgang. Entsetzt gewahrt er, wie jäh die Nacht hereinbricht und ein samtener, perlenbestickter Vorhang sich im wahrsten Sinne des Wortes über den Himmel breitet.

An dieser Stelle schreckt er kurz hoch, weil Sarah ihm das Deckbett über den Kopf geworfen hat. Er strampelt sich frei und schubst die Decke zu Boden. Als er in den Traum zurückgleitet, findet er sich abermals im Labyrinth der Gärten wieder. Aber immerhin hat er jetzt die Anmeldung für die Gedenktagung gefunden. Die anderen Teilnehmer spazieren mit Getränken herum, und Ed erkennt Liz und Arnie Passachoff mit ihrer Tochter, dem Bat-Mizwa-Mädchen. Er sucht sich unter den Namensschildchen das seine heraus, das Persisch und Englisch bedruckt ist und die Aufschrift trägt: »Seine Gnaden Edward Markowitz, Tisch 15.«

Dann fällt ihm ein, daß er seine Aufzeichnungen im Gelehrtengarten vergessen hat. Natürlich ist er nicht so dumm, deswegen noch einmal zurückzugehen. Er steuert vielmehr geradewegs auf den Vorsitzenden der Konferenz zu, der eine schwarz gerahmte Brille trägt und sich über den Anmeldetisch beugt. »Ich möchte meinen Vortrag ex tempore halten«, sagt er.

»Alles wird so geschehen, wie Sie es wünschen«, sagt der Vorsitzende zu ihm. »Wenn Sie bitte das Tagungsprogramm in Empfang nehmen wollen.« Damit reicht er Ed ein in vergoldetes Leinen gebundenes Buch. Ed sieht gleich, daß es sich um einen Ausstellungskatalog handelt und daß jede Abbildung eine Miniatur eines der Gärten zeigt, die er zuvor durchwandert hat. Hier ist der goldgesprenkelte Brunnen, dort der Lilienhof. Im Begleittext liest er:

Wer verstummte nicht angesichts dieser meisterhaften Proben handwerklichen Könnens? Dieser gleißenden Farbenpracht? Staunend und ergriffen stehen wir vor der Kunstfertigkeit des Miniaturenmalers, der uns durch die dargestellten Gärten führt, als wandelten wir leibhaftig zwischen ihren Hecken oder lauschten dem Plätschern eines echten Brunnens. Diese nur ganze drei Zoll große Handschriftenillumination stellt eine der liebreizendsten Landschaften auf Gottes Erdenrund dar.

Das stammt von Henry, denkt Ed, und er begreift, daß es sein Bruder in England war, der diese Konferenz organisiert und diese Texte verfaßt hat. Henry ist der einzige, der ständig in einem Ton von »Gottes Erdenrund« spricht, als wäre die Welt eine Standuhr mit überdimensionalem Zifferblatt. Henry mit seinem erlesenen Geschmack und den stockfleckigen Sammlungen. Henry, der Ed seit Jahren in den Ohren liegt, er solle doch ein Buch über die islamische Kultur schreiben, und das, obwohl er ganz genau weiß, daß Ed sich auf Politik und Zeitgeschichte spezialisiert hat. Ja, ohne Zweifel verdankt er seinem Bruder diese Einladung, die freilich nicht in den Iran führt, sondern ins alte Persien.

Ed erwacht fröstelnd. Von seinem Traum ist ihm nichts weiter im Gedächtnis geblieben als der Verdacht, sein Bruder habe ihm die Einladung zu der Konferenz in Isfahan zugeschanzt. Könnte das wahr sein? Hat Henry, auch wenn er nur am äußersten Rand der Oxforder Gelehrtenschmiede lebt, jemanden vom Orientalischen Institut kennengelernt und ihm Eds Namen genannt? Ed steht auf und wäscht sich das Gesicht. Henry hat wahrscheinlich nichts mit dem Schreiben aus dem Iran zu tun. Es war nur der manierierte, schnörkelig gestelzte Briefstil, der ihn an seinen Bruder erinnert hat. Henry hätte sich trotz der wunderlichen Fehler dafür begeistert. Im Gegensatz zu Ed, dem Vertreter der Moderne, hat er sich von Jugend auf für die Alte Welt entschieden. So jedenfalls hat Ed es sich zurechtgelegt, obwohl in Wahrheit Henry der Geschäftsmann ist und er, Ed, im Dienste der Wissenschaft steht. Er geht hinunter zum Frühstück. Es geschieht nicht oft, daß er sich Gedanken über seinen Bruder macht. Zumindest versucht er es zu vermeiden, denn Henrys ästhetische Höhenflüge kosten ihn zuviel Kraft. Der Brief liegt noch an Sarahs Platz auf dem Küchentisch. Ed faltet ihn zusammen und legt ihn auf den Stapel Rechnungen in der Diele. Dann vergewissert er sich, daß sein Vorlesungsskript in der Aktentasche ist, wo es hingehört.

An dem Tag holt Sarah ihn nach der Arbeit vom Büro ab und besteht darauf, daß sie gemeinsam im Universitätsbuchladen ein Geschenk für Katie Passachoff aussuchen. »Morgen, hast du gesagt, paßt es dir überhaupt nicht«, erinnert sie ihn, »und am Freitag hast du diesen Termin beim Rundfunk.«

»Ist es denn wirklich nötig, daß wir das Geschenk zu zweit aussuchen?«

»Ja, weil ich es leid bin, Geschenke zu kaufen, für die ich hinterher kritisiert werde«, sagt sie.

»Ich habe doch nur gesagt, daß ein jüdisches Buch zu einem solchen Anlaß passender wäre.« Die beiden sind in den letzten Monaten auf zahlreichen Bar und Bat Mizwas gewesen. Viele ihrer Freunde haben zum zweitenmal eine Familie gegründet, und nun müssen Ed und Sarah bei den heranwachsenden Kindern noch einmal die Meilensteine miterleben.

In der Judaika-Abteilung der Buchhandlung finden sie etliche Haggadas, *Das große Buch des jüdischen Humors* und einen bebilderten Prachtband mit dem Titel *Große jüdische Musiker.* »Ich hatte eigentlich mehr an einen Roman gedacht«, sagt Sarah.

»Gut, dann geh du rüber zur Belletristik und triff eine Auswahl.« Ed sieht sich weiter bei den Judaika um und zieht ein paar Bücher aus den Regalen. Er ist stolz darauf, nie viel Zeit mit Einkäufen zu verschwenden. Nach wenigen Minuten hält er drei Bände im Arm. »Okay, such dir eins davon aus«, sagt er. »Hier hätten wir *Goodbye, Columbus*...«

Sie schüttelt den Kopf.

»Aber das ist ein Klassiker unter den Jugendbüchern!«

»Nein. Ich glaube, das ist nicht das richtige.«

»Wie meinst du das?«

»Ed, du bist mit solchen Büchern groß geworden. Aber sie ist ein Mädchen, und sie lebt nicht in den fünfziger Jahren.«

»Na, erlaube mal!« sagt Ed. »Aber gut, meinetwegen. Wie wär's dann mit den Erzählungen von Isaac Bashevis Singer?«

»Nein, bloß nicht!«

»Wie bitte?«

»Singer ist nichts für eine Zwölfjährige.«

»Aber das ist eine sehr schöne Hardcoverausgabe«, beteuert Ed.

»Singer ist abartig«, sagt Sarah.

»Er ist ein großer Schriftsteller!«

»Der zwanghaft über Entjungferung schreibt! So was taugt nicht als Bat-Mizwa-Geschenk.«

»Wie du meinst. Dann bleiben noch *The Adventures of Augie March.* Das ist nun wirklich ein tolles Buch.«

»Aber zu schwer für eine Zwölfjährige.«

»Also weißt du, das eine ist dir zu schwer, das andere zu pervers. Nun laß mal sehen, was du ausgesucht hast. Nein, wie originell: *Das Tagebuch der Anne Frank*. Und was ist das? Ich dachte, wir hätten uns auf jüdische Bücher geeinigt. Und jetzt kommst du mit *Kleine Frauen* daher? Sarah! Mir wirfst du vor, ich lebe in der Vergangenheit. Von wegen fünfziger Jahre. Du gehst ja gleich noch hundert Jahre weiter zurück.«

»Ich habe mehr an ihre Altersgruppe gedacht«, sagt Sarah.

»Und ich dachte, wir suchen nach einem großen jüdischen Roman. Also bringe ich dir klassische jüdische Literatur und handele mir einen Korb ein. Aber von mir verlangst du, daß ich *Kleine Frauen* akzeptiere?« Er sieht sie mit ihrer übergroßen Handtasche vor sich stehen und begreift, daß sie als Zwölfjährige genau diese Bücher gelesen haben muß, und er ist gerührt. »Versuchen wir's noch mal«, sagt er, und sie wenden sich wieder den Regalen zu.

»Oh – Chaim Grade«, ruft Sarah begeistert. »Das wäre doch was – *My Mother's Sabbath Days*.«

»O Gott, nein«, sagt Ed.

»Zu traurig?«

»Garantiert das traurigste Buch, das ich je gelesen habe. Ich hab nicht mal bis zum Ende durchgehalten. Hör zu, warum müssen wir ihr eigentlich ein Holocaust-Buch schenken?«

»Wer hat was von Holocaust gesagt?«

»Alles, was du anschleppst, sind Holocaust-Bücher. Du fliegst förmlich drauf.«

»Tu ich nicht! Ich suche bloß nach jüdischen Autoren.«

Eine halbe Stunde lang durchkämmen sie die Regale und streiten miteinander. Zum Schluß kaufen sie *Das Tagebuch der Anne Frank* und *Surely You're Joking, Mr. Feynman.*

Als sie heimkommen und ihre Einkaufstüten in der Küche abstellen, sagt Ed: »Ich bin absolut sicher, daß Henry diese Leute dazu gebracht hat, mich in den Iran einzuladen.«

»Wen kennt er denn da?« fragt Sarah.

»Henry kennt Gott und die Welt! Er ist ein professioneller…«

»Geschichtenerzähler?«

»Nein – ein Jenta. Wahrscheinlich hat er jemanden in einem Antiquitätenladen kennengelernt, vielleicht auch im Ashmolean Museum, in der Radcliffe Camera oder in irgendeiner Gesellschaft, er ist doch überall Mitglied. Da ist er dann mit so einem Iraner ins Gespräch gekommen und hat ihm in meinem Namen ein Referat angeboten. Er wird denen alles über meine Arbeit erzählt haben, und nun bin ich da drüben aktenkundig.«

»Im Iran?«

»Klar, die informieren sich jetzt über mich.« Ed läuft unruhig in der Küche hin und her.

Sarah wischt seine Bedenken mit einer Handbewegung beiseite und kocht sich einen Kaffee.

»Um was wollen wir wetten, daß Henry das irgendwie gedeichselt hat?«

»Willst du anrufen und ihn fragen?«

»Nein, ich werde ihn nicht anrufen.«

»Und warum nicht?« fragt Sarah.

»Weil er jedesmal, wenn ich anrufe, hysterisch wird und glaubt, es wäre was mit Ma.«

»Also bei dir Telefonmuffel ist die Annahme auch berechtigt, Ed.«

»Na und? Er könnte mich ja auch ab und zu anrufen.«

Dieses Gespräch geht ihm abends vor dem Einschlafen noch einmal durch den Kopf, und prompt träumt er von seinem Bruder. Der Traum spielt in Henrys Wohnung in Oxford mit den dunklen Polstermöbeln und den Bücherbergen. »Henry«, sagt Ed, »du hast den Persern meinen Namen gegeben, und jetzt haben sie nach mir geschickt.«

»Lieber Edward«, sagt Henry. »Das ist ja großartig!« Er trägt eine grünrot gemusterte Hausjacke mit passenden wattierten Pantoffeln und auf dem Kopf einen Fez, von dem eine goldene Quaste herunterhängt. »Haben sie mit dir korrespondiert? Das ist ja wie eine Episode aus Montesquieus *Lettres Persanes*. Hab ich dir mal meine Ausgabe davon gezeigt? Superb! Hier, dieser Stich zeigt die Ankunft der Perser am französischen Hof. Siehst du, wie fassungslos sie die Pariser Mode mustern und die gepuderten Perücken? Und da sitzt eine persische Dame mit gezücktem Federkiel an ihrem Reisepult und schreibt einen Brief in die ferne Heimat. Der Einband ist noch original, achtzehntes Jahrhundert. Weißt du, wie teuer so etwas ist? Nein, frag mich lieber nicht.«

»Okay, wie du willst.«

Henry wirkt enttäuscht. »Wann reist du ab?«

»Ich fahre nicht nach Persien«, sagt Ed zu ihm.

»Aber sie erwarten dich doch!«

»Begreifst du denn nicht, welcher Gefahr ich mich aussetzen würde?« fragt Ed gereizt. »Schließlich handelt es sich hier um eine von islamischen Absolutisten regierte Theokratie!«

»Aber Edward, bedenke, wie vielen Menschen wird eine solche Chance geboten? Und stell dir vor, was für ein Buch du hinterher schreiben könntest. Nicht bloß eines über, sondern ein Buch *an* sie: eine Umkehrung der *Lettres Persanes*, in der du die exotische Gestalt wärest!«

»Für was hältst du mich, einen Anthropologen?« fragt Ed unwirsch. »Wenn irgendwer den Exoten spielen könnte, dann du.«

Henry wird rot. »Aber ich dachte, Persien würde dir gefallen. Eigentlich wollte ich ja nicht darüber sprechen, doch es hat mich viel Mühe gekostet, diese Einladung zu arrangieren. Es sollte eine Geburtstagsüberraschung werden. Susan und ich, wir haben uns lange den Kopf zerbrochen. Ursprünglich wollten wir dir das neue *Oxford English Dictionary* auf CD-ROM schenken, aber dann habe ich mir überlegt, wie geschmacklos es ist, diese reiche, bildhafte Sprache auf so eine kleine Diskette zu pressen – genauso verwerflich wie Synthesizer-Musik. Und da dachte ich mir, wo du schon über das Verständnis für das Andersartige geschrieben hast, könntest du doch in deinem nächsten Buch die Anverwandlung dieses Anderen, Fremdartigen thematisieren.«

»Ich habe kein Interesse an solchen Mutationen«, sagt Ed. »Diese Experimente überlasse ich dir und deinen Freunden im Exil.«

Henry schenkt ihm eine Tasse Tee ein. »Edward, reg dich bitte nicht auf. Ich dachte, wenn du dort hinfährst und dich mit ihnen zusammensetzt, dann könntest du unsere Probleme lösen, weil du die arabische Mentalität verstehst.«

»Ich verstehe ja nicht mal dich«, sagt Ed. »Und von dem, was in den Köpfen der Araber vorgeht, habe ich erst recht keinen Schimmer.«

»Aber solltest du das nicht herausfinden?«

»Nicht im persönlichen Kontakt«, knurrt Ed. »Und überhaupt, wie oft habe ich dir das jetzt schon erklärt? Iraner sind keine Araber, das sind Perser.«

Er verläßt das Zimmer und findet sich im Apartment seiner Mutter in Venice, Kalifornien wieder. Auch Rose gießt ihm einen Tee ein, und dazu bietet sie ihm Schokoladenplätzchen vom Pfadfinderinnenbund an. »Die Mädchen kamen an die Tür, was sollte ich machen«, sagt sie. »Probier doch, mein Junge. Aber ich möchte dir etwas über die Perser erzählen. Die sind Israel nicht wohlgesinnt. Esther war ein bildschönes Mädchen, und sie hat ihr bestes gegeben, aber es war nun mal eine Mischehe. Über die Bekehrung von König Ahasverus hört man so gut wie nichts. Und ich persönlich glaube auch nicht daran. Ich habe dir einiges für die Reise besorgt. Tiefkühlgerichte von Wilton, die sind sehr teuer, also iß sie gefälligst. Und Lutschbonbons gegen das Ohrensausen im Flugzeug. Und dann habe ich dir aus der *Times* einen Artikel von William Safire ausgeschnitten, in dem er beschreibt, wie die internationalen Terroristen alle von New York aus operieren, weil wir so eine liberale Rechtsprechung haben.«

»Ja, den hab ich schon gelesen«, sagt Ed.

»Und was hältst du davon?« fragt Rose. »Die arabischen Mudschahedin aus dem Libanon versorgen sich im Sudan mit ägyptischen Pässen, und iranische Meschugojim werden nach Paramus und Oklahoma City eingeschleust.«

»Panikmache, wie gewöhnlich.«

»Aber er schreibt so wunderschön«, sagt Rose und überfliegt noch einmal den Zeitungsausschnitt. »Ich wünschte, du hättest eines Tages auch so eine Kolumne. Am liebsten lese ich sie ja sonntags, wenn er über die englische Sprache schreibt. Das ist zu schön.« Ed schreckt aus dem Schlaf hoch. Der Traum zieht noch einmal flackernd an ihm vorbei und erlischt.

Als Ed zu dem Interview mit *Talk of the Times* in den Sender kommt, nimmt Jill Bordles ihn in Empfang und führt ihn ins Aufnahmestudio, wo bereits der zweite Gast wartet, ein libanesischer Christ namens Georges Zaghlul, dem Ed schon mehrfach begegnet ist. Zaghlul und er nehmen rechts und links von Bob Kennedy, dem Moderator, Platz. Um Punkt drei macht Kennedy seine Ansage: »Guten Tag, verehrte Hörer, hier ist die Freitagsausgabe von *Talk of the Times*, wie immer an diesem Tag mit einem außenpolitischen Thema. Heute wollen wir die schwierige Lage im Nahen Osten diskutieren und uns dabei vor allem der Frage widmen, was Israel, die arabischen Staaten und die USA tun können, um den Friedensprozeß in Gang zu bringen. Meine Gäste im Studio sind heute Professor Edward Markowitz von der Georgetown University, ein bekannter Terrorismusexperte und vormals Mitglied des Oxforder Friedenszentrums. Und Georges Zaghlul vom Komitee für Frieden und Gerechtigkeit im Nahen Osten. Herzlich willkommen, meine Herren. Beginnen wir mit Ihnen, Professor Markowitz. Wie ist es Ihrer Meinung nach im Augenblick um die Friedensbemühungen bestellt? Und wie, glauben Sie, werden sich die Bombenattentate hier in den Staaten und die gewaltsamen Ausschreitungen in Israel, nicht zu vergessen die Anschläge der militanten Muslime in Ägypten, auf die bislang erzielten Erfolge auswirken?«

»Also ich bin optimistisch, Bob«, sagt Ed. »Und ich sehe auf allen Seiten die Bereitschaft zu Besonnenheit und Dialog. Im übrigen haben wir es ja bereits erlebt, daß die Israelis mit ihren Nachbarn an einem Tisch saßen...«

»Sie beziehen sich auf die unter der vorigen Regierung eingeleiteten Friedensgespräche«, fällt Bob ein.

»Ja. Und wir haben gegenwärtig in Israel ein Klima, angesichts dessen die Kampagne ›Land für den Frieden‹ nicht länger als Sakrileg gilt...«

»Sie meinen den Appell an Israel, Land für den Frieden abzutreten«, erläutert Bob für die Hörer.

»Ganz recht.« Ed fängt an, sich über diese ständigen Unterbrechungen zu ärgern.

»Aber was ist mit den zunehmenden Terroranschlägen? Halten Sie als Terrorismusexperte die für besorgniserregend?«

»Also der Terrorismus«, sagt Ed, »ist ein komplexes Phänomen mit vielen Facetten...«

»Wie steht's mit Ihnen, Georges Zaghlul?« fragt Bob dazwischen. »Würden Sie sagen, daß die islamische Welt sich von gewissen Taktiken der Terroristenszene distanziert?«

»Aber selbstverständlich«, antwortet Zaghlul. »Der Islam ist eine Religion des Friedens, die traditionell für Mäßigung und Toleranz gegenüber Minderheiten eintritt. Doch wenn wir den Terrorismus analysieren wollen, dann müssen wir uns von den Schlagzeilen lösen und uns mit den Ursachen für Kampf und Gewalt auseinandersetzen. Wenn halbwüchsige Kinder, die mutwillig mit Steinen werfen, von automatischen Waffen niedergemäht werden, dann schafft das natürlich böses Blut.«

»Wir haben schon sehr viele Hörer in der Leitung«, sagt Bob. »Ich rufe als erstes Carol in San José. Hallo, Carol, Sie sind mit *Talk of the Times* verbunden.«

»Hi, Bob. Ich höre regelmäßig Ihre Sendung«, sagt Carol.

»Danke, das freut uns«, antwortet er.

»Ich hätte eine Frage an Professor Markowitz«, fährt Carol fort.

»Während des Golfkriegs wurde von den Reisebüros eine Empfehlung herausgegeben, der zufolge man das Flugzeug nur dann benutzen sollte, wenn es wirklich keine andere Möglichkeit gab. Nun habe ich in letzter Zeit sehr viel über die Sicherheitsvorkehrungen der Flughäfen gehört und wüßte gern, ob die Empfehlung, auf das Flugzeug zu verzichten, nach wie vor gilt.«

Ed blinzelt unsicher. »Nicht daß ich wüßte«, sagt er. »Allerdings bin ich, was die Sicherheitsvorkehrungen der Flughäfen angeht, nicht unbedingt auf dem laufenden.«

»Also Sie haben es gehört, Carol, danke für Ihren Anruf«, sagt Bob. »Und nun zu Joyce in Silver Spring.«

»Hallo, meine Frage richtet sich an Ihre beiden Gäste«, sagt Joyce. »Wo Sie doch über die islamische Welt sprechen, hätte es mich interessiert, ob einer von Ihnen den Film *Nicht ohne meine Tochter* gesehen hat? Ich meine den Film, der nach der Autobiographie einer Amerikanerin gedreht wurde, die versucht hat, ihre Tochter aus dem Iran freizubekommen.«

»Ja, den habe ich gesehen«, sagt Ed.

»Was mich interessieren würde – sind die Frauen in der arabischen Welt wirklich so abhängig?«

»Also zunächst einmal sind Iraner natürlich keine Araber«, sagt Ed.

Joyce präzisiert ihre Frage: »Ich meine wohl eher die muslimische Welt.«

»Nun, dazu kann ich folgendes sagen«, erwidert Ed. »Nach meiner Ansicht hat der Film die Unfreiheit der Frauen zutreffend wiedergegeben, auch wenn ich mich an ein paar Szenen erinnere, die offenbar sehr frei bearbeitet waren. Zum Beispiel die Szene, in der die Frau auf dem Basar Kontakt zu einer Fluchthelferorganisation aufnimmt – da mußte man natürlich von der Realität abweichen, schon um die realen Vorbilder nicht zu gefährden.«

»O nein, da war nichts verändert«, sagt Joyce. »Genauso steht es im Buch.«

Worauf Bob mit dröhnender Stimme dazwischenfährt: »Hasan in Oklahoma City, Sie sind auf Sendung!«

»Hallo, mein Name ist Hasan. Ich habe mir angehört, was Ihre Gäste eingangs gesagt haben, und ich wüßte gern, in wessen Namen sie sprechen, wenn sie behaupten, es sei eine Tendenz zur Mäßigung zu verzeichnen. Die Herren sind beide Amerikaner und ganz offensichtlich von Israel für einen Propagandafeldzug angeheuert...«

»Ist das eine Frage oder ein Kommentar«, unterbricht Bob Kennedy den Anrufer.

»Beides. In erster Linie Kommentar, aber mit einem Fragezeichen versehen.«

»Also gut. Aber fassen wir uns kurz.«

Georges Zaghlul stellt klar: »Ich bin kein Amerikaner, und ich werde nicht von Israel bezahlt.«

Doch Hasan fährt unbeirrt fort: »Sie müssen die Propaganda begreifen, die hinter ›Land für den Frieden‹ steckt. Das sind doch bloß israelische Lippenbekenntnisse. Damit verschleiern die Israelis ihren Mißbrauch der Menschenrechte, lenken ab von ihrem Kernwaffenarsenal und den terroristischen Methoden, mit denen sie Eigentum und Menschenleben vernichten.«

»Lassen Sie mich etwas erklären«, sagt Ed. »Wie in jedem anderen Staat gibt es auch in Israel eine Vielfalt von Meinungen, und die Politik des Landes hat im Laufe seiner Geschichte nicht weniger Umschwünge und Richtungsänderungen erfahren als anderswo. Aber daraus abzuleiten, daß jeder Schritt hin zu einem gemäßigten Kurs von vornherein gefährdet sei...«

»Oder, um es mit John Lennon zu sagen: Give Peace a Chance«, resümiert Bob für ihn.

»Nein«, sagt Ed gereizt, »bitte lassen Sie mich mein Argument zu Ende führen.«

»Sehen Sie«, ruft Hasan triumphierend, »er ist gar nicht am Frieden interessiert. Was ihn interessiert, ist die öffentliche Meinung, und das hat finanzielle Gründe, denn...«

»Hören Sie, Hasan«, unterbricht Ed ihn, »bevor wir Israel herausgreifen, nebenbei bemerkt den einzigen demokratischen Staat im Nahen Osten, sollten wir uns vergegenwärtigen …«

Hasan fällt ihm ungerührt ins Wort. »Israel ist eine Kolonie der USA, die sich einer rassistischen Ideologie verschrieben hat. Die Israelis besetzen Land, das ihnen nicht gehört, sperren die Einheimischen in Konzentrationslager und errichten überall Waffenlager.«

»Moment mal«, sagt Ed. »Betrachten wir das doch bitte im Kontext und machen wir uns klar, worauf Israel gezwungenermaßen reagiert. Das Land ist umringt von radikalen, absolutistischen, antiwestlichen Theokratien. Nehmen Sie nur die Irakis. Oder die Per… die Iraner. Und davon ganz abgesehen, sollten wir denjenigen in Israel, die das Dilemma der Palästinenser erkannt haben und sich um eine Lösung bemühen, Achtung und Beifall zollen.«

Hasan sagt wieder: »Das ist doch nur israelische Propaganda.«

»Woher beziehen Sie Ihre Informationen?« fragt Ed zurück.

»Okay, wir müssen weitermachen, wir haben noch viele Hörer in der Leitung«, sagt Bob Kennedy.

Aber Ed läßt nicht locker. »Worauf stützen sich Ihre Anschuldigungen? Oder, anders gefragt, verraten Sie uns doch, welcher Organisation Sie angehören …«

Bob Kennedy macht Ed mit den Händen Zeichen und schüttelt heftig den Kopf.

»Kommen Sie, sagen Sie uns den Namen Ihrer Organisation«, drängt Ed.

»Meine Herren«, mahnt Kennedy, »auf uns warten heute noch eine ganze Reihe von Themen.«

»Einen Moment müssen Sie sich schon noch gedulden!« Ed vergißt seine Hörsaal- wie seine Funkmanieren. »Also, Hasan, sagen Sie uns, wer Sie bezahlt?«

»Georges Zaghlul«, unterbricht Kennedy, »wie stehen Sie zu den Fragen, die unser Hörer aufwirft? Ist seine Sorge berechtigt?«

»Zweifellos, es besteht durchaus Grund zur Besorgnis«, hebt

Zaghlul an. Während er spricht, schiebt Kennedy Ed einen Zettel zu: »Bitte verärgern Sie die Hörer nicht!«

Als die zweistündige Sendung zu Ende ist, hat Ed rasende Kopfschmerzen. Er kann kaum noch geradeaus gucken, und auf der Heimfahrt wäre er um ein Haar mit einem Radfahrer zusammengestoßen. In dem Zustand lohnt es nicht, noch einmal in die Universität zu fahren. Statt dessen holt er eine angestaubte Flasche Scotch von dem Bord über dem Kühlschrank und schenkt sich ein Glas ein. Erst haben sie ihn mit ihrer aufgeweckten, intellektuell wirkenden Redakteurin – der, die lesen konnte – in Sicherheit gewiegt, um ihn dann so unbarmherzig in die Arena zu stoßen, daß er weder seinen Gedanken lauschen, geschweige denn seine Argumente formulieren konnte. Und dabei hatte er sich eingebildet, der staatliche Rundfunk würde ihm die Chance zu einem richtigen Statement geben, und er würde sich nicht nur über Toleranz und Koexistenz im Nahen Osten äußern können, sondern auch über unseren Umgang mit anderen Kulturen, über die Notwendigkeit, unsere Prämissen zu überdenken und die Klischees zugunsten einer aufgeklärteren, einer kosmopolitischen Weltsicht über Bord zu werfen. Doch dann hat er wieder einmal die Beherrschung verloren, und aus war es mit dem goldenen Mittelweg, den Jill Bordles in seinem Buch so bewundert hatte. Er konnte einfach nicht anders; dieser einfältige, jede ernsthafte Äußerung zensierende Radiomoderator und diese Mischung aus Ignoranz und Diffamierung seitens der Anrufer haben ihn dazu provoziert. Trotzdem, Georges Zaghlul hat die Nerven behalten; er ist eben ein Lobbyist, ein gedungener Mörder. Aber er, Ed, hat sich maßlos blamiert. Deshalb ist er auch, ungeachtet seiner Jugendträume, Akademiker geworden und kein Diplomat. Seine Studien und Schriften über diplomatische Konzepte hat die *Near Eastern Review* als »brillant« eingestuft, aber die Mentalität eines Diplomaten, die hat er nicht.

Am nächsten Tag stehen Ed und Sarah im Gemeindesaal der Shaarei-Tzedek-Synagoge. Ed trägt eine pfirsichfarbene Jarmulke mit goldgeprägtem Innendruck: »Bat Mizwa Katie Passachoff«.

»Ich habe Sie gestern in *Talk of the Times* gehört, Ed«, sagt die schlanke, weißhaarige Ida Brown zu ihm, während sie in der Schlange vor dem Büfett warten. »Er war großartig, nicht wahr, Sidney?«

Sidney nickt. »Diesem Araber aus Oklahoma City, dem haben Sie's tüchtig gegeben. Sie haben den Burschen durchschaut. ›Ich bin froh‹, hab ich zu Ida gesagt, ›daß wir einen dabei hatten, der Israel verteidigen konnte.‹«

»Ich bin nicht in der Sendung aufgetreten, um Israel zu verteidigen.« Ed ist immer noch gereizt. »Ich wollte über den Terrorismus und seine Auswirkungen auf den Friedensprozeß sprechen.«

»Das geht doch alles Hand in Hand«, sagt Sidney Brown.

Gäste und Angehörige der Familie Passachoff gehen auf der anderen Seite des Büfetts entlang und filmen mit raffinierten Kameraschwenks die aufgebauten Speisen. Im Zentrum der Tafel tranchiert einer der Köche den Rinderrücken.

Die Greenbergs winken ihnen vom anderen Ende der Schlange zu, und ihm scheint, als riefe Jeanne Greenberg: »Toll waren Sie in *Talk of the Times*«, während Art Greenberg ihm mit erhobenem Daumen Anerkennung zollt.

Ed sieht Sarah an. »Da hast du's«, sagt sie, »alle waren begeistert.«

»Ja, sicher.« Ed seufzt. »Schließlich habe ich ihnen die Araber-Hatz geliefert, auf die sie so scharf waren.«

»Reg dich nicht auf. Du hast ihnen eine Freude gemacht.«

»Und mich zum Gespött der Fakultät.«

»Jetzt mach aber mal einen Punkt. Du bist der Mann der Stunde.«

Mehrere Leute kommen an Tisch 11 vorbei, um Ed zu gratulieren. Die Veteranen unter ihnen, über achtzigjährige Greise, beglückwünschen auch Sarah und sagen ihr, sie sei gewiß sehr stolz auf die Leistungen ihres Gatten. Sarah dankt ihnen allen.

Ein Trommelwirbel kündigt die Bat-Mizwa-Torte an, die die Kellner für alle sichtbar auf einem hohen weißen Tisch hereinrollen. Obenauf prangt ein Marzipanbuch mit goldenem Lesezeichen. Die aufgeschlagenen Buchseiten tragen eine Widmung an Katie. Der Tisch ist ringsum mit Halterungen für die Geburtstagskerzen versehen. Katie Passachoff tritt vor und läßt sich neben der Torte photographieren. Mit ihren langen Beinen wirkt sie sehr schlank in dem geblümten Kleid, und sie trägt eine große runde Brille. Vor laufenden Videokameras ergreift sie das Mikrophon.

»Noch eine Ansprache?« fragt Ed seine Frau.

»Nein«, flüstert Sarah zurück, »ich glaube, jetzt fordert sie die Gäste auf, die Kerzen anzuzünden.«

Und tatsächlich stimmt der Keyborder der Phil's Harmonic eine gedämpfte Begleitmelodie an und Katie beginnt:

Freunde hab ich sonder Zahl
Lieb sie herzlich allzumal.
Und ich bitt', enttäuscht mich nicht,
Jeder zünde an ein Licht.

Du liebes Dreigestirn
Tritt vor geschwinde,
Darcy, Brittany und Gerlinde.

Ed und Sarah sehen zu, wie die drei Freundinnen aufstehen, um die Kerzen anzuzünden. »Nein, so was«, sagt Ed, »Verse mit Klavierbegleitung. Haben wir das schon mal erlebt?«

»Sie macht das sehr souverän«, meint Sarah mit einem Blick auf die rezitierende Katie.

»Das sagst du bei jeder Bat Mizwa«, hält Ed ihr vor. Und ein paar Minuten später fragt er: »Wie viele Kerzen kriegt sie denn? Da stehen ja jetzt schon siebzehn Leute.«

»Viele teilen sich eine Kerze«, erklärt Sarah.

Eine Frau, die Ed noch nie gesehen hat, beugt sich vom Nachbartisch herüber und flüstert: »Sie kennen mich nicht. Ich bin Katies Tante. Ich wollte bloß sagen, ich habe Sie im Radio gehört. Ich hab zwar nur den Schluß mitbekommen, aber hab ich das richtig verstanden – Sie haben ein Buch geschrieben?«

Just in dem Moment liest Katie Passachoff:

Du, nach der ich oft mich sehne,
Entzünd' eine Kerze, Tante Irene.

»Ich glaube, Sie sind dran«, sagt Ed zu Katies Tante.

»Ja, Sie haben recht. Danke«, flüstert sie.

Als der Kuchen endlich zum Anschneiden hinausgerollt wird, setzt die Band wieder ein, und Sarah möchte tanzen. »Komm, wir müssen doch die Kapelle für die Hochzeit ausprobieren. Hör mal, was spielen sie da?« Sarah summt ein paar Takte mit. »›More‹? Ich glaube, sie haben unseren Stil getroffen!«

Sie gehen auf die Tanzfläche, wo etliche Paare sich mehr recht als schlecht neben den schwungvollen Millers behaupten, die im Tanzkurs waren und seither keine Gelegenheit auslassen, um auf dem Parkett zu glänzen.

»Vielleicht sollten wir auch ein paar Stunden nehmen«, sagt Sarah mit einem Blick über Eds Schulter.

»Wozu?« fragt Ed. »Also ich kann's gar nicht glauben, wer mich alles im Radio gehört hat.«

»Das hab ich dir doch gleich gesagt.«

»Aber der Sender wird mich kein zweites Mal einladen.«

»Na und? Dafür wollen sie dich im Iran. Meinst du, wir sollen sie engagieren?« Sie deutet mit dem Kopf auf Phil's Harmonic.

»Unbedingt. Die Jungs sind wirklich prima. Der Keyboarder, der Katie bei der Kerzenzeremonie begleitet hat, der hat mir besonders gut gefallen.«

Sarah sieht ihn skeptisch an.

»O Gott, Fran und Stephen pirschen sich ran«, sagt Ed und wappnet sich gegen neuerliche Lobeshymnen für seinen Auftritt.

»Wie geht's euch? Sarah? Ed?« erkundigt sich Fran. »Ist es nicht ein reizendes Fest? Findet ihr es nicht auch unglaublich, daß Katie schon zwölf ist? Da fühlt man sich plötzlich richtig alt. Dabei kommt es mir vor, als wäre sie erst gestern auf die Welt gekommen.«

»Ach ja«, wirft Stephen Miller ein, »mit der Zeit erinnert man sich nicht mehr an die Jahre, sondern bloß noch an die Jahrzehnte.«

»Und Ihre Älteste heiratet demnächst?« sagt Fran zu Sarah und schüttelt den graumelierten Kopf. Sie plaudert unbefangen weiter, und Ed sieht sich nach einer Fluchtmöglichkeit um, als ihm klar wird, daß sie und Stephen sich die Radiosendung nicht einmal angehört haben.

DIE VIER FRAGEN

ED SITZT IN DER blitzblanken Küche seiner Schwiegermutter Estelle und preßt den Telefonhörer ans Ohr. »Kommt sie pünktlich?« fragt Estelle. Ed wollte sich am Flughafen nach Yehudits Maschine aus San Francisco erkundigen.

»Noch geht keiner ran«, sagt Ed. Er sitzt auf einem Drehstuhl und wickelt sich die Telefonschnur um die Finger. Das Muster der gelbbraunen Gänseblümchentapete an einer Küchenwand, jede Blüte so groß wie Eds Handteller, findet sich in dem Springrollo am Fenster wieder. Das Farmhaus, in dem Eds Schwiegereltern wohnen, wurde 1954 erbaut, und die Grundausstattung ist im wesentlichen originalgetreu erhalten. Seit ihrer Hochzeit haben Sarah und er fast jedes Pessachfest auf Long Island verbracht, und das Haus hat sich in all den Jahren nicht verändert. Das vordere Bad ist, einschließlich der Decke, mit weißen und gelben Blumen auf braunem Grund tapeziert, und über der Wanne hängt ein doppelter Duschvorhang, dessen Oberteil mit Messingkettchen zurückgebunden wird. Das vordere Gästezimmer, ehemals Sarahs Mädchenzimmer, ist mit blauem Teppich, Organdygardinen und weißen Schleiflackmöbeln eingerichtet – einschließlich eines nierenförmigen Frisiertischs. Unter Sarahs Bett läßt sich ein quietschendes Rollbett herausziehen, und darauf, eine Stufe unter Sarah, schläft traditionsgemäß Ed.

Früher flogen Sarah und Ed zusammen mit den Kindern von Washington her, aber inzwischen reisen die Kinder allein an. Miriam und Ben mit dem Shuttleflug aus Boston, Avi, der am Wesleyan College studiert, kommt mit dem Auto, und Yehudit, die jüngste, mit dem Flugzeug aus Kalifornien. Meistens kann sie es gar nicht einrichten, aber dieses Jahr fallen die Feiertage mit ihren Trimesterferien in Stanford zusammen. Ed wird sie heute abend vom Kennedy-Flughafen abholen. »Die Maschine landet pünktlich«, sagt er zu Estelle.

»Schön«, antwortet sie und stellt sein leeres Glas weg. Estelle räumt ständig auf, es ist wie ein Reflex. Sie faltet die Zeitung zusammen, bevor Ed bis zum Wirtschaftsteil vorgedrungen ist, räumt den Tisch ab, während die langsameren Esser sich noch überlegen, ob sie ein zweites Mal zulangen sollen, und wenn Ed und Sarah auf Besuch sind und in dem Zimmer schlafen, das Sarah und ihre Schwester sich als Kinder geteilt haben, dann werden Eds Sachen während seiner Abwesenheit automatisch in Ordnung gebracht. Das Durcheinander von Münzen, Schlüsseln, Uhr und Kamm auf der weißen, goldgeränderten Frisierkommode ist jedesmal entwirrt, wenn er zurückkommt. Hemd und Socken auf dem Bett sind gewaschen und adrett gefaltet. Es ist ein Service, wie man ihn in einem erstklassigen Hotel erwarten würde, doch hier, bei den Schwiegereltern in West Hempstead, findet Ed ihn eher peinlich. Seine Schwiegermutter ist unablässig in Bewegung – sie wäscht und putzt, klappt die Kühlschranktür auf und zu, knipst, wenn er das Zimmer verläßt, hinter ihm das Licht aus. Im Augenblick kontrolliert sie den Backofen. »Das ist ein herrlicher Vogel, Sarah«, ruft sie ins Arbeitszimmer. »Sei so gut und sag Miriam, wenn sie kommt, daß dieser Truthahn koscher ist. Ob sie davon essen wird, was meinst du?«

»Ich weiß es nicht«, sagt Sarah. Ihre Tochter, die an der Harvard Medical School Medizin studiert, achtet von Jahr zu Jahr strenger auf die Einhaltung der Ritualvorschriften. Schon während der Collegezeit fing sie an, Pappteller und Plastikbesteck zu den Großeltern mitzubringen, weil Estelle und Sol keine koschere Küche pflegen. Später begann sie sogar zu Hause in Washington von Papptellern zu essen, denn Ed und Sarah kochen zwar koscher, reinigen ihre Milch- und Fleischgefäße aber im selben Waschgang in der Spülmaschine.

»Von ihr hätte ich das am allerwenigsten erwartet«, sagt Estelle. »Sie hat doch früher alles gegessen, was auf den Tisch kam. Yehudit dagegen, die war schon immer heikel. Daß sie Vegetarierin geworden ist, hat mich nicht überrascht. Aber Miriam wollte immer von allem Nachschlag. Und wie gut ihr mein Truthahn früher geschmeckt hat.«

»Es hat nichts mit deiner Küche zu tun, Mommy«, sagt Sarah.

»Ich weiß. Es liegt an ihrer orthodoxen Einstellung. Ich kann mir nicht denken, woher sie das hat. Wahrscheinlich von Jonathan.« Jonathan ist Miriams Verlobter.

»Nein«, sagt Ed, »sie hat schon damit angefangen, als sie Jon noch gar nicht kannte.«

»Aus unserer Familie hat sie's jedenfalls nicht. Wollen die beiden sich eigentlich immer noch von diesem orthodoxen Rabbi trauen lassen?«

»Also ...« fängt Sarah an.

»Wir haben ihn inzwischen kennengelernt«, sagt Ed.

»Wie hieß er doch gleich, Lowenthal?«

»Lewitsky«, sagt Ed.

»Einer mit schwarzem Rock und Hut?«

»Nein, nein, noch ein ganz junger Bursche ...«

»Das hat überhaupt nichts zu sagen«, meint Estelle.

»Im Grunde war er sehr nett«, sagt Sarah. »Das Problem ist, daß er die Trauung nicht in der S.T.-Gemeinde vollziehen will.«

»Wieso nicht? Ist die ihm nicht orthodox genug?«

»Na ja, es ist eine Konservative Synagoge. Und unser Rabbi würde sie ihm sowieso nicht zur Verfügung stellen. Rabbi Landis zelebriert alle Riten selbst und möchte nicht, daß man den Altarraum wie einen Mietsaal behandelt. Miriam hat schon davon gesprochen, daß sie die Trauung vielleicht im Freien halten wollen.«

»Im Freien!« wiederholt Estelle. »Im Juni! In Washington D.C.? Bei der Hitze? Wenn ich da nur an deine arme Mutter denke, Ed.« Estelle ist elf Jahre jünger als Eds Mutter und immer sehr besorgt um deren Gesundheit. »Was stellen die Kinder sich vor? Wo könnten sie denn eine Hochzeit im Freien veranstalten?«

»Ich weiß auch nicht«, sagt Ed. »In Dumbarton Oaks. Oder im Rose Garden. Sie sind eben beide noch recht naiv.«

»Aber eine Hochzeit ist doch kein Barbecue«, meint Estelle.

»Was sollen wir machen? Wenn sie unbedingt diesen Rabbi wollen?« sagt Sarah.

»Und jetzt haben wir schon März«, erwidert Estelle mit grimmiger Miene. »Hier, Ed« – sie nimmt einen rosa Plastikbehälter aus dem Kühlschrank – »iß die Éclairs vorsichtshalber auf, bevor sie kommt.«

»Das sollte ich lieber lassen.« Ed versucht, sein Gewicht zu halten.

»Bis zum Abendessen dauert es aber noch lange«, warnt Estelle, als sie die Plastikdose zurückstellt.

»Macht nichts, ich zehre vom Eingemachten«, sagt Ed und klopft sich den Bauch.

»Ich habe ihr versiegelte Mazzes besorgt, versiegelte Makronen und vakuumverpackten *gefilten fisch*.« Estelle legt die Packungen auf den ausgebogten Holzregalen in ihrer Speisekammer aus.

»Mach dir keine Sorgen. Was immer auch geschieht, die Jungen bringen garantiert einen Bärenhunger mit. Die essen alles«, versichert Sarah ihrer Mutter, während sie das gute Tischtuch im Eßzimmer auflegen. »Erinnerst du dich noch an Avis Freund Naom?«

»Den, der immerzu Kaugummi kaute? Der hat hier an diesem Tisch vier Stücke Kuchen auf einen Sitz verdrückt!«

»Und jetzt ist er Versicherungsmathematiker«, sagt Sarah.

»Und Avi kommt mit einem Mädchen.«

»Sie ist ganz reizend«, meint Sarah.

»Entzückend«, bestätigt Estelle mit besorgter Miene.

In der Küche denkt Ed, daß er vielleicht doch ein Éclair essen könnte. Estelle hat stets vorzügliches Gebäck im Haus. Sol war selber Bäcker und hat immer noch ein paar Freunde in der Zunft. »Sind die von Leonard?« fragt Ed, als Sol in die Küche kommt.

»Leonards Bäckerei ist von einem Konzern aufgekauft worden«, sagt Sol und läßt sich auf einen Stuhl fallen. »Die sind vom *Magic Oven*. Was macht die Universität?«

»Ach, zur Zeit habe ich ein ziemliches Pensum. Gleich zwei meiner Kollegen sind dieses Jahr auf Forschungsurlaub gegangen ...«

»Und nun hast du zuwenig Personal.«

»So ungefähr«, sagt Ed. »Sieben Wochenstunden muß ich geben.«

»Mehr nicht?« fragt Sol überrascht.

»Ich meine, zusätzlich zu meiner wissenschaftlichen Arbeit.«

»So schlimm hört sich das gar nicht an.«

Ed ist schon im Begriff zu antworten, doch dann geht er statt dessen an den Kühlschrank und holt aufs neue die Éclairs heraus.

»Die von Leonard waren besser«, meint Sol nachdenklich. »Er hatte die bessere Vanillecreme.«

»Aber die schmecken auch recht gut. Was war das? Sind das schon die Kinder?« Das Gebäckstück in der Hand, läuft Ed hinaus in die Einfahrt, wo eben ein Taxi vorgefahren ist. Er bezahlt den Chauffeur, während seine beiden Ältesten schwerbeladen aus dem Wagen stolpern – Ben mit Rucksack und Matchbeutel, Miriam mit Segeltuchtasche und ihrem geliebten Erbstück von Koffer, einem pinkfarbenen, mit Klebeband in Silbermetallic abgedichteten Unikum, das Ed und Sarah von ihrer Hochzeitsreise aus Paris mitgebracht haben.

»Daddy!« ruft Miriam. »Was ißt du da?«

Ed blickt auf sein Éclair. Genau genommen sollten inzwischen alle Speisen dieser Art aus dem Haus entfernt sein – alles Brot, Kuchen, Bonbons, Limonade, Eis – sogar Nahrungsmittel, die nur mit Ahornsirup gesüßt sind. Und Sarah nimmt es natürlich mit diesen Vorschriften sehr genau. Er kann sich denken, daß sie gestern bis spät in die Nacht aufgeblieben ist, um in ihrem kleinen Apartment in Cambridge selbst die Ritzen der Couch auszusaugen und den Toaster wegzuschließen. Unter ihrem mißbilligenden Blick steckt er den Rest des Éclairs in den Mund. Auf die Kalorien könnte er auch gut verzichten, denkt sie. Sie ist puritanisch geworden, seine Tochter, und er kann sich nicht erklären, warum. Sie haben die Kinder liberal und vernünftig erzogen – haben ihnen beigebracht, sich heiter und unverkrampft an der jüdischen Tradition zu erfreuen, und er begreift nicht, warum Miriam sich aus eigenem Antrieb für obskure Rituale und Askese entschieden hat. Sie ist doch erst dreiundzwanzig – selbst wenn sie im Juni heiraten wird. Was kann ein junges Mädchen an dieser strengen Gesetzmäßigkeit finden? Das macht ihm zu schaffen. Andererseits weiß er, daß sie recht hat, wenn es um sein Gewicht und den Blutdruck geht. Das Éclair eben, das hat er nicht gegessen, weil er wirklich Hunger hatte. Er wird sich beim Abendbrot zurückhalten.

Unterdessen schafft Ben das Gepäck hinein und deponiert es im Arbeitszimmer. »Hi, Großmama! Hi, Großpapa! Hi, Mom!« Damit schnappt er sich die Fernbedienung und fängt an, sich durch die Kanäle zu zappen. Daß Ben einmal zu einem religiösen Fanatiker werden könnte, befürchtet niemand. Er ist einszweiundachtzig groß, trägt das hellbraune Haar fast schulterlang und verschwendet keinen Gedanken an die Zukunft, hat keine Vorstellung davon, wie sein Leben nach dem Examen aussehen soll: Ben studiert im vierten Jahr Psychologie, widmet sich seinem Fach aber eher planlos. Als er sich jetzt auf die Couch fallen läßt, sieht er aus wie ein großer, liebenswerter Golden Retriever.

»Geh und hol noch ein paar Stühle aus dem Keller, mein Junge«, sagt Estelle zu ihm. »Wir haben damit extra auf dich gewartet. Und du, Sarah, kannst jetzt die Weingläser vom Bord holen, du reichst ja bis hinauf.« Estelle ist in ihrem Element. Die Anhänger an ihrem Armband klimpern leise, während sie gestenreich Anweisungen erteilt. Ben dirigiert sie unter den Pingpongtisch, wobei er aber nicht die dort aufgestapelten Kartons umstoßen soll, und Sarah zu dem Bord über dem Kühlschrank. Estelle ist kleiner als Sarah – einen Meter achtundfünfzig –, und sie hat schärfere Gesichtszüge. In jüngeren Jahren war sie brünett, doch jetzt ist ihr Haar rotbraun. Auch ihre braunen Augen sind heller geworden, und seit sie und Sol die

Winter in Florida verbringen, ist ihre Haut mit Sonnenflecken gesprenkelt. »Oh…«, seufzt sie, als Miriam mit einer Schachtel voll Pappteller aus der Küche kommt. »Warum muß das denn sein…?«

»Weil das hier kein Pessachgeschirr ist.«

Estelle schaut auf den gedeckten Tisch, auf ihr weißes Noritake-Geschirr mit dem Goldrand. »Das ist das gute Porzellan«, sagt sie. »Das *ist* das Pessachgeschirr.«

»Aber du benutzt es auch an anderen Feiertagen«, sagt Miriam. »Auf den Tellern hat Brot gelegen und Kuchen und Kürbistorte und wer weiß was alles.«

»Och, du bist ja sooo stur!« Estelle reckt sich, legt ihrer hochgewachsenen Enkelin die Hände auf die Schultern und schüttelt sie kräftig. Doch als sie zu Miriam aufblickt, wirkt sie durch den Größenunterschied wie eine Bittstellerin. Dann klingelt die Schaltuhr am Backofen, und Estelle verschwindet eilig in der Küche. Sarah steht am Spülstein und wäscht Salat. »Den mache ich erst ganz zum Schluß an«, sagt Estelle zu ihr. »Wenn Ed zum Flughafen fährt.« In Gedanken ist sie noch immer bei Miriam. Was für eine Sederfeier wird das Mädchen wohl nächstes Jahr haben, wenn sie verheiratet ist? Estelle hat Miriams Verlobten schon kennengelernt und weiß, daß er ebenso orthodox eingestellt ist wie sie. »Hast du schon gesehen?« fragt sie Sarah. »Ich habe dir meine Liste für Miriams Hochzeit rausgelegt.«

»Was für eine Liste?«

»Die auf dem Tisch. Hier.« Estelle reicht Sarah ein maschinenbeschriebenes Blatt. »Das sind die Namen und Adressen, um die du mich gebeten hast – die von den Leuten, die ich einladen muß.«

Sarahs Blick wandert über die Liste, sie dreht das Blatt um, überfliegt die Namen, rechnet nach. »Mommy!« sagt sie. »Auf dieser Liste stehen zweiundvierzig Namen!«

»Natürlich werden nicht alle kommen können«, meint Estelle.

»Wir richten eine Hochzeit für nicht mehr als hundert Personen aus, hast du das vergessen? Und zwar einschließlich der Familie und der Freunde der Kinder…«

»Na ja, das ist doch unsere Familie. Deine Vettern und Cousinen, Sarah.«

Sarah schaut noch einmal auf die Liste. »Wann habe ich diese Leute zum letztenmal gesehen? Miriam würde einige davon gar nicht wiedererkennen. Und wer ist das? Die Seligs? Die Magids? Robert und Trudy Rothman? Die sind doch nicht mit uns verwandt!«

»Sarah! Robert und Trudy sind meine besten Freunde. Und die Seligs und die Magids kennen wir seit über dreißig Jahren.«

»Das wird eine kleine Hochzeit, ein Familienfest«, sagt Sarah zu ihrer Mutter. »Bestimmt werden deine Freunde das verstehen ...«

Estelle weiß, sie würden es nicht verstehen.

»Ich denke, wir werden diese Liste zusammenstreichen müssen«, sagt Sarah.

Estelle kommt nicht mehr dazu, ihr zu antworten, denn gerade ist Avi eingetroffen und begrüßt Ed, Miriam und Ben im Wohnzimmer. Sie steht neben ihm: Amy, seine Kommilitonin vom Wesleyan College. Estelle vermeidet es immer noch, sie seine Freundin zu nennen. Trotzdem, da ist sie, in voller Lebensgröße. Sie hat hinreißendes rotblondes Haar, und sie hat Estelle Blumen mitgebracht – rosa und malvenfarbene Tulpen mit kunstvoll gefiederten Blütenblättern. Niemand sonst hat Estelle Blumen geschenkt.

»Sind die schön! Sieh doch, Sol, sind sie nicht schön?« sagt Estelle. »Avi, du kannst dein Gepäck ins Arbeitszimmer tragen. Die Jungen schlafen im Arbeitszimmer, die Mädchen im Wintergarten.«

»Ich will nicht ins Arbeitszimmer«, sagt Avi.

»Warum denn nicht?« fragt Estelle.

»Weil er schnarcht.« Avi zeigt auf seinen Bruder. »Ehrlich, und wie laut! Da schlafe ich lieber im Keller.«

Alle sehen ihn an. Es ist ein ausgebauter Keller, und er hat einen Teppichboden, aber kalt ist es dort unten trotzdem.

»Du hast dir doch jahrelang mit Ben ein Zimmer geteilt«, sagt Sarah.

»Da unten wirst du erfrieren«, sagt Estelle.

»Ich habe meinen Schlafsack dabei.«

»Zu Hause hast du dich nie beklagt«, sagt Sarah.

»Ach, jetzt stellt euch doch nicht so an«, murmelt Ben vor sich hin. »In einem Schlafsack im Keller wird es schon keine Sexorgien geben.«

»Was?« fragt Ed. »Hast du was gesagt, Ben?«

»Nein«, sagt Ben und schlendert zurück ins Arbeitszimmer.

»Ich will nicht, daß du im Keller übernachtest«, sagt Estelle zu ihrem Enkelsohn.

»Kann ich Ihnen in der Küche helfen, Mrs. Kirshenbaum?« fragt Amy.

Estelle und Amy bereiten die gehackte Leber vor. Die Jungen sehen im Arbeitszimmer fern, und Ed und Sarah haben sich hingelegt. Miriam telefoniert mit Jon.

»Soll ich auch gleich die Zwiebeln schneiden?« fragt Amy.

»Nein, nein. Legen Sie die einfach hierher. Ich nehme jetzt die Leber aus dem Ofen, und den Rest besorgt der Fleischwolf...« Estelle montiert den Fleischwolf auf die Küchenmaschine und gibt nach und nach die gegrillte Leber hinein. »Und jetzt kommen die Zwiebeln und die Eier dazu.« Estelle drückt die hartgekochten Eier durch den Wolf. »Und das Schmalz.« Sie erklärt Amy in allen Einzelheiten, wie man gehackte Leber zubereitet, aber in ihrem Kopf wimmelt es von Fragen. Wie ernst ist es mit ihr und Avi? Was halten Amys Eltern davon? Sie sind Methodisten, soviel weiß Estelle. Und Amys Onkel ist sogar Methodistenpfarrer! Denen kann das unmöglich recht sein. Bloß, wieviel wissen sie über diese Freundschaft? Avi spricht kaum über Amy. Estelle und Sol haben sie zuvor nur einmal getroffen, damals, als sie zu dem Jazzkonzert von Avi und seiner Band gefahren sind. Und dann sagte Avi auf einmal, er wolle sie zum Seder mitbringen. Aber er hat vorher noch nie eine richtige Freundin gehabt, und in dem Alter schrecken die Kinder noch vor festen Bindungen zurück. Avis Vetter Jeffrey hatte im College an die fünf verschiedene Freundinnen, und er ist immer noch nicht verheiratet.

Amys Familie geht jeden Sonntag in die Kirche, so religiös sind sie. Das hat Amy Estelle am Telefon erklärt, als sie wegen des Buches anrief. Sie bat Estelle, ihr ein Buch zu empfehlen, in dem sie sich über das Pessachfest informieren könne. Estelle wußte nicht, was sie sagen sollte. Daß so etwas einmal passieren würde, hätte sie sich nicht träumen lassen. Wenn Amy nur nicht ausgerechnet Methodistin wäre. Sonst ist sie alles, was Estelle sich nur wünschen könnte, ein richtiger Schatz. Die Tulpen stehen in der großen bauchigen Kristallvase auf der Arbeitsplatte. Die Farben sind einmalig.

Als Ed sich auf den Weg zum Flughafen macht, ist alles fertig, bis auf den Salat. Während seiner Abwesenheit ziehen sie sich um.

»Hast du ein anständiges Hemd dabei, Ben?« fragt Sarah ihren Sohn, der immer noch fernsieht. »Oder müssen wir so mit dir vorlieb nehmen?«

»Ich bin nicht mehr zum Waschen gekommen«, sagt Ben.

»Aber Ben!« Estelle mustert sein rotgrünkariertes Holzfäller-Shirt. Avi trägt ein adrettes, gestärktes Oxfordhemd.

»Vielleicht könnte er sich was von Großpapa borgen«, schlägt Miriam vor.

»Er hat breitere Schultern als ich«, sagt Sol. »Aber komm mal mit, Ben, wir wollen sehen, ob wir dich in irgendwas reinzwängen können.«

Sie erwarten Ed und Yehudit im Wohnzimmer, fast so förmlich, als gälte es, offizielle Gäste zu empfangen. Ben sitzt in seinem knappen, steifen Hemd stocksteif auf der Couch und guckt starr auf das sorgsam mit durchsichtiger Plastikfolie zugedeckte silberne Kaffeeservice. Er knackt mit den Fingerknöcheln und dreht den Hals hin und her, bis auch die Halswirbel knacken. Alle verlangen empört, er solle endlich damit aufhören. Dann rollt draußen endlich der Wagen in die Einfahrt.

»Du siehst ja hundeelend aus!« ruft Sarah, kaum daß Yehudit hereinkommt.

Yehudit putzt sich die Nase und sieht sie aus fiebrigen, jetlaggetrübten Augen an. »Ja, ich glaube, ich hab 'ne Virusinfektion«, sagt sie.

»O mein Gott!« ruft Estelle. »Sie muß sofort ins Bett. Aber das Feldbett im Wintergarten ist nicht sehr bequem.«

»Wie wär's vorher mit einem heißen Getränk?« schlägt Sarah vor.

»Ich mache ihr ein Süppchen«, sagt Estelle.

»Aber ist die auch nur mit Gemüse?« fragt Yehudit.

»Was sie braucht, sind Nasentropfen, was zum Abschwellen«, sagt Ed.

Sie packen Yehudit auf die Liege im Arbeitszimmer, decken sie mit einer schweren Wolldecke zu und flößen ihr eine heiße Schokolade ein.

»Das ist an Pessach aber nicht koscher«, sagt Miriam besorgt.

»Reg dich ab«, erwidert Ed. Und dann setzen sie sich an den Sedertisch.

Ed ist derjenige, der jedes Jahr die Sedertexte vorträgt. Sol und Estelle sind sehr angetan davon, wie er das macht, schon weil er soviel weiß. Eds Spezialgebiet ist der Nahe Osten, und daher zieht er Parallelen zwischen Pessach und der Gegenwart. Und er ist so wortgewandt. Sie sind sehr stolz auf ihren Schwiegersohn.

»Wir begehen heute das Fest der Befreiung«, sagt Ed, »ein Fest zur Erinnerung an unsere Erlösung aus der Knechtschaft.« Er hält ein Stück Mazze hoch und zitiert aus seiner revidierten Übersetzung der Haggada: »›Dies ist das Brot, das unsere Väter und Mütter aßen, als sie Sklaven waren in Mizrajim.‹« Und aus den Erläuterungen fügt er hinzu: »›Wir benutzen das hebräische Mizrajim zur Bezeichnung Ägyptens im Altertum...‹«

»Im Gegensatz zum modernen Mizrajim«, wirft Miriam trokken ein.

»›Um es vom modernen Ägypten zu unterscheiden‹« liest Ed weiter. Dann legt er das Stück Mazze beiseite und beginnt zu extemporieren. »Wir essen diese Mazze, damit wir nie vergessen, was

Gefangenschaft ist, und damit wir uns auch weiterhin hineinversetzen können in die notleidenden Völker überall auf der Welt, seien sie durch Bürgerkriege entzweit, obdachlos oder geplagt von Hunger, Armut oder Krankheit. Wir gedenken der Menschen, die um ihrer religiösen oder politischen Überzeugungen willen unterdrückt werden, insbesondere derer in unserem eigenen Land, die noch keine wahre Freiheit errungen haben; derer, die aufgrund ihrer Rasse, ihres Geschlechts oder um ihrer sexuellen Neigungen willen diskriminiert werden. Neben den augenfälligen denken wir dabei auch an die verdeckten Formen der Unterdrückung – an die allmählich ans Licht kommenden Grauzonen: sexuelle Belästigung, Verbalinjurien...« Während seiner Aufzählung fällt Eds Blick zufällig auf Miriam, die ihn so ostentativ ignoriert und sich in ihre orthodoxe Birnbaum Haggada vertieft, daß er sich gekränkt fühlt. »Wenden wir uns zum Schluß dem Krisenherd im Nahen Osten zu«, sagt Ed. »Wir denken an das kriegsgeschüttelte Israel und beten um Kompromißlösungen. Wir gedenken der Palästinenser, die kein eigenes Land besitzen, und hoffen auf Mäßigung und neue, versöhnliche Perspektiven. Von unserm Sedertisch aus schauen wir zurück in die Vergangenheit und suchen in ihr Verständnis für die Gegenwart.«

»Wunderbar«, flüstert Estelle. Doch Ed blickt resigniert hinunter ans Tischende, wo die Kinder sitzen. Ben hat die Füße auf Yehudits leeren Stuhl gelegt, und Avi spielt mit Amys Haar. Miriam brütet noch immer über ihrer Haggada.

»Und nun ist es Zeit für die vier Fragen«, sagt er in scharfem Ton. Und setzt mit Rücksicht auf Amy hinzu: »Das jüngste Kind wird die vier Fragen vortragen.«

Sarah geht und sieht nach Yehudit. »Sie schläft. Avi wird für sie einspringen müssen.«

»Amy ist zwei Monate jünger als ich«, sagt Avi.

»Warum lesen wir den Text nicht gemeinsam?« schlägt Estelle vor. »Wir sollten ihr das nicht allein zumuten.«

»Mir macht das nichts aus«, sagt Amy und liest: »›Warum unterscheidet sich diese Nacht von allen anderen Nächten? An gewöhnlichen Abenden essen wir gesäuertes Brot; warum essen wir an diesem Abend Mazze? An gewöhnlichen Abenden essen wir die verschiedensten Kräuter; warum an diesem Abend nur bittere? An gewöhnlichen Abenden tunken wir überhaupt nicht ein; warum dann an diesem Abend gleich zweimal? An gewöhnlichen Abenden essen wir entweder aufrecht sitzend oder bequem ausgestreckt; warum lagern wir uns an diesem Abend alle auf die Ruhekissen?‹«

»Und jetzt wiederholst du es auf Hebräisch«, sagt Ed, dem daran gelegen ist, daß Avi sich beteiligt. Außerdem spürt er, daß die Fragen auf englisch befremdlich klingen. Wie ein anthropologischer Exkurs.

»Was bedeutet die Stelle mit dem zweimal eintunken?« fragt Amy, als Avi geendet hat.

»Das bezieht sich auf die Petersilie, die man ins Salzwasser taucht«, sagt Ben.

»Es muß nicht unbedingt Petersilie sein«, ergänzt Sarah. »Nur irgendein Grüngemüse.«

»Soweit sind wir noch nicht«, sagt Ed. »Zuerst einmal beantworte ich jetzt die Fragen.« Und er zitiert: »›Wir tun all dies zum Gedenken an unsere Gefangenschaft in Mizrajim. Denn wenn Gott uns nicht aus der Knechtschaft errettet hätte, dann wären wir und mit uns alle künftigen Generationen immer noch Sklaven. Wir essen Mazze, weil unsere Vorfahren keine Zeit hatten, das Brot gären zu lassen, als sie fortzogen aus Ä... Mizrajim. Wir essen bittere Kräuter zur Erinnerung an das bittere Los der Gefangenschaft. Wir tunken Grüngemüse in Salzwasser, um uns unserer Tränen zu erinnern, und wir lagern uns entspannt um den Tisch, weil wir freie Männer und Frauen sind.‹ Okay.« Ed überschlägt ein paar Seiten. »Das zweite Pessachthema behandelt die Übermittlung der Tradition an die Nachkommen. Und die Haggada liefert uns dazu das Beispiel von vier verschiedenen Kindern – ein jedes mit seinen ganz besonderen Problemen und Bedürfnissen – nebst

Anleitungen dafür, wie die Botschaft des Pessachfestes auf jedes dieser Kinder abzustimmen ist. Wir lesen also von vier hypothetischen Fällen, die traditionell vier Söhnen zugeschrieben werden: dem weisen, dem verstockten, dem einfältigen und dem, der nicht weiß, wie er fragen soll. In heutiger Terminologie bezeichnen wir diese Kinder als den aufgeschlossenen Typus, den desinteressierten, den kontaktarmen und den angepaßten. Und nun wollen wir reihum lesen. Estelle, würdest du mit dem aufgeschlossenen Kind beginnen?«

»›Was sagt das aufgeschlossene Kind?‹« liest Estelle vor. »›Welches sind die Gebräuche des Pessachfestes, die Gott uns auferlegt hat? Erklärt ihm oder ihr genau, um welche Bräuche es sich handelt.‹«

»›Was sagt das desinteressierte Kind?‹« fährt Sol fort. »›Welchen Sinn haben die Bräuche des Pessachfestes für euch? Wohlgemerkt, für euch und nicht für ihn oder sie selbst. Das Kind nimmt sich aus der Gemeinschaft aus. Antwortet ihm oder ihr: Das geschieht zum Gedenken an das, was Gott für mich getan hat, als ich aus Mizrajim entkam. Für *mich*, nicht für uns, denn dieses Kind hat nur Augen für den persönlichen Vorteil.‹«

»›Was sagt das kontaktarme Kind?‹« liest Sarah weiter. »›Es fragt: Was soll das alles bedeuten?‹« Ihm oder ihr antwortet schlicht: »›Wir waren Sklaven, und jetzt sind wir frei.‹«

»›Doch was das angepaßte Kind betrifft‹«, endet Ben, »›so sind wir aufgerufen, den Dialog mit ihm zu eröffnen.‹«

»Und nun«, sagt Ed, »wollen wir eine Gedenkminute einlegen für ein fünftes Kind, das im Holocaust ums Leben kam.« Alle blikken still und mit gesenktem Kopf auf den Tisch nieder.

»Es fällt doch auf«, sagt Miriam, »daß beim Pessach so viele Quartette auftauchen. Vier Fragen, vier Söhne, vier Becher Wein …«

»Das ist wahrscheinlich bloß ein Zufall«, sagt Ben.

»Danke, das hilft mir wirklich enorm weiter«, gibt Miriam ironisch zurück. »Soviel also zum Sederdialog.« Zornig funkelt sie ihren Bruder an. Hätte er sich nicht wenigstens rasieren können, bevor er zu Tisch kam? Sie schubst seine Füße vom Stuhl. »Würdest du dich gefälligst anständig hinsetzen?« faucht sie ihn an.

»Jetzt nerv mich doch nicht so«, brummt Ben.

Ed fährt indessen zügig fort, die Haggada durchzuackern. »›Die zehn Plagen, welche die Ägypter befielen: Blut, Frösche, Stechmücken, Ungeziefer, Pestilenz, Schwarze Blattern, Hagel, Heuschrecken, Finsternis und Tod der Erstgeburt.‹« Er blickt von seinem Buch auf und sagt: »Wir gedenken der Leiden der Ägypter, die von diesen Katastrophen heimgesucht wurden. Wir sind dankbar für unsere Errettung, wollen darüber jedoch nicht vergessen, daß auch der Unterdrücker unterdrückt wurde.« Hier stockt er, verblüfft über die eigene Formulierung. Sie ist wirklich gut. »Wir dürfen nicht auf Kosten anderer frohlocken, und wirklich frei fühlen können wir uns erst dann, wenn auch die anderen unterdrückten Völker der Erde ihre Freiheit errungen haben. Wir machen gemeinsame Sache mit allen Völkern und allen Minderheiten. Unser Kampf ist ihr Kampf, und ihr Kampf ist der unsere. Nun sprechen wir den Segen über Mazze und Wein. Und dann« – hier nickt er Estelle zu – »können wir mit der Mahlzeit beginnen.«

»Daddy«, sagt Miriam.

»Ja.«

»Das ist doch lächerlich. Dein Seder wird von Jahr zu Jahr kürzer.«

»Wir halten die Lesung genauso wie immer«, versichert Ed.

»Nein, das ist nicht wahr. Sie wird immer kürzer. Dabei war's von Anfang an schon gerafft! Die wichtigsten Stellen läßt du jedesmal aus.«

»Miriam!« beschwichtigt Sarah ihre Tochter.

»Warum müssen wir die ganze Zeit über Minderheiten reden?« fragt sie. »Warum hast du's dauernd mit den bürgerlichen Rechten?«

»Weil es darum nun einmal geht beim Pessachfest«, belehrt Sol seine Tochter.

»Oh, okay, geschenkt.«

»Zeit für den *gefilten fisch*«, verkündet Estelle. Amy springt auf und geht ihr zur Hand, und gemeinsam bringen sie die Salatplatten herein. Jeder bekommt ein Stück Fisch, angerichtet auf einem Salatbett, mit zwei Kirschtomaten und einem Klecks roter Meerrettichsoße.

Sarah steht auf und überlegt, ob sie Yehudit zum Essen wecken soll. Doch statt dessen setzt sie sich einen Moment zu Miriam. »Ich finde«, flüstert sie, »du könntest dir etwas mehr Mühe geben…«

»Womit?« fragt Miriam.

»Du könntest etwas freundlicher sein! Du hast uns den ganzen Abend nur angeschnauzt. Noch dazu grundlos. Du hast kein Recht, in dem Ton mit Daddy zu reden.«

Miriam schaut in ihr Buch und fährt fort, still für sich den hebräischen Text zu lesen.

»Miriam?«

»Was ist? Ich lese bloß nach, was Daddy ausgelassen hat.«

»Hast du gehört, was ich sage? Du kränkst deinen Vater.«

»Da steht nicht ein Wort über Minderheiten drin«, sagt Miriam störrisch.

»Er bezieht sich ja auch auf den modernen Kontext…«

Miriam blickt zu Sarah auf. »Und was ist mit dem ursprünglichen Kontext?« fragt sie. »Als da wäre das jüdische Volk? Als da wäre Gott?«

Yehudit kommt, ihre Wolldecke hinter sich herschleifend, aus dem Arbeitszimmer. »Kann ich nur Salat haben, ohne alles?« fragt sie mit matter Stimme.

»Dieser Fisch schmeckt ausgezeichnet«, sagt Sol.

»Ganz köstlich«, bestätigt Ed.

»Nachschub«, röhrt Ben mit vollem Mund.

»Ben! Du Vielfraß! Kannst du nicht manierlich essen?« ermahnt Avi ihn.

»Das ist Manishevitz Gold Label«, sagt Estelle. »Yehudit, wo hast du dir das geholt? Ist es auch ganz sicher eine Virusinfektion? Warst du schon beim Arzt?«

»Nein, ich weiß nicht genau, was es ist«, sagt Yehudit. »Angefangen hat es am Wochenende, als wir im jüdischen Gemeindezentrum für die Senioren gesungen haben.«

»Das war wirklich nett von euch«, sagt Estelle. »Ganz rührend. Und die alten Leute sind ja auch immer so dankbar.«

»Hm, wenn du das sagst. So ein alter Knacker hat mich gefragt: ›Könnt ihr *Oyfn Pripitchik*?‹ und ich sage, ›ja, können wir‹, und er sagt: ›Dann bitte ich euch, seid so gut und singt nicht *Oyfn Pripitchik*. Dauernd kommen welche und singen uns dieses Lied vor, das schlägt einem aufs Gemüt.‹ Und dann, als wir schon gehen wollten, hat mich so eine alte Dame zu sich gewinkt und gesagt: ›Wie heißen Sie?‹ Ich hab ihr meinen Namen genannt, und darauf sagte sie: ›Sie sehen zwar aus wie ein Mauerblümchen, mein Kind, aber Sie sind sehr lieb.«

»Das ist ja furchtbar«, ruft Estelle. »Hat sie das wirklich gesagt?«

»Ehrenwort.«

»Aber es stimmt überhaupt nicht!« sagt Estelle. »Du solltest mal hören, was die Leute hier über meine Enkelinnen sagen, wenn ich ihnen eure Fotos zeige. Warte nur, bis sie dich in natura sehen – als Brautjungfer bei der Trauung! Welche Farbe hast du für die Hochzeit ausgesucht?« fragt sie Miriam.

»Was?« Verwirrt blickt Miriam von ihrer Haggada auf.

Ed sieht Miriam an. Er hat das Gefühl, daß sie ihm seinen ganzen Seder kaputtmachen will. Was soll dieser Vorwurf, er würde die Zeremonie von Jahr zu Jahr verkürzen? Er macht es jedes Jahr gleich. Sie ist diejenige, die sich verändert hat, die immer kritischer wird. Wie kann sie sich anmaßen, sein Konzept zu kritisieren? Was denkt sie sich dabei? Er kann sich noch an Seder erinnern, bei denen ihr schon vor dem Abendessen die Augen zufielen. Er weiß noch, wie es war, als sie nicht ohne Hilfe aufrecht sitzen konnte und als ihr Kopf in seiner hohlen Hand Platz hatte.

»Ich finde, Pfirsich ist eine heikle Farbe«, sagt Estelle gerade. »Schwer zu kriegen. Pink, weißt du, Pink ist viel gängiger. Pink steht auch fast allen Mädchen. Pfirsich kann längst nicht jede tragen. Bei der Hochzeit von eurer Mommy und eurem Daddy haben wir uns entsetzlich schwer getan mit der Farbe, weil die Synagoge braun war. Im Altarraum lag ein scheußlicher rötlichbrauner Teppich, und auch der Gemeindesaal war in Braun gehalten, mit einer kastanienbraunen Velourstapete. Erinnerst du dich, Schatz?« fragt sie, und Sol nickt. »Jetzt ist sie so rostfarben. Warum ausgerechnet Rost, weiß ich auch nicht. Jedenfalls haben wir aber damals die Brautjungfern in Pink gehen lassen, weil das praktisch die einzige Lösung war. Und auf den Bildern sieht's wunderschön aus.«

»Ja, es war sehr photogen«, bestätigt Sol.

»Ich muß dir mal die Bilder zeigen«, sagt Estelle zu Miriam. »Die ganze Familie war dabei und lauter liebe, liebe Freunde, die, so Gott will, auch an deiner Hochzeit teilnehmen werden.«

»Nein, das glaube ich nicht«, erwidert Ed. »Wir haben nur die engste Familie eingeladen. Es kommen bloß hundert Leute.«

Estelle lächelt. »Ich glaube nicht, daß du eine Hochzeit auf hundert Personen beschränken kannst.«

»Und warum nicht?« fragt Ed.

Sarah räumt die Fischteller ab. Sie ist nervös. Sie kann es nicht leiden, wenn Ed ihren Eltern gegenüber diesen Ton anschlägt.

»Na ja, es geht nicht, ohne auf manche lieben Freunde zu verzichten«, sagt Estelle. »Und bei einer Hochzeit möchte man doch niemanden ausschließen...«

»Meiner Ansicht nach sind wir nicht verpflichtet, jeden, den wir kennen, zu Miriams Hochzeit einzuladen«, sagt Ed schroff. Sarah legt ihm die Hand auf die Schulter. »Ja, nicht mal all die Leute, die *du* kennst, müssen wir einladen.«

Estelle hebt die Brauen, und Sarah hofft im stillen, daß ihre Mutter jetzt nicht ihre eigenmächtig zusammengestellte Gästeliste zückt. Die Liste mit den zweiundvierzig Namen, die Ed glücklicherweise noch nicht gesehen hat.

»Ich lade nicht alle ein, die ich kenne«, sagt Estelle.

»Großmama« – Miriam blickt auf – »lädst du Leute zu meiner Hochzeit ein?«

»Natürlich nicht«, sagt Estelle. »Aber ich habe meinen Vettern und Cousinen davon erzählt und meinen besten Freunden auch. Manche waren schon auf der Hochzeit deiner Eltern, weißt du. Die Magids. Die Rothmans.«

»Jetzt mach aber mal halblang«, sagt Ed. »Wir werden doch nicht die Gästeliste unserer Hochzeit von vor dreißig Jahren wieder aufleben lassen. Ich denke, wir klären erst mal die Definitionsfrage und einigen uns darauf, was wir unter ›engster Familie‹ verstehen.«

»Ich definiere dir gern«, sagt Estelle, »was ich unter Familie verstehe. Das sind die Menschen, die uns schon gekannt haben, als wir noch über der Bäckerei wohnten. Die waren nicht bloß bei eurer Hochzeit, sondern auch schon auf *unserer*, vor dem Krieg. Wir sind zusammen aufgewachsen. Sie sind auf unseren alten Filmen drauf, und wenn du sehen willst, wie sie vor fünfundvierzig – vor fünfzig! – Jahren ausgeschaut haben, dann kannst du ins Arbeitszimmer gehen und dir die Filme angucken, wir haben sie jetzt alle auf Video überspielt. Da wirst du unsere Freunde bei Sarahs erster Geburtstagsparty sehen. Wir wohnten alle nur ein paar Blocks auseinander; und als wir die Bäckerei aufgaben und nach Long Island zogen, da sind sie uns gefolgt. Mit Trudy Rothman telefoniere ich immer noch täglich. Wer hat schon solche Freunde? Früher sind wir bei ihnen aus und ein gegangen. Vor Jahren haben wir mal einen Tanzlehrer engagiert und gemeinsam in unserem Keller Tanzunterricht genommen. Foxtrott, Cha-Cha-Cha, Tango. Wir haben gemeinsam die Synagoge besucht. Und was haben wir für Feste gefeiert! Ich glaube, ihr Kinder versteht solche Bindungen nicht, weil ihr in alle Winde zerstreut lebt. Aber wir, wir sind gemeinsam aus Bensonhurst weg und haben uns gemeinsam auf Long Island angesiedelt. Seit Vierundfünfzig wohnen wir nun schon in diesem Haus. Wir haben miterlebt, wie es gebaut wurde, und ihre Häuser sind zur selben Zeit entstanden. Wir haben diesen Wandel miteinander durchgemacht, das plötzliche Erlebnis der Weite, auf einmal einen Garten zu haben, Bäume ringsum und Parks. Wir sind ständig in Kontakt. Im Winter treffen wir uns unten in Florida – wir gehen zu den Hochzeiten ihrer Enkel...«

»Aber diese Hochzeit bezahle ich aus meiner Tasche«, sagt Ed.

Da verläßt Estelle den Tisch und zieht sich in die Küche zurück. Sarah funkelt Ed zornig an.

»Dad«, stöhnt Avi. »Jetzt siehst du, was du angerichtet hast.« Und Amy flüstert er zu: »Ich hab dich gewarnt: Meine Familie ist nicht ganz dicht.«

»Langsam hab ich wirklich Hunger«, sagt Ben. »Kriegen wir jetzt den Truthahn, Großmama? Außer einem Schokoriegel hab ich heute noch nichts gegessen, ehrlich.«

Schweigend kommt Estelle mit dem Truthahn aus der Küche. Schweigend stellt sie ihn vor Ed hin, damit er ihn tranchiert. Dann reicht sie die Platte herum. Die Unterhaltung kommt nur stockend in Gang. Estelle beteiligt sich an den Gesprächen der anderen, aber sie redet nicht mit Ed. Dem gönnt sie nicht einmal einen Blick.

Ed liegt auf dem Rücken in seinem Rollbett. Eine Stufe über ihm starrt Sarah an die Decke. Sobald einer von beiden sich bewegt, quietscht das Bett, quietscht lauter, als Ed es je gehört hat; als wollte die Federung einen nächtlichen Klagegesang anstimmen.

»Was der Punkt ist, willst du wissen?« sagt Sarah. »Der Punkt ist, daß es weder die rechte Zeit noch der Ort dafür war, die Gästeliste durchzugehen.«

»Aber deine Mutter hat doch davon angefangen«, ruft Ed empört.

»Und du hast dann den Streit vom Zaun gebrochen.«

»Sarah, was hätte ich denn sagen sollen – danke, daß du dich so ungeniert über unsere ausdrücklichen Wünsche hinwegsetzt? Ja, du kannst all deine Bekannten zur Hochzeit deiner Enkelin einladen? Aber ich sage dir, so lasse ich mich nicht überfahren – genau das hat sie nämlich versucht, sie wollte diesen Seder dazu benutzen, ihren Willen durchzusetzen, damit sie einladen kann, wen und so viele sie will, ohne daß auch nur darüber diskutiert wird.«

»Die Diskussion muß uns ja nicht gerade den Feiertag verderben«, sagt Sarah.

»Wenn wir ihr das durchgehen lassen, dann schlägt sie vollends über die Stränge. Dann ist es nicht damit getan, daß sie uns ein paar Adressen gibt, sondern sie wird zwanzig, dreißig Leute einladen. Womöglich fünfzig.«

»Nein, das wird sie nicht tun.«

»Sie kennt hunderte von Leuten. Wie viele waren auf unserer Hochzeit? Zweihundert? Dreihundert?«

»Ach, jetzt hör aber auf! Du weißt doch, daß wir die Einladungen alle selbst verschicken, von Washington aus.«

»Gottlob!«

»Dann sei auch nicht so stur«, sagt Sarah.

»Stur? Hast du stur gesagt?«

»Ja.«

»Also das ist unfair. Du willst doch diese Leute genauso wenig bei der Hochzeit dabei haben wie ich...«

»Ed, so was kann man klären, auf taktvolle Art. Du hast absolut keine Vorstellung...«

»Ich bin taktvoll. Ich bin ein sehr taktvoller Mensch. Aber man darf mich nicht über Gebühr provozieren.«

»Das mit den Kosten für die Hochzeit hättest du wirklich nicht zu sagen brauchen.«

»Aber es ist doch wahr!« schreit Ed, und sein Bett ächzt unter ihm, als habe es die ganze Last seines Unmuts zu tragen.

»Pst!« zischt Sarah.

»Ich weiß nicht, was du von mir willst.«

»Ich möchte, daß du dich bei meiner Mutter entschuldigst, damit wenigstens die anderen noch etwas von diesem Wochenende haben«, sagt sie kurz angebunden.

»Ich werde mich nicht bei dieser Frau entschuldigen«, brummt Ed. Sarah antwortet nicht. »Was?« fragt er in die Dunkelheit. Seine

Stimme klingt ein bißchen schuldbewußt, aber auch gekränkt, Mitleid heischend. »Sarah?«

»Ich habe dir nichts mehr zu sagen.«

»Sarah, du mußt zugeben, daß sie ganz und gar uneinsichtig ist.«

»Ach, hör endlich auf.«

»Ich werde vor niemandem zu Kreuze kriechen, der diese Hochzeit zu sabotieren versucht.«

Sarah antwortet nicht.

Am nächsten Morgen erwacht Ed mit einem stechenden Schmerz in der linken Schulter. Es ist neunzehn Minuten nach fünf, und alle anderen schlafen noch – alle außer Estelle. Er hört sie im Haus herumgehen und Dinge zurechtrücken: Lichtschalter an- und ausknipsen, Lampenschirme ausrichten, Sofakissen aufschütteln. Er liegt im Bett und weiß nicht, was schlimmer ist, seine Schulter oder diese enervierenden Geräusche, die ihn martern wie das penetrante Rascheln von Zellophanpapier. Als er sich endlich mühsam aus dem durchgelegenen Rollbett hochwindet, läuft er schnurstracks unter die Dusche und läßt sich das Wasser auf den Kopf prasseln. Er duscht viel länger als sonst. Wahrscheinlich braucht er das ganze warme Wasser auf. Er stellt sich vor, wie Estelle draußen auf und ab tigert und sich fragt, wie um alles in der Welt jemand eine geschlagene Stunde duschen kann – eine Stunde und fünfzehn Minuten, um genau zu sein. Sie sorgt sich um das vergeudete Wasser und ist frustriert, weil die Tür abgeschlossen ist und sie nicht hinein kann, um die Zahnbürsten gerade zu rücken. Bei der Vorstellung wird ihm warm, und seine Muskeln entspannen sich. Aber als er aus dem Bad kommt, ist die Wirkung nach ein paar Minuten verflogen.

Bis die Kinder aufstehen, hat der Himmel sich bezogen, und ein schwül-feuchter Frühlingstag steht ins Haus. Yehudit, die ihrer Erkältung mit starken Medikamenten zu Leibe gerückt ist, schläft entsprechend lange, Ben und Sol sehen im Arbeitszimmer fern, und Miriam schließt sich angewidert in ihrem Zimmer ein, weil

Fernsehen den Feiertag entweiht. Avi und Amy machen einen Spaziergang. Gleich nach dem Mittagessen sind sie losgegangen und bleiben stundenlang weg. Wie kann man sich nur drei Stunden lang in West Hempstead herumtreiben? Ob sie an jedem Ententeich halt machen? Durch jede Einkaufspassage bummeln? Es ist ein langer, unausgefüllter Tag, mit dem einzigen Lichtblick, daß Sarah ihm nicht mehr böse ist. Sie massiert ihm sogar die steife Schulter. »Diese Betten müssen endlich raus«, sagt sie. »Die sind schon dreißig Jahre alt.«

»Wahrscheinlich hätten wir es auf dem Fußboden bequemer«, meint Ed. Er beobachtet Estelle, die zwischen Küche und Eßzimmer hin und her schießt und den Tisch fürs zweite Seder deckt. »Siehst du, sie spricht immer noch nicht mit mir.«

»Tja«, erwidert Sarah, »was hast du anderes erwartet?« Aber sie sagt es mitfühlend. »Wir müssen deine Mutter anrufen«, erinnert sie ihn.

»Ja, das müssen wir wohl.« Ed stößt einen Seufzer aus. »Hol die Kinder und rede ihnen gut zu, damit sie sie ein bißchen aufheitern.«

»Hallo, Großmama«, sagt Ben, als sie ihn endlich ans Telefon gelotst haben. »Wie geht's? Ach ja? Hier ist es auch trüb. Nein, eigentlich nichts Besonderes, wir gammeln bloß so rum. Nein, Avi hat seine Freundin dabei und ist mit ihr spazieren. Amy, genau. Weiß ich nicht. Darfst du mich nicht fragen. Miriam ist auch hier, ja. Genau. Was? Weiß ich nich', sie zanken sich die ganze Zeit darum, wer zu Miriams Hochzeit kommen soll. Wer, Großmama E.? Ach, der geht's gut. Aber ich glaube, sie ist stocksauer auf Dad.«

Ed nimmt Ben den Hörer aus der Hand.

»Sie ist was?« fragt Rose.

»Hallo, Ma?« Ed geht mit dem schnurlosen Telefon ins Schlafzimmer und setzt sich vor die Frisierkommode. Beim Sprechen kann er sich in dem dreiteiligen Spiegel aus drei verschiedenen Blickwinkeln betrachten, einer schlimmer als der andere. Er sieht seine hochgewölbte Stirn, über die nur noch ein paar schüttere

Haarsträhnen fallen, seine müden, ein wenig blutunterlaufenen Augen, seine weiche, rosig fleischige Ohrmuschel. Er sieht furchtbar aus.

»Ed«, sagt seine Mutter, »Sarah hat mir erzählt, daß du Estelles Familie von der Hochzeit ausschließen willst.«

»Familie? Was denn für eine Familie? Hier geht's lediglich um Estelles Freunde.«

»Und was ist mit Henny und Pauline? Soll ich die auch wieder ausladen?«

»Ma! Du hast deine Nachbarn eingeladen?«

»Natürlich! Zur Hochzeit meiner Enkelin? Selbstverständlich habe ich sie eingeladen.«

»Ma!« schnauzt Ed sie an, »für mich sind die einzig gültigen Einladungen zu dieser Hochzeit die, die ich habe drucken lassen und die ich persönlich verschicke. Das ist Miriams Hochzeit. Es ist ihr Fest. Das geben wir weder für dich, noch für Estelle. Es ist ausschließlich für die Kinder.«

»Du hast Unrecht«, sagt Rose schlicht. Und diese drei Worte klingen Ed den ganzen Tag lang in den Ohren, obwohl er eigentlich das Gefühl hat, daß man *ihm* Unrecht tut. Schließlich ist es nicht so, daß seine oder Sarahs Mutter in irgendeiner Weise zu der Hochzeit beitragen würden. Sie stellen nur Forderungen. Ansonsten rühren sie keinen Finger.

Miriam sitzt in der Küche und streicht geschlagene Butter auf ein Stück Mazze. Ed setzt sich neben sie. »Wo ist Großmama?« fragt er.

»Milch holen«, sagt Miriam, und dann bricht es aus ihr heraus: »Daddy, ich will nicht, daß all diese Leute zu meiner Hochzeit kommen.«

»Ich weiß, Spatz.« Es ist ein wunderschönes Gefühl, daß Miriam bei ihm Hilfe sucht und daß er sie trösten kann, als wäre sie nicht fast schon eine Frau Doktor mit strengen theologischen Prinzipien.

»Die meisten davon kenne ich ja nicht einmal«, sagt Miriam.

»Wir brauchen niemanden einzuladen, den du nicht dabei haben willst«, erwidert Ed mit Nachdruck.

»Aber ich möchte auch nicht, daß Großmama und ich bei meiner Hochzeit zerstritten sind.« Ihre Stimme zittert. »Ich weiß nicht, was ich tun soll.«

»Du brauchst gar nichts zu tun«, meint Ed. »Sei du nur ganz ruhig.«

»Ich denke, wir sollten ihre Freunde vielleicht doch einladen«, sagt Miriam leise.

»Holla!«

»Oder jedenfalls einige davon«, schränkt sie ein.

Jemand rüttelt an der Hintertür, und die beiden schrecken hoch. Es ist aber nur Sarah. »Ich geb dir einen guten Rat«, sagt sie. »Lad Mutters Freunde ein und die Bekannten von deiner Mutter auch, und damit basta. Den *Zores* können wir uns doch wirklich ersparen.«

»Nein«, sagt Ed.

»Ich glaube, sie hat recht«, meint Miriam.

Er schaut sie an. »Würdest du dich dann besser fühlen?« Sie nickt und läßt sich umarmen. »Wann komme ich schon noch dazu, meine Miriam in den Arm zu nehmen?« sagt er zu Sarah.

»Ich weiß. Das ist Großmamas Wagen. Ich geh und sage ihr, daß sie die Magids einladen kann.«

»Aber du mußt ihr klarmachen, daß...« fängt Ed an.

Sarah fällt ihm ins Wort. »Ich werde den Teufel tun«, sagt sie.

Beim zweiten Seder überblickt Estelle von ihrem Posten zwischen Küche und Eßzimmer wohlwollend die Tischrunde. Sol erzählt Hochzeitswitze, und Avi legt, mitgerissen von der guten Stimmung, den Arm um die methodistische Amy und sagt: »Mom und Dad, ich verspreche euch, wenn ich heirate, dann brenne ich durch.« Niemand lacht.

Als es Zeit wird, die vier Fragen zu stellen, übernimmt Ed selbst die Lesung. »›Warum unterscheidet sich diese Nacht von allen gewöhnlichen Nächten? An anderen Abenden essen wir gesäuertes Brot. Warum essen wir an diesem Abend Mazze?‹ Ben, würdest du die Füße runternehmen?« Als Ed die vier Fragen zitiert hat, resümiert er abschließend: »Im Grunde hat also jede Generation die Pflicht, ihren Nachkommen den Exodus zu erklären – ob es ihr nun gefällt oder nicht.«

Als er in dieser Nacht in dem ächzenden Rollbett liegt, denkt Ed über die Frage nach, die Miriam am ersten Seder gestellt hat. Warum ist an Pessach alles in Vierergruppen eingeteilt? Vier Kinder. Vier Fragen. Vier Becher Wein. Ed liegt mit geschlossenen Augen da und sieht die Quartette durch die Luft schweben, sieht sie so, wie sie in den naiven Illustrationen seiner Haggada von 1960 dargestellt sind. Vier goldene Becher und darauf in blaugrünen Lettern die vier Fragen; vier Kindergesichter. Es sind die Gesichter seiner eigenen Kinder, allerdings nicht die von heute; Ed sieht sie so, wie sie vor neun oder zehn Jahren ausgesehen haben. Und dann, just als er einschläft, hat er eine Vision. Er sieht nicht die Kinder, sondern Sarahs Eltern, die zusammen mit den Rothmans, den Seligs, den Magids und all ihren Freunden – vielleicht tausend an der Zahl – dichtgedrängt wie Marathonläufer über die Verrazano-Brücke strömen. Sie tragen Koffer bei sich und Bügelbretter, Bridgetische, Tennisschläger und Liegestühle. Sie marschieren in dicht geschlossenen Reihen und treiben ihre Pudel vor sich her. Es ist eine majestätische und zugleich beängstigende Prozession. Unter Estelles Füßen – unter den Füßen ihrer eintausend Freunde – erzittert die stählerne Brücke, und die langen Trossen geraten über dem Wasser in Schwingung. Obwohl er nur ein ferner Zuschauer ist, spürt Ed das Dröhnen, die stampfenden Schritte, die seinen ganzen Körper erschüttern wie ein gewaltiges Erdbeben. Er möchte fliehen, das Bild verdrängen, aber es läßt sich nicht auslöschen. Dröhnend und brausend tobt er unverkennbar fort: der Sturm der Geschichte.

SARAH

SARAH PARKT VOR dem Jüdischen Gemeindezentrum des Großraums Washington. Auf dem Sitz neben ihr liegen ihre unförmige Handtasche und ein Stapel korrigierter Hausaufgaben. Sie hat jede Arbeit ausführlich mit grüner Tinte kommentiert, denn Rot schüchtert die Studenten unnötig ein. Sarah hat vor Jahren eine Reihe von Pädagogikkursen besucht und wendet die dort erlernten Techniken bis heute gewissenhaft an. Ihre Studenten, allesamt reiferen Alters, rühmen ihre Wärme und Mütterlichkeit. Sie merken nicht, daß diese Eigenschaften zu Sarahs professionellem Erscheinungsbild gehören, sehen nicht den Lehrer hinter der Fassade, der abwechselnd verzweifelt oder stillvergnügt in sich hineinlacht.

Sarah holt ihre Puderdose heraus und frischt vor dem Spiegel ihren Lippenstift auf. Dann klemmt sie sich die Hefte und ihre Tasche unter den Arm und geht mit raschem, entschlossenem Schritt auf das Gebäude zu. Sie hat kurzes graues Haar und Augen, die in ihrer Jugend blau waren; inzwischen sind sie hellbraun mit goldenen Sprenkeln drin. Ihr Kurs nennt sich »Kreativität und Midrasch« und ist eine Kombination aus dichterischem Schreiben und Bibelstudium. Wie die Kommentatoren des Midrasch, der Auslegung des Alten Testaments, verfassen die Studenten eigenständige Interpretationen, Variationen und Phantasien zu biblischen Themen. Das Konzept hat Sarah selbst entworfen, und sie ist sehr zufrieden damit, löst es doch viele Probleme gleichzeitig. Es zwingt die Studenten zur Beschäftigung mit Themen, die nicht um die eigene Person kreisen, während es zugleich therapeutischen Zwecken dient, da sie in der Schrift sehr schnell Archetypen ihrer eigenen Probleme entdecken. Vor allem aber hält der Kurs die Studenten zum Lesen an und lehrt sie begreifen, daß sie um Gottes willen nicht die ersten sind, die sich mit ihren Gefühlen und Gedanken plagen und sie niederschreiben! Am ersten Tag des Kurses spielt Sarah zur Einstimmung immer Vaughan Williams' *Fantasia über ein Thema von Thomas Tallis* vor.

Es ist halb sechs, und die Studenten erwarten sie startbereit, mit aufgeschlagener Kladde und gezücktem Stift. Sie haben eine Schwäche für Schreibgeräte: für Füllfederhalter und dreifarbige Kugelschreiber, ja sogar für die ausgeklügelten Hohlstifte, in die bis zu zwölf verschiedene Tintenpatronen hineinpassen. »Wir beginnen mit einer Viertelstunde frei assoziierten Schreibens«, sagt Sarah, und schon beugen sich die Studenten über ihre weißen Heftseiten. Sarah sieht ihnen zu. Die Kursteilnehmer, drei Frauen und ein Mann, deren Alter zwischen dreißig und annähernd sechzig Jahren liegt, bezeichnen sich selbst als Muttertier, Hausfrau im Ruhestand, Schauspielerin und Landschaftsgärtner. Sarah schaut ihnen zu und denkt dabei ans Abendessen. Sie hat ein Hähnchen aufgetaut und ein Rest Süßkartoffeln ist auch noch da, aber das Gemüse fehlt. Sie wird auf dem Heimweg rasch etwas besorgen müssen. Und noch etwas muß sie kaufen, irgendwas ist ausgegangen, sie weiß bloß nicht mehr, was. Etwas Kleines, leicht Verderbliches.

»So, das wär's«, sagt Sarah. »Bitte kommen Sie jetzt zum Schluß.« Sie wartet einen Moment. »Dann wollen wir mal anfangen. Debbie.« Sie wendet sich an die Schauspielerin. Debbie hat langes Haar und hellblaue Augen. Ihre Nase könnte man als groß bezeichnen, sie ist jedenfalls kräftig, aber dafür makellos geformt. Alle, einschließlich Sarah, holen eine Kopie des Gedichtes hervor, das Debbie letzte Woche geschrieben hat. Debbie wirft ihre lange Mähne zurück und beginnt zu deklamieren:

Eva,
fleisch von deinem fleisch
bein von deinem bein
männ in
schoß darin
Ich bin Eva
du bist mein tag und meine nacht
und Ich bin Eva die dämmerung
die zwischen beiden wacht
samtig süß weder dunkel noch hell
wie mir war als
mich dein traum gebar?
das hat keinen gekümmert

Tomaten! schießt es Sarah unversehens durch den Kopf. Sie muß noch Tomaten besorgen, weil die im Kühlschrank schlecht geworden sind.

von geburt an war Ich dein
du hattest die tiere schon benannt
und gabst auch mir einen namen
du bist die sonne und Ich bin der mond
du glühst
Ich aber ziehe magisch die wasser in meinen bann
Ich stehle mich aus deinem garten und paare
mich mit dem feind in magischem bann
denn lieber will Ich sündigen
als fortzeugen dein patriarchat
lieber schande bringen über dich
behalte du das vieh die vögel des himmels
und alles getier auf den feldern
nächtens leuchten doch nur die augen meiner
katzen

»Wer möchte etwas dazu sagen?« fragt Sarah. Als sich niemand meldet, macht sie selbst den Anfang. »Das war sehr eindrucksvoll, Debbie. Besonders gut gefällt mir, wie Sie den zunächst gleichmäßigen Sprachfluß steigern und Spannung hineinbringen. Ihr Gezeitenbild wirkt fast rhythmisch expressiv. Wollten Sie mit der Doppelung der Metapher vom *magischen Bann* in unterschiedlichem Kontext einen Interpretationsanstoß geben?«

»Wo?« fragt Debbie.

»In Strophe 2, Zeile 6 und 8.«

»Oh, das war keine Absicht«, sagt Debbie.

»Dann sollten Sie die Formulierung vielleicht einmal abwandeln«, schlägt Sarah vor. »Sonst noch Stellungnahmen?«

Michelle, das Muttertier, meldet sich zu Wort. »Mir ist aufgefallen, daß Sie ganz auf Großschreibung verzichten, ausgenommen das Personalpronomen ›Ich‹ und den Eigennamen ›Eva‹.«

»Ja, das habe ich gemacht, weil ich das Gefühl hatte, daß Großschreibung und Interpunktion den Fluß des Gedichtes stören, und weil ich beides mit hierarchisch maskulinen Denkstrukturen assoziiere, also dichotom und streng entscheidungsorientiert, Nacht-Tag, ja-nein, wohingegen ich Eva mehr als Mittlerfigur sehe. Beim *Ich* und beim Eigennamen *Eva* bin ich auch deshalb vom Schema abgewichen, weil ich das Gefühl habe, daß E.E. Cummings sich die Idee der konsequenten Kleinschreibung schon zu eigen gemacht hat, und demgegenüber wollte ich versuchen, das *Ich* als Ausdruck der weiblichen Stimme zurückzugewinnen.«

»Es geht in Ihrem Gedicht um subversive Kräfte, oder?« fragt Brian, der Landschaftsgärtner, der schon einmal kurz vor der Promotion stand, dann aber zehn Jahre drogenabhängig und weg vom Fenster war, und der nun die verlorene Zeit wieder wettmachen möchte. Brian ist unverhältnismäßig mager, sonnengebräunt, mit schütterem Bart.

»Ja, und das korrespondiert sehr eng mit meiner momentanen Lebenssituation«, sagt Debbie. »Mein Freund und ich, wir sind gerade ziemlich im Clinch wegen meiner Katzen.«

Als nächstes trägt Brian seinen »Dialog zwischen Jakob und den Engeln auf der Leiter« vor.

Szene: mitternächtliche Wüste, sternenübersäter Himmel. Auf den Sprossen der Jakobsleiter der Geist von THOREAU *und von* WALT WHITMAN, *zwischen ihnen* JAKOB

WHITMAN *(zu Jakob, mit verzückter Miene): Du*
wirst fruchtbar sein wie die Sterne am Firmament
Millionen und Abermillionen wirst du zeugen
und alle deine Kinder sollen sich weiter
millionenfach fortpflanzen denn das ist die Nacht deiner Geburt
die Nacht da du zum Leben erwachst
und jeder Grashalm jedes Insekt und selbst das allerkleinste Lebewesen
auf dieser Welt weiß darum
jedes Tier jeder Vogel und Fisch und alle organische Materie weiß es
THOREAU: *Vor die Wahl gestellt, würde, denke ich, jeder Mensch es vorziehen, am warmen Ofen zu sitzen, statt Stammvater eines ganzen Volkes zu werden.*

»Moment, Moment«, sagt Debbie. »Sie sprechen von Grashalmen? Ich dachte, die Szene spielt in der Wüste?«

»Vielleicht schreiben Sie statt dessen lieber Sandkörner«, schlägt Michelle vor.

»Das steht aber, glaube ich, schon in der Bibel.« Ida, die Hausfrau im Ruhestand, hat ihre Lesebrille aufgesetzt und blättert die Schöpfungsgeschichte durch.

»Es spricht nichts dagegen, daß Sie Bilder aus der Bibel übernehmen«, sagt Sarah.

Ida nimmt die Brille ab und sieht sie an. Sie hat schneeweißes Haar. »Dann würde ich meinen Text gern noch mal ändern«, meint sie. »Geht das?«

»Ja, sicher«, erwidert Sarah. »Brian, was halten Sie von dem Vorschlag mit den Sandkörnern?«

»Aber es ging mir ja gerade um die Anspielung auf *Grashalme.*«

»Ich weiß nicht, dieses Stück ist echt heavy. Und so… abstrakt.« Debbie starrt auf den Text. »Haben Sie mal daran gedacht, ein bißchen mehr Action reinzubringen? Ich meine, Sie wollen doch nicht bloß diese Kopfgeburten auf der Bühne rumspazieren lassen!«

Brian ist sichtlich geknickt.

»Ich lese den Text eher als platonischen Dialog«, wirft Sarah ein.

Das scheint Brian aufzumuntern. »Mir schwebt etwas vor wie *Unter dem Milchwald*«, vertraut er den übrigen Kursteilnehmern an. »Das wäre mein Traum.«

Sarah geht auf dem Heimweg erst im Supermarkt vorbei und dann in der Reinigung. »Vier Hemden, zwei Kleider, ein Faltenrock, eine Bluse. Das da haben wir nicht rausgekriegt«, erklärt ihr die Kassiererin. Während die Frau die einzelnen Posten eintippt, schaut Sarah sich eher teilnahmslos um. Im Schaufenster hängt wie immer ein frisch gereinigtes Brautkleid in durchsichtiger Plastikhülle, die Glanzleistung jedes chemischen Reinigers.

Zuhause kommt Ed ihr entgegen, um ihr beim Ausladen zu helfen, so daß sie beide draußen sind, als das Telefon klingelt. Ed stürzt so hastig die Stufen hinauf, daß die Schlüssel in seiner Tasche klirren und ihm das Hemd aus der Hose rutscht. »Wer ist dran? Deine Mutter?« ruft Sarah, als sie die Diele betritt.

Ed winkt ungeduldig ab. »Ma? Was ist los? Was? Du bist im Krankenhaus? Was ist passiert?«

Sarah nimmt in der Küche ab und hört ihre siebenundachtzigjährige Schwiegermutter weinen. »Ja, ja, ich bin im Krankenhaus«, schluchzt Rose in Kalifornien. »Die haben mich einfach eingeliefert. Ich hatte keine Ahnung, was die mit mir machen. Ich war bewußtlos. Ich hätte sterben können.«

»Mutter, warte, ganz langsam. Erzähl der Reihe nach. Was ist passiert?«

»In welchem Krankenhaus bist du?« fragt Sarah dazwischen.

»St. Elysius? Oder Egregious?«

»Nein, nein, das kann nicht sein. Das ist der Titel einer Fernsehserie. Versuch dich zu konzentrieren, Ma.«

»Vielleicht St. Elizabeth«, sagt Rose. »Wie soll ich das wissen? Ich war bewußtlos.«

»Ed, ich finde, wir sollten mit Dr. Klein reden«, sagt Sarah.

»Sarah, ich versuche herauszukriegen, was passiert ist. Nochmal von vorn, Ma.«

»Ich habe zu Klein gesagt, daß ich ein neues Rezept brauche, weil meine Nachfüllpackung leer war. In drei verschiedenen Apotheken bin ich gewesen, aber keiner wollte mir meine Tabletten geben. Ich war bei Longs, Rexall und Pay Less, und überall hieß es, sie brauchen ein Rezept von meinem Hausarzt. Aber als ich wollte, daß Klein mir eins ausstellt, da hat er sich geweigert, worauf ich ihm gesagt habe, wenn er's nicht tut, schreibe ich an die Ärztekammer und zeige ihn an, weil er Gladys und Eileen in den Tod geschickt hat, aber er hat bloß gesagt, er wüßte nicht, wovon ich spreche. ›Sie wissen verdammt gut, wovon ich spreche‹, sag ich zu ihm, ›Sie haben die beiden mit Morphium umgebracht.‹ Da ist er einfach aufgestanden und hat mich allein in seinem Sprechzimmer sitzenlassen. Schließlich mußte ich den ganzen Weg mit dem Bus zurückfahren. Ich war so erschöpft, als ich zu Hause ankam, richtig krank war ich und bin gleich ins Bett gegangen, hab die Videokassette von *Stolz und Vorurteil* eingelegt, und weil mir gar so elend war, habe ich ein paar von den Tabletten genommen, die ich mir auf die Seite gelegt hatte. Und als ich wieder aufgewacht bin, lag ich im Krankenhaus und hatte ein Klinikhemd an.«

»O mein Gott!« stöhnt Ed. »Paß auf, Ma, ich möchte, daß du mir jetzt die Nummer gibst, die auf dem Telefon neben deinem Bett steht, damit ich den Arzt anrufen kann.«

Es geschieht nicht zum erstenmal, daß Rose nach einer Überdosis kollabiert, aber leichter macht das die Sache auch nicht. Sarah erinnert sich an Maury, Roses zweiten Mann, der 1980 gestorben ist. Er war zehn Jahre älter als Rose, immer gut aufgelegt und schien mit den Jahren noch gelöster zu werden. So störte es ihn beispielsweise nicht, daß Washington Heights immer mehr herunterkam, sondern er drehte weiter fröhlich pfeifend und auf einen Spazierstock gestützt seine Runden durch das Viertel. Aber er schrumpfte mit der Zeit, die Kleider schlotterten ihm um den Leib, und das Gesicht hinter den schwarzgerahmten Brillengläsern wirkte so eingefallen, daß man ihn schließlich fast mit Jiminy Cricket hätte verwechseln können. Aber mittags führte er Rose zum Essen ins Deli, und einmal die Woche brachte er aus der Leihbibliothek ganze Stapel von Büchern in Großdruck mit nach Hause. Die beiden waren viel auf Reisen, und Maury erlitt bühnenreife Zusammenbrüche: auf der Aussichtsplattform des World Trade Center. Im Botanischen Garten von Montreal. In Hollywood, mitten auf dem Hollywood Boulevard. Anschließend saß er dann in der Klinik und verglich die ärztliche Versorgung in den verschiedenen Städten. Sarah hatte sein heiteres Gemüt stets bewundert. Doch als er starb, stellte sich heraus, daß er, neben diversen anderen Mitteln, Percodan genommen hatte und nicht nur von Natur aus ein so lebenslustiger Mensch gewesen war. Durch ihn war auch Rose tablettenabhängig geworden. Nach der Beerdigung kam außerdem heraus, daß er seit Jahren keine Steuern mehr gezahlt und seine Ersparnisse in kleinen Beträgen auf über hundert Konten im ganzen Land verteilt hatte. Daraufhin verfaßte Rose ihr merkwürdiges handgeschriebenes Testament, das sie der Familie gar nicht oft genug zeigen kann. Ed war derjenige, der Maurys hoffnungslos chaotischen Nachlaß regelte. Er löste die Wohnung in Washington Heights auf, zog das Geld von allen Konten ein und organisierte Roses Umzug nach Kalifornien, wo sie in der Nähe ihres zweiten Sohnes Henry leben konnte, der dort eine Galerie leitete. Aber Henry ist schon vor Jahren nach England gezogen, um wieder einmal ein neues Leben zu beginnen, und die Verantwortung für Rose mußte abermals Ed übernehmen.

Ed läuft mit dem Telefon im Wohnzimmer auf und ab und spricht mit Dr. Klein. Als Sarah sich über den Nebenanschluß einschaltet, sagt Klein gerade: »Wie es aussieht, hat sie die Tabletten regelrecht gehortet. Jedenfalls hielt sie sich nicht an die vorgeschriebene Dosis. Außerdem hat sie das Medikament leider als Aufputschmittel mißbraucht.«

»Und warum haben Sie das nicht schon früher bemerkt?« fragt Ed.

»Ich kann nicht alles kontrollieren, was sie in ihren eigenen vier Wänden tut, Ed. Und ich kann auch nicht die volle Verantwortung für sie übernehmen. Natürlich habe ich sie gefragt, ob sie sich an die Einnahmevorschriften hält, aber ich fürchte, da hat sie mir nicht die Wahrheit gesagt.«

»Nein, nein, tut mir leid, aber meine Mutter lügt nicht.«

»Ihre Mutter ist in hohem Maße medikamentenabhängig, Ed, und...«

»Genau das ist der Punkt! Hatten wir nicht vereinbart, daß Sie ihre Dosis reduzieren und sie auf die Weise langsam entwöhnen sollten?«

»Ja, das haben wir auch versucht, Ed«, sagt Klein. »Aber es hat leider nicht funktioniert. Schauen Sie, wir führen diese Debatte doch nicht zum erstenmal. Im Grunde ist es eine Frage der Patientenbetreuung, um nicht zu sagen -überwachung. Aber jetzt hat Rose sich zu einer stationären Behandlung in Santa Rosa entschlossen.«

»Und warum wurden wir dazu nicht gefragt?«

»Es war die Entscheidung Ihrer Mutter.«

»Nein, ich glaube, es war *Ihre* Entscheidung«, schnauzt Ed ihn an. »Sie haben ihr gesagt, daß sie sich dieser Kur unterziehen muß.«

»Ich habe ihr dazu geraten, weil sie endlich anfangen muß, sich ihrer Abhängigkeit bewußt zu werden und andere Wege zu finden, um mit ihrer Langeweile und ihrer Einsamkeit fertigzuwerden.«

»Ach, mit anderen Worten, ich bin an allem schuld«, sagt Ed. »Weil ich versuche, mich per Ferngespräch um sie zu kümmern. Deshalb wollen Sie jetzt die ganze Verantwortung auf mich abwälzen. Ich sollte rund um die Uhr für sie da sein. Den Arzt trifft keine Schuld, meine Mutter nicht, also muß ich schuld sein.«

Sarah ist die halbe Nacht wach, weil Ed vor lauter Aufregung nicht zur Ruhe kommt. Erst liegt er auf der linken Seite, dann wälzt er sich herum, bearbeitet das Kissen mit den Fäusten, strampelt die Decke weg und läßt sich schließlich erschöpft auf den Rücken fallen. Sarah liegt auf dem Bauch und denkt an Rose. Langeweile und Einsamkeit. Es fragt sich wirklich, ob eine alte Frau allein von geschmackvollen Literaturverfilmungen zehren kann. Rose ist das, was Sarahs Studentin Ida eine Hausfrau im Ruhestand nennen würde – nur daß Rose weder das Hausfrauendasein noch den Ruhestand je so professionell organisiert hat wie Ida. Roses sehnlichster Wunsch, denkt Sarah, wäre wohl die Rückkehr an die Stätten ihrer Kindheit, denen sie nachtrauert und die immer noch die Kulisse für jenen romantischen Zauber bilden, mit dem sie ihr Leben umgeben hat. Ihr Elternhaus in der Bukowina, die herrschaftliche Villa ihrer Pflegeeltern in England, wohin sie im Ersten Weltkrieg verschickt wurde – ein eleganter Wohnsitz mit Dienstboten und weitläufigen Zimmerfluchten. Rose hatte nicht unmittelbar unter den Auswirkungen des Krieges zu leiden, aber in ihrer Einbildung war sie sehr wohl davon betroffen, und ihre Phantasie gaukelt ihr vor, die Kriege hätten jene Welt, die sie über alles liebte, unwiederbringlich zerstört. Sarah gegenüber hat sie *Vom Winde verweht* oft als den schönsten Roman gepriesen, der je geschrieben wurde, und Sarah dann gedrängt, sie solle sich doch einmal an einem ähnlichen Buch versuchen, ja sogar angedroht, es selbst zu tun, auch wenn sie im nachhinein jedesmal einräumt, daß sie nie und nimmer die Kraft dazu hätte. Es ist schwer, sich mit Erinnerungen am Leben zu erhalten, besonders, wenn die besten davon aus Romanen stammen.

»Ich nenne meine Textproben Persönlichkeitshaikus«, erklärt Michelle in der Woche darauf dem Kurs über Kreativität und Midrasch, und nach einer kurzen Pause setzt sie hinzu: »Ursprünglich wollte ich mich streng nach den Regeln des japanischen Haikus richten, aber die hätten mich inhaltlich so sehr eingeengt, daß ich schließlich auf die ganze Rechnerei mit den Silben verzichtet habe.«

1.
generationen
himmelssterne
gelbe Sterne
holocaust

2.
sonnenschein
mondenschein
turm
sonnenfinsternis
mondenfinsternis
babel

3.
schnitt
schrei
schwur

»Die sind wirklich schön«, sagt Debbie.

»Aber warum haben Sie ihnen keine Titel gegeben?« fragt Ida.

»Ach, ich dachte einfach, das wäre des Guten zuviel. Es wäre mir fast banal vorgekommen, wenn ich zum Beispiel Nummer 3 noch mit ›Beschneidung‹ überschrieben hätte.«

»Mir gefällt die Art, wie Sie Ihre Metaphern aufs Wesentliche reduziert haben«, sagt Sarah. »Erläutern Sie uns bitte noch, wie Sie auf die Bezeichnung ›Persönlichkeitshaikus‹ gekommen sind.« Wie sie es bei ihren pädagogischen Schulungen gelernt hat, gibt Sarah mittels Körpersprache zu verstehen, daß sie Michelle zuhört. Sie beugt sich vor, nickt, wiegt den Kopf – aber in Wahrheit denkt sie an Rose, die Abend für Abend anruft. Die Kurklinik ist ein Gefängnis! Ein zweites Sing Sing. Auschwitz. Niemand darf hinaus. Was sie dort machen? Sie sitzen im Kreis und müssen mit einem Betreuer über ihre Vergangenheit reden. Sie hält das nicht aus. Diesen Frauen zuzuhören. Die eine wurde als siebenjähriges Kind vergewaltigt! An einer anderen haben sich der eigene Vater und der Bruder vergangen. Eine dritte ist Prostituierte gewesen! »Lauter so grauenhafte Geschichten! Dinge, über die man bei uns nie gesprochen hätte. Heute zeigen sie das ja alles schon im Fernsehen, aber ich würde mir sowas niemals angucken!« Sarah kann sich ausmalen, wie Rose mit den anderen Patientinnen im Kreis sitzt, von denen einige im Alter ihrer Kinder sind, andere gar ihre Enkel sein könnten. Und dann wird Rose, die vor lauter Entsetzen gar nicht richtig bei sich ist, selbst aufgefordert, ihre traumatischen Kindheitserlebnisse zu schildern. Aber wie soll sie sich, nach allem, was sie bisher gehört hat, über ihre liebevoll gehegte Vergangenheit äußern, über das luxuriöse Leben, das sie immer wie eine Kostbarkeit behandelt hat, die man sorgsam hüten und gleichsam in unzähligen Lagen von Seidenpapier verpacken muß? Keiner hört ihr zu, niemand interessiert sich für ihre Geschichte, außer dem Betreuer, der mit langen Nadeln nachbohrt und Blut sehen möchte. Natürlich will sie am liebsten nach Hause, aber sie kann sich nicht einfach abmelden. »Das ist eine Klinik«, hat der Arzt zu ihr gesagt, »kein Hotel.« Ed ist gestern abend nach L.A. geflogen, um mit den Ärzten zu reden oder Roses Ansprüche an die Krankenversicherung geltend zu machen oder um Rose zu retten, je nachdem, von welcher Warte aus man es betrachtet.

Ida ist mit ihrer Lesung an der Reihe. Sie ist eine schöne Frau. Eine Frau, die jede Woche zum Friseur geht. In den Kurs kommt sie immer tadellos frisiert mit frisch gelegten Locken. Sie macht sich extra fein, trägt Kostüm und Goldschmuck, womit sie nicht wenig absticht gegen Debbie in ihren zerknitterten Röcken oder Brian, der manchmal sogar vergißt, seinen Fahrradhelm abzunehmen. Ida ist die älteste der Gruppe, genau wie Rose in der ihren. Beim Lesen ist ihre Stimme gepreßt; manchmal bleibt sie ihr im Halse stecken, und dann geniert Ida sich.

Naomi und Ruth

Meine Tochter und ich, wir sind wie Ruth und Naomi, nur nimmt unsere Geschichte eine andere Wendung. Als mein Mann starb (möge er in Frieden ruhen), da hielten wir es mit dem Bibelwort: Dies ist der Weg, den gehet, und ich sagte zu Ellen: »Bleib nicht bei mir, sondern geh und lebe dein eigenes Leben.«

»Ich möchte aber lieber bleiben und für dich sorgen«, sagte sie.

»Nein, du mußt dein eigenes Leben führen«, sagte ich.

»Also gut«, sagte sie und ging zurück nach New York, wo sie an der Filmhochschule der NYU studierte.

Ich blieb allein hier in unserem Haus wohnen. Sie will Filme machen, und wenn das ihr Wunsch ist, soll es mir recht sein, aber ich sage zu ihr: »Ellen, ich wünschte, du würdest jemanden kennenlernen. Du bist doch schon bald dreißig.«

Darauf sie: »Mutter, ich habe jemanden kennengelernt, und wir leben bereits seit fünf Jahren zusammen.« Aber das bricht mir das Herz, denn dieser Mann, ein Makler, ist elf Jahre älter als Ellen, und Jude ist er auch nicht.

Gern würde ich sie fragen: »Stellst du dir vor, daß du in New York leben könntest wie eine Ruth, die auf dem Felde fremde Ähren liest? Denkst du, du könntest kommen und dich zu seinen Füßen legen in der Nacht, auf daß er dich eines Morgens heiratet? Wie kannst du das ertragen, fünf Jahre so in seiner Wohnung zu hausen? Wenn ich gewußt hätte, daß das passieren würde, als wir den Weg beschritten, dann hätte ich dich nicht angehalten zu gehen. Ich hätte gesagt: »Bleib, meine Tochter, bleibe.«

Sarah ist seltsam, fast schmerzlich berührt. Beinahe kommen ihr die Tränen.

Debbie wirft ihre lange Mähne zurück und sagt zu Ida: »Sie muß selber wissen, was sie tut.«

»Ich hab mal eine Frage wegen der Textgattung«, sagt Michelle. »Soll das nun ein Essay sein oder mehr eine Kurzgeschichte?«

»Ida«, gibt Sarah zurück, »das ist…« Sie will sagen, daß der Text sie bewegt hat, doch sie kann es nicht. Ein solcher Satz klänge nur abgeschmackt im pseudovertraulichen Rahmen des Seminars. »Es ist ein in seiner Schlichtheit sehr schöner Text«, sagt sie.

Debbie, die angestrengt über ihrer Kopie von Idas Arbeit gebrütet hat, blickt auf. »Es hat wohl was mit dem Altersunterschied zu tun«, sagt sie.

Sarahs Schreibtisch steht in ihrem Schlafzimmer am Fenster. Sie hat sich immer ein eigenes Arbeitszimmer gewünscht, und sie und Ed hoffen, daß sie in den nächsten paar Jahren ein weiteres Kinderzimmer umwandeln können. Die Kinder sind auf dem College – eine Tochter studiert Medizin – da bleibt kein Geld übrig, und das Haus muß vorläufig zurückstehen. Sarah und Ed waren in einer Dramatisierung von »Ein Zimmer für sich allein«, einer Solovorstellung, und Sarah mußte beim Verlassen des Theaters daran denken, daß Virginia Woolf nie Kinder gehabt hat. Auf ihrem eigenen Schreibtisch türmen sich Akten und Papiere, die teils ihr gehören und teils Ed, ferner Kontoauszüge und bezahlte Rechnungen, die sie noch nicht abgeheftet hat, Ausgaben von *Writer's Digest* und *Poets & Writers Magazine* und Manuskripte für das Shaarei-Tzedek-Mitteilungsblatt, das sie herausgibt. Sarah ist die Washingtoner Korrespondentin verschiedener jüdischer Zeitschriften, und sie schreibt regelmäßig Buchkritiken. Über alledem bleibt viel zu wenig Zeit für ihre eigenen literarischen Ambitionen. Sie hat einen Roman geschrieben, der 1979 bei *Three Penny Opera* veröffentlicht wurde, ein Buch über eine Frau – eine Malerin –, die in Brooklyn und Long Island aufwächst, aber danach hat sie nicht schnell genug reagiert, nicht im gewünschten Zeitraum den zweiten Roman herausgebracht. Heute tut es ihr leid, daß sie das verpaßt, diesen ersten Schwung nicht besser genutzt hat. Sie schreibt auch Gedichte, die freilich mit ihren Wortspielen und dem komplizierten Versmaß dem siebzehnten Jahrhundert näher stehen als John Ashbery und dem zeitgenössischen Publikum deshalb vielleicht etwas veraltet erscheinen. Als einer von Donne, Marvell und George Herbert beeinflußten Lyrikerin ist es ihr schwergefallen, übers Gebären zu schreiben, über die Bar Mizwa eines Sohnes oder den Jom Kippur. Vor etlichen Jahren hat sie einmal eine Auswahl ihrer Gedichte an ihren Schwager Henry geschickt, der in Oxford einen eigenen kleinen Verlag betreibt. Aber obwohl er Sarahs Arbeit »exzeptionell« nannte, war Henry der Meinung, daß ihre Lyrik nicht ganz in die Richtung tendiere, die die Equinox Press mit ihrem aktuellen Programm verfolgt. Sie findet es heute noch merkwürdig, daß sogar Henry, der viktorianische Möbel liebt, die Buchkunst des achtzehnten Jahrhunderts, antikes Porzellan und großbürgerliche Romane – ja, der selbst fast so etwas wie ein Barockmensch ist –, in der Lyrik trotzdem die glatte, flüssige, minimalistische Form bevorzugt, Gedichte, die funktionieren wie Geräte der Spitzentechnologie. Sarah will gerade ihren Computer einschalten, da klingelt das Telefon.

»Sarah?« sagt Ed. »Hi. Du, das ist hier eine schöne Schweinerei! Allein ihre Krankenhausrechnungen belaufen sich auf zwanzigtausend Dollar. Die und die Kosten für die Therapie übernimmt zwar die Versicherung, aber dann stehen noch sechzehnhundert Dollar an Arzthonoraren für Klein aus, die nicht gedeckt sind.«

»Wie meinst du das?«

»Ganz einfach, die Versicherung weigert sich zu zahlen. Jetzt fechten wir Kleins Liquidation an, und dann muß man erst mal abwarten ...«

»Wie geht es ihr?« fragt Sarah.

»Nicht besonders. Sie ist sehr schwach, geistig nicht ganz da. Abgenommen hat sie auch.« Er seufzt. »Sarah, als ich hier ankam, ist mir klar geworden, daß es so nicht weitergehen kann. Wir dürfen uns nicht länger was vormachen – sie kann hier nicht mehr allein leben. Wir müssen sie nach Hause holen.«

»Du meinst hierher?«

»Ja, wir müssen sie nach Washington zurückholen.«

Sie überlegt einen Moment. »Meinen Kurs am Donnerstag kann ich ausfallen lassen«, sagt sie. »Ich sehe zu, daß ich morgen einen Flug bekomme.«

Ed und Sarah sitzen Dr. Stephen Klein in seinem Sprechzimmer gegenüber. Sarah erinnert die Szene vage an ihre Treffen mit dem stellvertretenden Direktor der Woodrow Wilson Junior-High-School, bei denen es um die schulischen Leistungen ihres Sohnes Ben ging.

»Also, ich habe während ihres Aufenthaltes hier regelmäßig Therapiegespräche mit ihr geführt, und zwar täglich mindestens eine Stunde lang.«

»Und waren das die Sitzungen, in denen Sie...? Was genau haben Sie da eigentlich gemacht?«

»Ihr zugehört. Mit ihr über ihre Tablettenabhängigkeit gesprochen, über Suchtverhalten...«

Ed schneidet ihm das Wort ab. »Ich sehe nur, daß meine Mutter in einem furchtbaren Zustand ist. Sie hat viel zu viel abgenommen, und Sie haben sie fertiggemacht.«

Dr. Klein schüttelt den Kopf. »Sie dürfen nicht vergessen, daß Sie sie seit mindestens einem halben Jahr nicht mehr gesehen haben. Und sie erholt sich gerade von den Nachwirkungen einer gewaltigen Überdosis.

»Gewaltige Überdosis!« Ed steigt das Blut ins Gesicht. »Ist das Ihre Methode? Übertreiben Sie bei Ihren Patienten auch so? Hören Sie, meine Mutter ist siebenundachtzig, also ersparen Sie ihr die Schocktherapie. Sie haben sie da in Santa Rosa mit lauter blutjungen Junkies ins selbe Therapieprogramm gesteckt. Ich dachte, wir leben in einer multikulturellen Zeit, in der gegenseitiger Respekt, die Gleichbehandlung aller und die Emanzipation auch der Senioren angesagt ist. Aber Sie gehen her und stempeln eine wehrlose alte Frau einfach als Süchtige ab und muten ihr ohne Rücksicht auf Alter und Herkunft irgend so eine Fließbandtherapie zu...«

»Darf ich Ihnen mal was zeigen?« fragt Klein. Er schiebt eine Kassette in den Videorecorder und schaltet den Fernseher ein. »Rose?« fragt eine Frauenstimme. »Sind Sie damit einverstanden, daß wir dieses Gespräch auf Video aufzeichnen, damit Sie oder Ihre Familie es sich später anschauen können?«

»Meinetwegen«, antwortet Rose. Sie sitzt in einem Klinikbett, wirkt grau und eingefallen und hat eine Kanüle im Arm.

»So, und nun sagen Sie mir einmal, wie Sie sich fühlen, Rose – auf einer Skala von eins bis zehn, wenn eins die schlechteste und zehn die beste Bewertung ist.«

»Ich fühle mich hundeelend«, sagt Rose.

»Aber auf einer Skala von eins bis zehn, wie fühlen Sie sich da?«

»Eins ist die beste Note?«

»Eins ist die schlechteste, zehn ist die beste.«

»Zehn ist die beste?«

»Genauso ist es.«

»Und was ist die schlechteste?«

»Eins. Rose?«

»Ich habe eine eins.«

Sarah muß unwillkürlich lächeln, aber Ed ist empört. »Kann ... können Sie das abschalten?«

»Warum?« fragt Klein.

»Weil wir hier ein Gespräch führen!«

»Das ist mir klar, Ed, aber ich halte diese Aufzeichnung doch für relevant.«

»Mag sein. Trotzdem werde ich mir nicht anschauen, wie man meine eigene Mutter verhört. Das ist grauenhaft.«

»Grauenhaft ist die Sucht. Darüber hinaus ist sie auch ein ziemlich komplizierter Mensch, und ich rate Ihnen dringend, sich damit auseinanderzusetzen – nicht jetzt, wo Sie so erregt sind, aber später. Eine Familientherapie wäre meines Erachtens sehr hilfreich – für Rose und für Sie.«

»O mein Gott!«

»Ich höre bei Ihnen sehr viel aufgestauten Zorn heraus«, stellt Klein mit sanfter Stimme fest.

»Da haben Sie verdammt recht.«

»Nein, ich meine nicht Ihre Wut auf mich. Der Konflikt besteht zwischen Ihnen und Ihrer Mutter. Um mich geht es dabei überhaupt nicht.«

»O doch!« kontert Ed aufgebracht. »Es geht hier in erster Linie um Sie und Ihre willkürlichen Diagnosen, um die Unverantwortlichkeit, mit der Sie einer betagten Patientin Rezepte ausstellen, und darum, daß Sie meiner Mutter eine völlig ungeeignete Therapie aufgezwungen haben.«

»Das... das ist eine schwerwiegende Anschuldigung«, sagt Klein. »Ich wiederhole: Sie hat sich diesem Therapieprogramm aus freien Stücken unterzogen. All meine Unterlagen tragen Roses Unterschrift.«

»Die Unterlagen können Sie mir gleich geben, Sie sind nämlich die längste Zeit ihr Arzt gewesen«, schnauzt Ed ihn an.

»Sobald Roses Konto ausgeglichen ist, überlasse ich Ihnen gern alle Papiere. Ich weiß, Sie machen sich Sorgen, und ich sehe, wie erregt Sie sind, aber ich versichere Ihnen, daß ich Rose die bestmögliche Behandlung habe angedeihen lassen und zudem sehr großzügig war mit meiner Zeit. Was Sie schon daran ermessen können, daß ich Ihnen die heutige Konsultation nicht in Rechnung stellen werde.«

Da springt Ed auf, macht auf dem Absatz kehrt und stürmt mit langen Schritten aus Kleins Sprechzimmer, durch die Aufnahme und aus der Praxis hinaus.

Sarah geht ihm nach, bleibt aber vor dem Schreibtisch der Sprechstundenhilfe stehen. »Nehmen Sie auch Visa Card?« fragt sie.

In den nächsten drei Tagen lösen Ed und Sarah Roses Apartment in Venice auf. Sie rufen Goodwill an und etliche jüdische Hilfsorganisationen und versuchen, die Waschmaschine, den Trockner und ein paar sperrige Möbel loszuwerden. »Also wenn einem das nicht zu denken gibt«, sagt Ed zu Sarah. »Jetzt muß man schon eine Abholgebühr bezahlen, wenn man etwas spenden will.«

»Freilich«, sagt Sarah, »die müssen mit einem Laster herkommen, die Sachen aussortieren.« Sie stellt sich die ausgeschilderten Depots in den Lagerhäusern vor: WIEDERVERWERTBAR, ALTWAREN, SMITHSONIAN INSTITUTION. Ein Dreistufenprogramm ähnlich dem in der Kurklinik Santa Rosa? Seit sie wieder zu Hause ist, sieht Rose schon viel besser aus. Sie ist natürlich noch sehr schwach – und viel zu dünn –, aber sie hat wieder Farbe, und ihre Augen glänzen. In ihrem Apartment herrscht Hochbetrieb, ihr lieber Sohn und die Schwiegertochter nehmen sie mit nach Hause, und sie wird in Zukunft nicht mehr allein sein. Sie beaufsichtigt die Männer von der Spedition beim Verpacken ihres Porzellans und der kleinen Likörgläser aus geschliffenem Kristall. Für sie beginnt ein neues Kapitel, sie wird in eine neue Umgebung versetzt, und die ganze Umtriebigkeit, die damit verbunden ist, bekommt ihr gut. Ed und Sarah dagegen sehen furchtbar aus. Zerzaust und erschöpft vom Packen, dem Papierkrieg und der vielen Schlepperei. Allabendlich pflegen sie im Sea Breeze Motel ihren Muskelkater. Das Motel hat vergitterte Fenster, und die kleinen weißen Handtüchlein im Bad sehen aus, als dienten sie in der Hauptsache symbolischen Zwecken. Sie sind hier abgestiegen, weil Roses Apartment ganz in der Nähe liegt, aber wie sich herausstellt, bietet das Hotel noch einen anderen Vorteil. Gegen eine Gebühr von fünfzig Cent spulen die Betten ein Massageprogramm ab, das ihre Rückenschmerzen lindert. Und so liegen sie denn, um nach einem langen, anstrengenden Tag noch ein wenig abzuschalten, auf dem Rücken, füttern das Bett mit Vierteldollarmünzen und sehen fern.

Am dritten Abend gucken sie sich die Übertragung einer Unterhausdebatte des britischen Parlaments an, unter ihnen vibriert das Bett, und Ed telefoniert mit seinem Bruder Henry. »Ja, natürlich geben wir den Sekretär weg. Die großen Möbel kriegt alle die Hadassa«, sagt Ed. »Ma wollte das so. Was? Was?« Er wendet sich Sarah zu. »Er sagt, er möchte den Sekretär haben.«

»Dann soll er ihn nach England verschiffen lassen«, sagt Sarah.

»Ein ausgesucht schönes Stück? Nein, okay. Nein, ich würde sagen, er ist ganz hübsch, ja, aber kein ausgesucht schönes Stück... Wenn du ihn haben willst, bitte... Was, bist du verrückt? Wo sollten wir ihn in Washington denn unterbringen?« Wieder sieht er Sarah an.

»Wenn er ihn wirklich haben will, dann kann er sich auch um den Transport nach England kümmern«, sagt Sarah.

»Was? Ich kann dich nicht verstehen«, brüllt Ed über Sarahs Einwand in den Hörer. Dann wendet er sich wieder ihr zu. »Henry sagt, Ma wird den Sekretär irgendwann zurück haben wollen, wenn sie in Washington ist. Vielleicht nicht gleich, aber später. Und die Lampen mit den Schirmen aus Schantungseide auch.«

»Da könnte er recht haben«, meint Sarah. »Irgendwann werden sie ihr fehlen.«

»Henry, hast du diese Lampenschirme in den letzten fünf Jahren mal *gesehen*?«

»Ed, wir könnten vielleicht einen Container mieten und die Sachen nach Washington transportieren.«

»Was sagst du?« fragt er sie. Und Sarah wiederholt es. »Von mir aus, bitte.« Er reicht ihr den Hörer. »Dann macht das unter euch aus, du und Henry. Ich genehmige mir noch eine Massage.« Damit nimmt er zwei Münzen von dem Resopalnachttisch und wirft sie gekonnt in den Zähler am Kopfteil des Bettes.

Henry redet einfach weiter und merkt gar nicht, daß sein Gesprächspartner am anderen Ende gewechselt hat. »Also die Teppiche lohnen den Transport nicht mehr. Weißt du, das sind nämlich gar keine echten chinesischen Teppiche. Die können wir getrost weggeben, aber die Lampen zählen vielleicht in ein paar Jahren als Antiquitäten, und Lampenschirme aus Seidenschantung findet man fast nirgends mehr, heutzutage. Die Qualität ist einfach nicht mehr das...«

Im ersten Kurs nach ihrer Rückkehr aus Kalifornien ist Sarah noch ganz benommen vom Jet-lag. Zum Ausgleich für die ausgefallene Stunde hatte sie den Studenten folgende Aufgabe gestellt: »Schreiben Sie einen Midrasch zur Überquerung des Roten Meeres. Wählen Sie dazu eine Gattung, die Sie in diesem Kurs noch nicht behandelt haben.« Als die Studenten jetzt ihre Arbeiten vortragen, findet Sarah, daß sie recht unterschiedlich ausgefallen sind. Michelle hat eine Kurzgeschichte über eine junge Jüdin geschrieben, die einen Ägypter liebt und mitansehen muß, wie der mit Roß und Streitwagen ins Meer stürzt. Natürlich weigert sie sich, mit Miriam und den anderen Frauen im Triumphzug zu singen und zu tanzen, als sie das sichere Ufer erreicht haben. Statt dessen verfaßt sie ein eigenes Lied, das sie einsam und allein in der Wüste anstimmt. Brian hat, ganz im Sinne des Midrasch, einen Essay aus Fragen, Hypothesen und Musterfällen komponiert, der folgendermaßen beginnt:

Es ist mir ein Rätsel, warum es in der Thora heißt, Gott habe, nachdem Moses ihn wieder und wieder um Hilfe angefleht hat, das Herz des Pharaos verhärtet. Warum sollte Gott es den Israeliten noch schwerer machen, wenn er doch auf ihrer Seite war? Wollte er sie auf die Probe stellen? Oder handelt es sich hier um eine Art mystischer Metapher? Meine philosophische Natur plädiert für letzteres. Ich denke, diese Wendungen in den alten Schriften fordern uns auf, uns Gedanken zu machen über das Wesen menschlichen Wirkens und seine Interaktion mit (Reaktion auf?) Gott als historisches Agens der Welt.

Nachdem sie ganze sieben Seiten davon gehört haben, schaut Debbie Sarah an und fragt auf ihre unverblümte Art: »Ist das kreatives Schreiben?«

Sarah reagiert verärgert. »Lassen wir Brian doch erst einmal zu Ende lesen«, sagt sie.

Debbie murmelt eine Entschuldigung.

Als die Reihe an Ida kommt, schüttelt die den Kopf. »Es tut mir leid«, sagt sie. »Ich habe noch nichts vorzuweisen, weil ich immer noch auf einen Einfall warte.«

»Seien Sie nicht zu kritisch mit sich«, rät Michelle.

»Ja, auch ich hatte damit früher echt ein Problem«, sagt Debbie. »Haben Sie's schon mal mit Brainstorming probiert?« Debbie hat ihrerseits eine Autobiographie der geheiligten Katze des Pharaos verfaßt:

Mit meinen grünen Augen habe ich dreihundert Generationen kommen und gehen sehen. Meine Mutter war der Obere Nil und mein Vater der Untere. Meine ältere Schwester, die Große Sphinx, lehrte mich die Rätsel der Menschen entschlüsseln.

Als Debbie geendet hat, nickt Sarah. »Das klingt sehr ausgefallen und eindringlich«, sagt sie. Sie findet diesen Text unerträglich. Rose bewohnt das ehemalige Zimmer ihrer Tochter Miriam. Sarah versucht, ein Seniorenheim für sie zu finden. Sie besichtigen eines nach dem anderen, aber Rose beteuert, daß sie es unmöglich in einer solchen Umgebung aushalten könnte und daß sie in ihrem ganzen Leben überhaupt nur im Schoße der Familie glücklich war.

»Ich wollte fragen«, meldet sich Michelle zu Wort, »ob wir vielleicht einmal über ein Thema schreiben könnten, das keinen Bezug zur Bibel hat. Mir zum Beispiel fällt es sehr schwer, meine Gefühle dauernd in Bezug zur Thora zu setzen.«

»Ja, das ist *echt* schwer«, stimmt Debbie zu.

»Könnten wir es einfach mal mit einer Geschichte versuchen, die in der heutigen Zeit spielt?« fragt Michelle.

Und Ida setzt hinzu: »Ich fände es schön, wenn Sie uns einmal einen eigenen Midrasch als Vorlage mitbringen könnten.«

»Haben Sie je einen verfaßt?« fragt Brian.

»Doch, ich glaube, vor Jahren habe ich mal einen geschrieben«, sagt Sarah. »Ich könnte nachsehen, ob ich den noch finde. Aber ich möchte Sie alle daran erinnern, daß künstlerisches Schaffen harte Arbeit bedeutet und daß der wahre Künstler Beschränkungen und

Hemmnisse als Ansporn versteht. Und um das zu üben, gilt für Ihren nächsten Text die Auflage, daß Sie das Wort *ich* nicht verwenden dürfen.«

»O wei!« stöhnt Debbie.

»Und wie ist es mit *mir* und *mich*?« fragt Michelle.

»Aber alle anderen Pronomina können wir benutzen?« fragt Brian.

An dem Abend brät Sarah Hamburger, und sie setzen sich zu dritt an den Tisch – Sarah, Ed und Rose, die ihren Burger ohne Beilagen mit Messer und Gabel vom Teller ißt. »Wie ich höre, hat dir das *Helena* nicht gefallen?« sagt Ed zu seiner Mutter.

»Die Ausstattung ist phantastisch«, meint Sarah.

»Ist sie phantastisch, Ma?« fragt Ed.

»Kalt war's«, erwidert Rose.

»Was? Du hast selber gesagt, wie toll die Klimaanlage funktioniert!« ruft Sarah.

»Ich meinte, die Atmosphäre dort war kalt, so anstaltsmäßig.«

»Na ja, ganz läßt sich das bei einer solchen Einrichtung wohl nicht vermeiden«, meint Ed.

»Jedenfalls war das kein Heim für mich.«

»Sie haben einen sehr schönen Swimmingpool.«

»Ich geh aber nicht schwimmen«, erklärt Rose.

»Und sie bieten eine Busverbindung zu allen Veranstaltungen im Kennedy Center.«

»Da könntest du ins Konzert gehen, Ma. Auch ins Ballett und ins Theater.«

»Mir hat es nicht gefallen«, sagt Rose.

»Was war denn nicht nach deinem Geschmack?« will Ed wissen.

»Die Leute.« Rose tippt sich an die Stirn. »Nicht ganz da.«

Sarah schüttelt den Kopf. »Es waren reizende Herrschaften. Gebildete Leute!«

»Man sieht immer das, was man sehen will«, entgegnet Rose.

Unter Sarahs tadelndem Blick nimmt Ed sich noch einen

Hamburger. »Deine Möbel kommen bald, Ma. Langsam müssen wir eine neue Bleibe für dich finden.«

»Stell dir vor, die haben jede Woche ein Kammerorchester zu Gast«, sagt Sarah zu Ed.

»Du, ich sag dir was, Ma! Sarah und ich, wir ziehen ins *Helena*, und du kannst hier bleiben. Wie würde dir das gefallen?«

Nach dem Essen setzt Sarah sich an den Schreibtisch. Sie versucht, an einer ihrer überfälligen Rezensionen zu arbeiten, aber sie kann sich nicht konzentrieren. Sie ist zu müde, ihr Kopf zu sehr mit anderen Dingen beschäftigt. Eins steht fest: Solange es ihr und Ed nicht gelingt, Rose in einem Seniorenheim unterzubringen, wird sie nicht vernünftig arbeiten können. Es fällt ihnen schwer, sie so zu bedrängen, aber Rose würde ihr Haus nun einmal nicht gutwillig verlassen. Die Sache wird nicht ohne Streit abgehen, und Ed wird darunter leiden. Sorgen macht ihr auch ihr Kurs. Die Zusammenarbeit in der Gruppe klappt nicht, ständig werden Diskussionen abgewürgt; es ist ein dauernder Hickhack; die Chemie zwischen den Teilnehmern stimmt einfach nicht. Heute hat sie den Studenten gesagt, daß sie selber einmal einen Midrasch geschrieben hat, aber sie weiß nicht, wo der geblieben ist. Es war ein kurzer Artikel über die biblische Sara und über ihre eigenen Gefühle als werdende Mutter. Sie greift nach der Bibelausgabe, die sie zusammen mit Robert Alters *Die Poetische Sprache der Bibel* und Peter Elbows *Schreiben Leicht Gemacht* als Pflichtlektüre angegeben hat, und schlägt den Ersten Mose 21 auf: »Und der Herr suchte heim Sara, wie er geredet hatte, und tat mit ihr, wie er geredet hatte. Und Sara ward schwanger und gebar Abraham einen Sohn in seinem hohen Alter.« Ihr Blick wandert weiter und sucht den Vers, in dem es heißt, Sara habe dem Kind den Namen Isaak gegeben, weil »Gott mir ein Lachen zugerichtet hat, denn wer es hören wird, der wird lachen über mich«. Jetzt im Wiederlesen begreift sie diese Verse anders als damals. Sie ist inzwischen sechsundfünfzig Jahre alt, hat vier erwachsene Kinder und muß erkennen, daß sie in dieser Beziehung mit der biblischen Sara nicht viel gemein hat. Sie war keine Spätgebärende. Fruchtbarkeit war für sie nie ein Problem. Gewiß, auch sie hatte Sehnsüchte, Träume, aber sie hat sich nicht nach Kindern verzehrt, sondern nach literarischem Erfolg und danach, von der Welt entdeckt und anerkannt zu werden. Davon hat sie geträumt, seit sie in der Schule John Donne entdeckte und sich sehr klug vorkam dabei, so als könne sie die Wortspiele in seinen Dichtungen entschlüsseln wie ein Safeknacker einen verborgenen Mechanismus aufspürt. Und als sie im College ihre Referate über dieses Symbol und jene Metapher schrieb, da ging es ihr im Grunde nur darum, es Shakespeare gleichzutun – natürlich ohne ihn zu imitieren. Wann würde auch sie in die illustre Schar von Dichtern und Bühnenautoren meist elisabethanischer Provenienz berufen werden, die am Queens College auf schimmernden Wogen vor ihr aufstiegen? Ihre Magisterarbeit in Anglistik schrieb sie über Emma Lazarus – nicht über das Sonett an die Freiheitsstatue, sondern über ihre großen und zum Teil vergessenen Werke, die Versdramen und Gedichtsammlungen.

Aber Sarah hatte nicht genug Zeit für die Literatur. Sie mußte sich um ihre kleinen Kinder kümmern und Rücksicht auf Eds Karriere nehmen. Ihre Professoren warnten sie zudem vor den Opfern, die sie bringen müsse, falls sie eine Promotion anstrebe – vom Zeitaufwand ganz zu schweigen. Ein ewig Gestriger hielt ihr sogar vor, sie würde, falls sie den Doktor machte und die akademische Laufbahn einschlüge, einem begabten männlichen Kollegen, der eine Familie zu unterhalten habe, die Stelle wegnehmen. Natürlich konnte ein solches Argument sie nicht beeinflussen. Aber sie ließ sich immerhin einreden, daß die Promotion nur schwer und eine Stelle noch schwerer zu bekommen sei, und entschied sich dagegen. Es fiel ihr leichter, sich um Eds Karriere zu kümmern, schon weil da die Angst vor einem möglichen Scheitern entfiel.

Trotzdem, sie hatte sich nach Ruhm gesehnt und nicht danach, Kurse im jüdischen Gemeindezentrum zu halten. Glanzvolle Gedichte hatte sie schreiben wollen, nicht nur für Freunde und Verwandte, sondern für ein großes Publikum. Sie war erst dreizehn, als sie in ihrem Elternhaus im Bett lag, den *Hamlet* las und so gut werden wollte wie Shakespeare. Wenn ihr jetzt, da sie über fünfzig ist, der Herr im Traum erschiene und zu ihr sagen würde: »Dein Wunsch wird in Erfüllung gehen, und du wirst erreichen, was du dir vorgenommen hast«, dann würde sie ganz bestimmt lachen. Und wenn ein Engel oder ein Agent aus New York zu ihr käme und sagte: »Du, Sarah, wirst einen großen Roman schreiben, einen Bestseller. Keinen Schund und keine Schmonzette, sondern ein wirklich gutes Buch, luzide und durchdacht, ein Buch, um dessen Verfilmung man sich in Hollywood reißen wird«, dann würde sie so laut lachen, daß alle es hören könnten – auch wenn sie sich trotzdem die Telefonnummer des Agenten notieren würde – nur für alle Fälle. In der Zwischenzeit hat sie ihre Rezensionen, ihren Kurs, ihre Kinder, ihre Schwiegermutter. Sarah steht vom Schreibtisch auf. Sie hat keinen dieser Gedanken notiert und wird ihren Studenten in der nächsten Stunde also keinen Mustertext präsentieren können. Sie kann sich damit herausreden, daß sie ihre Unterlagen durchgesehen, den Midrasch aber nicht gefunden hat. Oder sie kann ihnen erklären, sie fände es wichtig, daß sie ihre eigene Stimme entdecken, ohne sich von ihrer, Sarahs, Arbeit stilistisch beeinflussen zu lassen.

»Poch, poch«, sagt Rose an der Tür.

»Ja, komm nur rein«, ruft Sarah.

Rose öffnet die Tür. Sie trägt einen wattierten rosa Morgenrock und passende Hausschuhe. »Sarah, Kind, hättest du was zu lesen für mich? Meine Bücher sind alle verpackt, und ich kann nirgends welche finden.«

»Oh. Ja, natürlich haben wir Bücher, unten im Wohnzimmer.« Und zerstreut setzt Sarah hinzu: »An was für eine Art Buch hast du denn gedacht?«

Rose läßt sich die Frage durch den Kopf gehen. »Trilogien lese ich gerne«, sagt sie.

»Ach... Ich glaube, die einzige Trilogie im Haus ist Eds *Archipel Gulag*.«

»Ein Sachbuch?«

»Ich fürchte, ja.«

»Ed hat noch nie Romane gelesen. Aber hättest du nicht einen für mich? Romane gefallen mir immer, nur zu traurig dürfen sie nicht sein. Vielleicht eine Familiengeschichte mit ein bißchen Romantik dabei. Aber gut geschrieben. Gut geschrieben muß es sein.«

Einer plötzlichen Eingebung folgend, macht Sarah den Schrank auf und sucht im Bodenfach nach dem Karton, in dem sie die Belegexemplare ihres eigenen Romans aufbewahrt. »Hier, Rose, wie wär's damit?«

»*Lilien und Regenbogen*.« Rose stutzt. »Ach, das ist doch von dir. Sarah Markowitz, da steht es. Das habe ich schon gelesen. Vor Jahren schon. Hast du eine Fortsetzung?«

»Nein.«

»Dann solltest du eine schreiben.«

»Dazu müßte mir erst mal ein Thema einfallen.«

»Die nächste Generation«, sagt Rose prompt.

»Nun, vielleicht liest du das hier noch mal und gibst mir dann ein paar Tips.«

Rose nimmt das Buch, und Sarah geht mit ihr hinüber in Miriams altes Zimmer. Im *Helena*, erwähnt Sarah beiläufig, gebe es einen Literaturkreis.

Rose schüttelt den Kopf. »Da könnte ich mich niemals einleben.«

»Aber bald kommen all deine Sachen aus Kalifornien, weißt du. Und den Sekretär könnten wir hier unmöglich unterbringen.«

Rose sieht sich in dem kleinen Zimmer um und überdenkt das Problem. »Reingehen würde er schon«, sagt sie. »Aber sehr elegant sähe das nicht aus, ein Möbelstück über dem anderen.«

Damit hat Sarah nicht gerechnet. Sie schöpft neue Hoffnung, sieht sich wieder ungehindert im eigenen Haus schalten und walten und Rose wohlbehütet im *Helena* untergebracht. Sie kann ja nicht wissen, daß sie die nächsten drei Wochen damit zubringen wird, nach neuen Lampenschirmen aus Schantungseide zu suchen und stundenlang im *House of Foam* draußen am Flughafen herumzusitzen, während die Handwerker Roses Sofa mit neuem Schaumstoff aufpolstern. Im Augenblick sieht sie im Geiste nur leere, sich weitende Räume und eine wohltuend lange Reihe freier Abende. Was sind dagegen schon melancholisch verklärte literarische Träume?

EINE SORGE WENIGER

AUF BLAUSAMTENEM GRUND stehen zwei Babyphotos in silbernem Rahmen. Dann läuft mit silbernen Lettern der Vorspann ab:

Miriam Elizabeth und Jonathan Daniel
Inszenierung
Edward und Sarah Markowitz
Zaev und Marjorie Schwartz
unter Mitwirkung von
Ben, Avi und Yehudit Markowitz
und Dina Schwartz
in weiteren Hauptrollen
Ilse Schwartz
Estelle und Sol Kirshenbaum
und
Rose Markowitz

Das ist der Auftakt, den Miriam und Jon sich für ihr Hochzeitsvideo ausgesucht haben. Bill, der Kameramann, hat das ganze Material in seinem Studio für Ed und Sarah reproduziert. Als der Monitor wieder dunkel wird, bleiben die beiden zunächst schweigend sitzen. Dann sagt Sarah: »Das war übrigens nicht meine Tochter.«

»Oh, ich weiß«, versichert Bill eilfertig. »Diese Babyphotos, das sind lediglich Muster. Miriam und Jon liefern ihre eigenen noch nach.«

»Na, hoffentlich denken sie auch dran«, sagt Ed.

»Keine Sorge! Wir schneiden das ganze sowieso erst nach der Hochzeit«, erklärt Bill. »Sie haben also noch reichlich Zeit, sich auch wegen der Länge zu beraten. Mit Miriam und Jon habe ich das schon durchgesprochen. Sie haben die Wahl, zusätzlich zu der zweistündigen Fassung noch die« – Bill langt hinter sich und angelt geschickt einen schwarzen Aktendeckel von seinem Schreibtisch – »vierstündige zu ordern oder die Luxusausgabe, die sechs Stunden dauert. Da wäre dann die komplette Hochzeit drauf.«

»Flächendeckend«, sagt Ed.

»Genau. Von den Hors d'Oeuvres bis zum Start in die Flitterwochen.«

»Soso, aber ich glaube, das brauchen wir nicht alles«, sagt Ed.

»Bißchen happig ist es schon. Also ich würde zu der vierstündigen Fassung raten. Damit fahren Sie, vom Preis her gesehen, ehrlich gesagt am besten.«

»Und was spricht gegen die zweistündige Version?« fragt Sarah.

»Die wäre da selbstverständlich mit drin. Bei vier Stunden kriegen Sie den zweistündigen Zusammenschnitt automatisch mitgeliefert. Und das Tolle daran ist, Sie können beim Anschauen ganz individuell Ihre Auswahl treffen. Glauben Sie mir, ich weiß, daß Ihnen bereits zwei Stunden im Moment arg lang vorkommen, aber wenn's dabei um eine Hochzeit geht, bedeutet das allerhand brutale Schnitte, und da landen dann zwangsläufig viele schöne Erinnerungen im Schneideraum auf dem Fußboden.«

»Ich setz mich ein bißchen hin und lese«, sagt Ed, als sie heimkommen nach Foggy Bottom. Er macht es sich auf der Couch bequem, wo er zuvor schon begonnen hatte, den Stapel Bücher abzuarbeiten, die er rezensieren muß. Dabei ist das nur ein kleiner Teil der vielen Neuerscheinungen über die Friedensaussichten im Nahen Osten. Mahnend türmen sie sich in ihren knallig bunten Hochglanzumschlägen auf dem Sofatisch, jedes Buch ein schreiender Vorwurf gegen Ed, der seine Studie über den Frieden und die sich wandelnde Rolle des Terrorismus nicht zu Ende gebracht hat. Ed schlägt die *New York Times* auf.

Sarah legt ihre Tasche auf den Küchentisch und hängt sich ans Telefon. »Hallo, hier spricht Sarah Markowitz. Ich würde gern unsere Bestellung erweitern, ja, ich bleib dran.«

»Sarah«, ruft Ed aus dem Wohnzimmer, »hör dir das mal an! ›Die Palästinenser hassen Israel, ganz egal, wie Israel sich verhält. Wer Land für den Frieden gibt, verzichtet auf alle Sicherheit, die Israel in den letzten Kriegen errungen hat. Ein eigener Palästinenserstaat wäre ein Sprungbrett wie zum politischen Selbstmord, in Auftrag gegeben von Amerika. Ich vergleiche das mit Dr. Kevorkian, der den Patienten ins Gras beißen läßt, um ihn von seinem Elend zu erlösen.‹ Sarah, hörst du auch zu?«

»Du weißt doch, daß diese Bücher stilistisch nicht viel taugen«, sagt sie.

»Nein, nein, das ist ein Leserbrief aus der *Times*. Oh, das ist gediegen: ›Die Lösung des Problems war einmal zum Greifen nahe, nur hat man sie in der Vergangenheit nicht genutzt: Gebt den Palästinensern eine einfache Fahrkarte raus aus Israel. Jetzt ist der Zug fort und die Chance verpaßt. Der Kalte Krieg ist zu Ende, die Sowjetunion existiert nicht mehr. Und im Nahen Osten, wer zahlt den Preis für den Frieden? Israel.‹« Ed schüttelt den Kopf. Dann fällt sein Blick auf den Namen unter dem Artikel. »Sarah!«

»Ja«, sagt Sarah am Telefon. »Ich rufe an wegen der Markowitz-Hochzeit. Wir bräuchten noch einen Smoking, im gleichen Schnitt, ja, Jacke 75, ja, den Zweireiher.«

Sie zieht die Telefonschnur straff, so daß sie den Kopf zur Küchentür hinausstrecken und Ed mit einem wütenden Blick zum Schweigen bringen kann. Sie legt die Hand über die Muschel und zischt ihm zu: »Ed, hör auf, so herumzuschreien. Ich versuche eine Bestellung durchzugeben – für deinen Bruder...«

»Sarah, jetzt guck doch mal, wer das geschrieben hat!«

Er hält ihr die Zeitung unter die Nase. »Guck doch bloß mal! Was steht da? *Zaev Schwartz*, Scarsdale, New York!«

»Das freut mich für ihn! Könnten Sie die Kaution mit auf unsere Rechnung setzen? Hab ich gesagt Kragenweite 42? Schritt? Also den Schritt weiß ich nicht. Verdammt, ich kann seine Maße nicht finden. Hören Sie, es tut mir leid, aber dann muß ich den Herrn wohl bei Ihnen vorbeischicken. Paßt es morgen? Er kommt heute abend aus England.« Sie seufzt. »Besten Dank. Auf Wiederhören.«

»Zaev Schwartz!« ruft Ed laut und hustet dabei, als hätte er mit dem Namen einen Frosch im Hals. »Schwartz – wie unser zukünftiger Bräutigam – das da ist sein Vater!«

»Es könnte doch auch ein anderer Schwartz sein.«

»Was glaubst du wohl, wie viele Zaev Schwartzes es in Scarsdale gibt?«

»Zwei oder drei könnten es schon sein«, sagt Sarah.

»Und genauso geschrieben? Ich sage dir, er ist es. Von sämtlichen Einwohnern im Land ist er derjenige, der diesen Scheiß verzapft hat. Ist das zu fassen?«

»Vorhin hast du gesagt, es wär gediegen.«

Ed schließt die Augen. »Sarah, der Mensch gehört bald zu unserer Familie! Zaev Schwartz und ich, wir werden … äh …«

»Ihr beide werdet gar nichts«, sagt Sarah. »Lediglich die Schwiegerväter.«

»Und Co-Großeltern.« Eds Blick senkt sich wieder auf die Zeitung. Er ist richtig niedergeschmettert. »Kennt der denn meine Veröffentlichungen nicht? Hat er gar keine Achtung vor meiner Position?«

»Woher sollte er deine Veröffentlichungen kennen?«

»Er wird doch wohl lesen können! Oder er könnte mich danach fragen.«

»Du hast den Mann erst zweimal getroffen. Und man schmökert nicht einfach aufs Geratewohl in Fachzeitschriften, Ed.«

»Fachzeitschriften, daß ich nicht lache! Er hätte mich auch in der *Washington Post* lesen können.«

»Die wird er in Scarsdale vermutlich nicht kriegen. Hör zu, im

Moment habe ich zuviel anderes zu tun. Ich muß noch den Blumenladen anrufen und die Musiker…«

»Sarah, der Mann ist ein Reaktionär, ein Fanatiker«, sagt Ed hilflos.

»Das hast du schon vorher gewußt.« Sarah zeigt kein Mitleid. »Schließlich hast du dich doch mit ihm unterhalten.«

»Aber ich konnte nicht ahnen, daß er hergeht und diesen Mist veröffentlicht! Weißt du eigentlich, daß es Leute gibt, die einen zweiten Beruf daraus machen, Leserbriefe zu schreiben? Für so jemanden ist das ein Hobby, seine Vorurteile drucken zu lassen. So schlagen diese Burschen ihre Zeit tot…«

»Auch die haben ein Recht, ihre Meinung zu sagen.«

»Sicher!«

»Also, dann laß es gut sein. Beruflich brauchst du dich mit dem Mann ja nicht auseinanderzusetzen. Ich finde wirklich, du regst dich künstlich auf.«

»Nimm zum Beispiel deinen Vater und mich. Wir hatten auch unsere Differenzen«, sagt Ed, »aber *nicht* in philosophischen Fragen. Da haben dein Vater und ich uns immer gut verstanden.«

»Ach ja, und was ist mit dir und deinem Bruder?«

»Henry und ich, wir waren immer völlig einer Meinung, was den Nahen Osten angeht.«

»Meinst du, wir sollten Miriam sagen, daß du kalte Füße bekommst?« fragt Sarah, als sie und Ed am Flugsteig stehen und darauf warten, daß die Maschine ihrer Tochter zum Aussteigen bereit ist.

»Ich soll kalte Füße haben? Ist das etwa meine Hochzeit?«

»Siehst du, darauf wollte ich hinaus«, sagt Sarah. Sie späht durch die Glaswand in die Nacht, dorthin, wo der lange, überdachte Finger an Miriams Maschine andockt. Als Miriam noch klein war, nannte sie dieses Manöver immer: Die Raupe beißt den Apfel. »Wir wollen Miriam nicht mit dieser Leserbriefgeschichte belasten, okay?«

»Ich hatte nicht die Absicht, was zu sagen.« Ed fühlt sich überfahren. Hat er als Vater etwa nicht das Recht, so einen Vorfall zu erwähnen? Aber Sarah verlangt unerbittlich, daß er den edlen Ritter spielen soll. Dann kommen die ersten Passagiere zum Vorschein, ein paar aggressive Geschäftsleute, die sich rücksichtslos nach vorn gedrängt haben, das Wartungspersonal, junge Leute mit Rucksäcken, Familien, die sich noch die Krümel von den Kleidern klopfen, und mittendrin ihre Tochter, die Medizinstudentin, die unter ihrem vielen Gepäck fast einzuknicken droht.

»Ach, ein richtiger Struwwelpeter!« Sarah streicht Miriam die Haare aus dem Gesicht. »Du mußt unbedingt noch zum Friseur! Die Smokings und die Blumen haben wir im Griff, aber Onkel Henry muß noch mal rein zur Anprobe. Sonst kriegt er nie im Leben einen, der gut sitzt.«

Ed sagt gar nichts. Aber während er sich vorstellt, wie Sarah ihn verächtlich abwürgen würde, läuft in seinem Kopf eine ganze Unterhaltung ab:

Wieso ist denn das so wichtig? Warum mußt du's so dramatisieren?

Och, es ist überhaupt nicht wichtig. Ich habe nur mein ganzes Berufsleben dem Studium dieses Themas gewidmet und mich nach Kräften bemüht, den Leuten seine Komplexität begreiflich zu machen.

Aber Ed, hat er das etwa nur geschrieben, um dich zu kränken?

Hör zu, mich interessiert nicht, warum er es geschrieben hat.

»Daddy?« fragt Miriam. »Was ist los mit dir?«

»Nichts«, sagt Ed sehr akzentuiert.

»Aber du wirkst irgendwie… verstimmt.«

»Na ja, euphorisch bin ich momentan nicht gerade.«

»Mit der Band müssen wir uns noch endgültig abstimmen«, sagt Sarah auf der Heimfahrt zu Miriam.

»Ich dachte, das hätten wir schon getan«, antwortet Miriam vom Rücksitz her.

»Nein, die Nummer für den Brauttanz steht noch nicht fest.«

»Was für ein Brauttanz?« fragt Miriam erschrocken. »Mommy, auf unserer Hochzeit gibt's keine Partnertänze.«

»Was sind wir, Puritaner?« brummt Ed. Miriam und Jon haben sich in ihrer jugendlichen Begeisterung für traditionelle Riten für eine orthodoxe Trauung mit koscherem Essen, einem *sehr* jungen und miesepetrigen Rabbi und für Reigentänze entschieden – Männlein und Weiblein getrennt.

»Du meinst, du und Jon, ihr werdet nicht den Tanz eröffnen?« fragt Sarah.

»Nein. Keine Partnertänze, so war's vereinbart, erinnerst du dich? Wir haben doch lang und breit darüber geredet, und...«

»Gut, ja«, sagt Ed. »Aber der Brauttanz muß einfach sein. Zuerst tanzt ihr zusammen, du und Jon, und dann tanzt du mit mir und Jon mit seiner Mutter – so wird's gemacht. So muß es sein.«

»Daddy, müssen wir diesen Streit denn noch mal von vorne anfangen?« Die Stimme vom Rücksitz hört sich kläglich an.

Ed geht nicht darauf ein. »Hör zu, Miriam, ich verliere kein Wort mehr über das Thema.«

»Dann ist es ja gut«, sagt Miriam.

»Bis auf das eine. Ich bezahle die Kapelle, und wenn es an der Zeit ist, dann werden sie den Brauttanz spielen, und wir werden ihn tanzen. Mehr gibt es dazu nicht zu sagen. Ende der Diskussion. Wir halten schließlich Hochzeit und keine Totenwache.«

»Schätzchen«, versucht Sarah es noch einmal, als sie vor dem Haus halten. »Wenn gar keine Gesellschaftstänze vorkommen, werden Großmama und Großpapa das nicht verstehen.«

Ed versucht seinen Arm um Miriam zu legen, als sie hineingehen, aber sie schüttelt ihn ab und läuft voraus.

»He, jetzt sei doch nicht so!« Ed ist gekränkt. Er läßt ihren Matchsack von der Schulter gleiten und betritt ohne handfeste Last die Küche. Die religiöse Einkehr seiner Tochter hat nichts Gefälliges, vielmehr ist sie überkorrekt und streitbar geworden dadurch. Sie ist aus ihrem zwanglosen Vorstadtjudaismus ausgebrochen und hat sich in einen richtigen kleinen Querkopf verwandelt. Sie weigert sich, in einem Restaurant zu essen, sofern es nicht unter rabbinischer Aufsicht steht, weigert sich, am Sabbath Auto zu fahren, und nimmt nicht einmal mehr am Gottesdienst in der Synagoge ihrer eigenen Familie teil, weil dort die Sitzordnung nicht nach Geschlechtern getrennt ist und der Rabbi ein Mikrophon benutzt. Jonathan ist genau wie sie, gibt sich nur etwas lässiger. Er trägt ständig eine Jarmulke. Miriam und Jon haben eine lange Erläuterung zu den obskuren Riten, nach denen sie ihre Hochzeit feiern wollen, drucken lassen, und die Trauzeugen sind gehalten, dieses Blatt an alle orientierungslosen oder wißbegierigen Angehörigen und Gäste zu verteilen.

Der Anrufbeantworter blinkt. Ed drückt auf die Wiedergabetaste. »Edward? Hallo? Bin ich auf Sendung, wie es so schön heißt? Hier spricht dein Bruder Henry. Wir sind grade angekommen. Unser Zimmer war doppelt reserviert, und jetzt haben sie uns als Entschädigung eine ganz unwahrscheinliche Suite gegeben. Eigentlich wollten wir heute abend noch auf einen Sprung vorbeikommen, aber wir sind leider völlig geschafft – Sarah hat wohl nicht die Zeit gehabt, sich um meinen Cut zu kümmern? Wenn nicht, dann sag ihr, sie soll sich deswegen bitte, bitte keine Sorgen machen. Susan und ich, wir ziehen morgen los und werden auf eigene Faust was besorgen. Glaub mir, ich kann mir lebhaft vorstellen, in was für nebligen Untiefen ihr allmählich versinkt. Habt ihr eigentlich...« Das Gerät schaltet mit langgezogenem Piepston ab, aber Henry hat wohl in seliger Ahnungslosigkeit weitergesprochen.

Sarah ist am nächsten Morgen zeitig wach, und ihr erster Gedanke, als sie noch im Bett liegt, gilt Henrys Cutaway. Man muß ihm Einhalt gebieten. Alle übrigen Trauzeugen tragen Smoking! Sie und Ed haben gestern abend noch versucht, im Hotel anzurufen, aber Henry und Susan hatten anscheinend ihr Telefon abgestellt. Sarah hinterließ etliche Nachrichten für Henry und noch mehr für Susan. Wenn sie nur Susan erreichen kann, ihre grauhaarige englische

Schwägerin, die so unerschrocken normal ist. Sarah spürt instinktiv, daß Susan sie verstehen wird. Inzwischen muß sie sich um den Braten kümmern – und natürlich werden die Kinder erwartet und auch die Schwartzes. Sarah hat sie alle für Freitagabend zum Essen eingeladen. Mit Ausnahme von Jonathan und seiner Schwester, die nicht bereit sind, am Schabbes vom Hotel herzufahren. Sie wirft einen Blick auf Ed, der das Gesicht ins Kissen gewühlt hat und noch fest schläft. Dann springt sie aus dem Bett.

Stunden später schlägt Ed die Augen auf. Er hat lange geschlafen und fühlt sich trotzdem wie zerschlagen. Er fährt in seinen Bademantel und läuft hinunter, um die Zeitung zu holen. Eine unheimliche Stille hat sich über das Haus gesenkt. Sarah hat ihm nicht mal einen Zettel hingelegt. Nun stellt sich die Frage, wie er die Zeit nutzen soll. Was ist schlimmer: den Tag von vornherein verloren zu geben, oder eine Arbeit anzufangen und jede Minute vor dem Ausbruch einer neuen Krise zittern zu müssen? Er weiß, daß das Telefon klingeln wird. Einer seiner Kollegen wird dran sein und ihm sagen, daß er den Leserbrief von Zaev Schwartz gesehen hat. Aber wer würde wirklich auf diese Verbindung kommen? Ed muß einsehen, daß er sich masochistischen Quälereien hingibt. Doch diese Erkenntnis richtet ihn nicht etwa auf, sondern würzt seine Sorgen nur mit einer Prise Selbsthaß. Dann klingelt tatsächlich das Telefon, und Ed fährt erschrocken hoch.

»Hallo, Ed?« Es ist seine Mutter, die vom *Helena* anruft. Im Hintergrund spielt ihre CD mit den Wiener Walzern. Wenn er sie besucht, bekommt er jedesmal Ohrenweh von der Musik mit ihrer pausenlosen Kirmesfröhlichkeit.

»Hi, Ma! Wie geht's dir?«

»Sind sie schon angekommen?«

»Wer? Miriam ist da. Das heißt, im Moment nicht, wahrscheinlich ist sie mit Sarah weg. Und Henry und Susan sind letzte Nacht gekommen.«

»Ach, das wußte ich. Sie haben mich gleich angerufen. Nein, ich meine die Schwartzes. Wann kommen denn die?«

»Irgendwann heute nachmittag, glaube ich.«

»Und du wirst sie abholen?«

»Nein, sie nehmen sich einen Leihwagen.«

»Du wirst sie nicht abholen?« Rose ist entsetzt.

»Nein, Ma...«

»Warum denn nicht?«

»Weil wir heute sowieso schon einen sehr komplizierten Terminplan haben.« Ein bißchen geniert er sich für seine Rechtfertigung, denn anscheinend hat man ihn ja nicht so recht in diesen komplizierten Terminplan integriert. Sarah hat ihn einfach vergessen.

»Und wie soll sie zu Fuß die langen Wege in Dulles bewältigen?« fragt Rose. Sie meint die Großmutter, Ilse Schwartz. Rose benutzt mit Vorliebe Pronomina statt Namen und erwartet trotzdem, daß jedermann sie problemlos versteht. Das ist übrigens keine Altersmarotte, sondern eine Angewohnheit, die man ein Leben lang an ihr kennt.

»Bestimmt haben die am Flughafen einen Rollstuhl für sie«, sagt Ed.

»Ja, ich habe Erfahrung mit solchen Rollstühlen, und ich sage dir, die reinigen sie nicht anständig.«

»Ma, was willst du eigentlich von mir? Wäre der Stuhl sauberer, wenn ich hinführe? Die schaffen das schon allein, okay? Es ist wirklich nicht nötig, daß ich mit noch einem Auto dort aufkreuze. Im übrigen glaube ich gar nicht mal, daß ich einen Wagen hier habe.«

»Sind sie zum Friseur?«

»Ma! Sarah hat mir keine Nachricht hinterlassen. Was weiß ich, wo sie sind, vielleicht sogar im Hotel.«

»Also sehr zuvorkommend ist das jedenfalls nicht«, sagt Rose.

Ed hat sich gerade hingesetzt, um ein Sandwich mit Hering in Sahnesauce zu verzehren, als Sarah in die Küche gestürzt kommt, gefolgt von Miriam, die mit dem frischen Haarschnitt viel kleiner wirkt. Sein Bruder ist auch dabei. Henry ist größer als Ed und fülliger. Seine Frau Susan, die als letzte erscheint, trägt einen schwarzen Kleidersack mit der Aufschrift *Mr. Tux* über dem Arm.

»Oh, Edward!« ruft Henry überschwenglich und greift nach seiner Hand. »Nein, ist das heiß bei euch. Direkt unbarmherzig diese Hitze.« Er wischt sich mit dem Taschentuch über die Stirn. »Und dieser Smokingverleiher. Ach, du meine Güte! Der Lehrjunge hat mich gekniffen, stell dir vor!«

»Versehentlich«, wirft Susan ein. »Übertreib nicht, Darling. Wo soll ich das hinlegen?«

»Also ich stand vor dem Spiegel...«

»Er wollte ihm den Allerwertesten messen«, erklärt Sarah.

»Um festzustellen, ob der Hosenboden richtig sitzt«, ergänzt Susan.

Doch Henry bringt sie mit einer Handbewegung zum Schweigen. »*Basta*! Ich glaube, wir brauchen dieses obskure Erlebnis hier nicht aufzufrischen. Begnügen wir uns mit der Feststellung, daß nicht alles mit rechten Dingen zuging.« Und an Ed gewandt: »Du trägst doch hoffentlich deinen eigenen?«

»Diese Anprobe war ganz merkwürdig«, gesteht Henry, sobald er mit einem großen Glas vor sich am Tisch Platz genommen hat. »Das Hemd fühlte sich genauso an wie die Bettwäsche im Hotel. Der Stoff starrte nur so von Imprägniermitteln und anderen Chemikalien. Und stell dir vor, in den Taschen habe ich Klebeband gefunden!« Er dreht sich um und sieht, daß Miriam mit Sarah nach oben gegangen ist. »Es liegt mir fern, die Braut zu kritisieren«, flüstert er Ed zu. »Aber woher hat sie diese abstruse Hochzeitsetikette?«

»Das hängt alles mit ihrem orthodoxen Fimmel zusammen«, sagt Ed düster.

»Tatsächlich! Ich hatte ja keine Ahnung, daß das ein religiöses Ritual ist – ein Smoking am Sonntagmorgen um elf! Wenn ich das gewußt hätte, dann hätte ich meinen eigenen mitgebracht. Das mit dem Verleih habe ich nur vorgeschlagen, weil Moss Bros. ihre Cuts nicht zur Benutzung außer Landes hergeben. Aber trotzdem – ausgerechnet Smoking? Hängt es vielleicht mit der dunklen Farbe zusammen? Oder besteht eine Parallele zum Gehrock?«

»Nein, nein, das ist kein religiöses Ritual, Henry. Das ist einfach so Brauch. Ich rede von – warte einen Moment«, unterbricht sich Ed und zerrt die gestrige *Times* wieder aus der Papiertonne. »Hier, hast du das gesehen?«

Henry setzt die Brille auf und liest. Einen Augenblick lang sitzt er stockstill, dann klappt er die Brille wieder zusammen. Er schnappt nach Luft. »Edward! Ist denn das die Möglichkeit?« Ed verspürt ein jähes Gefühl der Zuneigung für seinen Bruder; aufrichtige, herzliche Wärme durchströmt ihn. Henry mit all seinen anglophilen Allüren und mit der Attitüde des exilierten Gelehrten, dieser Henry kann doch tatsächlich begreifen, was der Brief für Ed bedeutet. »Guter Gott!« ruft Henry aus. »Bitte, sag, daß das nicht vom Vater des Bräutigams ist.«

»Leider doch«, sagt Ed, von zufriedenem Ingrimm erfüllt.

»Aber es ist so unsäglich schlecht geschrieben!«

»Ganz zu schweigen von dem Standpunkt, den er vertritt.«

»Der Standpunkt, ja natürlich. Und wie er den zum Ausdruck bringt! ›Ein Palästinenserstaat wäre ein Sprungbrett wie zum politischen Selbstmord, in Auftrag gegeben von Amerika.‹ Also das ist wirklich – das geht einfach zu weit. Ich finde es fast schon antisemitisch, so etwas unredigiert zu drucken. Nein wirklich, Edward! Das ist ein Versuch, das angebliche proletarische Element im Judentum via nationaler Presse publik zu machen.«

»Aber anscheinend gibt es diese Proleten wirklich.«

»Nicht in…«

»Nicht in deinem Bekanntenkreis, meinst du? Dieser Mann kommt heute hierher, um ein Teil unserer Familie zu werden. Und was kann man dagegen machen, frag ich dich?«

Henry breitet die Hände aus. »Ja, was ist da zu tun? Wahrscheinlich wirst du dich zwingen müssen, höflich zu bleiben. Wo lernen diese Leute bloß ein solches Englisch?«

»Natürlich werde ich höflich zu ihm sein.« Ed faltet die Zeitung klein zusammen. »Ich sage dir das jetzt auch nur, damit wir uns nicht… du weißt schon…«

»…später damit befassen müssen«, sagt Henry.

»Genau. Dieser Tag gehört schließlich Miriam und nicht Zaev Schwartz, verdammt nochmal.«

Als Sarah an diesem Abend in Miriams Zimmer kommt, um sie zum Essen zu rufen, liegt ihre Tochter auf dem Bett und schläft. Hochzeitsgeschenke stapeln sich auf Fußboden und Schreibtisch. Unter Sarahs Schuhen quietschen Schaumstoffkügelchen. Am Boden ein Mixer mit üppiger Schleife, eine Kristallschale, eine Bonbonniere aus Sterlingsilber, die aussieht wie eine Tomate; auf dem Schreibtisch die Pakete vom Polterabend, Nachthemden, Salatschüsseln. Und in einem offenen Schmuckkästchen schimmert im dämmrigen Licht Henrys Geschenk zum Polterabend, ein riesiger Topasring mit einem Stein wie rauchgeschwärztes Gold, in einem Durchmesser von etwa einem Zoll, fast so protzig wie ein Bühnenrequisit, fast mittelalterlich anmutend.

»Miriam, du solltest dich langsam anziehen. In einer Viertelstunde kommen die Gäste«, sagt Sarah.

Miriam stöhnt. »Ich bin so müde.« Im letzten Monat hat sie sich vom Nachtdienst beurlauben lassen und ist seit Wochen nicht mehr jeden Montag, Mittwoch und Samstag die ganze Nacht aufgeblieben, um bei mikrochirurgischen Eingriffen die Kamera zu halten oder nach geistig umnachteten Patienten zu sehen, die mit ihren Fäkalien nach den Schwestern werfen. Trotzdem scheint sie rückwirkend unter dem Schlafentzug der vergangenen Monate zu leiden. »Wo sind denn die anderen alle?« fragt sie schlaftrunken.

»Deine Schwester deckt den Tisch.«

»Was, die ist schon da?«

»Allerdings. Und deine Brüder holen Großmama ab.«

»Aha.«

»Also mach dich fertig«, sagt Sarah. »Und zieh dir was Anständiges an.«

»Als da wäre?«

»Ich weiß nicht. Ein Kleid zum Beispiel.«

»Die sind alle verknittert.«

»Daran hättest du auch früher denken können.« Sarah verliert langsam die Geduld. »Dann bügele dir gefälligst eins.«

»Mommy?« Wieder diese klägliche Stimme.

»Ja?«

»Ich weiß selber nicht, was los ist, aber ich fühle mich auf einmal so so klein.«

Sarah bleibt in der Tür stehen, aber sie hat den Kopf voll mit Kochzeiten und dem ärgerlichen Malheur, daß die Götterspeise eingefallen ist. Vom Bett her hört sie eine Art Schnüffeln. Ein Mitteldding zwischen einem Schniefen und einem Seufzer.

»Ich hab einfach das Gefühl, alle kommandieren sich gegenseitig herum und gehen das ganze so steril an.« Das ist Miriams Alptraum – zu entdecken, daß das häßlich grelle Licht und die krassen Demütigungen des Klinikalltags einem ins wirkliche Leben folgen könnten. Manche Medizinstudenten finden die Symptome sämtlicher Krankheiten, die sie durchnehmen, am eigenen Leib wieder, aber Miriam sieht, wo sie auch hinblickt, klinische Sterilität und Gefühlsarmut. In den letzten zwei Jahren ist sie immer religiöser geworden. Was blieb ihr in diesen weißen Korridoren auch anderes übrig?

»Miriam, ich versuche, das Abendessen zu machen, das hat nichts mit Sterilität zu tun«, sagt Sarah. »Zieh das Pinkfarbene an. Das Fuchsienrote.«

Die Markowitzes versammeln sich im Wohnzimmer und erwarten die Schwartzes. Rose sitzt in einem hochlehnigen Stuhl; Miriams Brüder behalten die Füße auf dem Boden, wie es sich gehört, aber sie wirken einfach zu groß für ihre Sitzmöbel. Susan ist oben bei Sarah, die Miriams fuchsienrotes Kleid bügelt, und Ed und Henry unterhalten sich auf und ab gehend so angelegentlich über Oxford, als wähnten sie eine Kamera auf sich gerichtet. Als es endlich klingelt und die Gäste hereinkommen, ist

Miriam immer noch oben und zelebriert für sich allein im Dunkeln die Freitagabendandacht. Ed hält Zaev Schwartz die Tür auf.

Zaev ist ein kleiner, etwas einsilbig wirkender Mensch mit dunklen Ringen unter den Augen. Im Moment scheint er allerdings in mitteilsamer Stimmung zu sein. Mit den Worten: »Ed, ich weiß nicht, ob Sie meinen Leitartikel gesehen haben«, überreicht er Ed die Fotokopie eines Zeitungsausschnitts.

»Mm, mm, hmm.« Ed legt das Blatt mit heiligmäßiger Sanftmut auf den Couchtisch. Zaev wirkt enttäuscht.

Unterdessen fragt Ilse Schwartz, die Großmutter des Bräutigams, noch bevor sie und Rose einander vorgestellt worden sind: »Zaev, wo ist die Braut?« Ilse ist älter und schmäler als Rose. Bevor sie ihrem Sohn in die Staaten folgte, hat sie in Deutschland und in Israel gelebt, und ihr deutscher Akzent hat hebräische Obertöne. Rose blickt in Ilses kleine, flinke Äuglein und denkt: Das ist eine herrische Person. Ilse ist nur wenige Jahre älter als Rose, und Rose ist die Großmutter der Braut. Sollte man ihr da nicht ein wenig Achtung entgegenbringen?

Vor dem Essen sitzt man im Wohnzimmer und versucht, Konversation zu machen. »Ed«, sagt Zaev. Er hat eine tiefe Stimme, und sein Akzent steht im umgekehrten Verhältnis zu dem seiner Mutter, Hebräisch mit deutschen Untertönen. Er ist Ingenieur, und vielleicht liegt es daran, daß er beim Sprechen Anweisungen zu erteilen scheint, vielleicht aber auch nicht. »So eine Hitze wie hier bei euch habe ich noch nie erlebt. Ich sag schon zu Marjorie, ich kann mir nicht vorstellen, sag ich, jeden Sommer mit dieser Hitze zu leben. Ich sehe, Ihr Haus ist klimatisiert«, fährt Zaev fort. »Wir sind am überlegen, ob wir diesen Sommer eine Zentralanlage einbauen lassen.«

»Bisher haben wir nur die Fassadengeräte außen«, erklärt Marjorie, Zaevs Frau. Sie ist eine mondgesichtige Person, deren sanfte Bescheidenheit auf Sarah fast schon provozierend wirkt.

»Aber wir sind am überlegen, ob wir so eine Zentralanlage einbauen lassen sollen. Kennen Sie sich damit aus?« will Zaev von Ed wissen.

»Nein«, sagt Ed.

»Eine solche Anlage in einem Haus wie unserem installieren zu lassen, einem Haus, das in der Zeit gebaut wurde wie unseres, das ist keine Kleinigkeit. Das ist eine größere Operation. Allein um die Lüftungsleitungen zu legen, muß man das Haus buchstäblich auf den Kopf stellen.«

»Aber da gibt es doch diese Gartenelemente, oder?« wirft Henry ein.

»Die japanischen. Das ist eine andere Möglichkeit. Aber wissen Sie, was bei denen das Problem ist? Da wird mit einer einzigen Schaltung das ganze System betrieben. Und wenn mit der Schaltung was schiefgeht, ja, dann ist das System im Eimer. Und dann haben Sie echt ein Problem.«

Miriam kommt herunter, und Ilse geht sofort auf sie zu, gibt ihr einen Kuß und zieht sie auf den Platz neben sich. »Miriam«, sagt sie vertraulich mit ihrem starken deutschen Akzent. »Warum habe ich nichts von dir gehört?«

»Gehört? Was denn?« fragt Miriam.

»Ich hab nichts von dir gehört, seit eurer Verlobungsanzeige. Ich habe keinen einzigen Brief von dir bekommen.«

»Oh. Wahrscheinlich hatte ich einfach so viel zu tun, daß keine Zeit zum Schreiben blieb«, erwidert Miriam.

Ilse schüttelt den Kopf. »Miriam, wenn du heiratest, dann heiratest du nicht nur einen jungen Mann, du heiratest eine Familie.«

»Es wird interessant sein zu beobachten«, sagt Zaev zu Ed und Sarah, »wie Miriam und Jon als Hauseigentümer zurande kommen. Jon hat sich bisher nie für Hausbau interessiert.«

»Haben Sie vor, den jungen Leuten ein Haus zu kaufen?« fragt Susan mit ihrem ausgesucht höflichen, sehr spröden britischen Akzent. Sarah jubelt ihr insgeheim mit stummen Bravorufen zu.

»Nein, nein, nein! Ich wünschte, ich könnte das.« Zaev bleibt völlig ungerührt. »Aber diese Jugend...« Er deutet mit dem Kopf in Richtung der Kinder.

»Oh, die Kinder leisten harte Arbeit«, sagt Sarah.

»Das bilden sie sich ein, daß sie das tun. Jon weiß nicht mal, was das Wort *Arbeit* bedeutet. Er hat keine Ahnung. Wissen Sie, was Palästina war, als ich dort aufgewachsen bin? Eine Wüste war das. Aber ich hatte schon mit dreizehn mein eigenes Geschäft – eine Hühnerzucht hab ich gehabt. Jeden Nachmittag nach der Schule hab ich auf dem Hof gearbeitet. Jon brauchte bloß im Haus mitzuhelfen. Er hat immer genug Kleidung und Bücher gehabt, alles was er wollte. Er kennt es gar nicht anders. Wenn hier mal was passieren würde, ob er dann überleben könnte? Ich hoffe es, aber glauben tu ich's nicht. Die Leute lachen, wenn ich das erzähle, aber meine Mutter« – er deutet mit dem Kopf in Ilses Richtung – »sie kam aus einer sehr reichen Familie, und dann haben sie alles verloren. Sie waren überhaupt nicht darauf vorbereitet...«

»Aber sie hat es überlebt«, entgegnet Sarah.

»Unser Großvater Ludwig hatte sieben Kinder«, sagt Ilse unterdessen zu Miriam. »Mein Vater hieß Walter. Und er hatte fünf Kinder, vier Töchter, Grete, Annette, Otalie und mich – und einen Sohn, Frederick. Für meine Eltern war Frederick der einzige. Und mein Bruder war ein kluger Kopf, er trat in die Fußstapfen der Familie. Er war Biologe, verstehst du, wie unser Großvater und unser Vater und unsere beiden Onkel. Du hast doch sicher schon vom Krebs-Zyklus gehört?«

»Sie waren mit Krebs verwandt?« fragt Miriam.

»Mein Onkel kannte ihn. Er hat die Arbeit am Krebs-Zyklus vorbereitet, bevor Hans Krebs nach England kam. Er war ein großer Mann.«

»Was Sie nicht sagen«, murmelt Miriam, im Glauben, Ilse spräche immer noch von Krebs.

»Und mein Bruder hat seinen Verstand geerbt.«

Rose sitzt ungläubig daneben. Diese Frau betet ihren ganzen

Stammbaum herunter, ohne von irgend jemand anderem im Raum Notiz zu nehmen! Und Rose findet es aufdringlich, wie Ilse sich mit ihrer Familie brüstet: mit ihrem Bruder, dem Haus in Breslau, ihren drei Schwestern – »eine ging nach England, eine nach New York, ich bin nach Israel geflohen, und eine ist in Dachau umgekommen«. Der Bericht unterscheidet sich nicht wesentlich von Roses Familiengeschichte, und das findet Rose befremdlich. Sie wird das Gefühl nicht los, daß es eigentlich an ihr wäre, diese Geschichte zu erzählen, oder daß die ihre zumindest als erste an die Reihe kommen müßte. Sie hat sich in den Glauben hineingesteigert, daß ihre Erfahrungen als Flüchtling im England des Ersten Weltkriegs und als Emigrantin in Amerika einmalig gewesen sind. Ihre Phantasie und der Hintergrund, den sie aus der Lektüre historischer Romane gewonnen hat, verleiten sie unwillkürlich zu dem Glauben, wenn es größere Umwälzungen oder eine spannendere Geschichte gibt, dann könne es sich dabei nur um ihre eigene in Großbuchstaben handeln. Es ist unhöflich von Ilse, das Gespräch so an sich zu reißen; ja, es ist fast ein Plagiat, was sie da treibt. »Sarah«, sagt Rose.

»Ja, Rose. Ich denke, wir sollten jetzt zu Tisch gehen. Kinder, würdet ihr mir helfen, das Essen rauszutragen?«

Rose folgt Sarah in die Küche. Sarah erteilt ihren Söhnen, die beide größer sind als sie, Anweisungen – »Tragt das zuerst raus. Nimm beide Hände« – und versucht gleichzeitig, mit dem elektrischen Küchenmesser das Fleisch zu schneiden, wobei sie sich gegen Miriam zur Wehr setzen muß, die sich mit leidender Miene über den Gebrauch von Elektrogeräten am Sabbat beklagt.

Rose nimmt ihre Handtasche, geht die Treppe hinauf und sucht in dem kleinen, taubenblauen Bad nach einer Handcreme. Sie holt das orangerote Arzneifläschchen aus ihrer Tasche, schluckt eine Tablette und setzt sich in Sarahs und Eds Zimmer auf die Bettkante. Ihr ist ein bißchen schwindlig. Von unten hört sie das Summen des elektrischen Küchenmessers, hört, wie die Familie ins Eßzimmer hinüberwechselt. Irgendeines von diesen Geräuschen ruft eine Erinnerung wach, ob wahr oder eingebildet, sei dahingestellt. Sie ist ein kleines Pflegekind in England, liegt im Bett und lauscht auf das Klirren und Klimpern einer Dinnerparty in den unteren Räumen. In letzter Zeit, seit die Hochzeitsvorbereitungen im Gange sind, hat sie sich recht vernachlässigt gefühlt, aber gesagt hat sie nichts. Ihre Kräfte haben auch nachgelassen, da ist sie sich ganz sicher. Die Stufen im Haus kommen ihr auf einmal steiler vor, und das Treppensteigen fällt ihr schwerer als sonst. Die Bücherregale sind scheinbar auch höher geworden. Vielleicht wird sie den ganzen Abend hier auf dem Bett sitzen, ohne daß jemand auf die Idee kommt, nach ihr zu sehen. Sie wird wie Alice im Kaninchenloch verschwinden, wird ein Arzneifläschchen entdecken mit einem Etikett, auf dem geschrieben steht: »Trink das.«

Miriam kommt herein. »Großmama, es ist Zeit zum Abendessen. Sag, fehlt dir was?«

»Ich fühle mich so schwach«, sagt Rose.

Miriam mustert sie besorgt, und Rose erinnert sich mit einer plötzlichen freudigen Aufwallung daran, daß Miriam Ärztin werden will. »Was für ein Doktor wirst du mal werden, Kind?« fragt sie, als Miriam ihr die Treppe hinunterhilft.

»Das weiß ich noch nicht«, sagt Miriam.

»Ich denke, Psychiater wäre vielleicht ein guter Beruf«, sagt Rose zu ihr. »Heißt es nun Psychiater oder Psychologe? Das kann ich nie behalten. Was ist eigentlich der Unterschied?«

»Psychiater dürfen Rezepte ausstellen, Psychologen nicht.«

»Psychiater. Das hab ich doch gesagt, oder?«

»Sie haben meinen Artikel also gelesen?« wendet Zaev sich bei Tisch an Ed. Er ist zu stolz auf sein Werk, als daß er es kommentarlos auf dem Couchtisch im anderen Zimmer zurücklassen könnte.

»Sie meinen Ihren Leserbrief«, sagt Ed. Er sieht Zaev an und sagt sich zum wiederholten Mal, daß er sich jetzt beherrschen muß. Denn morgen ist Miriams großer Tag.

»Und was halten Sie davon?« fragt Zaev.

»Ich finde, daß er völlig am Ziel vorbeigeht«, sagt Ed zu seinem künftigen Co-Großvater. »Um ganz offen zu sein, ist es eine krasse Fehlinterpretation der politischen Lage – einer sehr vielversprechenden Lage, die zu den schönsten Hoffnungen berechtigt.«

Zaev starrt Ed verdutzt an. Dann lächelt er verhalten. »Eine Fehlinterpretation? Nein, das ist keine Fehlinterpretation. Ich habe nämlich einiges an Erfahrung...«

»Ich auch«, sagt Ed.

»Aber Sie sind Akademiker.«

»Sehr richtig.«

»Ja, das ist der springende Punkt«, sagt Zaev. »Bei allem Respekt, aber Sie haben Ihre Interpretationen und Fehlinterpretationen, während ich... ich habe meine Erfahrungen mit diesem Gebiet...«

Auf diesem Gebiet, denkt Ed.

»Passen Sie auf«, sagt Zaev.

Und Eds innere Stimme antwortet: Komm mir nicht in diesem herablassenden Ton. Fang nicht an, mich mit deinen Pauschalurteilen über das Leben, die Arbeitsmoral und die Friedensgespräche zu nerven.

Zaev sagt: »Dazu müssen Sie in Erez Israel gelebt haben – auf dem Land...«

Ich weiß, was Erez Israel bedeutet, denkt Ed. Du glaubst wohl, ich verstünde kein Wort Hebräisch.

»Sie müssen zu Fuß durch die Berge gehen und durch die Täler. Dann sehen Sie, wie klein der Staat ist, und Sie kriegen einen besseren Begriff davon, was diese Land-für-den-Frieden-Aktion bedeutet. Israel ist nichts weiter als ein Spleiß, ein – wie heißt es gleich?« wendet er sich an seine Frau.

»Ein Splitter«, sagt Marjorie.

»Tatsächlich? Splitter? Meinetwegen, also ein Splitter zwischen der Wüste und dem Feind. Die amerikanische Regierung hat sich nie um die Grenzen gekümmert, die wollen nur die Ruhe im Land bewahren. Das meine ich, wenn ich den Vergleich mit Kevorkian ziehe. Darum sage ich immer, daß die Amerikaner mehr daran interessiert sind, das Problem zu übertünchen, als ihm auf den Grund zu gehen und es zu lösen. Die dringen nicht gern auf den Kern der Sache vor. Ich sage Ihnen, wie die Amerikaner ihren Job erledigen wollen: Können Sie sich vorstellen, als ich die Fensterrahmen neu streichen wollte, da haben mir drei Maler gesagt, es wäre leichter, über die alte Farbe drüberzuweißeln, als das Holz abzubeizen. Ich hab mit Marjories Schwester gesprochen. Die hat gesagt: Hör zu, besorg dir jemand, der da drüberkleckst, wirst sehen, hinterher sieht's auch gut aus. Aber ich sage: Kommt nicht in Frage. Kommt nicht in Frage. So arbeite ich nicht. Und genau das meinte ich auch, als es um die Außenpolitik ging.«

»Verschone uns mit deinen Metaphern«, brummt Ed tonlos.

»Was war das?« fragt Zaev.

»Ach, nichts«, erwidert Ed.

»Sarah«, sagt Marjorie, »dieser Braten schmeckt einfach köstlich.«

»Freut mich«, bedankt sich Sarah. »Möchten Sie noch ein Stück?«

»Ich glaube nicht, daß ich noch eins schaffe«, gesteht Marjorie. Und lächelnd setzt sie hinzu: »Es ist schon aufregend, nicht? Ich habe kürzlich mit einer Freundin in New York gesprochen, deren Sohn letzten Sommer geheiratet hat, und die hat was Interessantes zu mir gesagt. Als ihr Ethan heiratete, da hätte sie gemerkt, daß es nicht nur ein Meilenstein für ihn war – es ist auch ein großer Meilenstein für *sie* gewesen!«

»Ja, ich glaube, da ist was Wahres dran«, sagt Sarah. »Wie wär's mit Nachtisch?«

»Kann ich beim Abräumen helfen?« fragt Marjorie.

»Nein, danke. Bleiben Sie nur sitzen.«

»Aber ich würde Ihnen wirklich gern helfen.« Marjorie erhebt sich von ihrem Platz und ist ganz überrascht, als Sarah ihr die Hand auf die Schulter legt und sie mit sanfter Gewalt in ihren Stuhl zurückdrückt.

»Ed, ich brauch dich für den Tee«, sagt Sarah.

Als er in die Küche kommt und die Tür hinter ihm zufällt, verschränkt Sarah die Arme über der Brust und funkelt ihn wütend an.

»Was denn?« flüstert er beschwörend. »Ich hab mich doch wirklich zurückgehalten.«

»Raus«, sagt sie.

»Jetzt reicht's. Hast du mich hierher zitiert, nur um mich mit dem bösen Blick zu traktieren?« Und dann flüstert er ihr ins Ohr: »Kann ich was dafür, daß dieser Mensch so ein dummer, selbstgefälliger Esel ist?«

»Pah!«

Das Essen ist überstanden. Sarah liegt erschöpft auf der Couch. Sie fühlt sich wie zerschlagen.

»Also ich finde, das ist ganz gut gegangen«, sagt Susan.

»Bis auf das politische Intermezzo«, fügt Henry hinzu.

»Daddy, warum mußtest du gleich so eklig sein?« fragt Miriam vorwurfsvoll.

»*Ich* war eklig?« Ed versucht es mit Humor zu nehmen. »Ich muß doch sehr bitten – *pedeschka*. Dein Schwiegervater – also gut, zukünftiger Schwiegervater – der war hier der Eklige.«

»Du mußt dich doch nicht jedesmal, wenn ihr euch seht, mit ihm anlegen.«

»Ich hab mich nicht mit ihm angelegt.«

»Bloß, weil du ihn nicht leiden kannst.«

»Es ist völlig unerheblich, ob ich ihn mag oder nicht«, sagt Ed. »Und ich wünschte, du würdest aufhören, mich zu kritisieren.«

»Ich kritisiere dich doch gar nicht!« Miriam ist wieder den Tränen nahe. »Seit ich nach Hause gekommen bin, benimmst du dich ganz eigenartig.« Sie stockt und sagt dann, einer plötzlichen Eingebung folgend: »Und es ist auch gar nicht wegen Jon seinem Vater. Du stellst dich so an, weil ich heirate.«

»Wegen Jons Vater!« brüllt Ed.

»Sag ich doch.«

»Miriam, ich hab dir schon oft prophezeit, daß wir uns eines Tages zusammensetzen und deine Grammatik in Ordnung bringen werden, und ich denke, der Tag ist heute gekommen! Wie alt bist du, vierundzwanzig? Und du heiratest wann, in zwei Tagen? Komm, setz dich mal her zu mir, und laß dich über den Gebrauch des Genitivs aufklären.«

»Er hört mir überhaupt nicht zu«, sagt Miriam zu ihrer Mutter. »Hat er mitgekriegt, was ich gesagt habe?«

»Ich hab eine Überraschung für dich«, sagt Sarah zu ihrer Tochter. »Es hat nichts mit deiner Hochzeit zu tun. Es geht wirklich um Jons Vater.«

Rose beschließt, Ed und Sarah einen Ratschlag zu erteilen. »An eine Regel«, sagt sie aus ihrer Ecke heraus, »habe ich mich mein Leben lang gehalten. Ich habe nie ein Wort des Tadels über meine Schwiegereltern verloren, und ich glaube, das ist das beste Rezept, um Streit in der Familie zu vermeiden. Egal, was ihr denkt, ihr solltet es für euch behalten.«

»Komm her zu mir, Schätzchen.« Ed legt Miriam den Arm um die Schulter. »Die Regeln sind wirklich ganz leicht zu verstehen.« Miriam schließt die Augen und lehnt den Kopf an seine Schulter. Aber sie hört nicht richtig zu. Soweit sie es mitbekommt, sagt er: Wenn du den Rückwärtsgang drin hast, dann benutze deinen Verstand und schlag das Lenkrad in die Richtung ein, in die du fahren willst! »Siehst du? Ist doch kinderleicht«, sagt Ed.

Herzlich willkommen zu unserer Hochzeit und danke, daß ihr unsere Simcha, *unsere Freude, mit uns teilt! Die Trauung beginnt mit einem* kabbalat panim, *was wörtlich Begegnung der Gesichter heißt. Miriam und Jon werden euch getrennt zur Begrüßung erwarten, Miriam im Gemeindesaal und Jon am Tisch des Bräutigams in der Lounge. Dort wird er eine kurze* d'var Tora *halten, also ein paar Worte über die Weisheiten der Tora sagen.*

Susan ist im Gemeindesaal, wo Miriam in ihrem Brautkleid Hof hält, umschwärmt von zweihundertachtzig Gästen. »Hm«, macht Susan, während sie das Hochzeitsprogramm studiert. Sie trägt ein geblümtes Kleid und einen breitkrempigen Hut, der ihrem Gefühl nach nicht ganz richtig sitzt. Susan hat einen großen Kopf.

»Die sind köstlich, nicht?« Henry wirkt in seinem Smoking besonders füllig. Er verzehrt mit großem Appetit sein Terijaki mit einer Scheibe Ananas auf einem Partyspieß. »Ich muß mir gleich noch eins holen.«

»Nicht jetzt, Henry«, sagt Susan. »Es ist Zeit für die feierliche Verschleierung der Braut.«

»Verschleierung? Was denn für eine Verschleierung?«

»Du hast dein Programm nicht gelesen«, sagt Susan vorwurfsvoll.

Henry linst mit in das ihre. »Wir waren noch gar nicht beim Bräutigam.«

»Nein, ich glaube, dazu reicht die Zeit nicht mehr«, protestiert Susan, als Henry sie in die Lounge dirigiert.

In dem kleinen, überfüllten Raum drängen sich lauter Männer in dunklen Anzügen um einen langen Tisch, an dem Jonathan schlank und hochaufgerichtet steht und, gestützt auf seine Aufzeichnungen und einen Stapel aufgeschlagener Talmudbände, einen gelehrten Vortrag hält. »Gütiger Gott«, flüstert Henry seiner Frau ins Ohr.

»Ich warte draußen auf dich«, sagt Susan.

»Halt, warum läufst du denn weg?« Er hält sie am Arm fest.

»Henry«, flüstert sie, »hier drin ist keine einzige Frau.«

Henry sieht, daß auch Ed und Zaev – ebenfalls im Smoking, jeder mit einer weißen Rosenknospe im Knopfloch – nahe dem Eingang stehen. Sie tuscheln miteinander wie Platzanweiser auf den hinteren Rängen eines Theaters. »Können Sie ihn verstehen?« fragt Zaev. »Ich habe kein Wort mitbekommen.«

»Ich verstehe rein gar nichts«, antwortet Ed. »Und um ganz ehrlich zu sein, es macht mir auch nichts aus.«

»Nein? Ich dachte, Sie mögen solche Veranstaltungen?«

»Wovon reden Sie?«

»Ich dachte, Jon hätte seine orthodoxe Einstellung von Miriam übernommen.«

»Von meiner Tochter? Auf keinen Fall!«

»Woher kommt es denn dann? Ich habe meinen Sohn auf eine Jeschiwa geschickt, damit er ein bißchen Hebräisch lernt. Und was habe ich jetzt davon? Einen Talmudgelehrten! Wenn ich bloß wüßte, woher er das hat.«

»Also ich habe mir vorgenommen, die Hochzeit zu genießen, ohne über solche Fragen nachzudenken«, sagt Ed.

Da klopft Zaev ihm auf die Schulter und sagt: »Ich sehe schon, wir beide sind aus einem Holz.«

Der Vortrag ist zu Ende, und plötzlich erschallt ausgelassener Gesang. Die Männer haken sich unter und tanzen um Jonathan herum. Sie schieben ihn vor sich her und tanzen ihn sozusagen zur Tür hinaus, wobei Henry fast gegen die Wand gedrückt worden wäre. Seinen Drink und ein Eibrötchen an sich gepreßt, kann er sich gerade noch in Sicherheit bringen.

»Hier bin ich, Henry!« ruft Susan ihm im Gemeindesaal entgegen. »Beeil dich, oder du wirst nichts mehr zu sehen bekommen.«

Sie sehen beide nicht, wie Jonathan sich aus dem Männerpulk löst und vor Miriam hintritt. Er wiegt sich auf den Fersen und zieht Miriam den Schleier vors Gesicht. Dann hebt der Gesang von neuem an, und der tanzende Haufe reißt ihn wieder mit sich fort. Der Photograph möchte noch mehr Aufnahmen von der Familie machen, die sich jetzt um Miriam geschart hat: ihre Brüder, frisch rasiert und gestriegelt; ihre Schwester, die Rose erklärt, sie fühle sich in diesem Spitzenmeer wie ein wandelndes Lavendelkissen; und Ed, der aussieht, als versuche er krampfhaft, sich an irgend etwas zu erinnern. Aber Sarah duldet keinen weiteren Aufschub, weil sie ohnehin schon so in Verzug sind.

Im Andachtsraum spielt eine Flöte die israelische Bearbeitung einer Weise aus dem Hohen Lied, und Miriam schreitet zwischen

Ed und Sarah zum Altar hinauf. Alle Gäste erheben sich von ihren Plätzen, sobald die Braut vorbeikommt. Henry beobachtet die gemessene Prozession, sieht, wie das Kleid seiner Nichte sich in dem schmalen Gang über die Knie ihrer Eltern bauscht, und kann sich der Tränen nicht erwehren. Susan klappt ihre Handtasche auf und reicht ihm ein paar Tempotaschentücher. »Die sind zwar zerknüllt, aber noch ganz sauber«, flüstert sie ihm zu. Henry tupft sich die Tränen ab. »Sie sieht entzückend aus, nicht wahr?« sagt Susan.

»Nein, das ist es nicht«, meint Henry. »Ich mußte bloß an unsere Hochzeit denken.«

»Unsere war aber ganz anders«, erwidert Susan.

»Ich mußte trotzdem daran denken«, beharrt Henry.

Rose versteht kein Wort, obwohl sie in der ersten Reihe sitzt. Ihr Hörgerät spielt verrückt, und es gelingt ihr nicht, es wieder richtig einzustellen. Die Zeremonie, der musikalische Rahmen, alles spielt sich in Tonlagen ab, die entweder zu hoch sind oder zu tief. Der Rabbi murmelt seine Ansprache in ein Mikrophon und artikuliert überhaupt nicht. Sie weiß nicht, was sie von diesem Mann halten soll. Er kann höchstens dreißig sein, und damit ist er für Rose kein Rabbi. Sie hat zuvor gesehen, daß er nicht einmal einen Ehering trägt. Er scheint sich noch keinen Platz im Leben geschaffen zu haben, sondern verfügt nur über diesen wehmütigen Blick. Vielleicht hatte er einmal eine junge Herzensdame, die sich seinen Antrag anhörte und ihm dann einen Korb gab! Aber das tut nichts zur Sache. Ein richtiger Rabbi hätte nicht so seelenvolle, traurige Augen. Miriam dagegen ist jeder Zoll die würdige Braut. Das Kleid ist zwar nicht ganz nach Roses Geschmack, aber es steht dem Kind. Trotzdem, Rose bevorzugt einen schlichteren Stil, nicht so viele Schleifen und Rüschen. Und sie hätte auch einen anständigen Hochzeitsmarsch bestellt. Natürlich keinen Wagner, aber doch wenigstens einen Mendelssohn.

Der Rabbi reicht Jonathan die in eine Stoffserviette eingewickelte Glühbirne, und Jon zertrampelt sie unter seinen neuen schwarzen Florsheim-Schuhen. Roses Hörgerät fängt an zu kreischen, als die Kapelle ihre Klezmerhymne anstimmt. Und während die Familie mit Braut und Bräutigam dem Ausgang zustrebt, fällt die Anspannung des Vormittags langsam von ihnen ab.

Es ist eine Mizwa, *ein Gebot, daß die Gäste auf einer Hochzeit Braut und Bräutigam unterhalten. Also tanzt und singt, laßt eurer Fröhlichkeit freien Lauf und tut, was euch gefällt!*

Am Ehrentisch hat Ed sein Pilaf mit Hühnerbrust und wildem Reis verzehrt. Er steht auf, und sein Blick schweift über die siebenundzwanzig runden Tische im Gemeindesaal, die jeder mit einem pfirsichfarbenen Tischtuch bedeckt sind. Er fühlt sich stolz, müde, von Verantwortung durchdrungen. Er ist der Regent dieses pfirsichfarbenen Reiches. Sarah steht neben ihm, klopft mit dem Löffel an ihr Glas, und im Saal wird es still. »Wie viele von Ihnen wissen«, liest Ed aus seinem vorbereiteten Text vor, »sind Sarah und ich Miriams Eltern. Und wir würden gern ein paar Worte sagen über dieses junge Paar, das zu feiern wir uns hier versammelt haben. Sie sind beide reich begabt mit Intelligenz, Energie, Entschlußkraft und Jugend.«

»Und sie haben auch uns sehr viel gegeben«, setzt Sarah mit ihrem Teil der Rede ein. »Viele Jahre haben sie uns Freude und Lachen beschert. Und natürlich verdanken wir ihnen die Begegnung mit Zaev und Marjorie. Wir freuen uns darauf, in Zukunft noch manch frohes Fest gemeinsam mit euch zu feiern.«

Ed greift zum Mikrophon. »Jon und Miriam setzen sich mit großem Ernst und Engagement für ihre Wissenschaft und für den Judaismus ein, und sie haben viel zu bieten – sowohl einander als auch der Welt. Dies ist in mehr als einer Hinsicht eine Zeit der Hoffnung. Sie bedeutet einen Neubeginn für Miriam und Jon, aber auch für das ganze jüdische Volk. Eine Zeit der Erneuerung und des Friedens in Israel. Skeptiker, Pessimisten und Zyniker wird es immer geben auf dieser Welt, aber in Zeiten wie diesen haben wir allen Grund zu jubeln, denn es bietet sich uns die

Chance, neue, dauerhafte Beziehungen aufzubauen. Ich kann nur sagen: Wir wünschen euch beiden das Beste in der Liebe und im Leben. *L'chaim.*«

»Du hast den Text geändert«, sagt Sarah zu ihm, als sie sich wieder hinsetzen. »Das stand nicht im Manuskript.«

»Doch«, sagt Ed.

»In der ersten Fassung! Aber ich habe diese Stelle eigens herausgestrichen.«

»Ich weiß, Sarah, aber die Neufassung hat nicht das zum Ausdruck gebracht, was ich sagen wollte.« Hochzufrieden lehnt er sich in seinem Stuhl zurück. Daß Zaev das Mikrophon an sich genommen hat, merkt Ed erst, als Zaev zu reden beginnt.

»Mein Name ist Zaev Schwartz. Marjorie und ich möchten uns bei Ed und Sarah für ihre Gastfreundschaft bedanken und ebenfalls ein paar Worte an euch alle richten. Zuerst lassen Sie mich sagen, wie glücklich wir sind, daß Jonathan ein Mädchen wie Miriam zum Heiraten gefunden hat. Wir haben uns immer gefragt, was für ein Mädchen Jonathan einmal heimbringen wird, und jetzt wissen wir es. Unser Sohn Jonathan ist ein richtiger Akademiker, und als er uns Miriam vorstellte, da sahen wir gleich, daß sie genauso ist. Schon damals war ich mir sicher, daß sie auf der Ebene gut zusammenpassen würden. Wie die New Yorker unter Ihnen wissen, hatte Jon als Kind immer die Nase in einem Buch...«

»Mein Gott«, flüstert Ed, »wie lange will der denn noch reden?«

»Überall, wo er hinging, las er nebenher und achtete nicht darauf, wo er hintrat. Miriam dagegen, so habe ich beobachtet, ist viel praktischer veranlagt und hält immer die Augen offen. Was wir *hoffen*, ist, daß sie in Zukunft darauf aufpaßt, daß Jonathan sich an den Hindernissen des Lebens keine Beulen holt. Denn eines ist sicher, und wir alle wissen es: Eine vollkommene Welt, die gibt es nicht. Selbst die besten Absichten« – er schaltet das Mikro aus und bittet Marjorie, ihm mit einem Wort auszuhelfen – »lassen sich nicht immer glücklich in die Tat umsetzen. Und wenn die akademischen Theorien zum Testlauf antreten, dann machen sie meistens eine Bruchlandung. Wir wünschen euch Glück und Gesundheit«, schließt Zaev seine Ansprache. »*L'chaim.*«

Mit gemischten Gefühlen führt Ed seine Tochter auf die Tanzfläche. Zaevs polemische Entgegnung auf seine Brautrede hat ihn verärgert, aber jetzt, im nachhinein, empfindet er auch eine gewisse Erleichterung. Gut, der Mann ist aufgestanden, aber dann hat er sich komplett zum Narren gemacht. Er hat nicht gut abgeschnitten; Zaev kann sich wirklich nicht ausdrücken. Ed nimmt das alles sehr gelassen. Schließlich ist es ein Brautempfang und kein Debattierklub. Er und Miriam tanzen zu »You Are the Sunshine of My Life«. Der Kameramann verfolgt sie emsig mit seinen Verlängerungskabeln. »Wie fühlst du dich?« fragt Ed seine Tochter.

»Ich kann's gar nicht glauben, daß es so schnell geht«, sagt Miriam.

»Was?«

»Die Zeit, der Tag.«

So schnell geht es gar nicht, denkt Ed.

»Gibt es irgendwo Kaffee?« Rose wendet sich hilfesuchend an Sarah.

»Oder auch Tee?« ergänzt Ilse, die an Roses anderer Seite sitzt. »Sie haben doch Tee, oder?« fragt sie Rose in verschwörerischem Ton. Rose sieht Ilse an und denkt, daß sie vielleicht doch etwas gemeinsam haben.

»Die Kellner gehen damit reihum«, antwortet Sarah.

»Ich bin sehr müde«, sagt Ilse zu Rose.

»Und ich bin völlig erledigt«, entgegnet Rose.

»Wie hat Ihnen die Predigt des Rabbis gefallen?« will Ilse von ihr wissen.

»Ich übe nicht gern Kritik«, sagt Rose auf Deutsch.

»Das geht mir genauso«, erwidert Ilse. »Besser, man denkt sich seinen Teil.« Ilse blickt auf die weiße Orchidee an ihrem Handgelenk nieder und lächelt. Rose wird der Unterhaltung müde. Schließlich haben sie und Ilse nur wenig gemeinsam.

Die Reigentänze haben wieder begonnen, und die jungen Leute auf dem Parkett drehen sich schnell und stürmisch. Die Männer stemmen Braut und Bräutigam in ihren Stühlen hoch in die Luft. Miriam wäre fast vom Sitz gerutscht, fängt sich aber gerade noch rechtzeitig. Der Kameramann und sein Assistent stehen auf Aluminiumleitern, um Luftaufnahmen von der Menge zu machen. Miriam und Jon werden auf ihren Thronen durch den Saal getragen. Man hat nicht das Gefühl zu fliegen, es ist eher wie beim Reiten.

Unten auf dem sicheren Boden sagt Marjorie zu Sarah: »Als Zaev und ich geheiratet haben, da hat man, glaube ich, vergessen, uns in unseren Stühlen herumzutragen.«

»Wirklich?« fragt Sarah.

»Ich glaube schon. Ja, das haben sie einfach vergessen.«

Sarah blickt auf den verschwitzten Pulk von Jons und Miriams Freunden, auf die dunkel gekleidete Männerriege um Jon und den spitzenschäumenden Mädchenzirkel, der Miriam umringt. Diese Hochzeit ist überhaupt nicht mit der von Ed und ihr zu vergleichen. Als sie beide damals den Saal betraten, erhoben sich alle Gäste von ihren Plätzen und applaudierten ihnen. Dann wurde getanzt, Foxtrott, Cha-Cha-Cha, Samba. Es war eine sehr elegante Hochzeit.

Ed tritt hinter sie. »Die Musiker wollen wissen, ob sie noch ein letztes Potpourri spielen sollen?«

»Okay«, sagt Sarah. Liz und Arnie Passachoff kommen herüber, um Sarah zu sagen, daß sie sich vorzeitig verabschieden müssen. Sie sind noch auf einer anderen Hochzeit eingeladen. »Es war wunderschön«, sagt Liz und küßt Sarah auf die Wange.

»Eine Sorge weniger – jetzt hast du nur noch drei auf der Tasche«, sagt Arnie und deutet hinüber zu Ben, Avi und Yehudit, die vorn bei der Band stehen und für die Kamera Grimassen schneiden.

»Das ist ein richtiger Meilenstein für dich«, sagt Liz zu Sarah.

»Und für Jon und Miriam auch«, entgegnet sie.

Nachdem Liz und Arnie gegangen sind, sieht Sarah den Tänzern zu, die Hand in Hand vorbeifliegen, einige mehr, andere weniger anmutig. Sie erhascht einen Blick auf Jon im Kreise der Männer und auf Miriam im Reigen der Frauen. Ihre Gesichter glühen, Miriams geschürzter Rock schleift ein stückweit am Boden. Was sie wohl denken mögen? Sie kann es nicht erraten. Die Ansprachen ihrer Väter sind ungehört an ihnen vorbeigerauscht. Sie haben alle Verwandten um sich geschart, doch sie selbst sind der Gegenwart völlig entrückt. Ja, denkt Sarah, das ist Liebe. Den Rest bekommen wir auf Video.

INHALT

Aus Freude am Lesen

Tessa de Loo

Tessa de Loo, Jahrgang 1946, hat sich in den Niederlanden bereits mit ihrem ersten Erzählband »Die Mädchen von der Süßwarenfabrik« als erfolgreiche Schriftstellerin etabliert. Große internationale Anerkennung erhielt sie für ihren Roman »Die Zwillinge«, der 1994 mit dem Publieksprijs für das Lieblingsbuch des Jahres ausgezeichnet wurde. Von Tessa de Loo ist bereits bei btb erschienen: »Die Feuertaufe« (72054)

Roman
450 Seiten
btb 72161

Zwei Leben, eine Geschichte: Die Zwillinge Anna und Lotte treffen sich nach über vierzig Jahren im belgischen Kurort Spa. Auseinandergerissen durch den Zweiten Weltkrieg lebte die eine in Deutschland, während die andere in den Niederlanden aufwuchs. Jetzt versuchen sie eine Annäherung. »Ein Buch der Versöhnung, für Deutsche wie für Niederländer, ein Buch zum Lachen und zum Weinen, für alt und jung!«

Welt am Sonntag